中國新聞史研究輯刊

三 編

主編　方漢奇

副主編　王潤澤、程曼麗

第6冊

《萬國公報》與近代科技文化傳播

鄧紹根 著

花木蘭文化出版社

國家圖書館出版品預行編目資料

《萬國公報》與近代科技文化傳播／鄧紹根 著 -- 初版 -- 新北市：花木蘭文化出版社，2016〔民 105〕

目 2+240 面；19×26 公分

（中國新聞史研究輯刊 三編：第 6 冊）

ISBN 978-986-404-527-3（精裝）

1. 文化傳播 2. 清代

890.9208   105002057

ISBN-978-986-404-527-3

中國新聞史研究輯刊
三 編 第 六 冊   ISBN：978-986-404-527-3

《萬國公報》與近代科技文化傳播

作　　者　鄧紹根
主　　編　方漢奇
副 主 編　王潤澤、程曼麗
總 編 輯　杜潔祥
出　　版　花木蘭文化出版社
發 行 所　花木蘭文化出版社
發 行 人　高小娟
聯絡地址　235 新北市中和區中安街七二號十三樓
　　　　　電話：02-2923-1455／傳真：02-2923-1452
網　　址　http://www.huamulan.tw 信箱 hml810518@gmail.com
印　　刷　普羅文化出版廣告事業
初　　版　2016 年 3 月
全書字數　200476 字
定　　價　三編 9 冊（精裝）新台幣 18,000 元

《萬國公報》與近代科技文化傳播

鄧紹根　著

作者簡介

鄧紹根，江西石城人，中國新聞史學會副秘書長、中國人民大學新聞學博士、北京大學歷史學系博士後、暨南大學新聞與傳播學院副院長，從事新聞傳播史論教學研究工作；先後在《新聞與傳播研究》、《國際新聞界》、《現代傳播》、《出版發行研究》等刊物發表論文 70 餘篇，出版學術著作 7 部，主持課題 7 項，參與國家級、教育部重大課題 3 項；論文《論民國新聞界對國際新聞自由運動的回應及其影響和結局》榮獲「2012 ～ 2013 年廣東省哲學人文社會科學優秀成果一等獎」。

提　　要

　　《萬國公報》是近代來華傳教士舉辦的時間最長、發行最廣、影響最大的中文報刊。它在大力宣傳宗教、廣布福音的同時，積極傳播近代科技文化知識，上演了一場宗教與科學的媒介對話。《萬國公報》編者認爲：眞正的宗教和眞正的科學「像一對孿生子——從天堂來的兩個天使，充滿光明、生命和歡樂來祝福人類」。在該原則指導下，《萬國公報》分 1874 年 9 月至 1894 年 12 月、1895 年 1 月到 1901 年 12 月、1902 年 1 月至 1907 年 12 月三個階段傳播近代科技文化。它傳播近代科技文化的整體規模較大，介紹科技文章有 923 篇，科技信息達 2291 則，內容涉及器物科技觀、方法論、唯科學主義觀等科技觀念，數學、天文、地理、物理、化學、生物等自然科學知識，醫學、農學、水利工程技術、通訊技術、冶金採礦技術、交通運輸技術等應用科學知識，X 射線、電燈、電話、鐳元素、諾貝爾獎等數量眾多的科技信息，讀者眾多，影響地域廣。《萬國公報》傳播近代科技文化表現出宗教性、殖民性，多元性和針對性、及時性、普及性等瑕玉互現特點。《萬國公報》傳播的科技文化，成爲洋務運動和維新運動科技知識的重要來源，豐富晚清教育的教學內容，促進晚清科技觀念的近代化轉變，對晚清近代化進程、教育近代化、中國科技觀念近代化產生廣泛而深刻的影響。

目

次

《萬國公報》前身《中國教會新報》封面

中年林樂知像

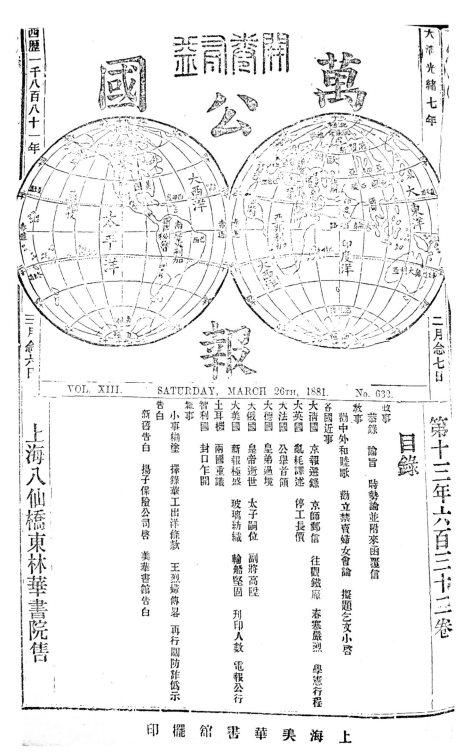

大清光緒七年

西曆一千八百八十一年

三月念六日

二月念七日

第十三年 六百三十二卷

VOL. XIII.   SATURDAY, MARCH 26TH, 1881.   No. 632.

上海八仙橋東林華書院售

上海美華書館擺印

《萬國公報》周刊時期封面

《萬國公報》月刊時期第 24 冊中文封面和英文目錄

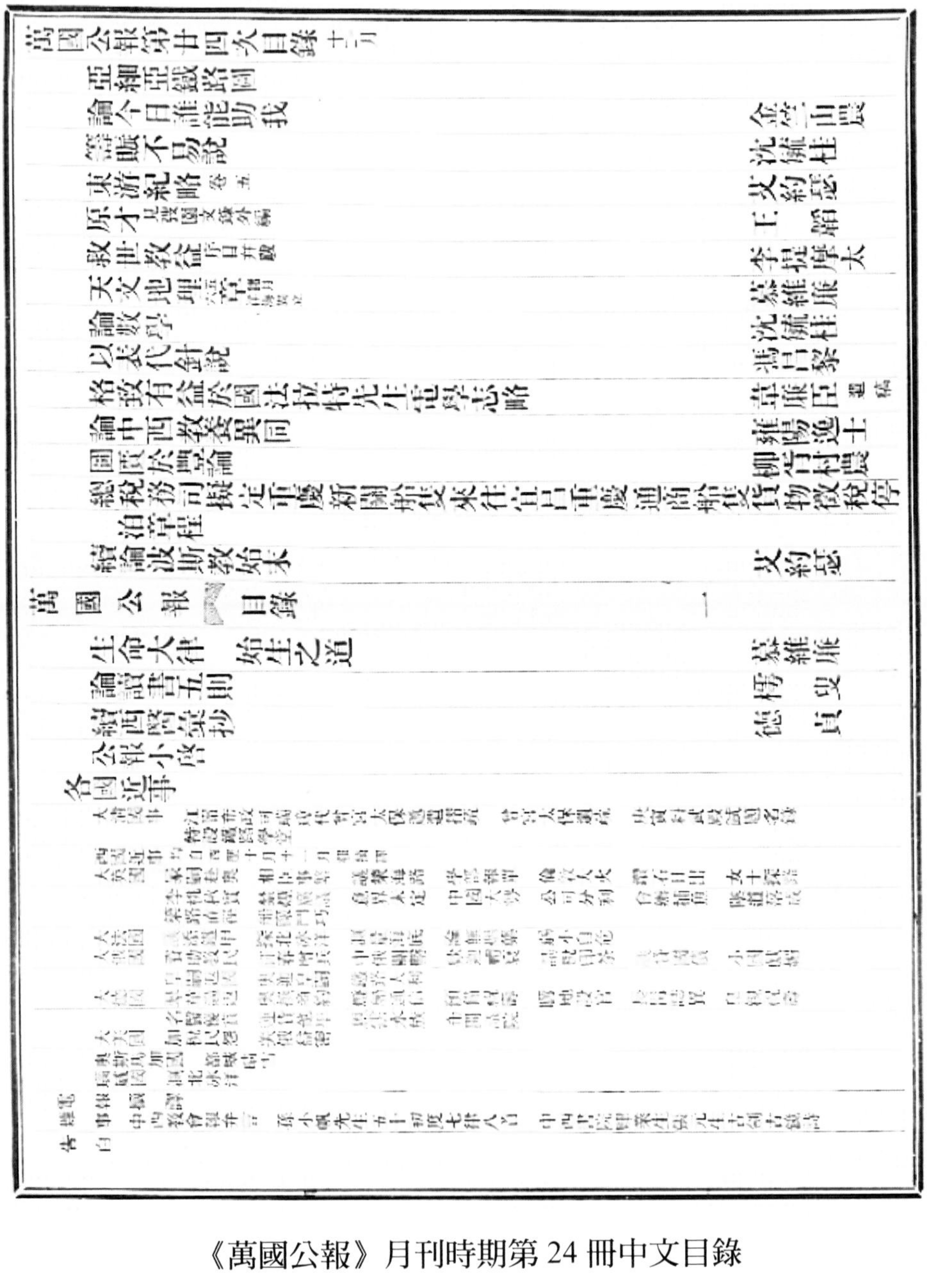

《萬國公報》月刊時期第 24 冊中文目錄

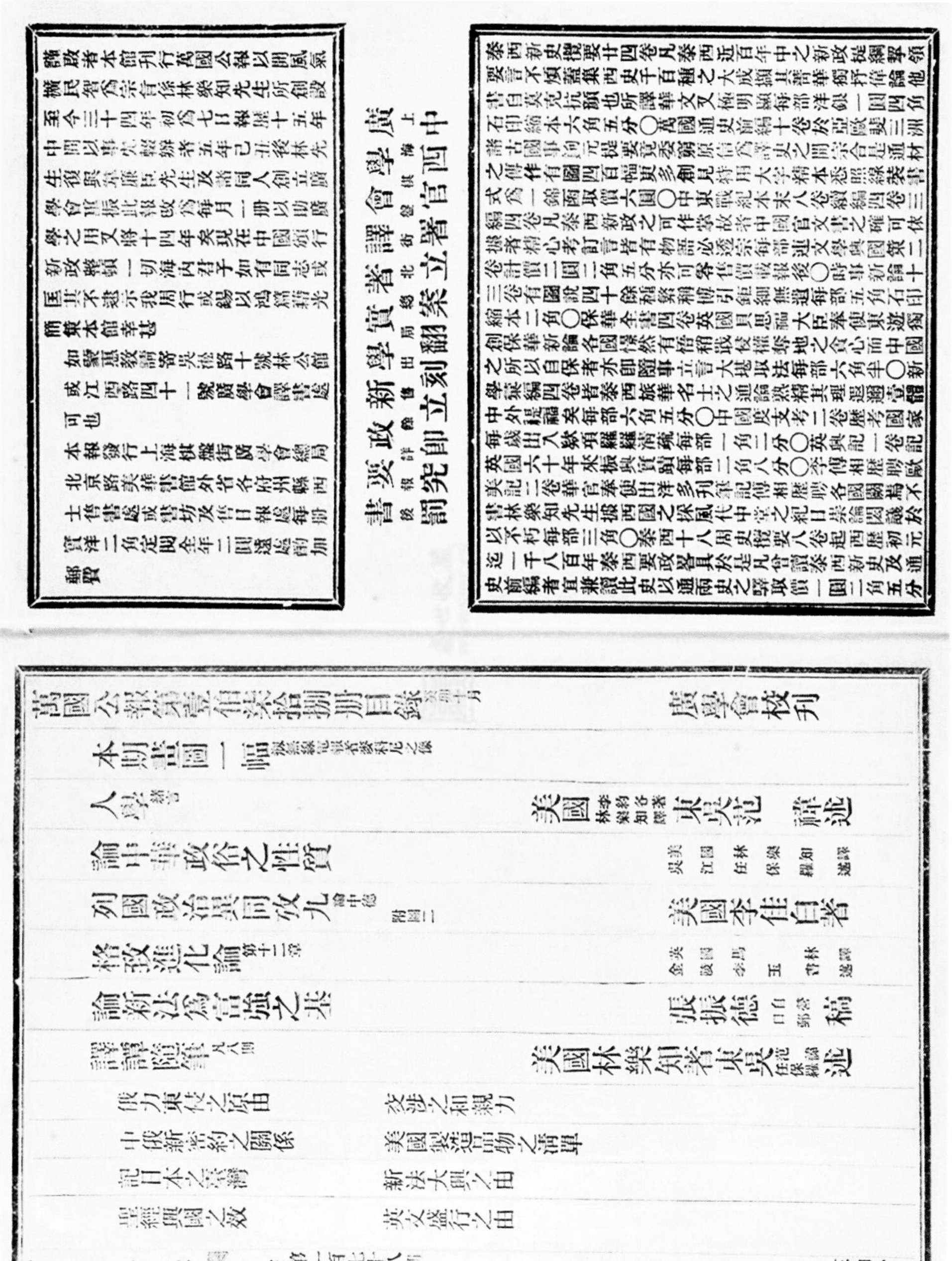

萬國公報第壹百柒拾捌冊目錄　癸卯十月

廣學會校刊

本期書圖一幅

人學 續　美國林樂知著　東吳范禕述

論中華政俗之性質

列國政治異同考 九　美國李佳白著

格致進化論 第十二章

論新法爲富國之基　張振德稿

譯譜隨筆　美國林樂知著　東吳范禕述

俄力東移之原由

中俄新密約之關係

記日本之經濟

非洲興國之效

交涉之和親力

美國製造品物之清單

新法大興之由

英文盛行之由

《萬國公報》月刊時期第 178 冊中文目錄和扉頁

《萬國公報》中文編輯沈毓桂像（見《萬國公報》1907 年 第 219 期）

《萬國公報》中文編輯蔡爾康

范子美先生退職紀念

先生名緯，號皕誨。幼而穎異，十三歲入泮，中光緒癸巳科舉人。時慈禧柄政，頑舊用事，政治之維新無望，先生乃絕意仕進。初佐美國林樂知氏辦『萬國公報』，灌輸歐美政治思想，評論朝政得失，士流耳目爲之一新。旋加入本協會書報部，先後主編『進步』及『青年進步』月刊，發揚四育宗旨，介紹現代學識，以啓迪一般青年。此外著作亦甚富。今年爲先生七秩大慶，並爲服務本協會二十五年紀念，先生以年事已高，乃向協會辭職，俾得優遊林泉。協會董事部敬仰先生已往之勞績，特製銀碗一事以贈，上鐫『名山偉業』四字，以爲永久紀念云。

《萬國公報》中文編輯范子美（禕）

林樂知先生創設萬國
公報至今已三十五年
風行海內而閱者每以
未得一見其面爲憾爰
將小影刊印報端蓋先
生於是年六十八矣婆
娑一老神明湛然愛自
由之國民歟播福音之
使者歟吾知必有展卷
翯然而爲之神往者本
館記

1903 年 6 月《萬國公報》第 177 期，林樂知先生晚年照片

像遺生先知樂林

1907 年 6 月，《萬國公報》第 222 冊刊登的林樂知先生遺像

《萬國公報》（第 495～516 卷）主編慕維廉先生像
（刊登《萬國公報》第 219 冊）

像　省　生　先　太　摩　提　李

《萬國公報》(第 43～58 冊，109～121 冊)主編李提摩太先生像
（刊登《萬國公報》第 226 冊）

像 竹 生 先 斐 理 季

《萬國公報》（第 206～227 冊）主編季理斐先生肖像

蘇州大學天賜莊校區的林樂知銅像（2014 年）

第一章　緒　論

第一節　近代教會報刊與科技文化

　　中國近代報刊是西學東漸的產物，是由外國傳教士創辦開始的。中國第一份具有近代意義的中文報刊是 1815 年 8 月馬禮遜在馬六甲創辦的《察世俗每月統記傳》；而 1833 年 8 月普魯士傳教士郭士立在廣州創辦的《東西洋每月統記傳》則是在中國境內出版發行的第一份近代化中文期刊。自此開始，近代中國報刊蓬勃發展，不過它們大多數是以教會或傳教士個人名義創辦的。據統計，「1815 年到 19 世紀末，外國人在中國創辦了近 200 種中、外文報刊，占當時我國報刊總數的百分之八十以上，在很大程度上控制了我國的新聞出版事業」〔註1〕。特別在鴉片戰爭後，這一現象更為明顯，「在 19 世紀四十至九十年代的將近半個世紀的時間內，他們先後創辦了近 170 種中、外文報刊，約占同時期中國報刊總數的 95％。」〔註2〕

　　傳教士之所以如此熱衷於創辦報刊雜誌，其主要原因自然是希望以文字布道的途徑，消除中國人民對外教的仇視，達到弘揚上帝，廣布福音的目的。因為傳教士們嫌他們所從事的基督教慈善、教育、醫療衛生事業收效太慢，所以他們視出版發行報刊書籍為傳教之終南捷徑。他們認為：「單純的傳教工作是不會有多大進展的。因為傳教士在各個方面都要受到『無知』官吏們的阻撓，學校可能消滅這種無知，但在一個短時期內，在這樣一個地域廣闊、

〔註 1〕方漢奇：《中國近代報刊史》上冊，山西人民出版社 1983 年，第 10 頁。
〔註 2〕方漢奇：《中國近代報刊史》上冊，山西人民出版社 1983 年，第 18 頁。

人口眾多的國家裏，少數基督學校能幹出什麼？我們還有一個辦法，一個更迅速的辦法，這就是出版書報的辦法」〔註3〕。因爲，「別的方法可以使成千的人改變頭腦，而文字宣傳則可以使成百萬的人改變頭腦」〔註4〕。所以傳教士們非常重視書報出版工作，尤其注重報刊的出版發行。他們認爲只要牢牢地控制了中國的「主要的報紙」和「主要的雜誌」，「我們就控制了這個國家的頭和背」。同時，他們認爲「只要他們首先取得了當權人物的信任，一切就會容易發展。他們準備出刊雜誌和書報，在該項雜誌和書籍內，不但傳播基督教福音，同時，傳播一些現代的科學和哲學」〔註5〕。因爲，「中國誠然需要西方史學者所能傳播的哲學和科學，但它必須從基督教傳教士的手裏來獲得這些哲學和科學的知識」。「只有使哲學和科學的研究，浸注於基督教教史中，才能使人們的內心卑怯，使其在宇宙的創造者面前低頭。」〔註6〕

因此，傳教士創辦的報刊，除主要爲傳播教義，廣布福音外，還爲迎合西學東漸潮流和出於牢牢把握科學引進之脈博的目的，大力宏揚科技文化，介紹科技知識。科學技術成爲他們藉以傳教的敲門磚，是引誘中國人民特別是廣大知識分子入殼的一項重要手段。教會的刊物，無不以宣傳科技，灌輸知識相標榜。著名報學史家戈公振先生對此深有認識，「外人之傳教也，均以輸入學術爲接近社會之方法，故最初發行之報紙，其材料之大部分，捨宗教外，即爲聲光化電之學」〔註7〕。當代新聞史學家方漢奇先生在對教會報刊的深入研究後指出「科學天文地理格致之學成爲這些刊物的必備欄目」〔註8〕。這些教會報刊在大力宏揚科技文化，宣傳科技知識時，著重介紹被視爲會給中國帶來實際好處的實用科學技術知識，範圍涉及工農業和醫療衛生等領域，如：水利工程、採礦冶煉、交通通訊、造紙化工、種棉織布、⋯⋯等等。除此，還不斷報導讓中國人大開眼界的西方科學新發明，新創造，新成果，諸如；電燈、電話、電報、照相⋯⋯等等。此外，它們還進行大量的自然科學基礎知識和理論的傳播與普及。50年代前，多以史地、天文爲主。50年代後，則開始關注西醫知識和理論的介紹，70年代後，範圍涉及到自然科學的

〔註3〕卿汝楫：《美國侵華史》第二卷，北京三聯書店1956年，第290頁。

〔註4〕方漢奇：《中國近代報刊史》上冊，山西人民出版社1983年，第19頁。

〔註5〕卿汝楫：《美國侵華史》第二卷，三聯書店1956年，第290頁。

〔註6〕卿汝楫：《美國侵華史》第二卷，三聯書店1956年，第291頁。

〔註7〕戈公振：《中國報學史》，三聯書店1986年，第109頁。

〔註8〕方漢奇：《中國近代報刊史》上冊，山西人民出版社1983年，第21頁。

各個學科。牛頓力學定律、生物進化理論、微生物細胞學說等等紛紛傳入中國。宏揚科技文化的同時，教會報刊還猛烈抨擊當時中國人民對自然現象的錯誤認識和封建迷信思想。雖然教會報刊傳播的科技文化，由於「來華之教士，亦未必均爲博學之士，而報中文字又極膚淺，分期出版亦覺一麟半瓜，破碎不全」，而且它們大多以「傳教爲主要目的，是去一偶像而又主偶像也。且流弊所及，一部分乃養成許多 Bog 或之人材，捨本逐末，爲彼輩之走狗，得不償失，無過於此」〔註9〕。但是在近代中國科技落後形勢下，教會報刊所進行的宏揚科技文化，傳播和普及科技知識的工作，無疑成爲中西方文化交流的中介橋梁。它們推動了先進科學技術在中國的廣泛運用，促進了中國自然科學知識理論水平的提高，衝擊了盤繞於中國民眾頭腦中陳腐，頑固的封建迷信觀念，從而導致了他們思想觀念、思維方式的深刻變化。戈公振先生曾這樣評價道：「從文化上之餘體以觀，外報在我國，關於科學上之貢獻，當然爲吾人所承認」〔註10〕；「中西文化融合之機大啓，開千古未有之創局，追本溯源，爲雙方灌輸之先導者，誰歟？則外人所先行之書報是已。」〔註11〕

在眾多的近代教會報刊中，《萬國公報》是它們的典型代表，具有舉足輕重的地位。就時間而言，《萬國公報》從 1868 年 9 月 5 日其前身《教會新報》創刊起，中經六年休刊期，1889 年 2 月復刊後，直至 1907 年 12 月最終停刊，前後延續 40 年，除六年休刊期，先後共出版發行 33 年有餘。就內容而言，《萬國公報》自每期六、七千字不等發展到 3 萬多字，內容涉及範圍有宗教、政治、經濟、外交、文化等諸方面，深刻反映了近代中國的社會發展和變遷。就影響而言，不僅地域廣泛，發行遍佈大江南北，邊關沿海，甚至漂洋出海，行銷海外；而且讀者眾多，「觀者千萬人」，是 19 世紀末中國各級官吏和知識分子普遍閱讀的報刊，對中國近代知識分子的思想產生過深遠的影響。因而，《萬國公報》成爲「外國傳教士所辦的中文期刊中歷史最長，發行最廣，影響最大的一家」〔註12〕。因此，研究《萬國公報》與近代科技文化的關係，可以較準確地把握傳教士在華文化活動的主要內容；加深對近代西學東漸的瞭解；增進我們對傳教士傳播科技文化的特點、目的、本質的認識，從而更

〔註 9〕 戈公振：《中國報學史》，三聯書店 1986 年，第 112 頁。
〔註 10〕 戈公振：《中國報學史》，三聯書店 1986 年，第 112 頁。
〔註 11〕 戈公振：《中國報學史》，三聯書店 1986 年，第 111 頁。
〔註 12〕 方漢奇：《中國近代報刊史》上冊，山西人民出版社 1983 年，第 23 頁。

清楚地認識宗教與科學的複雜關係；更可以挖掘《萬國公報》史料的價值和
意義。

第二節　《萬國公報》學術回顧

　　《萬國公報》的研究，其實很早就已經開始。20 世紀初，梁啓超、胡漢
民等人就在評論清末民初報刊時，特意關注過《萬國公報》。1927 年出版的《中
國報學史》，戈公振就對《萬國公報》作了如下評價：「其中所載文字，以中
東戰紀爲最有價值，足以喚醒中國人士」。50、60 年代，范文瀾在《中國近代
史》中對《萬國公報》評價到：「一八八九年教會發行《萬國公報》，林樂知
主筆，多載時論文及中外重大政治法令，變法成爲一個運動，《萬國公報》是
有力的推動者」〔註 13〕。卿汝楫在《美國侵華史》第二卷論及美國「以基督
教爲工具，傳教士爲尖筆，實行文化侵略政策」時，就論述到《萬國公報》，
指出它是 1860～1890 年新教在中國發行的 76 種期刊中，「勢力最大，影響最
廣的」，對其評價是「這一期刊，由於林樂知的精幹主持，直到 1907 年該刊
停刊的時候，即林樂知死的時候，一向是在華新教及中國政府官吏中一個生
動的力量」〔註 14〕。此外，何兆武的《廣學會的西學與新維新派》、張豈之的
《論十九世紀六十年、九十年的西學》等，都涉及到《萬國公報》的介紹和
研究。70 年代以來，國內外學者對《萬國公報》的研究漸興熱潮。國外的代
表作，有美國學者貝奈特的《教會新聞工作者在中國：林樂知及其雜誌》（*Adrian
A. Bennett: Missionary journalist in China, Young J. Allen and His Magazines,
1860～1883*）和《〈萬國公報〉研究指南，1874～1883》（*Adrian A. Bennett:
Research Guide to the Wan kuo kung Pao The Globe Magazine, 1874～1883*）。港
臺方面成果亦不少。有王樹槐的《外人與戊戌變法》、《清季廣學會》，曾虛白
的《中國新聞史》，賴光臨的《近代報人與報業》，石麗東的《萬國公報與西
化運動》，梁元生的《林樂知在華事業與〈萬國公報〉》，林治平的《基督教入
華七十年紀念集》、《基督教與中國近代化論文集》等。大陸方面的成果有：
方漢奇的《中國近代報刊史》、《中國新聞事業通史》，顧長聲的《傳教士與近
代中國》，房德鄰的《萬國公報與戊戌變法》，李天綱的《基督教傳教與晚清

〔註 13〕范文瀾：《中國近代史》上冊，人民出版社 1962 年，第 296 頁。
〔註 14〕卿汝楫：《美國侵華史》第二卷，三聯書店 1956 年，第 295 頁。

「西學東漸」、《論林樂知與萬國公報》，熊月之的《西學東漸與晚清社會》，劉家林的《中國新聞通史》，汪鳳藻的《中國報刊》，馬光仁的《上海新聞史》，朱維錚主編、李天綱編校的《萬國公報文選》，葉再生的《廣學會初探》，鄭大湖的《康有爲與〈萬國公報〉》，黃新憲的《萬國公報與中國教育的近代化》，王林的《西學與變法──萬國公報研究》……等等。

這些研究成果有助於我們更清楚地認識和瞭解《萬國公報》，是我們今後研究的基石與方向，但也存在著明顯的不足和遺憾。具體表現在：一、這些成果有些只是在論述傳教士在華活動時涉及到《萬國公報》，以此加深對傳教士文化侵略本性的認識。如范文瀾的《中國近代史》、卿汝楫的《美國侵華史》；有的只是利用《萬國公報》的史料，論述與外國傳教士相關的論題，如王樹槐的《外人與戊戌變法》、《清季廣學會》等。二、這些成果有些對《萬國公報》進行了綜合性研究，但不夠全面和深入，而且有些觀點和結論還有商榷的餘地；如有些論著認爲復刊後的《萬國公報》有關宗教性質的文章不多見了，儼然成爲時事新聞，介紹西學爲主要內容的綜合性刊物；還有的觀點又認爲復刊後的《萬國公報》仍以宣傳宗教爲主的刊物，只是宣傳方式較前更隱蔽而已。三、這些成果有些僅涉及到《萬國公報》的某些方面，特別注重變法、外交、宗教等；對西學雖多有涉及，但對其中的科技文化內容的地位和在中國近代科技文化中的作用研究很少，即便有些研究也觀點多不統一，甚至相左。如果這一研究滯後勢必影響對《萬國公報》性質和林樂知等傳教士傳播科技文化的目的及本質的認識。

第三節　研究框架和創新之處

《萬國公報》作爲眾多的教會報刊的典型代表，是近代來華傳教士舉辦的時間最長、發行最廣、影響最大的中文期刊。在其出版發行的近 40 年中，《萬國公報》刊登了數以萬計的文章，涉及宗教、政治、科技、經濟、外交、文化、報學等諸多領域，對中國近代化起過積極的促進作用。本文從以下六個方面對《萬國公報》傳播近代科技文化進行全面深入的論述。第一章緒論。追述來華傳教士在華創辦近代報刊的情況，分析傳教士創辦近代報刊與傳播科技文化的關係。突出《萬國公報》在教會刊物中的地位以及研究《萬國公報》傳播科技文化的意義，然後總結《萬國公報》的研究現狀，提出本文所

要解決的問題，指出本文研究的創新成果與不足之處。論文主體章節包括：第二章《萬國公報》的歷史沿革、第三章《萬國公報》傳播近代科技文化的整體態勢、第四章《萬國公報》傳播近代科技文化的內容分析、第五章《萬國公報》傳播近代科技文化的特點、第六章《萬國公報》傳播的科技文化對中國近代化的影響等。

為此，筆者在《萬國公報》傳播近代科技文化研究方面作了大量艱辛複雜的工作，進行了深入細緻地研究，取得了一些創新成果。主要表現在以下幾個方面：

其一，本文對《萬國公報》傳播近代科技文化的文論和信息作了認真的數量統計，以列圖表對其文論和信息的科技分類進行了深刻細緻地量化分析，強調指出：《萬國公報》傳播近代科技文化大致可分為三個階段：1874 年 9 月～1894 年 12 月，1895 年 1 月～1901 年 12 月，1902 1 月～1907 年 12 月。分析了《萬國公報》作者陣容、內容側重點、影響地域和讀者類別等情況。通過以上的分析研究，使讀者對《萬國公報》傳播近代科技文化的規模態勢有了整體的直觀認識，明確了《萬國公報》傳播近代科技文化在《萬國公報》中的地位。

其二，詳細介紹《萬國公報》傳播近代科技文化具體內容的情況。即：論述《萬國公報》傳播的器物科技觀、方法論、唯科學主義觀等科技觀念，指出「宗教為體，科學為用」是其傳播近代科技文化的理論依據，「中體西用」論是其傳播近代科技文化的有效策略。介紹了《萬國公報》傳播的具體科技知識，自然科學方面包括：數學、天文、地理、物理、化學、生物；應用科學方面涉及醫學、農學、水利工程技術、通訊技術，冶金採礦技術、交通運輸技術等等；科技信息方面列舉的典型例子有：X 射線、麥克風、電話、電話傳真機、溶河機、電燈、人工降雨、鐳元素、潛水艇、極地考察、諾貝爾獎。通過《萬國公報》傳播近代科技文化具體內容的研究，使人們對《萬國公報》傳播的科技文化有了清晰而準確的理性認識。

其三，深刻探討《萬國公報》傳播近代科技文化的特點。指出《萬國公報》在傳播科技文化時，具有宗教性、殖民性，多元性和針對性、及時性、普及性。這一點在分析和評介其它近代教會報刊以及近代傳教士的世俗活動時有積極的借鑒作用。

當然，由於《萬國公報》傳播的近代科技文化內容豐富，涉及面廣；加

之本人學識有限以及受時間和篇幅的制約。因此，本文在《萬國公報》傳播近代科技文化研究方面也存在不足之處。表現在以下方面：

其一，研究《萬國公報》傳播近代科技文化，其傳播的近代科技文化觀是一個博大精深的課題。本文限於篇幅、時間等客觀原因，僅指出「宗教爲體，科學爲用」的理論依據和「中體西用」論宣傳策略，科技觀念也只簡單介紹了器物科技觀、方法論、唯科學主義觀。而未能對《萬國公報》傳播的近代科技文化觀念進行深入細緻的探討，只是淺嘗輒止地粗淺分析。

其二，研究《萬國公報》傳播近代科技文化，論述清楚其傳播的近代科技文化對中國近代化的影響對《萬國公報》研究毋寧是至關重要的。本文僅從《萬國公報》傳播的科技文化對晚清近代化進程、教育內容近代化、中國科技觀念近代化三方面粗淺論述了《萬國公報》傳播的科技文化對中國近代化的影響。這對於研究《萬國公報》對中國近代化的影響存在著某些方面的不足。

總而言之，筆者認爲：通過對《萬國公報》傳播近代科技文化的具體研究，可以加深世人對教會報刊在西方科技的普及、傳播方面貢獻的認識，更清晰地明辨宗教和科學的複雜關係，增強「科學無國界」的認識；進一步認清了西方列強侵略中國和傳教士於華傳教的廬山眞面目。同時我希望通過自己艱辛的勞動，以期能將《萬國公報》的研究推進一步，爲他人閱讀、利用《萬國公報》提供一些有用的線索。

第二章 《萬國公報》的歷史沿革

　　本章首先敘述《萬國公報》興衰嬗變的歷史，即先後出版發行近 40 年，經歷了《教會新報》時期、《萬國公報》周刊時期、《萬國公報》月刊時期三個重要階段。其次，介紹主要創編班底，即主編林樂知以及中文編輯沈毓桂、蔡爾康的生平事蹟。然後，簡單敘述《萬國公報》基本內容：宣揚基督神學、報導中外時局的變化、推崇維新變法及新政變革宣傳、普及推廣西藝西學。最後，介紹《萬國公報》的發行和受眾狀況，包括發行方式和發行地域、銷售情況以及讀者階層。

第一節　《萬國公報》的興衰嬗變

　　《萬國公報》是中國近代報刊中極為重要的刊物，具有開新啓後的地位，是來華近代傳教士在中國舉辦的時間最長、發行最廣、影響最大的中文期刊。它先後出版發行近 40 年，累計達近千期，其興衰嬗變的歷史軌跡經歷了三個重要階段，即：《萬國公報》前身即《教會新報》時期、《萬國公報》周刊時期、《萬國公報》月刊時期。

一、《教會新報》時期

　　《教會新報》，初名《中國教會新報》（ *The News of Church* ），由美國監理會傳教士林樂知（ *Young John Allen* ）於 1868 年 9 月 5 日（同治七年七月十九）創刊於上海八仙橋。1872 年 8 月 31 日《中國教會新報》刊滿二百卷後，易名為《教會新報》，但仍由林樂知主編。《教會新報》屬周刊性質，除盛夏、過年各休一卷外，每禮拜六由主編林樂知以林華書院名義由美華書館印刷發

行。一年共出 50 卷，合成一冊。每本照官板書大小，即九寸長，5 有 1／2 寸寬，採用直行豎行，且有邊線界欄，封面印有「萬事知爲先」五大字。初發刊時，每本只五頁，僅載六、七千字，「至第五年增爲七頁，第六年時擴至十一頁」〔註 1〕。《教會新報》是一份宗教性刊物。其宗旨是：聯絡教徒，加強教徒間的相互聯繫，「俾中國十八省教會中人，同氣連技，共相親愛」，此其一；其二是傳播福音，向教外人宣傳教義，藉此希望「教外人亦可看此《新報》，見其眞據，必肯相信進教」〔註 2〕。因而《教會新報》初期內容多以傳播基督教教義，報導各教會動態爲主。具備體編排上，《教會新報》首刊「聖經解說」一篇，時常配上聖經圖畫宣傳聖經教義；接著是教友間互相解難，共同探討基督教義的文章，包括教會間書信往來、教會信息等；再載格致類文章，包括天文地理化學、物理、醫學等常識科學；最後，殿以少量的新聞信息，包括國內外新聞、趣事、軼聞、告白等。這種編排自 70 卷起，逐漸改變。其首刊第一篇多爲中外約章、清廷上諭、大臣奏疏、官府告示等。至 204 期起，則按政事近聞，教會近聞、中外近聞和雜事近聞的次序分欄編排。不久又增加了格致近聞一欄。《教會新報》初時「每 50 卷僅取洋一元，……，不過欲敷作報之費，求有益於同人，豈射利哉！故次年減價，每五十本只取半元，六年於茲價」〔註 3〕。儘管報價低廉，但因其宗教色彩濃厚以致銷量不廣。1874 年 9 月 5 日，《教會新報》出滿 300 卷後，易名爲《萬國公報》。

二、《萬國公報》周刊時期

自 1874 年 9 月 5 日～1883 年 7 月 28 日，是《萬國公報》（*The Globe Magazine*）周刊時期。《萬國公報》此番易名，林樂知解釋到：「所謂萬國者，取中西互市，各國商人雲集中原之義；所謂公者，中西交涉事件，平情論斷，不懷私見之義；其所報各事，或西國軍情軍政，或公使、領使調降陞遷，或輪船往來，偶遭危險，或以西法增益華人見識，或以中法地擬西國情形，或因華人於成見，不憚苦心而釋其疑，助於神理之學不敢拋荒。」〔註 4〕刊物名稱的改變，標誌著主編者編輯方針、刊物性質及內容的變化，但公報卷數連

〔註 1〕 王樹槐：《外人與戊戌變法》，上海書店 1998 年，第 10 頁。
〔註 2〕 戈公振：《中國報學史》，三聯書店 1986 年，第 75 頁。
〔註 3〕 林樂知：《本報現更名曰萬國公報》，《教會新報》第 6 本第 295 卷，第 3294 頁。
〔註 4〕 林樂知：《代售萬國公報啓》，《萬國公報》第 4 本第第 396 卷，第 2662 頁。

續，即公報從 301 卷起。林樂知宣稱其目的「惟願有益眾人耳」，即：「所錄京報、各國政事，轅門抄者，欲有益於同在候補文武各官也；所錄教會各件者，欲有益於世人罪惡得救靈魂也；所錄各貨行情者，欲有益於商價貿易也；所錄格致各學者欲有益於學士文人也」〔註5〕。為此，林樂知擴大選材範圍，除《教會新報》的選材來源繼續採用外，像《閩省會報》、《京報》、《循環日報》、《益智新錄》、《格致彙編》、《中西聞見錄》、《廣州新報》、《華字日報》等近代報刊的文章多被轉載。於是，《萬國公報》已成為「推廣泰西各國有關地理、歷史、文明、政治、宗教、科學、藝術、工業及一般進步知識的期刊」。

《萬國公報》具體編排，因種種因素，屢有變化。自 1874 年至 1877 年 8 月，《萬國公報》首載京報全錄、轅門抄等，次排各國新聞，再排自然科學文章，最後登載教會信息，未附各種告白或寓言等。自 451 卷（1877 年 8 月 11 日）起，由於在華基督教傳教士大會關於辦報方針爭論的影響，內容編排上作了調整，其首排教事，次排政事，餘則格致，雜事等，京報不僅被置於卷末，而且篇幅也從原來的七頁減少為三頁左右，由原來的京報全錄改為了京報選錄。到 496 卷（1878 年 7 月 6 日）起，慕維廉接辦《萬國公報》後，又進行了調整，每卷編排不僅嚴格按政事、教事、近事、雜事次序，而且將它們刊於各部分內容之首而標明。不久除雜事外，其它也不標明。到 551 卷（1879 年 8 月 9 日）、編排又有所改變，《萬國公報》不再轉載《京報》奏摺，欄目編排也不如以前嚴格，但基本上仍按政事、教事、格致近事，雜事次序排列。

《萬國公報》以 1879 年 8 月 9 日為界，前期每卷篇幅正文 14 頁，連同封面、目錄、扉頁、告白等，總計 18 頁之多，「大小字共三萬多字」〔註6〕。後期，即 551 卷起，由於經濟原因，《萬國公報》改為新式單張發行，每卷篇僅九頁，為原來一半。至於《萬國公報》的報價，初時一卷一角，一年 50 卷合一冊，取價一元。自 551 卷《萬國公報》改為新式單張後，報價降低每卷十二文，以一年計之不過 600 文。到 601 卷時，報價又增為一卷一角，一年為一元。1883 年 7 月，因主編林樂知忙於中西書院事務，無暇兼顧報務，加之《萬國公報》虧空嚴重，因而宣佈休刊。其時《萬國公報》已出滿 9 年，計 450 卷，將《教會新報》300 卷計算在內，共 750 卷。

〔註5〕 林樂知：《本報現更名曰萬國公報》，《教會新報》第 6 本第 295 卷，第 3295 頁。
〔註6〕 林樂知：《萬國公報告白》，《萬國公報》第 2 本第 348 卷，第 1316 頁。

三、《萬國公報》月刊時期

　　1887 年底，廣學會成立後，教士們深感「非常必要有一喉舌來闡述我們的文明和我們的信仰」，「我們打算盡最大的努力，小心地但積極地為中國的知識階層一創辦一個定期刊物。我們發現對這一期刊的需要，一天天變得越來越迫切。」〔註7〕1888 年 12 月，林樂知從美國已經重返中國，且因「中西書院事務大定，稍有雜間」〔註8〕，廣學會決定「我們決定拿上就要著手這一工作，希望在中國的新年以後能有第一號問世」〔註9〕。因此，決定重刊《萬國公報》（*The Review Times*）。1889 年 2 月，休刊六年之久的《萬國公報》刊登《興復萬國公報序》重新出版發行。

興復萬國公報序

　　　　西國之有新聞諸報，與中國三代以前庶人傳語、輔使、采風之遺制大略相同，而有過之無不及者。上而朝章，下而民俗，中而與國，一時廟堂之兵刑禮樂，閭閻之日用飲食，列邦之征伐聘盟，及夫一切可喜，可懼、可驚、可愕、可怪、可奇、可師、可法之事，無不練縷簡端，內則宣上德、達下情，外則固邦交、慎封守。蓋不獨言者無罪，聞者足戒，義專主乎？勸善懲惡，而聞聞見見，是是非非，或兼採兵謀，或備陳機務，俾借著者，有以測其隱微運籌者，藉以得其肯紫，意甚美、法甚良也。林進士樂知先生，歐洲碩彥，航海東遊，僑寓滬濱，多歷歲月，迄今已二十餘寒暑矣。中間曾應江海關監督、前蘇松太兵備使者、後陳桌胥臺、方伯應公之聘，主教廣方言館，門下高才生如，汪太史鳳藻，朱觀察格仁，嚴太守良勳，席京職淦諸君，各有成就。或膺使節，或綰郡符，或值樞曹，或登禁近，咸能建樹以赴功名之途。林君於應公隆誼，亦可稍酬而無負矣，而其有益中朝之舉，尤在《萬國公報》一編。蓋其時滬上只有西字報，初無華字報也。即香港業已刊行華報，而限於一隅，未能廣為流佈。且香港甌脫之地，肆英版籍，與中國亦無預也。林

〔註7〕方富蔭譯：《同文書會年報》第二次（1888 年），《出版史料》1988 年第 1 期，第 26 頁。

〔註8〕范禕：《林樂知先生傳》，《萬國公報》第 222 冊，第 8 頁。

〔註9〕方富蔭譯：《同文書會年報》第二號（1888 年），《出版史料》1988 年第 1 期，第 26 頁。

君廣譯西字各報，兼輯中國邸鈔，五洲之大，六合之遙，所見異辭；所聞異辭，所傳聞異辭者，薈萃於一冊之內。閱是編者，不出户庭而週知中外之事變，得以籌畫於機先，彌縫於事後，事雖為中國創古今所未有，而實合於上世采風問俗之陳規。行之十有五載，固已無翼而飛，不脛而走，遐邇共加推許。林君惠愛中國之盛心，亦可引以自慰而益擬擴充矣。後見滬上子弟，有志西學者頗多，苦乏師承，不無屈没，因與僕創議設立中西書院於吳淞。江北書院既立，日課事繁，勢難兼顧，不得不暫行中止。五年以來，西國同人擬興復者屢矣，兹林君稍加變通，於來歲正月為始，月具公報一冊，計三十二頁，合三萬字。首登中西互有裨益之事，敦政本也；略譯各國瑣事，誌異聞也；其它至理名言，兼收博取，端學術也；算學格致，務各擷其精蘊，測其源流，形上之道與形下之器，皆在所不當遺也。分任其事者，為西儒韋君廉臣先生，慕君維廉先生，艾君約瑟先生，丁君韙良先生，花君子安先生，德君子固先生。而專司擬題乞文收卷編輯，則林君主之。想大方家，賜以巨製，錫以鴻篇，霏謫仙之唾字，盡珠璣嘔長吉之心，言皆錦繡，不獨增簡編之色，亦以聯文字之緣，是固僕所樂觀其成者也，爰敍數語以誌之。

戊子冬吳江沈毓桂書於申江中西講舍〔註10〕

《萬國公報》改訂新章，增加篇幅，面目煥然一新，表現在：其一，《萬國公報》有了強勁的後盾。公報由林樂知私人主辦的期刊變為廣學會的機關報。雖仍由林氏主編，但經濟上依賴廣學會，受廣學會領導。其二，《萬國公報》建立了編輯、撰稿、翻譯，三位一體的組織系統。除林樂知，李提摩太編輯外，在華的著名傳教士，如丁韙良、艾約瑟、傅蘭雅、花之安、李佳白等都成為刊物主要的撰稿人。同時，林樂知還聘請了一批華人學者，如沈毓桂、蔡爾康、范瑋、任挺旭等，這些學者不僅是基督教徒，而且他們國學根基深厚，又熟悉西方狀況，成為溝通中西的橋梁。其三，刊物由周刊轉為月刊，月出一冊、每一冊篇幅正文 30 頁，若將封面、目錄、圖像、廣告等計算在內，則在 34 頁之多。1906 年 2 月，自 205 冊改為深厚白紙，兩面印刷，仿西式裝印後，篇幅大增，每期正文 90 頁，而廣告、封面等達 8 頁～10 頁之多，

〔註10〕沈毓桂：《興復萬國公報序》，《萬國公報》第 16 本第 1 冊，第 10110～10114 頁。

加之共達 100 頁一冊。其四，林樂知繼續轉載《萬國公報》周刊時期的文章取材範圍外，更加注重翻譯國外報刊雜誌的內容，其中有倫敦路透社、英國每日德律月報、德國柏林大小報、美國報、美國大日報、美國舊金山報，美國太陽報、美國福林報、俄都拿傳賜留報等等。具體編排上，前期欄目為圖像，論說、各國近事、雜事、告白等。1906 年改版後，欄目變得分類更細：有圖像、社說、雜著、外論、譯談、智叢、時局、雜注、附錄、告白等。其中「論說」一欄最具特色，其內容包括評論時事、政治及社會的論說文章以及介紹天文、地理、聲光化電等自然科學的說明文。《萬國公報》儼然是一份以政論、介紹西學、傳播宗教為主的綜合性雜誌。論說來源廣泛，公報復刊伊始就曾登載徵文告白：「務望文壇飛將，儒林文人，侈筆陳之雄談，抒草廬之勝算，利國利民，教孝教忠，事可備乎勸徵，義不慚乎正則，藥君珠貝，光我簡編」〔註11〕。大致有四：一為「廷清名流，專為筆箚」，二是西方傳教士，三是轉載他人文章；四為外稿。復刊後的《萬國公報》報價屢次變更。初為一冊一角，一年一元；第 110 冊時增為一年一元二角五分；121 冊起價格為每冊一角五分，一年一元五角；最後增至每冊二角，一年一元八角。

1907 年 5 月，由於林樂知的逝世，《萬國公報》失去了主心骨；而此時的廣學會也虧空累累，公報發行已無力支撐；加之隨著中國革命浪潮的來臨，公報已退回至宗教老路，以至銷路不暢。因此，1907 年 12 月，《萬國公報》出版至第 227 冊而最終停刊。

第二節 《萬國公報》的主要創編班底

自《教會新報》到《萬國公報》出版發行的 30 多年中，林樂知始終是刊物的核心人物，集創辦者，主編，編輯於一身。當然，主編除林樂知外，還有陸佩（其主編過《萬國公報》481 卷～494 卷）、慕維廉（495～516 卷，1892.8～1893.11）、李提摩太（43～58 冊，109 冊～121 冊）、季理斐（206～213 冊，220～227 冊）。但他們都是在林樂知因回國省親或因教務回美期間暫時出任主編的，等林氏回國，就交差卸任了。所以林樂知不無感慨地說：「公報者，余之產子也」〔註12〕。因此本文要主介紹林樂知的生平事蹟。

〔註11〕沈毓桂：《興復萬國公報序》《萬國公報》第 16 本第 1 冊，第 10110 頁。
〔註12〕范褘：《林樂知先生傳》，《萬國公報》第 222 冊，第 8 頁。

一、主編林樂知

林樂知（*Young John Allen*，1836～1907），美國南方監理聖公會傳教士，1836 年 1 月 3 日出生於美國佐治亞州柏克縣。少孤，由姨父母撫養成人，1853 年受洗入教，立志獻身於宗教事業。1858 年 7 月，他畢業於佐論亞州埃默里學院。1859 底奉命赴華傳教，途中歷盡艱辛萬苦，歷時 210 天，次年 7 月 12 日抵達上海，自此開始了在華 47 年之久的活動生涯。

林樂知抵達上海後，立即投入傳教活動。他為了便利傳教進行，「隨時留心上海土白，不數月即之通曉」，同時前往上海附近的嘉定、南翔、青浦等地傳教，後赴蘇杭一帶至南京拜會洪仁軒，探聽太平天國虛實。1861 年，美國內戰爆發，林氏傳教經費斷絕，生活陷入困境，他僅靠出租，變賣教產，日間販賣米、煤、棉花兼做翻譯等維持生計，夜間仍堅持宣講教義，不忘「主工」。

1864 年 3 月，經馮桂芬等舉薦，林樂知被廣方言館聘為英文教習，但六個月後，被留美歸國的黃勝取代。1867 年，他再次受聘為廣方言館英文教習，直至 1881 年。在廣方言館任教期間，他教授得法，不僅重視學生的語言訓練，而且結合課本在課堂演示實物模型，或帶學生參觀工廠等，因而深受學生歡迎。自 1871 年起，林樂知「教課之外」，開始參加江南製造局翻譯館的譯書工作，前後十年間，譯書 8 種，如《四裔編年表》、《列國歲計政要》等史志交涉之作，其中最著名的則是他主編七年之久的《西國近事彙編》。在這段時間內，林樂知還參與編輯報刊，創報等工作。在《萬國公報》之前，他已開始編輯《北華捷報》的《三周定期刊》，擔任上海《上海新報》、《益智新錄》等編輯工作；同時，自己創辦《教會新報》，這一切都為他在 1874 年後主編《萬國公報》積累了經驗，奠定了基礎。因此在這段時間內，林樂知身兼數職，齊頭並進，辛苦異常。難怪傅蘭雅稱讚林氏為「全身無一根懶骨頭」之人，且形容他：「當時工作，極度緊張，晝夜不休，無間風雨，每上午在廣方言館授課，午後赴製造局譯書，夜間編輯《萬國公報》，禮拜日則盡日說教及處理教會事務。」〔註 13〕正因為「教導有方，辦學勤能」，朝廷賞其「五品銜」。

〔註 13〕姚松齡：《教會報人林樂知》，《影響我國維新的幾個外國人》，臺北傳記雜誌社 1971 年，第 65 頁。

　　1878 年 3 月，林樂知回國省親，其「間接傳教」策略得到了教會許可。此時他認爲「開通其知識，整理其教育，變易其風氣，爲傳道之第一基礎」。1881 年，教會要求他「辭絕他務，返其初服」〔註 14〕，任命他爲中華監理會「教長」。於是，林樂知辭去廣方言館及翻譯館任職，全心籌辦中西書院。在監理會和中外人士的資助下，林樂知在上海關租界八仙橋畔購地六畝，創辦起華英學塾（即中西書院第一分院），並於 1882 年 1 月開始招生入學。1883 年，他又在上海虹口吳淞路置地一畝五分建立中西書院第二分院。同年 7 月，因他忙於此務，樂不知疲，無暇顧及報務，林樂知創辦了十五年的《萬國公報》到此休刊。1885 年，他復於上海虹口吳淞和屆山路交界處買地 35 畝，建立中西書院大書院，並將二所分院一同合併，且開始開設大學課程。林樂知創辦後，自任監院十五年之久。在此期間，林樂知還積極倡導女子教育。他與海固特女士於 1892 年創建起中西女塾，後來成爲上海著名的女子學校之一。到 1890 年後，因《萬國公報》的工作愈來愈吸引林樂知的興趣。1895 年，他辭去中西書院監院一職，專心辦報及譯著工作。

　　1887 年，林樂知作爲發起人，組織者參與了廣學會的組建工作，並歷任董事，直至逝世。他積極投身廣學會的各項活動，在辦報及譯著方面成績顯著。1897 年，廣學會第十次年報高度評價了林樂知的貢獻：「他是在中國的一個最多產的作家。在我們今年的書目中，他的作品就佔了 189,000 冊，書頁 6,546,000 頁。另外，還有由他主編的《萬國公報》396,000 冊，共計 228,600 冊，共 7,965,600 雙頁。他的文學著作對中國做出了巨大貢獻，這不只是我們的評價。」時任北京同文書院院長丁韙良稱讚他說：「雖然林樂知博士在過去的傳教工作非常出色，而且還辦了一所欣欣向榮的書院，但是現在他在文學方面的工作比他在前兩項工作幹得出色，他的作品得到了帝國各地思想家的歡迎，如果讓他繼續在牧職和教職這兩個崗位上工作的話，那就如同把燈放在斗底下了。」〔註 15〕

　　他自加入廣學會至 1907 年，都參與廣學會譯書工作，其中最著名的有《中東戰紀本末凡三編》（附東征電報）、《文學興國策》等。復刊後的《萬國公報》影響更爲廣泛，成效斐然。以致「先生每回國所過之處，人以《萬國公報》

<hr />

〔註 14〕范禕：《林樂知先生傳》，《萬國公報》第 222 冊，第 9 頁。
〔註 15〕方富蔭譯：《廣學會年報》第十次（1897 年），《出版史料》1990 年第 2 期，第 83 頁。

之名知先生名，相與歡迎之」。1906 年 2 月，林樂知最後一次回美，受到羅斯福總統接見，被邀請咨詢「中國時局及教務情形。」〔註16〕

總之，林樂知來華 47 年中，就是以上海為中心，從事宣教、英文教習，翻譯西書，發行公報，開辦學校等繁忙工作。這些工作多是齊頭並進，以致辛勞成疾，於 1907 年 5 月 30 日病逝於上海，享年 71 歲。他「實兼傳教士、教育家、作者、報人、中西文化交流者於一身」。〔註17〕

二、編輯人員

《萬國公報》應該說是中國近代早期開明知識分子與傳教士密切合作的產物。沒有精通舊學，熟悉國情及世界形勢的中國主筆們的「筆述」和「潤色」，《萬國公報》不可能譯得貼切、「雅馴」，就談不上為國人廣泛接受和購閱。所以《萬國公報》的成功，還得力於幾位著名的中國編輯，他們分別是沈毓桂、蔡爾康、任廷旭、范瑋、袁康，其中前兩位最為出色。

沈毓桂（1807～1907）字壽康，晚號贅翁，室名覺齋，其它名號有：子徵、贅叟、古吳居士、松陵居士、南溪老人、匏隱氏、悟道居士等。1807 年初，他出生於蘇州震澤書香世家。少年勤奮好學，博覽群書，周遊各地，因而「早著名興」，1859 年，他在北京由艾約瑟主持受洗入教。1872～1894 年間他襄助林樂知編輯《教會新報》、《萬國公報》。一面協助林樂氏筆述文章，一面自作「論文」登於報上，據統計自 1882.11～1883.7 一望即知是沈的文論多達 88 篇，還不算其用化名及執筆寫的新聞等。其間他與「西儒共譯格致探源及天文算學等 30 餘篇。」〔註18〕1881 年起，他開始充當林氏助手致力於中西書院的創建工作。1882 年中書院開學後，沈氏出任掌教十八年之久。同時，他積極參加聖教書會、教育會、天足會等公益事業。1894 年，沈毓桂以 87 歲高齡告老退休，不再協助編輯《萬國公報》。其前後出任公報主筆達 18 年之久，是我國近代報業史上最早的報人之一。1900 年，他又辭去中西書院掌院一職，告老休養。1904 年 9 月，工部待郎盛宣懷上朝廷賞封他「二品封典」，1907 年 8 月逝世，享年 100 歲。

〔註16〕范瑋：《林樂知先生傳》，《萬國公報》第 222 冊，第 26 頁。
〔註17〕林治平：《林樂知的生平與志事》，《基督教入華百七十年紀念集》，臺北宇宙光社 1977 年，第 149 頁。
〔註18〕盛宣懷：《襃揚耆儒奏摺書後》《萬國公報》第 40 本第 215 冊，第 24981 頁。

　　蔡爾康，字紫紱、芝紱、子弗，筆名鑄鐵生、儚馨仙史等。上海人，生員出身，博通經史，擅長詩文。早年就讀於著名的菁南書院。但科場失意，「八試不售」，於是投身報界，曾先後出任《申報》、《字林西報》編輯多年。1892年起被廣學會聘爲秘書，協助李提摩太翻譯《泰西新史攬要》（24 卷）。1893年，林樂知暫回國養病，《萬國公報》主編暫由李氏代理。蔡爾康則於譯書之外，開始撰著論說錄入《萬國公報》。1894 年，林樂知返華，經李氏和沈毓桂舉薦，蔡爾康正式出任《萬國公報》中文主筆。從 1894～1901 年 8 年間，蔡爾康與林樂合作得非常成功，兩人相得益彰，不僅合撰了大量的「論說」文章發表於公報，而且還合著八十部中外著作，其中最著名代表作爲《中東戰紀本末凡三編》和《文學興國策》。因此，當時社會流行著「林君之口，蔡氏之手」的讚譽〔註19〕。林樂知則對這種合作成功更是交口稱讚：「余之舌，子之筆，將如形之與影，水之與原，融美華於一治，非貌合神離也」〔註 20〕。他對蔡氏則推崇有加：「子弗，中國秀才也，每下一語，適好余意之所欲出。」

第三節　《萬國公報》內容概況

　　《萬國公報》歷時長久，卷快浩繁，影響深遠，是近代中國一家大型綜合性期刊。其內容反映中外時局的變化，著重維新變法及新政變革的宣傳，同時還推廣、普及西藝、西學，但萬變不離其宗地宣揚基督神學。其影響範圍之廣、深度之大，「一時學界奉爲文明之燈」。〔註 21〕《萬國公報》主要內容包括以下四大方面：

一、密切關注時局變化，及時報導世界動態

　　《萬國公報》創刊後，爲擴大銷量，引起士人矚目，不斷豐富時事性內容，時時關注「中西交涉事件」、「公使領事降調開遷」、「西國軍政軍情」，致使公報儼時然看似一份時事性報紙。公報周刊時期，《萬國公報》闢有「京報欄目」介紹中央政治新聞，「轅門抄」等錄用有關地方政事，「各國近事」專欄等報導世界各國的新聞信息，涉及五大洲。西方國家以美、英、法、德、

〔註 19〕《萬國公報》第 27 本第 101 冊，第 26928 頁。

〔註 20〕蔡爾康：《送林榮章先生暫歸美國序》，《萬國公報》第 28 本第 109 冊，第 17473 頁。

〔註 21〕陶英惠：《蔡元培年譜》上冊，臺北中研院近代史所 1976 年，第 94 頁。

俄等為主，東方則以日本為多。它以「各國近事」介紹各國新聞，如大美國事、大英國事、大日本國事等。公報月刊時期，雖仍有「各國近聞」專欄，但時有調整，「大清國事」有時也被「中朝新政」、「光緒政典」等代替，國際新聞欄目則有「西國近事」、「歐美雜誌」、「時局一覽」等。其中變化最大的莫過於自1890年2月起增添的「西電摘譯」欄目，不僅名稱繁多，如：電報摘譯、電書月報、電音紀錄，泰西要電、海外電書等；而且還以編年體形式，每日報導西方國家新聞。《萬國公報》的新聞報導以及時勢評論，大大開闊了讀者的眼界，激起人們對世界時局關注的熱情。其中最為典型的例子就是甲午戰爭。1894年7月，甲午戰爭剛爆發，《萬國公報》就刊登了《朝鮮亂紀一》，分析甲午戰爭爆發的原因。自此一發不可收拾，有關中日甲午戰爭的報導開始佔據公報的大部篇幅，而且長時間地進行連載。具體情況為：1894年8月（67冊），有《亂朝紀二》。1894年9月（68冊），有《日本宣戰書》、《中國朝兵禍推本窮原統》、《亂朝紀三》。1894年10月（69冊），有《朝亂紀四》。1894年11月，《中東之戰關係地球全局說》、《朝亂紀五》。1894年12月（71冊），有《朝亂紀六》、《微顯闡函兩端》。1895年1月（72冊），有《朝亂紀七》、《中日兩國進步互使論》。1895年2月（73冊），《大清國事》欄目中有《中嚴法紀》、《褒忠乏忠》、《報效甲需》、《朝亂紀八》。1895年3月（74冊），有《皇帝敕書》、《請示全權》、《明告全權》、《重辦全權》、《日使致詞》、《朝亂紀九》。1895年4月（75冊），有《朝亂紀十》、《電語譯要》。1895年5月（76冊），有《追譯中東失和之發往來公牘》、《朝亂紀十一》。1895年6月（77），有《中東失和古今本末考》、《和約全要》、《朝亂紀十二》。……正因為《萬國公報》的追蹤報導，迎合了士大夫瞭解甲午戰爭起因、經過、結果以及中外各界看法的迫切需要，使得公報一時聲名鵲起，風行海內外。到1896年4月，林樂知、蔡爾康將一年多來在《萬國公報》上發表的文章。包括中日戰爭的奏摺、詔令、往來函牘，條約等文件，以及中外報章上的有關中日戰爭的戰訊和林、蔡等人寫的評論，彙集成書，取名《中東戰紀本末》出版。一時該書紙貴洛陽，連版三次，甚至還出現過盜版現象。正因為公報不斷報導世界動態，及時反映世界形勢，成為時人瞭解世界的窗口。

二、積極倡導維新變法，竭力鼓吹新政自強

　　《萬國公報》對中國政治改革的議論，甲午戰爭前集中反映於1875年9

月至 1876 年 4 月公報上連載的《中西關係略論》。林樂知首先闡述了西人來華的目的，即通商、傳教，接著運用中西比較法指出中國貧弱的根源：「外國人視古昔如孩提，視今時如成人，中國以古初爲無加，以今時爲不及，故西國有盛而不變，中國每頹而不振，西國萬學爭先不甘落後，中國墨寧成規而不知善變，此弱與貧所由來也」〔註22〕。正因中國好古而弱國，因而他主張變革維新，實施強兵富國方案。強國措施有改變兵制，建設鐵路，架設電線，製造般炮等等；富國方略有：一、新法製造；二、廣通商；三、善理財，以發展民營事業爲主。最後他認識到變法根本在於教育。因而他力勸中國設儲才館，興新學，培植人才，同時主張欲使才子有志於此，則必須改革科舉制度。因爲科舉「錮士之心思而不靈活，蔽士之耳目而無可見聞炎」〔註23〕。不過，其主張的是循序漸進的緩變，認爲「居今反古之道行之太驟，人將有議其非者，必也。從容不迫，思得善法而徐徐更之，既不駭人聽聞，復可新人耳目，斯爲善變之法也」。〔註24〕

甲午戰爭後，《萬國公報》不斷發表文章，闡述其變法的必然性和必要性。它反覆告誡清政府認清變法爲大勢所趨，不可逆轉，如「欲以舊法期遇新機，既顯背乎天時，自難信乎人事，此既天機流行莫之能遇也」，又「非君相士民所能爲，亦非君相士民所能御」。如不變法，則「強鄰環集，按圖索冀，瓜剖豆分，雖有善者天從措乎」〔註25〕。外患如此，內亂亦可憂，「吾知華人必有心懷反側而蔑視皇者，中國危險情形不勝道哉」〔註26〕，勸說清廷「俯采各國之良法，博考善士之忠言，而隨事隨時極化載通變之妙」。

至於如何變法？《萬國公報》的具體建議大致爲：教育方面：主張「變通之道以育才爲本」，創設新式學校，改革教科書，中西學並重；實行新學制，即小學、中學、大學三級制；具體情況爲各鄉鎮遍設小學，府縣設中學、省

〔註22〕 林樂知：《中西關係略論》，轉見《外人與戊戌變法》，上海書店出版社 1998 年，第 12 頁。

〔註23〕 林樂知：《中西關係略論》，轉見《外人與戊戌變法》，上海書店出版社 1998 年，13 頁。

〔註24〕 林樂知：《中西關係略論》，轉見《外人與戊戌變法》，上海書店出版社 1998 年，第 11 頁。

〔註25〕 狄考文：《擬請創設總學堂議呈譯署手大臣》，《萬國公報》第 27 本第 100 冊，第 16858 頁。

〔註26〕 林樂知：《英前使華威妥瑪大臣答東方時屬問》，《萬國公報》第 24 本第 73 冊，1895 年 2 月。

會設大學，京師設總堂，培養師資；聘請外國教師，翻譯西書、開報館、立學會，派遣留學生等。經濟方面：造機器、開礦山、設商部、立商會、建銀行、行鈔法、撤釐金、舉辦郵政、獎勵發明、保護專利、編制國家預決算等。政治方面：提倡君主立憲，限制督撫等地方官吏權力，裁減冗員，提高俸薪，嚴禁貪污，設法制局、商務局、工藝局、農務局。由民選代表組織「議局」，也就是開國會以便下情上達，但反對冒昧仿行西方民主制度等。其它：包括外交上與外國和好，禮待外國使節，平等對待洋教，同時改良社會風氣，提倡男女平等，實行一夫一妻制，禁止賣買奴婢等。

三、大力宣傳基督神學，廣布福音之道

《萬國公報》前期，直接宣教的文章不少。它們大多主張基督教與儒家傳統相結合的「耶儒相合論」，立意皆從耶儒相合的角度解釋基督教義，使人們相信「福音道理不背於儒」、「耶穌心合孔儒也」，以圖消除人們對基督教敵視的態度，從而歸依基督耶穌。為此，《萬國公報》極力鼓吹基督教的創世說，原罪說，救贖說，天堂地獄說等，認為上帝是至高無上，全知全能的造物主，「上帝名耶和華，譯即自有者，於未有天地民物之先，已自其有，無始無終，凡天上地下，神人萬物，皆由其所造，故為造物主，⋯⋯故為世人之大君父，獨一無二，至尊無對。」〔註 27〕

《萬國公報》後期，其宣教內容似乎越來越少，事實上並非如此。它僅是把基督教義與西方文明、中外時政融為一體，滲透到各個方面。試舉幾例，以窺一斑。

《萬國公報》認為通商是符合上帝意志的。主張：「通商兩字何為，即以有易無也，此天下自然之理也」，因而現今「華人則以通商為非，非逆天理乎」必受懲罰，「於是乎有戰畔，於是乎有和約，於是乎有租界，於是乎有半主權之辱，斯實中國自召」〔註 28〕。在論及太平洋某島通商與傳教時，它認為「一位教者一年必令其贏餘二萬銀」，這是上帝的教化，「化人心」為本，而又慮「人之缺於用」，所以倡導通商，使「廢者興，缺者補」。〔註 29〕

除通商外，《萬國公報》大肆鼓吹「基督教為國政之本」，認為政治與「西

〔註 27〕《聖教問答二十四條》，《萬國公報》第 8 本第 559 卷，第 6724 頁。
〔註 28〕林樂知：《政教相安平議書後》，《萬國公報》第 36 本第 185 冊，1904 年 6 月。
〔註 29〕李提摩太：《續救世教益》，《萬國公報》第 18 本第 25 冊，1891 年 2 月。

教」關係密切。「教與政相表裏，其教道如何，則其政治亦必如何；教與政又相為始終，其教道既為如何，或變為如何，則其政治亦必隨之矣」〔註30〕；甚至認為世界各國政治的差別是由於宗教的不同，「天下萬國之政治，及其人民之風俗教化，有君主專制之政體，有君民共治之政體，有民主之政體，……，蓋莫不根於其教道之性質也」〔註31〕。如此宣傳無非是說：只有基督教才能救中國，「一言以蔽之曰，中國無論如何，但能以基督之福音，廣傳於庸眾人之心中，……，不但能媲美歐洲諸國之文明，雖超出於文明諸國之上，亦為意計中之事矣」〔註32〕。

《萬國公報》甚至把人類的生產鬥爭和階級鬥爭的歷史也描繪成基督耶穌拯救人類史。「試閱各國歷代之史記，即知教法之純駁，大關於國勢之盛衰」〔註33〕。公報上《英國基督教緣始》、《論歐洲進倫源流》、《論臘丁族人興衰之故》、《教化階梯衍義》等文章，都是講解世道興衰歷史，聲稱「人類之由衰之盛，必自教法之由舊更新始也。教不變，則人不變，人不變，則國亦不能變」〔註34〕。總之，「知基督之教道，實足以興國家、利民生，歷有成效可證矣」。〔註35〕

因此，在《萬國公報》眼裏不論是通商，還是政治、歷史都是以基督教義為根本。難怪乎范瑋曾不無感慨到：「嗟乎！知西藝最易，知西政已較難，更進而知西教，則如探水得真源，藝果而獲佳種，是最即公報之最大要義也」。〔註36〕

四、極力推廣、普及西學知識，傳播西方先進的科學技術

《萬國公報》刊登大量有關西方政治、經濟、教育、哲學等文章，向讀者介紹各種自然科學和技術。（在此則簡單介紹西方社會科學方面的內容，至於自然科學及技術則是本文主體內容，後面章節詳述）。

〔註30〕 林樂知：《論政教之關係》，《萬國公報》第34本第170冊，第21602頁。
〔註31〕 林樂知：《論政教之關係》，《萬國公報》第34本第170冊，第21601頁。
〔註32〕 林樂知：《歐亞釋放長進論衡》，《萬國公報》第34本第163冊，第21143頁。
〔註33〕 李提摩太：《論救世之益》，《萬國公報》第28本第110冊，1898年3月。
〔註34〕 林樂知：《論臘丁族人興衰之故》，《萬國公報》第30本第132冊，1900年1月。
〔註35〕 林樂知：《英國得基督教緣始》，《萬國公報》第26本第96冊，1897年1月。
〔註36〕 范瑋：《萬國公報第二百冊之祝辭》，《萬國公報》第39本，第200冊，第23611頁。

　　哲學方面主要有《格致淵源》、《希臘理性紀略》、《亞里士多得傳》、《性理學列傳小序》、《歐美釋放長進論衡》、《性海淵源》等等。這些文章論述傳教士們崇信的西方哲學思想，介紹了歐洲一些主要的哲學家和科學家的生平及其學說。

　　社會經濟學方面主要有：《慎理國財》、《西國鈔法》、《治國要務》、《稅斂要則》、《富國要策》、《富國養民策》、《賦稅原理新談》等等，屬於生產經濟學說範疇。其中介紹比較系統，完整的當推艾約瑟翻譯的《富國養民策》，這是他根據亞當‧斯密《原富》的理論體系，摻雜自己對中國經濟問題的見解編譯而成。該書主要介紹了亞當‧斯密的基本理論：如分工、資本、工資、地租、利潤、利息，以及「增利之法」，和「生財之源」等。如果從 1892 年 8 月，《萬國公報》發表的首篇算起，艾約瑟對亞當‧斯密《原富》的翻譯介紹，則比嚴復早了近十年。隨著中國近代經濟生活的展開，《萬國公報》對經濟學說的介紹也轉入了政治經濟學領域，主要有《富民策》、《論地租歸公之益》、《以地租徵稅論》、《本不養工論》等，這些主要是由馬林譯自亨利‧喬治的《進步與貧困》。

　　社會政治學說方面主要有：1875 年 6 月 12 日，林樂知發表了《譯民主國與各國章程及公議堂解》，向讀者較完整地介紹了西方民主政體和三權分立制度，澄清了時人的模糊混亂認識。1891 年底至 1892 年 4 月，《萬國公報》連載了美國人貝拉米的空想社會主義小說《回顧》，譯名《回頭看世紀》。這是中國最早較為詳細介紹空想社會主義學說的文章。1899 年 2 月至 5 月，李提摩太在《萬國公報》上連續發表其節譯英國頡德《社會進化論》而成的《大同書》，簡單介紹了馬克思學說和馬克思生平。他將馬克思學說譯成「安民新學」，且最早採用了「馬克思」譯名，「其以萬工領袖著名者，英人馬克思也」〔註37〕。不過，他錯將馬克思譯為英國人。1900 年 5 月至 1901 年 8 月，《萬國公報》連載馬林譯述的《自由篇》，較系統地介紹約翰‧穆勒的自由理論。

　　教育學方面主要有：《養蒙正軌》、《泰西諸校塾》、《振興學校論新法》、《西學考略》、《論崇實學而收效》、《擬請京師創設總學堂議》、《速興新學條例》、《設學校以育人才論》、《重視教育說》、《中國振興女學之亟》、《設女義塾並藏書院》、《日本東京設立幼女書院》、《中西女塾記》、《女學興國記》、《印度

〔註37〕李提摩太、蔡爾康：《大同學》第一章，《萬國公報》第 29 本 121 冊，1899 年 2 月。

治女學之益》、《印度女學說》、《上海創設格致書院緣起》、《創設博物院》、《益智會弁言》、《尚賢堂章程》等等。從內容上看，《萬國公報》重視宣傳新型學校教育制度，提倡女子教育，積極爲社會教育的開展製造輿論。

第四節　《萬國公報》發行狀況

一、《萬國公報》的發行方式

報刊的發行是刊物成敗的關鍵。甲午戰爭前，中國報刊處於「沿門丐閱時代」，人們對報刊這一新興媒介認識不足，以致許多刊物的發行都難有作爲。《教會新報》易名《萬國公報》，《萬國公報》周刊時期所以休刊，都有發行上的原因。而《萬國公報》月刊時期之所以成功，這與廣學會獨特的發行方式不無關係，它使其發行量不斷增加，影響也愈加廣泛。

《萬國公報》在出版發行的 40 年中，其發行方式主要有兩種：一是在全國各地及海外設立代銷處。方法是：《萬國公報》在上海每星期六編輯出版後，由輪船送寄到全國各地的傳教點託人銷售，代銷者可以從中得到二成的回扣。這是《萬國公報》周刊時期的主要發行方式。但由於當時《萬國公報》是林樂知私人經營，資金匱乏，人手不足，加之各教會之間有隙，各教地經常意見相左，完全靠林樂知的個人魅力維繫報刊的生存，所以此種方式未收到良好的效果；但它卻開創了報刊發行的新方式。《萬國公報》月刊時期其出版發行工作由廣學會負責，它把《萬國公報》同其它出版物一起納入自己的發行體系。廣學會前身同文學會成立時就計劃「在上海設立一個發行中心，並在十八省省會和主要城市，以及其它商業中心，如香港、橫濱、新加坡、檳榔嶼、巴達維亞等地，儘量設立一些代銷機構」〔註38〕。至 1899 年增加到 35 個。它們分別是：重慶（3 處）、北京、南京、鎮江、福州各二處、遼陽、瀋陽、牛莊、天津、濟南、青州、平度（山東）、興安（陝西）、成都、漢陽、漢口、九江、湖南某地、廬州、揚州、常熟、蘇州、江陰、衢州、廈門、廣州、太原、梧州各一處。朝鮮另有一處。〔註39〕正因爲廣學會強有力的組織

〔註38〕方富蔭譯：《同文書會組織章程》，《出版史料》1988 年第 2 期，第 30 頁。
〔註39〕方富蔭譯：《廣學會年報》第十二次（1899 年），《出版史料》1992 年第 2 期，第 108～109 頁。

和堅實的經濟後盾，這種獨特的發行方式取得了成功。《萬國公報》的發行地域不僅遍東西南北各地，覆蓋大半中國，海外亦有銷售；而且發行數量也逐年攀升。二是贈送。同文學會認為：「有十個省──直隸、山東、山西、陝西、江蘇、江西、四川、浙江、廣東和雲南，要求我們免費分發我們的書刊。」〔註40〕。贈送的對象主要是各地官員和應試舉子。1889 年，廣學會曾將 1004 本《格物探原》、1200 份《萬國公報》平均分送給杭州、南京、濟南和北京參加科舉考試的考生。〔註41〕1894 年，廣學會「額外印了五千冊的《萬國公報》在考生中散發」。

二、《萬國公報》發行量

《教會新報》時期，由因它宗教色彩濃厚而銷售寥寥。1868 年 9 月創刊後，《教會新報》起初兩卷「僅在上海售出一百餘冊」。四個月後，銷量雖增，但仍囿於沿江沿海地區。銷路不暢，林樂知為此頗費心機。自第二年起，他採取報價減半、免費贈閱等措施，銷量漸有起色，幾近翻一番。到 1873 年時，每卷銷量已達二千多冊。隨著發行量的增加，閱讀之人漸多。不僅教會中人爭相購閱，教外士紳官吏亦加入讀者陣營。其發行影響範圍也越來越廣，「北至盛京牛莊，東至日本國，南至粵東之南二千里之新加坡，以及十八省」。

　　《萬國公報》周刊時期，發行量大大增加。《萬國公報》自稱「一次約 4 千卷，一年五十次，都計約五萬卷」。其發行範圍「業已傳遍中會十八省各府地方」，像夏威夷、舊金山、東京等「西國各大口岸皆有買者，東海各埠行銷不少」〔註42〕。閱報者日益增多，中國的士紳商民、西方的領事官員都樂衷於此，以致「觀者千萬人」。〔註43〕

　　《萬國公報》復刊後，有廣學會作堅強後盾，內容上順應潮流，形式上精益求精，初時，每冊印 1000 份，後來發行量逐年增加。據 1889 年《同文書會年報》報導說：「《萬國公報》受到了極大的贊許，已經獲得比一般能在頭一年所獲得的更多的訂戶。」「很難確切地說出《萬國公報》能賣出多少錢

〔註40〕 方富蔭譯：《同文書會年報》第五號（1892 年）《出版史料》，1989 年第 1 期，第 34 頁。
〔註41〕 方富蔭譯：《同文書會年報》第二號（1889 年）《出版史料》，1988 年第 2 期，第 28 頁。
〔註42〕 林樂知：《本報現改名曰萬國公報》，《教會新報》影印本第 6 本，第 3296 頁。
〔註43〕 林樂知：《萬國公報告白》，《萬國公報》第 2 本，第 1316 頁。

來，它們是從以 1000 份開始，在第一年中不大可能會有盈餘。」〔註44〕

《萬國公報》月刊時期每年發行量

年　份	銷量（冊）	年　份	銷量（冊）
1889 年	10529	1899	39200
1890 年	11300	1900	36200
1891 年	不明	1901	25000
1892 年	不明	1902	48500
1893 年	不明	1903	54396
1894 年	23000	1904	45500
1895 年	不明	1905	27622
1896 年	不明	1906	30000
1897 年	39600	1907	23300
1898 年	38400		

　　至 1894 年，由於不斷刊登有關甲午戰手的新聞報導和評論，因而倍受矚目，發行量也成倍增長。據 1895 年《同文書會年報》（第八次）記載：「《萬國公報》發行量比前幾年成倍增加，以及對其它出版物的大量需求，是我們在中國人中擁有影響的最早的一個徵兆。有一個月對《萬國公報》的需求量如此之大，使我們不得不再版一次。」〔註45〕據 1896 年《廣學會年報》（第九次）記載：「今年《萬國公報》的發行量又增加了一倍，就是說是二年前的四倍。」〔註46〕《萬國公報》暢銷的原因顯然與維新變法運動進入高潮和義和團運動後清政府新政有關。自 1897 年～1904 年，除 1901 年因義和團運動影響，《萬國公報》銷量僅 25000 本，其它年份都在 4～5 萬冊之間。其中，1903 年達到發行量頂峰爲 54396 冊。銷量大增的同時，《萬國公報》影響也越來越廣。不僅讀者越來越多，「購閱者大都是達官貴介、名士富紳、故京師及

〔註44〕方福蔭譯：《同文書會年報》（第二次），《出版史料》1988 年第 2 期，第 28
　　　　頁。

〔註45〕方福蔭譯：《同文書會年報》（第八次），《出版史料》1990 年第 1 期，第 88
　　　　頁。

〔註46〕方富蔭譯：《廣學會年報》第九次（1896 年），《出版史料》1990 年第 3 期，
　　　　第 45 頁。

各省閥閱專門、清華別業，案頭多置一篇」〔註47〕；而且地域範圍也愈加廣泛，「幾於四海風行」，「其銷流之廣，則更遠至海外、歐、澳三洲」〔註48〕。

《萬國公報》隨著發行量的不斷增加，其傳播地域是愈來愈加廣泛。例舉下列史料以證之。

1877年，全國基督教大會上，福州保靈第一個發言，盛讚《萬國公報》：「該報大有益處，並使中國人心目中產生了對西方人的友好感情，在福州地區報紙已經有渠道進入官場和士紳中，並獲得好名聲。」〔註49〕

1889年10月，同文書會發佈年報宣稱：「《萬國公報》這個雜誌的發行量逐月都在迅速增長，並且仍在增漲；同時令人滿意的是：幾乎每個新訂戶都在補購已發行的若干期，因此，除留存的五十份作年度合刊外之外，我們僅存各期共六十八份。這個雜誌也已經散佈到我們想達到的各方面；我們滿意地得知帝國中的高級官員都已經看到它。」〔註50〕英國駐廣州領事致信同文學會說：他「從與張之洞秘書的談話中獲悉，這位秘書和他的許多朋友都是這個雜誌（《萬國公報》）的訂戶，他們認爲這是中文中從未見過的好雜誌，總督自己也偶而閱讀這個雜誌」。〔註51〕

1893年，同文書會發佈年報宣稱：「上東和臺灣都增加了《萬國公報》的訂數，並在中國的報紙上轉載了好些《萬國公報》的文章。」〔註52〕

1895年，有一位上海的翰林特別喜歡看我們的《萬國公報》，他經常給在京城的翰林同僚們寄多達三十多份的《萬國公報》。〔註53〕

據1896年《廣學會年報》（第九次）報導說：「可能沒有一個地方比湖南的省城，這個反洋宣傳大本營，對我們的出版物尤其是《萬國公報》和《中東戰紀本末》有更大需求了。這種需要主要歸功於該省考官的英明安排，他

〔註47〕《萬國公報》第26本第95冊，第1655頁。

〔註48〕《萬國公報》第27本第100冊，第16908頁。

〔註49〕 *Record.of The Cenernal.Conferenceof the Protestant Mission-aiesof China, Shaihai, 1877, P227.*

〔註50〕方富蔭譯：《同文書會年報》第二號（1889年），《出版史料》，1988年第2期，第27頁。

〔註51〕方富蔭譯：《同文書會年報》第二次（1889年），《出版史料》1988年第2期，第29頁。

〔註52〕方富蔭譯：《同文書會年報》第六號（1893年），《出版史料》1989年第2期，第49頁。

〔註53〕方富蔭譯：《同文書會年報》第八次（1895年），《出版史料》1990年第1期，第88頁。

把西方的政治學、歷史、和應用科學介紹給學生們並作為必須科目」〔註54〕。「過去保守主義中心，出版過許多反洋書刊的策源地湖南，現已成為本會書刊最好的一個主顧，後來居上。誰能說湖南人不會成為這個國家的文化進步的先驅呢！在那裏全省銷每月要發行四千份《萬國公報》，這一定會產生很大的效果。我們敢說閱讀的人數比這個數字要大三、四倍，而閱讀這種書的人都是中國擁有的最有才乾和最聰明的人。」〔註55〕

山東曲阜孔子後裔孔令偉在給林樂知的信中寫道：「我們這個省的人閉塞無知，外界的事極不瞭解，有幾個城鎮人特別如此。去年我看了你編的《萬國公報》，知道你很愛中國，對此我很感謝。附上購書單一份，請告訴這些書的價目。」〔註56〕他還在信後附寄了一篇反對纏足的文章請《萬國公報》刊登。

1897年，重慶傳教士利特爾說：「他和中國知識分子交談時，幾乎沒有一個人不向他要有關外事、科學和教學方面的書籍的，他們好像都知道《萬國公報》」。〔註57〕

湖北漢口倫敦會的斯帕哈姆寫道，「現在有許多本地報紙設法在漢口立住腳，但是沒有一份能像《萬國公報》那樣博得眾人的信任」。有位《字林西報》的記者從離上海非常遠的雲南昭通府發來的一則消息說，「有些頭面人物渴望再收到林樂知博士的《萬國公報》，他們急於知道事態的真相，他們非常重視該報的報導」。〔註58〕

浙江鮑克思牧師在 1897 年廣學會年會上說：「在（浙江）另一個城市，有幾個士人來拜訪他，他們是廣學會書刊的讀者，其中一個是當地的士紳，他們告訴我，他們每月訂購《萬國公報》六七份，輪流在這個城市的一些官員和士人中間傳閱。」〔註59〕

〔註54〕方富蔭譯：《廣學會年報》第九次（1896年），《出版史料》1990年第3期，第45頁。

〔註55〕方富蔭譯：《廣學會年報》第九次（1896年），《出版史料》1990年第3期，第51頁。

〔註56〕方富蔭譯：《廣學會年報》第十次（1897年），《出版史料》1991年第3期，第79頁。

〔註57〕方富蔭譯：《廣學會年報》第十次（1897年），《出版史料》1991年第3期，第89頁。

〔註58〕方富蔭譯：《廣學會年報》第十三次（1900年），《出版史料》1992年第4期，第81頁。

〔註59〕方富蔭譯：《廣學會年報》第十次（1897年），《出版史料》1990年第2期，第90頁。

陝西一位讀者（退畏齋主人）曾在《西士無識》中稱：「於西士處得閱《萬國公報》」。〔註60〕

1898 年 2 月，大同譯書局所出版的《皇朝經世文新編》二十卷 580 篇文章中，有 37 篇轉載自《萬國公報》上所刊登哲美森總領事，李提摩太和林樂知撰寫的文章。〔註61〕

據《廣學會年報》第十三次（1900 年）報導：「原山東巡撫李秉衡被撤職後，回河南彰德閒居，我們曾按期把《公報》送給他。」〔註62〕

日本天皇及內閣官員均繫《萬國公報》的讀者，曾由上海日本領事館長期訂購轉寄。「林樂知博士因此收到日本宮內省大臣轉來的天皇陛下的一封感謝信，內云：該書材料可靠，立論公正，他非常喜歡。」〔註63〕朝鮮國王及政府及官員亦長期訂閱《萬國公報》。據《廣學會年報》第十次（1897 年）報導：「高麗國王，現爲皇帝，是《萬國公報》老讀者，林樂知博士也收到他寫的同樣表示感謝的信。」〔註64〕其皇帝還曾將其心愛之物——一幅「錦繡屏風」饋贈林樂知，以表敬慕之情。〔註65〕

據《廣學會年報》第十二次（1899 年）報導：一位在馬來西亞的中國人來信要買我們的雜誌……在高麗也有一個進步運動，大部分是受同一來源——《萬國公報》等的影響。〔註66〕

據《廣學會年報》第十三次（1900 年）報導：「在西方，大家把《萬國公報》看作是一個可尊敬的老朋友。它仍是我們獲得寶貴消息的來源。」〔註67〕

以上史料大部分都是各地讀者反饋的信息，應該說是比較可信的。從以上史料中，我們可看出：《萬國公報》傳播地域不僅在中國大江南北、沿海邊

〔註60〕《萬國公報》第 26 本第 94 冊，第 16445 頁。

〔註61〕轉引馬光仁：《上海新聞史》，復旦大學出版社 1996 年，第 166 頁。

〔註62〕方富蔭譯：《廣學會年報》第十三次（1900 年），《出版史料》1992 年第 4 期，第 85 頁。

〔註63〕方富蔭譯：《廣學會年報》第十次（1897 年），《出版史料》1991 年第 2 期，第 79 頁。

〔註64〕方富蔭譯：《廣學會年報》第十次（1897 年），《出版史料》1991 年第 2 期，第 79 頁。

〔註65〕轉引劉家林：《中國新聞通史》，武漢大學出版社 1994 年，第 69 頁。

〔註66〕方富蔭譯：《廣學會年報》第十二次（1899 年），《出版史料》1991 年第 3 期，第 頁。

〔註67〕方富蔭譯：《廣學會年報》第十三次（1900 年），《出版史料》1992 年第 4 期，第 85 頁。

陋廣為傳播，像上海、浙江、福建、重慶、山東、湖北、雲南、北京、天津、廣州、陝西、山西、江蘇、湖南、四川等省份；而且海外亦有行銷，如：日本、朝鮮等。

第五節　《萬國公報》受眾影響

　　隨著《萬國公報》發行地域的愈加廣泛，讀者人數也是越來越多，影響力更是越來越大。對於吸引讀者閱讀該報，《萬國公報》編者曾在1891年信心滿滿地說：「(《萬國公報》)包含很廣泛的內容，而且由於撰稿人包括外國人和中國人，他們大多數都是在中國最有能力和最富經驗的作家，所載的文章差不多都很適合時代，有力、令人發生興趣，因此也為廣大讀者所歡迎。最近關於『傳教士』問題的討論，中外刊物都一再提到並加以讚賞！可以說，作為一個影響中國領導人思想的最成功的媒介，它的地位幾乎確定下來。」〔註68〕

　　《萬國公報》的讀者大致可分為：一、思想比較開明的當權者，如：洋務派官僚；二、憂國憂民、陳言變法、傾向維新的知識分子；三、資產階級革命派；四、其它社會群體，如：報刊同仁，科舉士子，傳教士們創辦的學校、醫院、慈善機構的學生、人員等等。下面分別試舉幾例典型史料予以說明。

一、思想比較開明的當權者

　　光緒皇帝曾經購閱八十九種廣學會出版書籍，亦常索閱該報，並諭令彙集過去各期呈覽；八國聯軍侵入深宮時曾有人見過全套的《萬國公報》。據梁啟超記載：甲午之前，光緒「多流覽宋元版本書」，讀《萬國公報》評論，同樣，據翰林院庶士龔心銘記載：「《泰西新史攬要》業之進呈御覽，又《中東戰況本末》，《文學興國策》二書亦將託其公使咨送總署轉進深宮」〔註69〕。當時有位讀者曾言：「當軸各公將《萬國公報》按月進呈請帝，使坐而言者即可起而行」。有鑒於此，光緒帝經曾常閱讀《萬國公報》是可信的。

〔註68〕方富蔭譯：《同文書會年報》第四次（1891年），《出版史料》1988年第3、4期合刊，第62頁。
〔註69〕龔心銘：《上叔岳孫燮臣大司空家鼐書》，《萬國公報》第9冊第26本，第16233頁。

　　《中西關係略論》曾記載：「總理衙門大臣亦稱公報爲華字中第一報也」。〔註70〕1891年同文書會年報宣稱：「《萬國公報》是總理衙門經常訂閱的，醇親王生前也經常閱讀；高級官吏們也經常就刊物所討論的問題發表意見」。〔註71〕

　　李鴻章創辦的輪船招商局是《萬國公報》的最大訂戶。在蘇特爾的《李提摩太傳》中，記載了李鴻章同李提摩太的一次談話，「掌權的大臣，絕不知道西國的情形，沒人肯看《泰西新史攬要》，我倒看過幾次。」〔註72〕由此可知，李鴻章是《萬國公報》的忠實讀者。甚至當時有人請求李鴻章向皇帝建議將「《萬國公報》改爲政府的機關報，每月發行一萬份。」〔註73〕

　　張之洞與《萬國公報》關係非常密切。他在湖廣、兩江任上的主要活動受到重點報導，其所作的《上海強學會序》也在《公報》上最先發表，且多次捐助廣學會，印行公報及西學書籍。

　　郭崇燾被委派爲駐英公使時，自北京出發途經上海，林樂知聞知造訪，將《中西關係略論》贈給郭崇燾。1878年，林樂知途經英倫特去拜會郭使節，兩人交談甚歡，郭對林氏所言：「初奉派時，並不知西國情形，幸籍君之書爲指南焉」〔註74〕。其所著的《使西紀程》也在公報上長期連載。

　　1896年初，林樂知把編著的《中東戰況本末》和《文學興國策》兩書，贈送給兼任官書局督辦的孫家鼐，請其在官書局中刊行。孫家鼐表示要求要行先閱底本《萬國公報》，方敢追准。雖然，最後無果而終，但孫家鼐在給其女婿龔心銘信中，仍稱林氏「人品端方、學問深遠。」〔註75〕孫家鼐主持的官書局也是《萬國公報》訂戶，「令人鼓舞的是這家官書局向我們訂購了相當數量的我們的出版物奧，除了《萬國公報》，很多人要買林樂知博士寫的《中東戰紀本末》」〔註76〕。

〔註70〕林樂知：《中西關係略論》，《萬國公報》第368卷，第3本，第1863頁。
〔註71〕方富蔭譯：《同文書會年報》第四次（1891年），《出版史料》1988年第3、4
　　　　期合刊，第65頁。
〔註72〕蘇特爾：《李提摩太傳》，《戊戌變法》（四），第238頁。
〔註73〕方富蔭譯：《廣學會年報》第十一次（1898年），《出版史料》1991年第1期，
　　　　第48頁。
〔註74〕林治平：《基督教入華百七十七年紀念集》，臺灣宇宙光社1977年，第143頁。
〔註75〕孫家鼐：《覆龔景張太史心銘書》，《萬國公報》第91冊26本，第16230頁。
〔註76〕方富蔭譯：《廣學會年報》第九次（1896年），《出版史料》1990年第3期，
　　　　第45頁。

晶緝棱在山東道臺、江蘇巡撫任上，多次捐助廣學會，他在浙江巡撫任內，每年向本省官紳勸購廣學會和《萬國公報》的價款就達 1600 多兩。〔註 77〕

李董壽曾自己談到閱讀完《萬國公報》的感受「瀏覽一過即欣羨西國政教之美而爽然自失」，並予以高度評價：「中國向有日報，自月出《萬國公報》以來，風氣一新，開每報之先聲，繼軌而起地方風動。〔註 78〕

當時《萬國公報》曾一度在清政府各地各級政府機關流行，廣學會年報自豪地說：「我們的雜誌《萬國公報》每月在全國重要官邸中流傳。」〔註 79〕「當時本會所發行的《萬國公報》，各省督撫向本會訂購數百份乃至數千份，分發各該省重要官吏閱讀，……，光緒帝、李鴻章、張之洞等咸受其影響，……，以故當時來會請教之人，有朝中之各尚書，各省之督撫及紳學各界之士。」〔註 80〕

甚至有有些官員因閱讀了《萬國公報》改變了宗教信仰，皈依基督教。據 1898 年《廣學會》第十一次年報報導說：「有個去湖南做官 20 年姓袁的官員，來到距離湖南 700 英里的上海。他說主要是爲了入教。他是閱讀了《萬國公報》和《時事新論》後對基督教發生興趣的。」〔註 81〕

二、憂國憂民、陳言變法、傾向維新的知識分子

王韜同《萬國公報》中文編輯沈毓桂關係密切，在《萬國公報》上發表過大量文章，其《弢園尺牘外篇》就曾在《萬國公報》連載。另外，王韜經常是《萬國公報》徵文的評委。因此，他經常閱讀《萬國公報》自然在理。

康有爲在自訂年譜光諸九年（1883 年）目下：「讀東華錄，大清會典則例，……，購《萬國公報》大攻西學書，聲、光、化、電、重學及各國史志諸大遊記皆涉焉。」〔註 82〕

〔註 77〕方漢奇：《中國近代報刊史》上，山西人民出版社 1981 年，第 30 頁。
〔註 78〕轉引劉家林：《中國新聞通史》，武漢大學出版社 1994 年，第 69 頁。
〔註 79〕方富蔭譯：《同文書會年報》第五次（1892 年），《出版史料》1989 年第 1 期，第 33 頁。
〔註 80〕卿汝楫：《美國侵華史》第二卷，三聯書店 1956 年，第 300 頁。
〔註 81〕方富蔭譯：《廣學會年報》第十一次（1898 年），《出版史料》1991 年第 1 期，第 48 頁。
〔註 82〕康有爲：《康南海自編年譜》（外二種），中華書局 1992 年，第 11 頁。

梁啓超所著的《西學書目表》臚列六種刊物，其中對《萬國公報》推崇備至，進行重點介紹：「癸末甲申間，西人教會始創《萬國公報》，後因事中止，至己丑後復開至今，亦每月一本，中譯西報頗多，欲覘時事者，必讀焉」〔註83〕。1896 年 6 月，梁啓超在《時務報》發表文章《變法通議》，對《萬國公報》提倡學泰西政學必先教學的說法提出異議，反對利用報刊宣傳基督教學，認爲「引經說理，將令如遊大天歸」，「借闡宗風不出鄭志，爲報館之一弊」，此引發《萬國公報》立即作答，「敝報常言，人各有自主之權，教法爲自主大端，斷不能強人以就，……或者，眞實無妄之謂，立教之宗者，立言之本原，胥於乎在？若不求其淺，而徒斷斷於教法之判東西，人類之分中外，也覺僕所以期貴報哉。」對於《萬國公報》的反擊，《湘學報》也發表《論西政學興衰俱與西教無涉》參與辯爭，強調變法自強與西教並無關係，變其政正是爲了保其教——孔教，認爲「庶政變、學變，而教仍是可不變」。〔註84〕1901 年，他再次論及《萬國公報》，「出西人之手，憑教會人力，其宗旨受人倚於宗教，於政治學問非常有大關係焉。」〔註85〕

譚嗣同在《上歐陽中鵠》信中談到開算學館時，主張將《萬國公報》作爲學校的必讀物，「大要者，除購讀譯出諸西書外，宜廣閱各種新聞紙，如《申報》、《滬報》、《漢報》、《萬國公報》之屬。」〔註86〕

唐才常經常參閱《萬國公報》文章後，自己撰文在《湘學報》上發表。如《各國政教公理總議》一文中，稱：「若法於安南西貢、政煩賦重，民不堪命，意於可皮西亞藝其目，役其民，卒爲所敗，大損國權（事詳丙申《萬國公報》），追爲特權不恃理考戒。」〔註87〕

1897 年 2 月，宋恕在爲天津育才館開列的縣文字第一級正課書目中，把《萬國公報》同本月論拆同歸於時務學一欄。他認爲《萬國公報》：「雖亦未免虛、陋二弊，然較之申滬多報，則爲異常之實，異常之博矣。」〔註88〕

孫寶瑄在《忘山廬日記》中講到自己讀書生活時，記載了他於農曆 1897

〔註83〕梁啓超：《西學書目表》，1902 年版，第 14 頁。
〔註84〕夏佐良：《萬國公報》，《辛亥革命時期的期刊》第二冊，第 615 頁。
〔註85〕梁啓超：《中國報館之沿革及其價值》，《清儀報》第 100 冊。
〔註86〕譚嗣同：《上歐陽中鵠書》，《譚嗣同全集》上冊，中華書局 1989 年，第 166 頁。
〔註87〕唐才常：《唐才常集》，中華書局 1982 年，第 72 頁。
〔註88〕胡珠生編：《宋恕集》上冊，中華書局 1993 年，第 254 頁。

年 3 月 26 日，4 月 8 日，5 月 12 日（農曆）曾閱讀過《萬國公報》。農曆 1897 年 3 月 26 日，他記載說：「晚，觀《萬國公報》，電傳歐洲戰事，感而有賦云：心商大地莽貪機，拓宇夷山未覺非。龍戰四洲江海立，鼠糜萬甲骷髏飛。天心何日驅蠶賊，民政由來起賤微。安得大人騰九五，盡申平等一戎衣。」〔註 89〕農曆 4 月 8 日，日記寫道：「初八日，晴。斂束行具，將赴杭。晡，登舟，日尤未落，以行十餘里。舟中觀《萬國公報》、謝希傅《有美洲安達斯山記》。」〔註 90〕農曆 5 月 12 日，「昳時，詣祥士，不遇。歸，覽《萬國公報》。法國人有欲立均富會者，雖一時礙難驟行，然可知公理之明也。」〔註 91〕農曆 10 月 26 日，他記載說：「夜，閱《萬國公報》。西國立相，每自闢僚佐，故偶不協輿情，循例讓賢，而曹署爲之一空，其法近古。」〔註 92〕

維新運動伊始，康有爲等維新派甚至創辦的第一個維新刊物就取名《萬國公報》，可見它對維新派影響之大。林樂知等傳教士爲此自豪地說：「上千年來《京報》一直獨家把持著京城，但是現在另有一張名叫《萬國公報》的報紙出現了，它取了我們的 Review of the Times 的中譯名同樣的名稱。這是對我們的奉承。它最早出版的幾份只不過重印我會出得報紙罷了。」〔註 93〕鮑克斯牧師也曾在《中國報紙》中記載該事，「強學會在北京創辦的《萬國公報》（與廣學會的《萬國公報》同名）。它刊登的一些主要文章也都取之於廣學會的《萬國公報》，只是它的文體完全模仿《京報》的。與李提摩太商量之後，此報改稱《中外紀聞》。」〔註 94〕

三、資產階級革命派

孫中山及其興中會會員曾是《萬國公報》的忠實讀者。「廣州雙門底聖教書樓爲基督教徒左斗山所設，其司事曰王質甫。總理初在廣州業醫，以同教之關係，假該樓爲診察所。……凡屬上海廣學會出版之西籍譯本如林樂如、

〔註 89〕孫寶瑄：《忘山廬日記》上冊，上海古籍出版社 1983 年，第 94 頁。

〔註 90〕孫寶瑄：《忘山廬日記》上冊，上海古籍出版社 1983 年，第 97 頁。

〔註 91〕孫寶瑄：《忘山廬日記》上冊，上海古籍出版社 1983 年，第 104 頁。

〔註 92〕孫寶瑄：《忘山廬日記》上冊，上海古籍出版社 1983 年，第 146 頁。

〔註 93〕方富蔭譯：《同文書會年報》第八次（1895 年），《出版史料》1990 年第 1 期，第 88 頁。

〔註 94〕方富蔭譯：《同文書會年報》第 11 次（1898 年），《出版史料》1992 年第 1 期，第 58 頁。

李提摩太所譯《泰西新政攬要》、《西學啓蒙》十六種、《萬國公報》等類，皆儘量寄售，實爲廣州唯一之新學書店。……左王皆先後爲興中會員。」另外，青年孫中山所著的《上李鴻章書》也曾在《萬國公報》上公開發表。〔註95〕

胡漢民曾言：「自林樂知，李提摩太諸人創《萬國公報》，屬中士人爲譯述，每一發刊。雖專爲基督教家言，然亦銳意以開民智爲己任，破除文人士結習，於報界一新其面目」。〔註96〕

蔡元培對《萬國公報》是推崇倍至，評價《萬國公報》在戊戌變法至辛亥革命時期，是「一時學界奉爲文明之燈。」

四、其它社會群體，如報刊同仁，科舉士子，傳教士們創辦的學校、醫院、慈善機構的學生、人員等等。

《萬國公報》接受刊登有關變法論文，其中屬國人執筆者就多達百五十餘人，每人少則一篇，多則百餘篇，而執筆者不乏當時的知名人士，像曾紀澤，胡禮垣，王韜，孫中山等人。

1898年2月，清朝實行科舉制改革，增設了「經濟特科」。「時務策論」是該科的重要內容。當時，《萬國公報》主編們特地向應試舉子推薦原在《萬國公報》上發表的《泰西新史攬要》、《中東戰況本末》、《文學興國策》、《中東戰況本末續編》，以供舉子作時務策論「彤廷之明問」時作論據「援據」。〔註97〕

另外，《萬國公報》經常舉行有獎徵文，獲獎文章常在公報上發表。如果不看《萬國公報》勢必很難獲悉這一信息，所以參加徵文的人士必然閱讀過《萬國公報》。1893年7月，《萬國公報》刊登題目爲：振興中國論、江海關考、禁煙論、中西敦睦策、維持絲茶議的徵文。在直隸、廣東、浙江、江蘇、福建五省應徵，各取十四名，獎金總額五百兩。1894年8月，《萬國公報》刊登李提摩太《擬廣學會新題徵菱以稗時局啓》。有二十道徵文題目，結果像康有爲都參加應徵，最終得獎者就有80位，康有爲得了六等末獎銀四兩。這種徵文活動大大提高了部分人士閱讀《萬國公報》的興趣，產生了廣泛的影響。

此外，格致書院同《萬國公報》關係是非同小可。籌辦伊始，《萬國公報》

〔註95〕馮自由：《革命逸史》初集，中華書局1981年，第15頁。
〔註96〕胡漢民：《近代中國革命報之發展》，《中興日報》1909年1月29日。
〔註97〕轉引劉家林：《中國新聞通史》，武漢大學出版社1994年，第69頁。

就長篇連牘地進行報導。在 1891 年，《萬國公報》將格致書院學生王佐才獲第一名的課卷《中國創設鐵路利弊論》第三期（26、27、28 冊）連載，可見，格致書院應是《萬國公報》的長期讀者，林樂知創辦的中西書院、中西女塾等學校亦如是。

據 1896 年廣學會年報報導：湖南各書院學生也是《萬國公報》的熱心讀者，「在過去兩年裏湖南的學生比江浙兩聲的學生學得好，確實沒想到這個省的學系風氣好轉得這麼快。不僅如此，他們閱讀《萬國公報》時，是同意其中所講的道理的，他們不時對他們閱讀的材料提出問題，並盼望能親自見見編輯。」〔註 98〕

從以上四方面，我們可以窺悉當時《萬國公報》讀者群的基本概況。確如廣學會 1900 年報說：《萬國公報》是「一份以高層人士為對象」的月刊，「作為向官員和文人這些中國掌權人物的階層提供現代世界的情況。」〔註 99〕當然，它不可能像李提摩太曾雄心勃勃希望的那樣：作為一個影響中國領導人物思想的最成功媒介，「計劃把廣學會的出版物去影響將能有這個帝國的當前和未來的四萬四千多位人物」，認為：「通過書刊影響這些未來官員的思想，就等於『指導』了中國四億人民的思想」〔註 100〕。但是，《萬國公報》發行時間之長，數量之大，影響之廣在當時報刊中是難有與之匹敵者。就以 1903 年為例，《萬國公報》發行量為 54396 冊，按每本平均四人閱讀過計算，這一年就有 217584 人閱讀過《萬國公報》，其影響之大由此可見一斑。他們自負地認為：「這個雜誌再繼續推廣發行幾年，它能改革中國學者的思想和感情，並能為各階級準備一個新秩序打開道路。」〔註 101〕同時，《萬國公報》作為中國近代化階段的重要報刊雜誌，它的讀者包括中國近代化權力精英的大多代表，如洋務派、早期維新派、維新派、資產階級革命派。《萬國公報》獲得了很高的聲譽，有讀者來信說：「通過《萬國公報》做的是一件偉大的工作。我至今沒有聽到過中國人或外國人對它有不好的評論。我希望它能改成周刊。」

〔註 98〕方富蔭譯：《廣學會年報》第九次（1896 年），《出版史料》1990 年第 3 期，第 46 頁。

〔註 99〕方富蔭譯：《廣學會年報》第十三次（1900 年），《出版史料》1992 年第 4 期，第 74 頁。

〔註 100〕方富蔭譯：《同文書會年報》第四號（1891 年），《出版史料》1988 年第 3、4 期合刊，第 63 頁。

〔註 101〕方富蔭譯：《同文書會年報》第三號（1891 年），《出版史料》1988 年第 3、4 期合刊，第 59 頁。

〔註102〕因而,《萬國公報》成爲近代知識分子瞭解時事的重要媒體,是他們發表政見的重要陣地。

〔註102〕方富蔭譯:《廣學會年報》第十三次(1900年),《出版史料》1992年第4期,第86頁。

第三章 《萬國公報》傳播近代科技文化的整體態勢

本章分析《萬國公報》傳播近代科技文化的歷史背景，即：在西方不斷侵略、西學東漸熱潮之下，來華傳教士沿襲「以學輔教」、「以政輔教」的方式，積極傳播近代科技文化。其次，論述《萬國公報》傳播近代科技文化的發展情況，指出《萬國公報》傳播近代科技文化的歷程大致分為三個階段：1874 年至 1894 是第一個高峰時期，1895 年到 1901 年是低潮時期，1902 年至 1907 年終是第二個高峰時期。最後，本章對《萬國公報》傳播近代科技文化進行了計量分析。列圖表統計出《萬國公報》介紹科技內容的文章有 923 篇，科技新聞達 2291 則，並對其傳播的科技內容進行量化；分析指出：《萬國公報》內容側重應用科技、作者陣容強大、影響地域廣泛、讀者眾多。

第一節 《萬國公報》傳播近代科技文化的歷史背景

一、西方的侵略和晚清中國的自救運動

19 世紀中葉，歐洲產業革命後，西方資本主義生產力高度發達，經濟快速增長，整個社會呈現欣欣向榮的局面。但資本主義發展帶來的是殖民戰爭，對外擴張，掠奪殖民地。正如馬克思言：「掠奪是一切資產階級的生存原則」〔註1〕。列強在瓜分完非洲和亞洲大部份後，也開始對地大物博的中國垂涎三

〔註1〕 馬克思、恩格斯：《馬克思恩格斯選集》第 4 卷，人民出版社 1972 年，第 390 頁。

尺，處心積慮地要轟開中國緊閉的國門。爲此，自 19 世紀 40 年代起，西方列強在中國燃起一次次侵略的戰火，先後發動了兩次鴉片戰爭、中法戰爭、甲午戰爭、八國聯軍侵華戰爭，進行瘋狂的經濟掠奪，把中國變爲他們的原料產地和商品市場，將中國推向半殖民地半封建社會深淵，妄圖從政治、經濟、文化、軍事等方面控制中國。

同時，晚清社會內部，弊病百出，危機重重，生產落後，經濟蕭條，政治腐敗，軍備廢弛，思想保守僵化，科技停滯不前，社會矛盾異常尖銳，人民起義此起彼伏，外患頻仍，整個社會局勢動蕩不安。面臨岌岌可危的社會矛盾和民族危亡，中國有識之士率領中國人民進行了一次次抗爭自救運動。他們艱辛探索救國救民眞理，孜孜不倦地追尋富國強兵的中國近代化道路。爲此，他們改變觀念，衝破夷夏大防，自強不息地追求西方科技的進步和繁榮富強，甚至拋頭顱，灑熱血也在所不惜。先是「睜眼看世界第一人」林則徐在經世致用思潮影響下，高舉學習西方的旗幟，開始關注西學西書，競相談論「瀛海故實」，並撰文編書，介紹西方。第二次鴉片戰爭後，清朝洋務派目睹西方炮艦和工業文明的威力，認爲只要奮力自強，「輪船之速，洋炮之遠，……，若能陸續購買，據爲已有物，在中國則見慣而不驚，在英法亦漸失斯所恃」，〔註 2〕如此這般，「則日後無事可相安，急難亦可有備」。於是，在「中學爲體，西學爲用」的方針指引下，洋務派們不斷主張學習西方堅船炮利、聲光化電、設工廠、開礦山、造輪船，掀起學習西方、引進西方科技的熱潮。近代中國人正「如同巨人那樣正從長眠中醒來，搖憾著古老的枷鎖，擦揉著朦朧的雙眼，審視自己所處的地位」，開始認識到科技的偉大力量，「渴望學習西方的科學，這種科學已經使西方各國變得如此偉大，並把中國甩到了偏僻的角落裏。」〔註3〕

二、西學東漸潮流和中西文化衝突

從 16 世紀起，西方近代科學技術迅速發展，逐漸領先中國科技水平，且伴隨資本主義浪潮向全世界傳播。明末清初，歐洲傳教士們開始以西方科學技術爲敲門磚來華傳教，從而揭開了西學東漸的序幕。但由於種種原因，西學沒有在中國開花結果。西學眞正猛烈衝擊中國是在鴉片戰爭後，自此西

〔註 2〕 曾國藩：《曾文正公全集·奏稿》第 28 卷，《復陳購買洋船炮摺》。
〔註 3〕 《基督教傳教士大會紀錄 1877 年》，1878 年上海版，第 177 頁。

學開始向中國社會各個領域各個層面廣泛深入地侵蝕著中國傳統文化。它以通商口岸爲傳播的基地，以傳教士爲主的西人辦學校，開醫院，出書報，進行各種西學傳播活動。據統計：從 1843 年至 1860 年，在香港、廣州、福州、廈門、寧波、上海，共出版各種西書 434 種，其中宗教宣傳品有 329 種，屬於天文、地理、數學、醫學、歷史、經濟等方面有 105 種〔註4〕。中國知識分子開始主動學習西學，吸收西學，如林則徐、魏源、李善蘭等。從 1860 年起，西學東漸日興高潮。傳播機構日漸增多，出版機構就有廣學會、美華書館、益智書會、上海江南製造局翻譯館、京師同文館等數十家；近代化學校各地廣布，據統計：到 1899 年，教會學校就發展到兩千所，在校學生達 4 萬餘人〔註5〕；此外，翻譯西書量多面廣，自 1860～1900 年，共出版西書 555 種，範圍涉及社會科學、自然科學、應用科學的各個領域，其總量是此前半個世紀所出版科學書籍的 5 倍多〔註6〕。同時，西學影響逐漸擴大到社會基層。但是，由於西學是伴隨著西方列強的鴉片、炮艦等湧入中國的，更因爲中西文化的價值標準、思維方式、行動準則、生活習俗等存在重大差異，以致中西文化不斷發生矛盾和衝突，有時一觸即發。不僅教案頻仍發生，人民反洋教運動也日趨高漲；而且社會矛盾日益激化，嚴重危及西人在華利益。正如著名學者費正清所言：中國近代史「從根本上說，是一場最廣義的文化衝突」〔註7〕。

三、近代來華傳教士的宣教活動

近代來華傳教士們是在列強猛烈的炮火和不平等條約保護下，紛紛來到中國傳教的。自 19 世紀 60 年年代起，他們憑藉《天津條約》和《北京條約》的庇護，在中國的傳教活動進入了一個穩定發展時期。在華傳教士人數不斷增加，從 1844 年的 31 人迅猛發展到 1877 年的 470 餘人，中國教徒也由原來的六人增至近萬人。但是，由於中西方文化禮俗的衝突和有些教士的滋意妄爲和「吃教」之人的胡作非爲，以致教案時有發生，反洋教運動此起彼伏。於是「西士在華傳教乃倍增艱難」〔註8〕。面對傳教的重重困難，深受「常識

〔註 4〕 熊月之：《西學東漸與晚清社會》，上海人民出版 1995 年，第 8 頁。
〔註 5〕 焦潤明：《中國近代文化史》，遼寧大學出版社 1999 年，第 55 頁。
〔註 6〕 熊月之：《西學東漸與晚清社會》，上海人民出版 1995 年，第 12 頁。
〔註 7〕 費正清：《劍橋中國晚清史》，中國社會科學出版社 1985 年，第 251 頁。
〔註 8〕 賴光臨：《中國近代報人與報業》，臺灣商務印書館 1999 年，第 14 頁。

哲學」薰陶的來華新教士們，繼承和發揚明末清初利馬竇開創的「以學輔教」的傳統，積極投身社會世俗活動。他們認爲「倘若傳教士們忽視世俗文藝，宗教便會衰退，中世紀的黑暗便會重新降臨」〔註9〕；還宣稱：「我們的目標是面向公眾，包括知識界和商界，在我們提供眞科學同時，要努力使之具有吸引力，……只有當我們博得士大夫的尊敬，我們在中國的事業才能順利進行」〔註10〕。在他們眼裏，眞正的宗教與科學「是互不排斥的，他們像一對學生子——從天堂來的充滿光明、生命和歡樂兩天使，賜福於人類。」〔註11〕他們認爲基督教的傳播必須要有良好的社會環境，而開辦學堂、翻譯西書、發行報刊，可以減輕社會對教會的誤解和敵意，正如林樂如所言「聞釋耶教、介紹西方，決難囿於講壇，徒恃口舌，必須利用文字，憑藉印刷，方能廣布深入，傳之久遠」〔註12〕。基於以上認識，在洋務運動急需精通西學人士的情況下，傳教士們積極投身於布道以外的世俗工作，爲介紹西方學術而服務於清政府的各類機構中，或自行創立學堂，創辦報刊雜誌，設立學會，組織各類醫療衛生和慈善事業等。

總之，在西方不斷侵略、西學東漸熱潮之下，晚清國人開始正視中華落後的現實，自強不息地學習救國眞理，探索中國近代化的道路。而傳教士們則沿襲「以學輔教」、「以政輔教」的方式，投身於世俗社會工作之中，充當了傳播西學的工具；而報刊雜誌以其迅速、及時、靈活、豐富的優點，以及具有開啓民智，倡導新風氣的功效，成爲西方傳教士傳播近代科技文化和宣揚宗教的利器。

第二節　《萬國公報》傳播近代科技文化的發展階段

自《教會新報》創刊時起，就開始傳播科技文化知識。只不過，由於其宗教色彩濃厚、教務內容偏多，其傳播的科技知識並未引起人們的廣泛關注。據香港學者梁元生先生對《教會新報》首年50卷統計研究分析結果：五項文

〔註9〕　《基督教傳教士大會紀錄1877年》，1878年上海版，第227頁。
〔註10〕顧長聲：《傳教士與近代中國》，上海人民出版社1991年，第15頁。
〔註11〕方富蔭譯：《廣學會年報》第十次（1897年），《出版史料》1991年第2期，
　　　　第82頁。
〔註12〕姚松齡：《影響我國維新的幾個外國人》，臺北傳記文學雜誌社1971年，第67
　　　　頁。

章共 465 篇，其中，教務 243，消息 77、雜錄 58、時論 46、科學 41。教務最多，科學最少〔註13〕。美國學者貝奈特的研究結果顯示：第一年，科學技術占 22%，第四至六年，科學技術內容爲 13～30%〔註14〕。由此可見科學技術的傳播在《教會新報》中佔有一席之地。《教會新報》在改刊爲《萬國公報》時就宣稱：《萬國公報》內容將分門別類，其中第四類「係西方製造機器、軍械、電線、天文地理、格致算學、各學無一不備」〔註15〕；而且在周刊時期的一段時間內，《萬國公報》在每期扉頁上都刊刻了這樣一段文字，即：「本刊是爲了推廣與泰西有關的地理歷史、文明、政治、宗教、科學技術、工業及一般進步知識」〔註16〕。在整個周刊時期，《萬國公報》傳播科學技術的比重有所增加，宗教內容進一步減少。到月刊時期，《萬國公報》也曾屢次標榜「專以開通風氣，輸入文明」的宗旨，聲明刊物將「首登中西有裨益之事，敦政本也；略譯各國瑣事，誌異聞，其它至理名言，兼收博取，端基源淵。形上之道與形下之器，皆在所不遺也」〔註17〕。科技文化內容的文章不斷增多，比重增加。試以第二冊（1889 年 3 月）爲例，文章共 15 篇，涉及科技內容的就有 6 篇，占 40%，消息共 18 則，科技消息有 8 則，占 44%。據有人統計分析，從 1889 年至 1907 年，《萬國公報》較復刊前，其宗教內容少了 11%，科學知識內容增加了 8%〔註18〕。總而言之，《萬國公報》自 1874 年 9 月改刊至 1907 年 12 月停刊，除 1883 年 8 月至 1889 年 1 月休刊外，歷時 28 年中，科技文化的傳播一直是其重要內容之一。根據筆者粗略統計結果並與中國近代科技文化發展進程相結合的考察，《萬國公報》傳播近代科技文化大致可分爲三個階段：一、1874 年至 1894 年，是《萬國公報》大力宣揚近代科技文化的二十年；二、1895 年到 1901 年，是它傳播近代科技文化的低潮時期；三、1902 年到 1907 年 12 月，是它恢復大量傳播科技文化、卻又因故停刊的尾聲時期。

〔註13〕梁元生：《林樂知在華事業與〈萬國公報〉》，香港中文大學出版社 1978 年，第 76 頁。

〔註14〕貝奈特：*Mission Journalist in China, Young J.Allen and HisMagazines*, 1860～1883.p112.

〔註15〕林樂知：《本報現更名曰〈萬國公報〉》，《教會新報》第 6 本，第 3295 頁。

〔註16〕葉再生：《廣學會初探》，《出版史研究》第四輯，第 112 頁。

〔註17〕沈毓桂：《興復萬國公報序》，《萬國公報》第 16 本，第 10113 頁。

〔註18〕尤衛群：《林樂知在華傳播西教西學述論》，《歷史教學》1989 年第 5 期，第 29 頁。

一、第一階段

　　《萬國以報》傳播近代科技文化的第一階段，即 1874 年 9 月至 1894 年 12 月。這是《萬國公報》介紹、傳播近代科技文化最集中，數量最多的二十年。在此期間，《萬國公報》發表了大量的文章，介紹、傳播近代科技文化。為此，它有時甚至是長篇累牘地鼓吹著輿論的號角，啓迪民智，宣揚科學技術的重要性，宏揚著科技的實用性，以開啓中國沉寂已久、死水一潭的科技風氣，以便形成有利的社會環境，為西方科技文化在中國落地生根培養良好的社會土壤，引進西方近代的科技文化，以求最終為宣揚宗教開闢陽光大道。《萬國公報》傳播、介紹的科技文化的總量（科技文論以篇算，科技信息以則計），這一階段就多達 2244（篇或則），占《萬國公報》傳播、介紹的科技總量的 69.8%；其中科技文論共有 745 篇，占科技文論總量的 80.7%；科技信息共計 1499 則，占科技信息總量的 65.4%（詳情見後表一）。《萬國公報》不遺餘力地介紹西方近代自然科學發展概況，天文、地理、算學、生物、物理、化學等科目無一不備。如：天文學中的地圓學說、太陽中心說、宇宙各天體理論、提普拉斯星雲假說，物理學中的熱學、聲學、光學、力學、電學理論，化學中的道爾頓原子論，生物學中的植物分類理論、動物學中的昆蟲學、微生物學，……等等；另一方面，《萬國公報》不時炫耀著西方科技成果，傳播著近代應用科學的發展成就。一時報端屢見有關醫學、農田水利技術、通迅信息技術、交通運輸技術、礦冶技術等內容，如：醫學方面的《西醫舉隅》、《西醫彙抄》、傳染病知識，農學方面的化肥技術、施肥技術、選種技術，通迅信息方面的電報、電話技術，交通運輸方面的鐵路、航運、公路交通技術，……等等。在「各國近事」欄目中，《萬國公報》不斷地報導著世界各地科技發展的最新發展，對最先進的科學技術尤為關切，對那些技術創新，科研新成就從不吝惜筆墨。因而世界範圍內的鐵路、電線、電報、熱氣球、北極考察、鐵甲船、水雷、槍枝彈藥大炮等科技發展情況，都在《萬國公報》中留下了技藝日益完善、不斷創新的痕跡。如大炮技藝革新，《萬國公報》進行了追蹤報導。試看這幾則新聞標題即可窺其一斑：《演放新造 81 頓大炮》（364 卷）、《以新法造炮與開花炮彈》（376 卷）、《效英製造大炮》（391 卷）、《試放大炮》（393 卷）、《試放新炮》（402 卷）、《添派多用格得林炮》（417 卷）、《試放大炮》（419 卷）、《英包造 200 頓火炮》（423 卷）……等等。同時，《萬國公報》密切地關注著近代中國的科技活動，不僅追蹤報導著晚清洋務派們購買洋槍洋炮以及鐵甲船（艦），使用機器創辦軍事

企業，開辦工廠創辦民用企業，派遣留學生等洋務運動新聞；而且近代中國學習科技活動也多有報導，福建水師購買炮艦、定遠和鎮遠兩鐵甲艦的購進、福州船政局的生產管理情況，福夏電報的興建，江南製造局第一艘自製輪船的試航以及譯書局的書籍出版情況，開平煤礦的創辦和生產，輪船招商局的創立和經營，……等等。可以說，這一時期《萬國公報》傳播的科技文化是以西方科技革命成果爲主，其目的顯然是迎合洋務運動，以得到清廷當權者的重視，博得士大夫們的歡心。

二、第二階段（1895～1901）

　　1895 年到 1901 年，是《萬國公報》傳播科技文化的低潮時期。在這一階段，《萬國公報》傳播近代科技文化數量大減。這在「論說」中以及「各國近事」欄目中均有體現，甚至有時整期也難覓科技文化的蹤跡；同時，存在著介紹科學技術少，傳播科技觀念、科學方法多的特點。信息欄目中，其科技介紹的及時性，先進性有了提高。究其原因，大致有二：第一、1895 年甲午戰爭失敗至 1900 年義和團運動，是近代中國政治鬥爭最激烈，社會最動蕩，民族危亡最緊要的關頭。甲午戰敗，朝野震驚，舉國譁然，歷經 35 年之久「自強新政」的大清王朝竟被「爾蕞小國」日本輕易打敗，於情於理，全國上下萬難接受。《馬關條約》的簽定，清廷被迫割地賠款，一時民族危機感彌漫華夏。難怪梁啓超說「喚醒吾國四千年之大夢，實自甲午一役也」〔註 19〕。因而「舉國上下，年少氣盛之士，疾首扼腕言維新變法」〔註 20〕。特別在康有爲，梁啓超發動組織下，1300 多舉人聯名上書，痛陳割地、賠款必將導致列強紛至的後果，主張「拒和、遷都、變法」。這場史稱「公車上書」運動，標誌著挽救民族危亡，發展資本主義維新變法運動拉開了序幕。自「公車上書」至 1898 年 9 月維新運動塵埃落定，《萬國公報》充分發揮其「華字第一報」的輿論先鋒作用。該報在「各國近事」欄目中，停止了以對外國新聞消息的報導，專以報導甲午戰爭和維新運動情況，而且在「論說」欄目中，加強了對維新變法的宣傳和對中國政事的干預。同時它還不斷報導列強瓜分中國，劃分勢力範圍活動。1899 年義和團運動的興起，使得西方列強勢力大損。《萬

〔註 19〕 梁啓超：《戊戌政變記》，《飲冰室合集》專集之一，中華書局 1989 年，第 113 頁。
〔註 20〕 梁啓超：《清代學術概論》，中華書局 1954 年，第 21 頁。

國公報》於時密切關注著時事主題。從 1900 年 6 月至 1901 年 6 月，介紹科技文化的文章近乎為零，科技消息全無。其全部的篇幅多以報導義和團運動為主。試以 1901 年 9 月，《萬國公報》第 40 冊為例，其目錄中一目了然地可以看出義和團運動的文章有《拳匪禍速論》、《拳匪亂華蒙論》、《論中國目下自全之最》、《拳匪亂華南論》、《新申拳匪亂子經要之四》、《拳匪亂華電報》等。因此，在社會動蕩不安，政治風雲變幻，中國人民同列強殊死抗爭的歲月裏，《萬國公報》這份時事性極強的的報刊，逐漸淡化了科技文化的色彩，追蹤社會熱點，不遺餘力地集中筆墨報導評論時事新聞，最大潛能在中國政治舞臺上發揮其影響。第二，甲午戰爭後，伴隨著以學習西方「西藝、西技」為主的洋務運動破產，有識之士對西學認識也逐漸加深，開始拋棄原來學習西方的淺層次，過渡到要求學習西方社會的政治，經濟，文化等制度的深層次上來。因此，《萬國公報》加強了對西方社會科學理論傳播的力度。如：經濟方面有《國政要論》、《富國要策》、《富國養民策》、《論生利分利之別》、《地工本三說》、《論地租歸公之策》等等；政治方面有《自由篇》、《大同學》等，哲學方面有《性海淵源》等。總之，1895 年至 1901 年，由於中國社會劇烈的政治變革和中國士民對西學理解的深入，《萬國公報》削減科技文化的傳播，加強了對中國時事政治和社會科學的關注。

三、第三階段（1902～1907）

1902 年到 1907 年 12 月，《萬國公報》傳播近代科技文化恢復到甲午戰爭前的規模，但與第一階段介紹的科技又有明顯的差異。表現在：一、介紹近代科學技術的理論性文章少，總結百年來科技發展的文章多，如：《格致進化論》、《論百年來醫學之進步》等。二、對近代科技文化的介紹、傳播多集中在「格致發明類徵」以及「智叢」欄目中，而且具有百科知識的性質。試以第 200 冊為例：其在「智慧叢話」的子目有：人類分色之理、鋪路吸沙機、雨季之關係、有吸力之物、天線電水雷、研究肺疫、人造絲之妨礙、海浪之高與長、倫根光之進步、火中頭盔、電線之進步、新法局之報告、認人之法、海底通道、格致與裁判之關係、海底船之遺憾、動物之睡眠、灌田利器，碾粉新機、鬧鐘新制，影燈之奇」〔註21〕。我們可以從這些事中看出，它不僅介紹了最新科技成就；而且報導了許多生活小常識。

〔註21〕《智慧叢話》，《萬國公報》第 39 本第 200 冊，第 23808 頁。

第三節　《萬國公報》傳播科技文化計量分析

晚清社會，報刊雜誌如雨後春筍般蓬勃發展。據史和等編寫的《中國近代報刊名錄》統計，自 1815 年《察世俗每月統計傳》問世到 1911 年，海內外共出版中文報刊 1753 種。這些報刊雜誌都成爲傳播近代科技文化的重要媒介。〔註22〕其中，《萬國公報》是最集中、最負影響力，最長久的報刊，曾一度被世人譽爲「學界明燈」。

據筆者初步統計，《萬國公報》介紹科技內容的文章有 923 篇，科技新聞多達 2291 則，總數在 3214 左右。《萬國公報》具體年份宣揚科技的規模和發展變化情況，可以從表（一）的粗略統計中洞悉。表（一）其大致情況爲：《萬國公報》在其 28 年的歷史中，其傳播近代科技文化變化發展情形分析，是一個「Ｖ」形結構，即存在一個低潮和兩個相對高潮時期。從時間劃分可以分爲三個階段：即 1874 年至 1894 是第一個高峰時期，1895 年到 1901 年是低潮時期，1902 年至

《萬國公報》傳播近代科技文化態勢表（一）

類　別 時　間	卷（冊）	文　論	消　息	總　數
1874.9.5～1875.8.21	301～350	102	155	257
1875.8.28～1876.8.12	351～400	32	08	140
1876.8.19～1877.8.4	401～450	20	95	115
1877.8.11～1878.8.3	451～500	25	123	148
1878.8.10～1829.8.2	501～550	51	74	125
1879.8.10～1980.7.31	551～600	41	71	112
1880.8.7～1881.7.30	601～650	42	71	113
1881.8.6～1882.7.29	651～700	72	91	163
1882.8.5～1883.7.28	701～750	42	93	135
1883～1889.1	休　　　刊			
1889.2～12	1～11	75	90	165
1890.1～12	12～23	87	132	219

〔註22〕熊月之：《西學東漸與晚清社會》，上海人民出版 1995 年，第 392 頁。

類別 時間	卷（冊）	文　論	消　息	總　數
1891.1～12	24～35	53	118	171
1892.1～12	36～47	42	89	131
1893.1～12	48～59	32	118	150
1894.1～12	60～71	29	71	100
1895.1～12	72～83	3	16	19
1896.1～12	84～95	5	35	40
1897.1～12	96～107	17	13	30
1898.1～12	108～119	22	1	23
1899.1～12	120～131	20	17	37
1900.1～12	132～143	5	7	12
1901.1～12	144～155	7	0	7
1902.1～12	156～167	22	60	82
1903.1～12	168～179	22	60	82
1904.1～12	180～191	10	134	144
1905.1～12	192～203	10	187	197
1906.1～12	204～215	19	125	144
1907.1～12	216～227	16	137	153
（總計）28 年	677	923	2291	3214

備註：1、時間為公曆，總計 28 年，除 1883.8～1889 年 1 月休刊外。

　　　2、《萬國公報》卷宗冊之分為，周刊時期，每期稱卷；月刊時期，每期稱「冊」。

　　　3、「文論」單位為「篇」、「消息」單位為「則」。

　　　4、「文論」包括反映科技思想，介紹科技知識的議論性和說明性文章。

　　　5、「消息」包括新科技和新成果以及科技活動，自然現象等等。

1907 年終是第二個高峰時期，三個階段《萬國公報》介紹科技文化總量的百分比分別是 69.8%（2244）、5.2%（168）、25%（802）；科技文論方面分別為：80.7%（745）、8.6%（79）、10.7%（99）；科技信息方面：65.4%（1499）、3.9%（89）、30.7%（703）。

　　《萬國公報》傳播科技文化的文論分類狀況見表（二）。自表（二）中，

我們可以得出這樣的結論：《萬國公報》傳播的科技文化不僅在科學方面科目齊全，天文、地理、數學、物理、化學、生物，科科具備；而且在應用科學方面涉及面廣，如醫學、農學、水利工程技術、交通運輸技術、冶金採礦技術、紡織技術、通訊技術，類類皆全。更重要的是：在科技總論中，它不斷刊載有關科技觀念的論說文章，宣揚科技文化在人類社會中的地位和作用以及對中國的特殊重要性。同時又連續發表一些科技綜述的文章，反映各學科、各技術之間的相互關係，及時總結了科技發展的一般趨勢。表（二）中，各科技文論占科技文論總數的百分比分別爲：數學：2.2%、天文 12.4%、地理6%、物理 4.8%、化學 2.5%、生物 4.5%、醫學 19%、農學 6.2%、水利 6.6%、交通運輸技術 10.3%、採礦冶金技術 4.4%、通訊信息科技 4%、紡織技術 1.2%、科技總論 15.8%。

《萬國公報》傳播近代科技文化態勢表（二）

科學總類	學 科 分 類	數 量
基礎科學	數學	20
	天文學	114
	地學	56
	物理學	44
	化學	23
	生物學	42
應用科學	醫學	176
	農學	57
	水利工程技術	61
	交通運輸技術	95
	採礦冶金技術	41
	紡織技術	11
	通訊信息技術	37
其 它	科技總論	146
總計		923

備註：1、科技文論，單位以篇計，總計 923 篇。

　　　2、科技文論的分類參照通用的基礎科學和應用科學分類。

　　　3、科技總論，主要指反映科技思想議論文總結科技進步的多學科綜合性文章，以及年度各學科成就總結性文章。

　　《萬國公報》在「各國近事」、「格致發明類徵」、「智叢」、「雜錄」等欄目中，傳播、介紹了大量科技新聞。這些科技信息種類繁多、涉及面廣，除反映科技內容的自然現象外，還有交通運輸技術、通訊信息技術、水利工程技術、醫學、紡織技術、建築工程技術、軍事工業技術、機械工程技術、印刷技術、採礦冶金技術、化學工業技術和其它等等，它們各自在科技信息總量中所佔百分比為：18％、25％、9.1％、1.7％、5.2％、2.3％、7.3％、13.7％、0.8％、7.1％、3.7％、0.8％。具體篇數請見表（三）的統計。

《萬國公報》傳播近代科技文化態勢表（三）

科技分類	數　量	備　　注
採礦冶金技術	161	1、科技消息的計量單位以「則」算，總計 2291 則。
交通運輸技術	573	2、交通運輸技術包括航運中的輪船、鐵路、飛機 的製造和發展。
通訊信息技術	210	3、通訊信息技術包括電報、電話、無線電、通信等。
水利工程技術	40	4、軍事工業技術包括戰艦、槍、炮等製造和新成果。
印刷技術	19	5、自然現象包括天文現象、地震、火山等。
醫　學	120	6、其它包括科學考察和探險，如北極科考活動等。
紡織技術	28	
軍事工業技術	168	
機械工程技術	314	
自然現象	408	
化學工程技術	84	
其　它	136	
總計	2291	

　　從以上三個圖表中，我們可以清晰地瞭解《萬國公報》傳播近代科技文化的概況，它所介紹的科技文化文章、報導的科技消息，來源廣泛，作者陣容強大。據筆者初步統計，共有 160 多位撰稿人。其中外國的作者有 50 多位：如林樂知、韋廉臣、艾約瑟、丁韙良、嘉約翰、慕維廉、狄考文、楊格非、花之安、李佳白、德貞等著名來華傳教士；同時亦有像赫德一樣的外國高官與領導。中國作者隊伍更為龐大，大約有 110 餘名，他們有的是投稿釋疑，有的是徵文獲獎，有的是應邀贈文，有的是被轉載其文。這些作者主要有賈步緯、陳嚴侯、葉芝園、躡雲路、金敏齊、趙蘭亭、鄭明希、張一臣、陳沛園、

黃品三、張最（知非之）、李邁高、沈流桂、蔡爾康、吳玉虹、周汝翔、林象廉、秀耀春、袁日顯、戴調侯、吉紹衣、顧曉岩等。其中不乏社會名流，文人雅士、清廷高官，如王韜、鄭觀應、胡禮恒、曾紀澤、郭嵩燾等；除此以外，也還有近代的科技專家學者，如華衡芳、李善蘭等。這些作者，遍及祖國大江南北。除上海及其周圍的松江、嘉慶、金山、崇明、寶山等地外，有臺灣、安徽、浙江、山西、北京、天津、江西、廣東、福建、江蘇、山東、湖北、香港、貴州等省；甚至有日本、新加坡、舊金山等地的作者。這充分體現了《萬國公報》在各地的影響力。

　　《萬國公報》傳播的科技文化側重點是非常明顯的，無論科技文論和科技消息，都側重介紹應用科學技術。從表（二）宏觀科學分類來說，其應用科學、基礎科學、科學總論的百分比分別為 52%、32%、16%。表（三）的科技信息中，這一點更為明顯。除在科技自然現象中有些反映天文、地理、生物等有關基礎科學內容外，其它基本上以應用科學為主。在應用科學的具體分類中，其側重點也很明顯。在科技文論中，其側重醫學和交通運輸技術，它們分別以總數 176 篇和 95 篇位居科技文化總數之一、二位。科技信息方面，交通運輸技術是其內容的側重點。《萬國公報》傳播科技文化側重應用技術科學的特點，與近代傳教士們急功近利的傳教實用目的有關。

　　總而言之，《萬國公報》在傳播近代科技文化的過程中，帶有鮮明的階段性，且三個階段層層推進，密切注視著中外科技文化的發展和中國民眾科技觀念的啓蒙。《萬國公報》傳播科技文化階段性的特點，不僅順應了中國近代科技發展的歷程，符合「中國近代文化的發展始終同政治變革、救亡圖存密切結合的特點，」〔註 23〕遵循「異質文化接觸於物質的規律，順應了晚清中國學術趨於務實的潮流」〔註 24〕。

〔註 23〕 龔書鐸：《中國近代文化概論》，中華書局 1997 年，第 4 頁。
〔註 24〕 段治文：《中國近代科技文化史論》，浙江大學出版社 1996 年，第 93 頁。

第四章 《萬國公報》傳播近代科技文化的內容分析

本章首先重點論述《萬國公報》傳播的器物科技觀、方法論、唯科學主義觀等科技觀念，指出「宗教爲體，科學爲用」是其傳播近代科技文化的理論依據。其次，介紹《萬國公報》傳播的具體科技知識，自然科學方面包括：數學、天文、地理、物理、化學、生物；應用科學方面涉及醫學、農學、水利工程技術、通訊技術，冶金採礦技術、交通運輸技術等等。最後，敘述《萬國公報》傳播的科技信息情況，如 X 射線、電燈、電話、鐳元素等等；分析指出：它於科技信息關注之勤，時間之久，內容之多，數量之大，影響之廣。

第一節 《萬國公報》傳播的科技觀念

19 世紀上半期起，西方文化潮流就伴隨著列強猛烈的炮火湧進了中國國門。從此，西方文化以近代科技文化爲前沿與中國傳統儒家文化的交鋒漸次展開，並貫穿中國近代史。但是，由於中國社會內部缺乏適宜近代科技文化生存發展的良好土壤，初來乍到的西方科技文化舉步維艱、步履蹣跚。但它畢竟代表時代的脈搏，預示著中國發展的方向。因而，中西文化的衝突和融合問題成爲中國近代文化的潮流。如何適應這種時代潮流，對於近代來華傳教士創辦的《萬國公報》顯得愈加敏感而脆弱，是其成功與否的關鍵。

筆者認爲：在時代潮流衝擊下，《萬國公報》傳播近代科技文化時，採用了適時的理論依據和宣傳策略。其一，「宗教爲體，科學爲用」成爲《萬國公報》傳播近代科技文化的理論依據。《萬國公報》大力傳播西學，宣傳西方科

技文化；但時時不忘「主工」，極力結合中西各學或隱或顯地大肆宣揚基督神學，廣布上帝福音之道；並且其宣揚的近代科技文化，也萬變不離其宗地爲其宗教宣傳服務。其二，「中體西用」論成爲其傳播近代科技文化的有效策略。「中體西用」文化觀在 19 世紀後期和 20 世紀初廣爲流傳，如魏源的「師夷長技以制夷」、馮桂芬的「以中國之倫常名教爲原本，輔以諸國富強之術」等等。它成爲一切不完全反對西學的各色人等的共同口號」〔註1〕。恰逢其時的《萬國公報》刊登了大量文章，極力鼓吹「中體西用」的論調，如：《西學必以中學爲本說》等；就目前文獻看，1895 年 4 月，《救時策》一文中，《萬國公報》最早明確提出「中體西用」的表述，「夫中西學問，本互有得失，爲華人計宜以「中學爲體，西學爲用」〔註2〕。另外，《萬國公報》也心不由衷地道出採用「中體西用」策略的原因，「蓋既在中國之地，且教中國之人，不得不合乎其時，就乎其勢，否則其益仍未全備也」。〔註3〕關於《萬國公報》傳播科技文化的「宗教爲體，科學爲用」和「中體西用」觀念，是一個博大精深的論題，涉及到宗教與科學的關係、文化傳播理論等理論問題，有關這方面的研究成果也非常豐富，如熊月之的《西學東漸與晚清社會》、丁偉志的《中西體用之間》、胡衛華的《近代傳教士的科學觀》等等。同時鑒於這一論題與本課題並沒有十分密切的關係，加之限於篇幅等客觀原因，本文無意論述，另文再進行詳文闡述。

　　《萬國公報》傳播的科技觀念是異常豐富多彩的。其宣揚的科技觀念基本上圍繞著器物科技觀、方法論、唯科學主義觀三種形態進行。它們沒有嚴格的時間劃分，共存於時，並存於世，有時還互相矛盾。這主要是《萬國公報》的報刊性質和宗旨以及作者多樣化的使然。

首先，《萬國公報》宣揚的器物科技觀

　　《萬國公報》刊登大量文章，極力宣揚器物科學觀。其眾多撰稿人不斷發表科學技術就是「船堅炮利」的論斷。如：花之安在《萬國公報》連載的《自西徂東》中，多次表明「製造新奇之器可以利於世用者，即船堅炮利」〔註4〕的觀點。沈毓桂也多次發表文章認爲：「西學，我所知者，惟知其船之堅而

〔註 1〕 丁偉志：《中西體用之間》，中國社會科學出版社 1997 年，第 240 頁。
〔註 2〕 沈毓桂：《救時策》，《萬國公報》第 24 本第 75 冊，第 15106 頁。
〔註 3〕 張書紳：《中西書院之益》，《萬國公報》第 14 本 681 卷，第 8847 頁。
〔註 4〕 花之安：《自西徂東》，《萬國公報》第 15 本第 736 卷，第 9837 頁。

已，惟知其炮之利而已，西學在今日實足以富國強兵」〔註5〕。而早期維新派王韜則認為：「安內而攘外，故練兵為第一；則有恃而無恐，殺敵致果，初又何難，故火器為第二；槍炮之器戰守皆宜水陸起用，既有勁兵，又有利器，而載之以衛，防於波濤，決勝於海外者，則船艦不可稍緩，取材選料慎簡二匠，則船艦為第三」；因而「兵士不可不練，火器不可不利，船艦不可不固也，⋯⋯皆為富國強兵之計，所以自強之道亦不外乎此矣」〔註6〕。《萬國公報》器物科學觀論調舉不勝舉。另外，《萬國公報》的器物科技觀在其宣揚科技文化的實踐中也表現的異常明顯。前章的計量分析從其宏觀科學分類來說，《萬國公報》傳播、介紹應用科學、基礎科學、科學總論的百分比分別為52%、32%、16%。其科技信息除在自然現象中有些反映天文、地理、生物等有關基礎科學內容外，其它基本上以應用科學為主。此外，《萬國公報》器物科技觀的宣揚是緊密配合中國科技活動的進程的。如：《萬國公報》傳播、介紹的科技的第一階段（1874～1895 年）就是中國近代科技活動興起的重要階段，即洋務運動時期。而洋務運動是中國科技器物觀表現最為突出的時期。《萬國公報》在這一階段科技傳播、介紹的科技文化的總量多達 2244（算或則），占《萬國公報》傳播、介紹的科技總量的69.8%；其中科技文論共有745篇，占科技文論總量的80.7%；科技信息共計1499則，占科技信息總量的65.4%。由此可知：《萬國公報》注重了自然科學的傳播，但更多的是對技術層面的科技介紹，特別在科技新聞中著重報導的都是器物層次的科技活動；這些都表明，他們對科技本質特性及其內在價值還不甚瞭解，停留於科學技術的全部就是物化形態的認識，可以說是一種典型器物科技觀的體現。雖然《萬國公報》這種器物科學觀很膚淺，但它卻是文化發展的歷史必然，中西文化衝突和融洽的初始必然也只能是從作為器物狀態的技術層面開始的。《萬國公報》在宣揚這種器物科學觀的同時，也對這種科學觀不斷針砭時弊的鞭策，指責它只襲皮毛，是無用無實。《萬國公報》宣揚器物科學觀，不僅與中國科技文化觀念發展的階段性相聯，而且與傳教士們急功近利的實用目的有關。

其次，《萬國公報》論述的方法論科學觀

《萬國公報》很早就開始了方法論科學觀的倡導。其中最突出的表現

〔註5〕 沈毓桂：《論西學為當今之急務》，《萬國公報》第 19 本第 28 冊，第 11985 頁。
〔註6〕 王韜：《擬上當事書》，《萬國公報》第 21 本第 53 冊，第 13651～13653 頁。

就是它大力宏揚培根經驗論學說。1878年9月14日至11月9日，《萬國公報》連續八期（505～513卷）登載慕維廉翻譯培根《新工具》的文章，即《培根格致新法小序》、《格致新法弁言》、《格物差謬諸因素》、《格致新法、偽學形跡四假》等。關於培根生平，他介紹到「明季有英士名培根，官至尚書，學問淵博，著書富有」。而對培根《新工具》，他則推崇備至，「其《格致新理》一書，……更易古昔之遺傳，盡人探求天地萬物，兼綜條貫精察物理，豈可茫然莫辯，徒從古昔遺言哉。是書聲名洋溢，始焉雖有扞格不入，而於二三百年之間，凡有志修明者，莫不奉爲圭臬」〔註7〕。他對《格致新法》內容介紹到：「夫《格致新法》全書分作兩大段，第一段指引，第二段蓋欲預備人心承接，第二段之道，傳述新法以闡天地之功而橫世人之權於其上矣。是書分析諸節，又名公論……共有三十七條，即全書之綱領。其旨大略欲解古之疑惑而令人留心新法焉」〔註8〕。慕維廉著重陳述了培根著名的「四假象說」分析了「格學差謬諸因」，指出「諸疑分列四等，一萬人意象；二各人意象；三市井意象；四土學意象。乃即差謬藪原。」〔註9〕並詳細論述了眞理受著社會習俗、個人教養、語言及文化傳統的掩蒙，引導人們懷疑外在權威，推倒思想偶像，把認識基礎移到人類自我理性上來，「確立自主之法而理格學」。慕維廉這種反權威的懷疑論，重理性歸納法的培根學說，正合傳教士反對理學空談和桐城奢華文風的需要。慕維廉介紹的《格致新法》是比較準確的。我們今天《新工具》的譯本，全書也是分爲兩大段，而且培根的「四假象說」與今譯的「族類的假象、洞穴的假象、市場的假象、劇場的假象」也比較相似。正是《萬國公報》70年代末《新工具》的宣傳，使得它到19世紀80～90年代，開始成爲針砭中國文化痼疾的思想「新工具」。〔註10〕

　　1890年11月，廣學會即將出版《格物新機》（今譯《新工具》），沈毓桂所作的序在《萬國公報》上發表，「英國天文士貝根先生著有《格致新理》一書，推本窮源，剖毫析之足以破愚，足以益智。……是編一出，世斷而不

〔註7〕慕維廉：《培根格致新學小序》，《萬國公報》第9本第505卷，第5419頁。

〔註8〕慕維廉：《格致新法》，《萬國公報》第506卷，第5447頁。

〔註9〕慕維廉：《格致新法》，《萬國公報》第509卷，第5529頁。

〔註10〕李天剛：《基督教傳教與晚清西學東漸》，見《中國近代社會思潮》，華東師範大學出版社1996年，第470頁。

悟者當必豁然開朗，如行路然，有先行者，引人入勝，而道途之曲折可譖。」〔註11〕

　　1908 年，《萬國公報》刊登了馬林和李玉書譯述的《培根新學格致論》一文，再次詳細介紹了培根的生平及科學思想。該文一開始就介紹其生平：「英人培根，新學格致家之宗師也，其父列哥那男爵，爲朝廷尙璽大臣……其母亦長於才，而伏於學，一千五百六十一年生培根於英國倫敦。幼而身弱，聰穎過人，稍長即入學書……」，評價他「格致之學甚正，而所行之則甚非」。論及培根科學思想時，馬林認爲：「培根之學問，與古大異，一洗從前華而不實之風，而足以證果，可以增人之樂，免人之苦，節人之勞，效雖不同，而大旨有二：曰益人，曰進化而已」。該文還用大量的篇幅將培根學說同以柏拉圖爲代表的希臘古典哲學進行比較，「古人格致之學，係忽然而悟，非由試物而知，其意不過欲增己之聰明，從未有專心致志於一事一物之者格己之學，非出吾心以從萬物，乃強萬物以從吾心，其所談之理，無異蛛之吐絲、蠶之作繭，其經緯條理，悉由腹中而出，不必物理果如是」，「若夫新學格致，則必有一定之矩榘，一定之程序。人虛其心以愛萬物，不拘成見，不設成心，蓋萬物之理各有其所以然，是謂因果，格致者窮源原委，步步踏實，即果以求其因，又可以之證果，此一定不可移量者也」。〔註12〕這裏，他比較準確地說明了培根唯物經驗主義哲學同柏拉圖唯心主義哲學的根本區別。馬林的這次介紹的深度更加深了，特別原來的舊納法邏輯思想。同時，馬林對康有爲、譚嗣同、嚴復等把科學精神等同於舊納法的簡單化理解進行了批評，他認爲：「培氏主要之意不係在此，亦非首行創行此法之人」。重要的不是具體方法，而是他的經驗主義哲學觀念，「使人尙正黜邪，去虛務實」。正是《萬國公報》這種方法論科學觀的鼓吹，才使得微波不驚的晚清學壇震聲發聵，「黜華求實」成爲一時風尙，促使了人們對科技內涵及價值認識的加深，即從器到「道」的演變，對近代中國科技思想觀念的變革，科技思想理性化的發展都有重要意義。

第三，《萬國公報》表現出的唯科學主義觀

　　《萬國公報》大力宏揚西方近代科技文化，力圖引進西方先進的科技觀

〔註11〕沈毓桂：《格物新機序》，《萬國公報》第 18 本第 22 冊，第 11587 頁。
〔註12〕馬林、李玉書：《培根新法格致論》，《萬國公報》第 32 本第 151 冊，第 20347
　　　～20349 頁。

念，因而極力宣揚科學技術的重要性，針砭時弊地批駁中國輕視科技的認識。

《萬國公報》刊登了大量文章，論述科技和科技發明及其應用給人類生活帶來的巨大進步，證明「科技是富國之本，強國之術」，也就是我們今天所說的「科學技術是第一生產力」的論調。1876 年 5 月，韋廉臣在《格物窮理》中認為：「國之強盛由於民，民之強盛由於心，心之強盛由於格物窮理。精天文則能航海，察風理能避颶，明重學則能造一切奇器，知電氣則萬里之外，音訊傾刻可通」〔註13〕。《萬國公報》這種灌輸科技重要性的觀點貫穿其始終。1889 年 11 月，《萬國公報》在《論格致之益》中指出科技的三大益處，即：「一可使天下之人各獲樂利，二可使天下之物皆能富足，三可參天地之理了澈胸中」〔註14〕。同時，《萬國公報》還發表了《格致與醫學之關係》、《格致有益於農事》、《格致與農務的關係》等一系列文章，闡釋科技發明對科學各領域的重大影響。如醫學：「西方醫學，日精大半由格致之理以得新法，而其關係可使人生之幸福加增，壽命增長，故歷來相傳。以三十年為一世者，今則增至四十有奇。今格致愈精愈深，而顯微鏡及愛克司射光尤能洞囑其何物之殃，而設法以為治，此醫學之在近世紀以為突進之時代也」〔註15〕。醫學如此，農業、工業技術等等亦如此。另外，《萬國公報》還不斷報導科技應用帶給人類生活的便利。如論及蒸汽機時，它以印布和磨為例說：「以汽機而織布，布不勝用矣，蓋從前織布者每人一日出布不過丈餘耳，自有汽機以織布，織布一日之中，每人數百丈有奇，」如果汽機拉磨，則「不必家置一磨也，即便三五百戶之村莊，食指以數千計，一汽急磨足矣。」〔註16〕此外，《萬國公報》還利用國外科技見聞闡述科技的重要性。如《萬國公報》連載的《海外見聞略述》就對「機器有住助士農工商之動作」進行了描述，以印報為例，「每日下午四點鐘，主理新報者，脫稿付印，及時賣報之童，數輩排列門前，伸手以待。才聽機聲一動，瞬息賣報之聲喧填街巷矣，……非鑄鉛字以代鋅板，創機器以代印刷，則每日一刻期責成十萬紙，不幾動數十萬人之手乎。」〔註17〕以農耕為例：「三百年來，又竭心思，機巧百出，或犂耙田畝，或開墾荒地，

〔註13〕韋廉臣：《格致窮理》，《萬國公報》第 4 本第 385 卷，第 2344 頁。

〔註14〕卜航濟：《論格致之益》，《萬國公報》第 17 本第 10 冊，第 10734 頁。

〔註15〕林樂知、范褘：《格致與醫學之關係》，《萬國公報》第 38 本第 204 冊，第 23916 頁。

〔註16〕韋廉臣：《機器有益於世》上，《萬國公報》第 17 本第 15 冊，第 11098 頁。

〔註17〕《海外聞見略述》，《萬國公報》，第 18 本第 20 冊，第 11440 頁。

或撒種斂穀，或割草獲稻，皆有活機利器，農夫賴之，一人可耕百畝尚有餘力」。因而強調：「機器之用，足以興邦也。」〔註18〕

　　當時，中國許多人認爲採用科技，使用機器會「奪人之食」。爲此，《萬國公報》極力駁斥這種輕視科技的言論，它以雄辯的事實論證科技的實用性。它認爲「多用機器，省卻人力心思不少，並能增長人之智巧」且「能使風俗變遷」〔註19〕，強調機器「不但不奪人之食，倘能以次而行，其增人之食者多矣」，可以「爲國家籌無疆之福，爲黎庶儲不涸之財。」〔註20〕同時，《萬國公報》對中國民眾模糊的科技認識也進行了批評，它以博士著書爲例談道：「當有愚人嗤笑博士，以爲彼竭一生之心力，所成則一冊小書，欲圖生利，書價之價什值幾何？而不知人能用其書以成新法，雖不必有益於作者，實已大益於公家，且由一國以達萬國往往藉此一冊小書益。」〔註21〕《萬國公報》對科技重要性的宣傳有利於中國民眾改變輕視科技的觀念，從而認識科技力量，以致重視科技、學習科技、引進科技。不過，《萬國公報》在某種動機和利益使然的驅使下，一味地宣傳科技於國於民的重要性，忽視了科技是雙刃劍的事實，從而決定了其科技觀上帶有唯科學主義的色彩。

　　《萬國公報》在宣傳科技重要性的同時，也對中國如何發展科學技術提出自己的創見，即：培養科技人才，獎勵科技發明。

　　1889 年 6 月，《萬國公報》刊登《激勵人材說》，希望清廷能夠將「一切有益於民生設爲書院，使之聚眾研究以獲實效，夫而後善政養民之法度，幾盡善盡美，無所遺憾」，並介紹當年法國獎勵科技發明的措施，涉及科學技術的方方面面。「法國巴黎斯京城，向有格致物館，發出諸題，重加獎賞，令人作論或著書，並講求各種新法，擇優給獎，良法甚美也。一凡人有精通重學者，一給獎二千福蘭克，一給獎一千福蘭克；一凡能使法火炮得有良法，視前益能和用，給獎六千福蘭克；一凡能於農器機器別得新法，種種合用給獎七百福蘭克……」。最後希望中國仿行，則「獎賞加增，學期實際，謂人才蔚起必不能與泰西駕我不之信」〔註22〕。這種宣傳，在《萬國公報》極力鼓吹之下，初見成效。戊戌變法期間，清廷就頒佈了《獎勵開物成務人才事宜疏詳細章程》，

〔註18〕　《海外聞見略述》，《萬國公報》第 18 本第 22 冊，第 11592 頁。
〔註19〕　艾約瑟：《論機器之益》，《萬國公報》第 23 本第 67 冊，第 14574 頁。
〔註20〕　韋廉臣：《機器有益於世》中，《萬國公報》第 17 本第 16 冊，第 11169 頁。
〔註21〕　《論生利分利之別》，《萬國公報》第 21 本第 52 冊，第 13582 頁。
〔註22〕　《激勵人才說》，《萬國公報》第 16 本第 5 冊，第 10413 頁。

其言：「現在振興庶務、富強主計，首在鼓勵人才，各省士民著有新書及創行新法，製成就器，果係堪資實用者，允懸賞以爲之勵。」〔註23〕這種培養科技人才、獎勵科技發明的建議，在科技落後的晚清社會是急切可行的。《萬國公報》科技觀念的宣傳，則猶如春風拂面，頓使中華大地生機盎然。

第二節　《萬國公報》傳播的自然科學知識

（一）數學

中國數學，歷史悠久，擁有眾多領先世界的創造和發現，還曾影響到國外數學的發展。但時至近代「西方數學由於對數，解析幾何和微積分的產生，中國數學已顯得落後許多」〔註24〕。《萬國公報》通過問答、徵文等形式，刊登了一系列文章的問題，回答讀者有關數學疑難，並探討「泰西算學何者較中法爲精」；最後呼籲國人不拘成法，學習西方數學，振興中國算學。

《萬國公報》首先通過問答的形式，解答各地讀者的數學著作出版和數學疑難。1874 年 10 月，天津大沽唐錫吾來信詢問江南製造局數學著作，如《微分積分術》、《半弧三角法》、《奈端數理》、《開方表》、《弧角拾遺》、《西書提要》、《器象顯眞》等出版狀況。《萬國公報》在 306 卷一一作答，「其所問之書，今皆未印成，印成者，書名並例於新報之中，以便欲購者買取」〔註25〕。同月，天津躡雲客來信詢問《幾何原本》、《造各表簡法》、《流名算學》等書籍出版情況，並就赤道半徑的爭論和 434294 對數值等問題求教於林樂知。林樂知回答了書籍的出版情況後，另請廣方言館教習金敏齊、賈步緯解答數理難題。後來躡雲客又捎信來詢問「推算金星述日不知用何書之法」。1875 年 1 月，金敏齊在《萬國公報》著文指出：可用李善蘭《對數探原》的「尖錐術」、偉烈亞力《數學啓蒙》的「筆算求對數法」、徐鈞卿《務民義齊算學》的「求對數根之連比例」、艾約瑟《細線說》的「拋物線積分」等法求金星述日之法。〔註26〕

〔註23〕《遵議優獎開物成務人才事宜疏》，《萬國公報》第 28 本第 115 冊，第 17900頁。
〔註24〕杜石然：《中國科學技術史稿》，科學出版社 1982 年，第 251 頁。
〔註25〕《答大沽唐錫吾段仲深先生信》，《萬國公報》第 1 本第 306 卷，第 170 頁。
〔註26〕《金敏齊答躡雲客》，《萬國公報》第 1 本第 320 卷，第 557 頁。

　　1889 年 8 月，《萬國公報》「以文會友，以友輔仁」爲宗旨，擬「問泰西算學較中國爲精」爲題，進行徵文活動，評選一至三名，分別獎勵八元、五元、二元。活動開展後，眾人投稿躍。同年 11 月，林樂知、韋廉臣、慕維廉等評定：第一名朱戴仁，第二名古紹衣，第三名劉日傳，第四名鍾清源。他們的文章先後刊登於公報上。其大致內容爲：一、追溯中外數學發展的歷史。指出中國算學「權於隸首，詳於周官保氏，孔門七十子之徒咸通其理」；然後，依照朝代次序敘述中國數學的發展成就，論及的數學家有張衡、劉焯、祖沖之等，強調「宋元時期，數學大盛」，清時「《數理精蘊》訂古今之異同，集中西之大成」〔註27〕，同時人才輩出，名流迭起，如項名達、羅士林、徐有壬、戴煦，李善蘭等。西方數學中，幾何學則始於「他勒六朝時，希臘丟番都借根之法。合肥之大創行代字法，佳且造三次，拂拉利造四次術，代加德造指數，奈端（牛頓）適合名法而登峰造極」〔註28〕。二、探討「泰西算學何者較中法爲精」。他們認爲「約有數端」：第一，中西數學傳統的差異性。認爲中國傳統數學，「造數之初，只求便於使用」，而且「多泥於紙絡之說，雖先儒互相駁辨，終究未解決，成千古也」；而西人則「性情愼密，善於運思」〔註29〕，以致西方數學「無論此法出於某聖、某賢，總之以眞以精爲確，亦不泥古，不背古」〔註30〕。第二，表現在算書上。他們認爲中國算書「字句深奧，多有恍惚不明之處」，其原因是作者們「欲炫己之長才深識」，因而「並不講其所以然」〔註31〕；西方算書則相反，「字句必求其淺白，名目務在乎明顯，條詞以前，敘明數理，之後著名並式，亦由淺深入，次兼不亂」，以致「讀者一目了然，莫不如指掌」〔註32〕。第三，「筆算精於珠算」。認爲中國算學採用大寫的一、二、三……等碼號，非常容易混淆；而西方筆算則用阿拉伯

〔註27〕 朱戴仁：《問泰西算術何者較中法爲精》，《萬國公報》第 16 本第 20 冊，第 11453頁。

〔註28〕 朱戴仁：《問泰西算術何者較中法爲精》，《萬國公報》第 16 本第 20 冊，第 11454頁。

〔註29〕 吉紹衣：《問泰西算術何者較中法爲精》，《萬國公報》第 18 本第 19 冊，第 11383頁。

〔註30〕 寓濟逸人：《問泰西算術何者較中法爲精》，《萬國公報》第 21 本第 54 冊，第13721 頁。

〔註31〕 鍾清源：《問泰西算術何者較中法爲精》，《萬國公報》第 22 本第 55 冊，第 13804頁。

〔註32〕 鍾清源：《問泰西算術何者較中法爲精》，《萬國公報》第 22 本第 55 冊，第 13805頁。

數字，符號簡潔，形體大異。中國珠算「隨打隨算，不留蹤案，偶錯一字或亂一橋則無從覓跡」，以致只有再從始至終重新計算，「方知清數」〔註33〕；而筆算如果有錯誤，則依然列於目前，易於改正。另外，珠算還有許多不便之處，如：「分算，比例算，多多節目，雜錯一處，不知幾許，算盤方可敷用」，同時像「代數幾何八線平分角弧，分角微分積分，差分等法非筆算不能利用，筆算之捷便靈爽也」〔註34〕。第四，表現於幾何學。他們認爲「最精於中法者莫如幾何學」，特別推崇《幾何原本》，譽之爲「算學不可少之書」。其內容不僅「九章立法之源在其中」，而且「九章未有之法亦在其中」。此書之所以較中法爲精，原因是「中法之天元四元不如代數之變化也」，西方微積分「無極變化之能事，昔所得一法難求者，今皆有法易求」〔註35〕。第五，「差分較精」。中國的算法不但有「差分款雜亂毫無一定之別」，且「僅言所算之法，不詳所算之理，則有法人手無法」。西方算術「差分一切，均蘊於之頁之中，理法皆備」，且有「盈衰差分，缺衰差分，迭衰差分」。雖然他們承認西方數學在許多方面精於中國，但並沒有因此而貶低中國數學，不斷強調「泰西未必獨優，中國未必獨絀也」，「中西術互有短長，指不勝展」〔註36〕。

《萬國公報》還多次介紹西方計算器。1874 年，福建龍溪縣陳儼侯寫信詢問計算器價格等情況，「美國新出一件算盤如何琴式，指舉自成算，價值若干」？林樂知答「此器可加減乘除，價銀 90 兩」〔註37〕。同年 10 月，格致散人介紹了在江南製造局的「西算新器」，「縱八寸，橫三尺，厚二寸，銅面鐵罩，面上有小孔，孔露到十數之置，如一朵十瓣梅花一瓣一數，能隨機旋轉，有 20 來位，其功能「乘除開方諸算，只於機開一轉，其數歷歷算出」，以致他驚歎到「至巧至妙」，價格爲「洋元一百」〔註38〕。1893 年 5 月，《萬

〔註33〕 鍾清源：《問泰西算術何者較中法爲精》，《萬國公報》第 22 本第 55 冊，第 13806頁。

〔註34〕 寓濟逸人：《問泰西算術何者較中法爲精》，《萬國公報》第 21 本第 54 冊，第13722 頁。

〔註35〕 吉紹衣：《問泰西算術何者較中法爲精》，《萬國公報》第 18 本第 19 冊，第 11384頁。

〔註36〕 寓濟逸人：《問泰西算術何者較中法爲精》，《萬國公報》第 21 本第 54 冊，第13723 頁。

〔註37〕 《陳嚴侯先生二十六問》，《萬國公報》第 1 本第 303 卷，第 80 頁。

〔註38〕 《格致散人來稿》，《萬國公報》，臺灣：華文書局 1968 年，第 1 本第 306 卷，第 170 頁。

國公報》再次介紹了西方計算器即銅算器，「以銅板爲之，板上刻以一、二、三、四、五、六、七、八、九圈之數目，字縱橫以機置之。欲算時，不論何等大數，第知加減乘除法而推移其樞紐，刻傾間，所得之數目，皆一一奏列目前，不第爲時甚速，亦速無差誤」。〔註39〕

（二）天文學

首先，《萬國公報》不遺餘力地介紹地圓學說，其在《古人論地球之形》中，追朔了自古及今各國對地球形狀的認識，指出：「有人論地浮水者，有人論地下有柱者，有人論地下生根者，有人論地下有象與龜者」，還有「地形如圓」、「地如天之臍」、「地形方而平」、「地形如長大之盆」、「地形如蛋」、「地形斗而且圓」等等；分別評述其差謬後，進行了尖銳的批評，認爲各國「無非泥其成見」，「莫不以本國爲天下之中而視他國則外也」〔註40〕。同時，《萬國公報》又大張旗鼓地對地圓學說作了介紹並加以論證。它在《地球引證》一文中，強調「地乃一大球也」，並列舉六大證據：（1）人站在岸邊望海可見海島，但俯身水面平望時，「無復在望中矣」。（2）人在岸上望船，總是先看見船的桅旗，再而船頭，然後船身。（3）人望遠處之山，總是先見山峰，後見山腰。（4）船由上海出發往西航行，不改變方向，復回上海。（5）人由南往北行走，所見北斗是越來越高。（6）日蝕、月蝕現象。〔註41〕

其次，《萬國公報》批判古時地心論，大肆宣揚日心學說。《萬國公報》在《宇宙浩大無限》中指出，「有人以爲宇宙有限，地球適其中，萬物旋轉於周圍歷數千百載之久。」在《教化階段衍義》中論及」古人又以爲天地爲不動物，日月星辰，皆繞地而行一年而一周」。它對此批評到：「今揣斯意則大有不同」，因爲「地球於天空爲一點，亦天中樞之形，恒旋轉於太陽周圍」〔註42〕。同時，它大肆宣揚日心學說，其論調比比皆是。如「用千里鏡測天始得日居中，諸星繞日而行」、「太陽居宇宙中心」、「行星皆繞日而行」、「日爲至大之球，居中發光發熱」等等。其中1898年4月的介紹最爲詳盡，不僅介紹了日心理論，而提及幾位天文學家，「修士院有一大名士，日考林兒尼克司（哥

〔註39〕鍾清源：《問泰西算術何者較中法爲精》，《萬國公報》第22本第55冊，第13807頁。

〔註40〕《古人論地球之形》，《萬國公報》第1本第2冊，第10203頁。

〔註41〕韋廉臣：《地球引證》，《萬國公報》第19本第30冊，第12118頁。

〔註42〕《宇宙無量廣大》，《萬國公報》，第9本第501卷，第5312頁。

白尼）者，久查天文，而知地亦一是，繞日而行。初則人皆不之信，後又嵌潑辣（刻卜勒）者、嘉理利凹（伽利略）者、牛吞（牛頓）者，細心研究，而以確實實證據，示人以此說之眞實天妄」。〔註43〕

再次，《萬國公報》極力宣揚牛頓的萬有引力理論和攝動定律，它指出：「天空之間有無形無象之力爲，日球與各星球皆爲所吸用，能行於空中不墮者，磁石之吸鐵也，曰磁氣」，並作一形象生動的比喻，「若以繩縛一石，繩長則不與一手遠，夫日如人手也，是如石也；視其體之大小以爲繩長短，終歸圓拋絲毫不能外溢，亦曰吸力」，且陳言「星即爲日所吸，又有大於日者吸日」〔註44〕；正因爲宇宙間有引力，才使得宇宙「各就其位分之所在，絲毫不能差謬」，如果沒有引力，「則日月星辰無不凌躪錯亂，互相撞來，從此世界盡壞，無可收拾矣」〔註45〕。另外，《萬國公報》不斷運用這一理論來闡釋月繞地行、月吸潮汐、金星過日、土星光環、衛星環行等天文現象。

第四、《萬國公報》對宇宙各天體也作詳細介紹。眾所週知，浩渺的宇宙之中，恒星是最基本天體。《萬國公報》刊登眾多文章對恒星作了大量報導。它認爲恒星乃「不繞日而行者」，其「並非寂寞不動」，僅是因爲「行之遲遲，必得數年之久可見其轉移也」；並指出：「恒星大小不一，有小於地球太陽者，亦有大於太陽者」；並遠近不同，最遠的距地 2700 光年；且顏色各異，白、黃、紅、藍、綠，分別代表溫度由高至低。同時介紹中外天文學家爲了明辨恒星位置，「繁以形名之」，而成星宿，中國分爲 28 宿，西國分爲 84 宿；根據組成星宿數目不同，將星宿分爲雙星、三合星、四合星、五合星、多合星……；涉及的星座有天馬座，人馬座、天琴座、天鵝座等等。此外，它還論及變星、客星等新奇天體等相關知識，指出「宇宙之大不可限量」。〔註46〕

第五、《萬國公報》著重介紹了太陽系各大星體的情況。《論日球月球》一文指出：「太陽爲至大之球，居中發光與熱，以烘照環之遠近行星，其體積爲地球 126 萬倍」，且日球乃「極旺之火球」，可分爲上層 *Photosphere* 約五百

〔註43〕李思、蔡爾康：《教化階梯衍義》，《萬國公報》第 28 本第 111 冊，第 17614 頁。

〔註44〕李提摩太、鑄鐵生：《八星之一總論》，《萬國公報》第 21 本第 46 冊，第 13184 頁。

〔註45〕李提摩太、鑄鐵生：《八星之一總論》，《萬國公報》第 21 本第 46 冊，第 13186 頁。

〔註46〕韋廉臣：《星學舉隅》，《萬國公報》第 17 本第 11 冊，第 10820 頁。

英里，下層 *Hromrsphhere* 約五千英里，上層以外，有餘光界 Corom，「半明半暗，困抱於日，約高 3.5 萬英里」〔註47〕；《八星之一總論》報導了太陽黑子對地球人類的影響，「自五州設立電報以來，競有電機忽不靈通之一候，不但電信天從繕發。且機中亂飛電光，幾疑變生不測」。窮其原因，天文學者發現「日球均見其而忽現一極大黑點」。同時指出德人研究太陽黑子已 42 年，得悉其活動周期爲 11 年左右，當太陽黑子增多，「地球上必多風雨，而饑荒歉減，所得之光千分之一，故陰多於晴」〔註48〕。《萬國公報》還分別介紹太陽系八大行星，即水星、金星、木星、火星、土星、天王星、冥王星、海王星的基本情況。指出：「水星、金星爲內行星，地球以外的爲外行星，諸行俱常行之軌道，其道精圓且皆繞日而行，並「約於一平面」〔註49〕。它認爲水星離太陽最近，約 35 兆西里，其體較小，但質量是諸行星最重者，不過其常爲日光所散，它繞日速度極快，三月繞一周。金星則是「行星中至明亮者夜見於面，日見於東，形似月，有陰陽圓缺，距日 67 兆西里，繞日一周七月半。火星則「爲外行中與地球最近者」，火星距地 140 兆西里，繞日公轉一周 686 日，自轉一周 24 小時；火星有四季，火星上多陸少水，兩極有不化之冰，火星溫度極低，因而無生物，不過有兩衛星〔註50〕。木星則「爲行星中等大者」，比地大 1400 倍，四周有光氣浮於空中，繞日一周 11 年又 317 日，有四個衛星。土星則大地球 1 千倍，距地 272700 萬里，繞日一周 29 年 175 日，其東西徑長 23 萬里，南北徑 21 萬里，同時著重介紹了土星的光環，「環如帶如源，星體圍其中，有三層，平列一外——中——內光光明澈，外環眞徑約 85 萬中里，闊十八萬里，厚五百里，中環沒有最朗，其內也稍暗，內環邊較爲模糊如黑暗裏繞呈有八衛星星」〔註51〕。《萬國公報》對天王星，海王星也作了簡單介紹，指出它們分別由 1781 年和 1846 年發現的，各自公轉一周爲 84 年 27 日與 164 年 226 日。至於彗星，《萬國公報》在《彗星略論》、《慧星論》等文章中，介紹了歷史上出現的慧星現象和天文學家們觀測慧星活動的記錄及相關的慧星理論。慧星俗稱掃帚，「其與行星同者有二：即繞日而行，藉日

〔註47〕高葆眞：《論日球月球》，《萬國公報》第 40 本第 208 冊，第 23992 頁。
〔註48〕李提摩太、鑄鐵生：《八星之一總論》，《萬國公報》第 21 本第 46 冊，第 13186 頁。
〔註49〕慕維廉：《太陽列星之固立》，《萬國公報》18 本第 22 冊，第 11574 頁。
〔註50〕季理斐、任廷旭：《論火星》，《萬國公報》，第 32 本第 149 冊，第 20241 頁。
〔註51〕卜航濟：《土星考略》，《萬國公報》17 本第 14 冊，第 11027 頁。

則明，而所異者實多，其行之道有圓者，更有軸道如雙線者、如拋物線者，他星行與黃道同一面，慧星則八面，出入或正或例或橫或斜，無所不有；他星運行自左之右，自東之西，皆有定向，楚星則或左或求右，或西或東，總無定方」；其運行規律，「有初見光甚淡，而小，行甚緩，尾甚微，既而漸速，光漸明大，尾漸大甚長且明」〔註52〕。同時還介紹了流星等情況，指出流星之火「非星體實生於氣也，其體於天空中行駛甚速，遇望令摔磨生熱至生光度乃火。」〔註53〕另外，它對月球也作了詳盡的介紹，《萬國公報》指出，月較地小49倍，距地83萬餘公里，繞地公轉一周爲一月，月上「有山有谷，形狀攸殊，入光面漸深則其地見日漸高，……月中多山而南半尤多，……無空氣、無生物、無聲浪；月球皆崎嶇凹凸，而無平原、無水、無蒸氣」〔註54〕，並解釋月蝕原因，「月蝕爲地形掩月，此時地界日球月球之中，日光照地，地即生影，影射於日，而人之視月，是地形蔽月，故見影而不復見月，此月蝕之理也」〔註55〕。

第六、《萬國公報》介紹了康德——拉普拉斯的星雲假說。《萬國公報》在《天文地理星氣論》中介紹到：太陽列星，其初勢太陽旋轉其本樞，有氣圍往。即因熱至十分，推及諸行星之外甚遠，行星尙然來成。其熱漸減，太陽之氣以涼收縮，而其輪轉之速率即增以輪轉所行之例，亦有外帶之黑氣而見離其所餘者，因其中之攝力尙不能勝過，越加離心之力，此外帶黑氣或可留其形，如見於土星之環。惟常時其黑氣之環將折幾體積，乃大大要會於一體積，即旋轉太陽之周或有太陽之氣相繼棄去，遠近不同，將使行星成黑氣之勢，此星氣之體，積出口藝之意可見，多有其轉輪之行動，既而黑氣出內漸而涼，將成行星，即可有月及環，此由行星所成，如行星由太陽之氣所成相同也。太陽列星形體甚奇之事，乃行星之力於同方向，亦同平面，及其月之行與行星同行，方向相同，其異體轉輪之行，尙在同方向，與他們之力然亦在平面，不大爲異，有行星軌道之心差不大即在此。如是可是想而知，有列星初有始行，如是所爲將有幾圓之形，亦幾在太陽輪轉原有赤道之平面及在此輪轉方向也」。〔註56〕

〔註52〕《慧星論並圖》，《萬國公報》第1本第303卷，第77頁。
〔註53〕慕維廉：《新星》《萬國公報》第21本第45冊，第13120頁。
〔註54〕高葆眞：《論日球月球》，《萬國公報》第40本第208冊，第23995頁。
〔註55〕卜航濟：《論月》，《萬國公報》第17本第11冊，第10827頁。
〔註56〕慕維廉：《星氣論》，《萬國公報》第18本第25冊，第11783頁。

（三）地理學

《萬國公報》追述了人類對世界地理逐漸認識的過程，特別讚揚哥倫布航海的豐功偉績。《地理說略》一文指出：「自古迄明初，亦但知亞細亞洲，歐羅巴洲，及亞非利加三大洲，……，孝宗五年（1492 年）西班牙人名可侖布（哥倫布）者，跨海尋得亞美利加新地，講地學者於是始盛。武宗八年（1513年）西班牙人布倫阿始歷太平洋，越六年（1519 年）馬格化（麥哲侖）繞地理一周，乃知地為圓形，因分之為東西兩半球，……明神宗 28 年，乃有荷蘭國人於太平洋尋得澳大利亞大洲，乾隆 53 年，英國人創立公會訪走亞非利加地。嘉慶 23 年，英人又令人探訪南水兩極。」〔註57〕1892 年，正值哥倫布發現美洲 400 週年，王韜撰寫《哥倫布傳贊》以追思哥倫布的生平和發現美洲的壯舉，稱讚他「獲從古未獲之地，開歷來未有之局，名著地球，功在環宇，惟哥倫布可以當之而無愧矣」，認為「哥倫布之奇巧以不朽垂今，名於無窮，上下數千載，縱橫百萬里，誰與之比，誠古今未易才也。」〔註58〕

《萬國公報》刊登《萬國地球說略》、《亞佃亞全志》、《八星之一總論》、《環遊地球略述》等文章，對地球概況作了詳盡的說明。指出地球「地面水居十之七三，陸居十之二七，陸多於東北，而水多於西南」〔註59〕，介紹太平洋，大西洋，印度洋，北冰洋，南冰洋，對各大洋的面積、海峽、海灣、海洋生物等作了報導；並著重介紹了五大洲的名山大川，河流湖泊，海洋海峽等情況。《八星之一總論》一文還介紹了各大洲的人口分佈和六大人種，即黃色人種，白色人種，黑色人種，半黃半白人種，淡黑色人種，雜色人種的分佈以及宗教信仰等狀況。同時《萬國公報》在《三十一國志要》等文章中，著重介紹了英國、法國、美國、俄國、奧地利、意大利、印度、德國、西班牙、澳大利亞、土耳其、中國等世界上 31 個重要國家的國名、朝代、地界、民族、教會、錢糧貿易、鐵路里數、電線里數、歷史等情況。林樂知的《環遊地球略述》、韋廉臣的《日本載筆》都對日本地理，歷史等狀況進行了報導。

《萬國公報》還多次論述到地球的地質構成，如 1874 年 9 月，韋廉臣發表的《論地質》一文中，稱「太初地球本一火球耳，類如熔金鑄冶，後球面凝冷成殼，殼即為石，殼上有水，後乃迸裂，再凝而為石，其時水加多，如

〔註57〕《地理說略》，《萬國公報》第 1 本第 310 卷，第 273 頁。
〔註58〕王韜：《哥倫布傳贊》，《萬國公報》第 20 本第 42 冊，第 12931 頁。
〔註59〕《萬國地圖說略》，《萬國公報》第 1 本第 301 卷，第 12 頁。

此者屢矣，乃所以成世界各種石類。……其最高者爲第一磐石類，其次爲第二類，其次爲第三類，其次則爲新泥，由雨沖磐石，消磨而出」〔註60〕。同時也涉及到地震火山等知識。它刊載了一系列文章分別報導了甘肅、馬尼拉、智利等地地震爆發和三得維支以及拿破里火山噴發的情況。1879 年，《地震說》報導了甘肅至關隴一帶之 30 餘州縣於 5 月 10 日至 22 日發生歷時 13 天的大地震，使得「傷人口，傷牲畜，壞城郭苑圍，圮街署市釐不可勝計」〔註61〕；同時指出「大震之勢有二，乃縱橫之波，橫如海中之波，橫行無息，縱乃地力加大，上震又上震也，以故迭次震之」〔註62〕；探討了地震發生的原因，乃「蓋地震之勢因地殼被震，如紙焚於火上，焦而捲曲，凹凸不一，方無定位，或地被天空之氣所壓，年遠日深，縮屈欲伸，一旦極而復初，如海浪或一年或千層，由此達彼，由彼擁此，無定向，或一勁心或多動心，或奇異之響，或不定錄潮茫天可備之處」〔註63〕。指出地震的發生與火山的爆發存在著密切的關係，「地之震與火同之崩實必其出乎一本，故火山出火則必有地震之事，或見火山出煙忽止，則必和將有地震矣」〔註64〕。

慕維廉所著的《天文地理》第一本《地上排列》分：一年之長，一日之長，地球體積，海洋之大，地氣之大，氣候常而異，氣候本質，熱氣之例致於地，熱氣之例致於水等標題，介紹了地球上的大氣循環運動和風雲雨霧雷雪等天氣變化情況、熱帶溫帶氣候狀況以及地球上聲光的性質和作用。特別關注到天氣氣候對地球自然生物生長發育和人類生活的影響。不過，這些文章萬變不離其宗地爲其宗教宣教服務，正如慕維廉在說書本旨中說「我精察天地定例之本然，尚有譜事見於後書，使你頌我造主至妙之智慧及仁愛，昭示所當之定例」〔註65〕。在《天時預測之關係》一文中，《萬國公報》強調西方天氣預報於航海經商務農的重要性，「自有氣候預測，而耕種之期早作之備，不致於常遇凶荒矣，亦此事之大適於人民也」，呼籲清政府仿傚西方進行氣候預報，「行之其有益於國豈淺鮮矣」。〔註66〕

〔註60〕韋廉臣：《格物探原論地質》，《萬國公報》第 1 本第 303 卷，第 75 頁。
〔註61〕《地震說》，《萬國公報》第 11 本第 558 卷，第 6701 頁。
〔註62〕艾約瑟：《地震星見說》，《萬國公報》第 11 本第 563 卷，第 6792 頁。
〔註63〕艾約瑟：《地震星見說》，《萬國公報》第 11 本第 563 卷，第 6793 頁。
〔註64〕艾約瑟：《地震星見說》，《萬國公報》第 11 本第 563 卷，第 6794 頁。
〔註65〕慕維廉：《天文地理序說》，《萬國公報》第 16 本第 1 冊，第 10171 頁。
〔註66〕《天時預測之關係》，《萬國公報》第 40 本第 206 冊，第 24113 頁。

《萬國公報》極力宣傳地理科學的重要性，詳細闡釋「爲商無不得地學益，即至強民富國亦賴於斯」的道理，指出「地理不明，跬步不能行，措施亦不當，甚至足履於地不知地之高低，身居於地不識地體之深圓」〔註67〕；進而認爲「以詩文以進學之階毫天實用」，應「效法西人各處設立格致書院，得以地學啓蒙興後，此後學者蒸蒸日上，以之治一己國有繫以之治天下無不足」〔註68〕。最後，呼籲國人，「宜法西人重地學」。同時，浙江餘姚的王君對中國地理教科書提出嚴厲的批評：認爲當時中國的地理教科書爲外人用西文著述，詳外略中，「皆不合於中國學堂之用」，指出「中國學堂課本當以中文編本國地理志也」〔註69〕。如何編寫呢，他認爲「像美國之例，分邦編寫，中國則按行省，內容包括二種「天然之地理曰地勢……人文地理亦曰地志」，此外還著重強調了地理測繪工作，認爲「有此測法，而地志乃有根據」。〔註70〕

（四）物理學

《萬國公報》介紹的物理學知識，涉及到熱學、聲學、光學、力學、電學等各科的基礎理論。

熱學方面：在《光熱電吸新學考》、《格物致知論》、《物體疑流二質論》等文章中，它介紹了熱學中熱、熱力等基本概念和熱脹冷縮規律，「熱乃諸物中自有之力，……令諸物原點相離動即熱力也，凡物皆有凹凸伸縮之力，爲何？即熱之力也」〔註71〕，並論述熱量傳遞，能量守恒等理論，「加熱於物，能使本物諸原點行動加速也，減熱於物，能使本物諸原點行動減遲者也。若以熱加平此處，令此處原點行動加遲，則必減熱於他處，……，蓋熱爲物中所藏之力，能從此物傳於彼物，此而所謂傳熱」〔註72〕；且指出物質有三態即固體、液體、氣體，「諸物爲定質時，其內空處小，爲流質其內之空處大，至爲氣質時，其內之空處最大」〔註73〕；認爲物態間可以相互轉化，「凡物伸爲氣，縮而爲定，伸縮之間而爲流，其之質源於一，或伸而爲極廣之體以成氣體，或少縮其諸原

〔註67〕 吳芳伯：《中國宜重地學說》，《萬國公報》第 14 本第 664 卷，第 8553 頁。

〔註68〕 吳芳伯：《中國宜重地學說》，《萬國公報》第 14 本第 664 卷，第 8554 頁。

〔註69〕 《地志學之重要》，《萬國公報》第 38 本第 187 冊，第 22787 頁。

〔註70〕 《地志學之重要》，《萬國公報》第 38 本第 187 冊，第 22788 頁。

〔註71〕 《光熱電氣新學考》，《萬國公報》第 1 本第 323 卷，第 645 頁。

〔註72〕 《光熱電氣新學考》，《萬國公報》第 1 本第 323 卷，第 646 頁。

〔註73〕 《光熱電氣新學考》，《萬國公報》第 1 本第 327 卷，第 749 頁。

點雖能流動仍有一定限制，故成爲流質，或甚縮而有阻力能使諸原點毫無流動以成定質」。爲此它還論述有關物體的沸點，熔點，認爲「夫熱氣之能開水與松油水銀等也」，「五金屬如鉛，鋅，銀，銅，鐵，金等非火之熱不能化也」，指出，水油，水銀的沸點分別爲 212°、312°、662°，鉛、鋅、銀、銅、鐵、金的熔點各自爲「612°、772°、1878°、1996°、2786°、2016°。

聲學方面：在《聲學芻言》等文章介紹聲音傳播的相關知識，指出：聲音傳播「全憑空氣」，其速度與空氣冷熱關係是「氣熱則行速，及寒則行遲耳」，「大致加熱一度速率加二尺」；其方式是「如投石於水即作浪如圓紋」，向四周上下層層傳遞；聲音大小與聲波關係是「粗則浪長，細則浪短」，「聲浪所傳愈近愈清，愈遠愈濁」，「雜爲尋常之聲，純者爲音樂之聲」〔註74〕，聲音在物態傳播的速率按氣體，液體，固體依次降低。

光學方面：《本面熱氣回光》、《物理辨感》等文章從實際事物出發，介紹光的反射，折射現象。《顯微鏡有益於世》一文則重點介紹光學的運用，即是顯微鏡、望遠鏡的應用給人類對宏觀天體和微觀事物的認識，「況望遠鏡愈大而所望愈遠，令人知遠之中有遠，而遠而無限無量：顯微鏡愈精而所微愈顯，令人知微之中有微，而微亦無窮無盡」〔註75〕。強調顯微鏡在觀測細胞、細菌方面的重大發現，在生物、醫學等方面的應用成就。《論光與聲與色之理》中，它介紹光學的基本知識，批判牛頓的光學理論，「奈端所揣測之理，以爲光者，即發光體所發之無數光質點」，指出「光由所熱之物而生之浪也」，即光波說。認爲光波的傳播與聲波傳播，有「不同而同者也」，「光波之速度本過於聲浪，惟以其遼絕，故日光必八分 15 秒而至地」。同時對光色的理論也進行了介紹，指出「今以光學定色爲七」，「而異國有確譯之字者六：紅也、橘也、黃也、綠也、藍也、紫也」，認爲諸色「原生於白光，蓋光體本白也」，且指出各色與光波的關係，「所感覺之光浪在英度一寸之中爲 37640 以至 39180 色必紅，爲 41610 色必橘，爲 44000 色必黃，爲 47460 必綠。爲 51000 以至 54000 色必藍，爲 57490 以至 59750 色必紫」，「大且所見爲白者，光浪映於其質，皆射不吸收也，所見爲黑白，光浪映於其質，皆吸收而不回射也」。〔註76〕

〔註74〕 朱玉堂：《聲學芻言》，《萬國公報》第 17 本第 17 冊，第 11237 頁。

〔註75〕 韋廉臣：《顯微鏡有益於世》，《萬國公報》第 17 本第 13 冊，第 10952 頁。

〔註76〕 高葆眞：《論光與聲與色之理》，《萬國公報》第 38 本第 197 冊，第 23440～23442 頁。

　　力學方面：《萬國公報》擇要介紹牛頓的萬有引力定律，「格致家察物之墮下，非物之自墮，乃地球之攝力爲之耳。……其墮地之所以有遲有速者，亦非物之自爲遲速也，以距地有近有遠耳。距地一里，攝力二分之一，二里四分之一，三里九分之一」，指出「凡物之攝力雖彼此相攝，而大物攝小物有餘，小物攝大無不足，蓋物愈大而力亦愈大也」。〔註77〕

　　電學方面：是《萬國公報》在物理學領域中重點介紹的對象。朱逢甲所著的《電氣考》追敘了中國歷史典籍中有關電氣知識的認識，指出它們的不足，「其言猶略，而未詳電之見於天，猶未言電之見於人也，……」〔註78〕；推薦丁韙良、傅蘭雅所著的電學論著，如《格致入門》、《格致彙編》、《益智新錄》、《電氣鍍金法》等；轉載丁韙良編著的《格致入門》中介紹的三種電魚，分別講敘了他們的產地和全身有電的狀況。《推陳出新電學》、《益智會第四集論電》等文章則重點介紹了「取電之法」和電的作用，詳細論述了三種取電方法的操作過程，「夫取電之法，一磨擦壓力臂分格物之法也，二、空氣之學亦能取電也，三、強水金類化之取電也」〔註79〕，記敘了美國富蘭克林於1749年的「空中取電」的實驗，特別強調電對人類的巨大作用，「至論電氣之用，大要有六：一、醫家治癱瘓麻木血脈不通之症，二、生發熱氣消化金類，三、生發光明，四、可分化學中各雜質，五、鐫書畫板鍍金銀器，六、傳報，除此之端之外，爲用尚繁，不能實述」〔註80〕。《萬國公報》205冊中的《論電學》則詳細追述了人類對電的認識過程。在《電學之出琥珀》中指出，「希臘有退勒司（泰勒斯）Thales者七賢之地，始發明琥珀之被摩擦而生磁力，故推爲電學之祖」〔註81〕。在《試驗電學之進步》記敘了著名學者泰勒斯發現琥珀生電，德國格里製造世界第一架電機，法國人丟費發現正負電，且證明電有同性相斥，異性相吸的特性，克萊斯發明萊頓瓶，富蘭克林費城風箏實驗證明天空閃電與相同，……等等。

　　此外，《萬國公報》還對世界著名物理學家作了介紹。在《乃端先生略》中介紹了經典力學奠基人、著名物理學牛頓的生平，贊其「生平行爲有大醇

〔註77〕 韋廉臣：《格物致知論》，《萬國公報》第17本第13冊，第10965頁。
〔註78〕 朱逢甲：《電氣考》，《萬國公報》第16本第4冊，第10339頁。
〔註79〕 顧曉岩：《論電》，《萬國公報》第17本第15冊，第11104頁。
〔註80〕 顧曉岩：《論電》，《萬國公報》第17本第15冊，第11106頁。
〔註81〕 高葆眞：《論電學》，《萬國公報》第39本第205冊，第23986頁。

而無小庇，詢爲完人」〔註82〕。《法拉第電學志略》追述了著生物理學家法拉第的生平事蹟稱其一生「嘉言忞行，筆難殫述」〔註83〕。《萬國公報》最推崇的物理學家最推崇是蒸汽機發明者英國人瓦特，在16、17冊中連載《瓦雅各先生格致志略》一文，詳細追述瓦特的成長歷程，著重介紹他發明蒸汽機的經歷和蒸汽機給人類帶來的巨大利益，「自用汽機直不啻長鯨吸川而盡，可知數機之力可抵馬力五萬匹也」，「其生平格致之有益於世者，約舉數端，以廣見聞」，有「氯氣洗布」、「汽機暖室」、「墨水印書」等等。稱他「聰明天授，有益於國，而非尋常格致家之可擬矣」。〔註84〕

（五）化學

「化學中的新時代是從原子論開始的」〔註85〕，《萬國公報》在這方面作了重點論述。傳教士韋廉臣所著的《格致探源論原質》介紹到：「天地萬物皆以六十四種元質配合而成，如金銀、銅、鐵、養（氧）、輕（氫）、炭等皆是元質」。這些元質「乃無可分，亦視而不見，究亦有分量，有形質，而又大小有定限」〔註86〕，舉例說明了各元素的原子量，「輕（氫）一、養（氧）八、淡（氮）十四、炭六、礦十六、磷三十二、綠（氯）三十五零五、碘一百二十七、灰三十九、鐵二十八、銅三十一零七、……」〔註87〕，他們「所成諸物無間，或一或二或十或百或千以至於無數元質而成者。要之，各物有各物之能、之性，彼此交濟、牽引、推拒以成宇宙之大觀」〔註88〕。《萬國公報》在《格致探源論物質》中詳細分析了萬物的原質構成情況，指出植物由「灰、鹽、石、鎂、鐵、磷、礦、綠、玻精」九種元素組成；動物則由「碳、輕（氫）、淡（氮）、養（氧）、礦、磷」等元素構成。〔註89〕

1882年11月，傅蘭雅所著的《化學易知》第一章《釋義》則對化學中的基本概念及原理進行瞭解說，其中包括「萬物分類」、「原質之義」、「原質之數」、「原質分類」、「雜質之義」，如「萬物分類」解釋爲「萬物分爲兩大類，

〔註82〕韋廉臣：《乃端先生志略》，《萬國公報》第18本第23冊，第11657頁。
〔註83〕韋廉臣：《法拉第電學志略》《萬國公報》第18本第24冊，第11719頁。
〔註84〕韋廉臣：《瓦雅各先生格致志略》，《萬國公報》第17本第17冊，第11233～11234頁。
〔註85〕《自然科學大事年表》試用本，上海人民出版社1975年，第53頁。
〔註86〕韋廉臣：《格致探源論原質》，《萬國公報》第1本第301卷，第24頁。
〔註87〕韋廉臣：《格致探源論原質》，《萬國公報》第1本第301卷，第25頁。
〔註88〕韋廉臣：《格致探源論原質》，《萬國公報》第1本第301卷，第26頁。
〔註89〕韋廉臣：《格致探源論物質》，《萬國公報》第1本第304卷，第111頁。

一曰化成物，如金木土氣水等物；一曰長成類，如動植物等」。元素定義即「萬物之質現在不能分者名爲原質」，指出元素「分爲兩類，一曰金類，一曰非金類」〔註90〕。同時介紹了萬物生成的原因，即「化合之理」、「受力之理」，化合之例等，如「化合之例」，傅蘭雅指出「化合有一定之例，若不依其例配合，必不能盡成化合」〔註91〕。另外，他介紹了用試紙測試酸性的方法，「試紙是用藍色之料染成者，此紙雖遇極淡酸味之水，立變紅色；紅色後雖遇極淡殺味之水復藍色。」〔註92〕

1890 年 10 月，《萬國公報》刊登《多爾敦先生志略》一文，介紹近代化學奠基者英國人道爾頓的生平事蹟，詳細準確地論述了其原子論，「各物之微質分之而至於無可分之處，皆有微質，一微質有一微質之輕重，一微質有一微質之大小，其大小輕重又皆有一定之數，而毫不容差，有物名淡（氮）養（氧）氣，乃淡氣之微質二養氣之微持一相合而成……」；高度評價了道爾頓原子論的貢獻，使得「天下化學家撥去霧見青天，莫不奉爲圭臬焉。」〔註93〕

《萬國公報》對原子論的介紹是動態的。周刊時期，它對元素的報導由 62 種發展到 64 種，1897 年 10 月，元素是「六十有六種」；到 1899 年 1 月已有「七十餘種」，後來居里夫婦發現鐳元素也作了報導，這充分反映了當時世界近代化學領域取得的新成就。不過，《萬國公報》對原子論的介紹具有很強的宗教色彩。它把構成萬物的原子說成是上帝先前安排的，並把萬物的生成解釋成上帝的配置，宇宙萬物「非上帝於其中易置配合之，亦光能成一物哉」，「萬物是天地之道，俱由於天焉」。〔註94〕

除論及化學原子論外，《萬國公報》還關注到其它化學知識。如：1876 年 10 月，《萬國公報》刊登題爲《自來火來歷》的文章，介紹了火柴的來歷，「西國無自來火之前，亦如中國以鐵擊石而取火也。有何立登者，主格致書院講席，常以化學教授生徒，每日於寅正即行起身，擊石取火，嫌其費事，……。因思某藥料品稍配硫磺染於木絲上，觸物火當自出，試之無詐」。〔註95〕1902

〔註90〕傅蘭雅：《化學易知》，《萬國公報》第 15 本第 714 卷，第 9448 頁。
〔註91〕傅蘭雅：《化學易知》，《萬國公報》第 15 本第 715 卷，第 9466 頁。
〔註92〕傅蘭雅：《化學易知》，《萬國公報》第 15 本第 715 卷，第 9467 頁。
〔註93〕韋廉臣：《多爾敦先生化學志略》，《萬國公報》第 19 本第 21 冊，第 11501 頁。
〔註94〕韋廉臣：《格致探原論原質》《萬國公報》第 1 本第 301 卷，第 26 頁。
〔註95〕《自來火來歷》，《萬國公報》第 5 本第 412 卷，第 3053 頁。

年 11 月，《論化學之原》一文解釋了化學含義，「化學之意，在乎考萬物之質一也，各類物質之變化二也，因何理而變化三也」。指出古代化學的名稱爲「密術」，而今時華文化學之名「始於丁韙良」。追敘了中外化學的起源，認爲化學的起源是古時阿拉伯和中國人爲「求長生不老之藥」、「求點不成金之法」〔註96〕。1903 年 6 月，《萬國公報》介紹了糖能堅木的化學知識，「其法取乾鬆之木，浸入極沸之糖水，則木之細孔飽吸糖，毫無缺隙。乃置於烘窯上，使水化氧而散，則糖質在木中與原有之碳質融合，以後木堅韌無比」。〔註97〕總之，《萬國公報》對化學知識的介紹總體是膚淺的，是普及性的知識。

（六）生物學

《萬國公報》在生物學方面的介紹主要涉及植物學，動物學，微生物學及進化論等。

植物學方面：在《草本說》中不僅介紹了草木生長與禽獸的互相依賴關係，並指出草木的三大利處，「一、昏夜之間能吸食炭氣，二、白晝之時可以發氧氣，三草木多處剋多生伯梭駕」〔註98〕。1883 年 5 月，《萬國公報》連載《植物備考》，重點介紹了各種植物的分類，生長情況。其中，它把植物分爲「草部」和「木部」兩大類，「草部」分爲重草類、雜草類、果荣類。且指出香草類包括茴香，芸香，玫瑰，百合花，番江花，牛藤草，天多蔥等；果荣類則有黍，稗，穀，荣蔬，藜蕃，王瓜，野瓜，茄等；雜草類有：草，藍草，棉林等。「木部」則分爲果木類，香木類，雜木類。果木類有：杏，栗，椰子，核桃，豆莢，石榴，橄欖，蘋果，無花果，葡萄，棗；香木類有：松，杜松，杉樹，柏樹，側柏，松柏，桂樹，檀香，沉香，孔香，沒藥，香桂等；雜木類：楊，黃楊，柳，楓，風枯，油木，馬本，橡，金花樹，指甲花樹等。植物學家的介紹，則有《禮彌由司先生植學志》，它介紹了著名植物學家的林奈的生平和他在植物分類法方面的重大貢獻，而 1905 年的《記變化植物者倍倍格》則介紹了美國嫁接技術的發明者倍倍格的生平事蹟，稱其「全球植物家無一能如倍倍格氏者也」，「恐其將與哥白尼、奈端、達爾文，伯里西輩同，不朽於天壤間矣」。〔註99〕

〔註96〕高葆真：《論化學之原》，《萬國公報》第 34 本第 166 冊，第 21367 頁。
〔註97〕《煉木新法》，《萬國公報》第 35 本第 174 冊，第 21900 頁。
〔註98〕《草木說》，《萬國公報》第 6 本第 541 卷，第 6370 頁。
〔註99〕《記變化植物者培倍格》，《萬國公報》第 39 本第 198 冊，第 23530 頁。

　　動物學方面：1876 年 4、5 月，《萬國公報》配以插圖自連載《格致探源》，詳盡介紹昆蟲學方面的知識，涉及昆蟲的身體構造、器官功能、生長發育等狀況。指出「昆蟲之身恒三段，一爲頭，二爲胸背，三爲腹」〔註 100〕，同時各部位又有不同的器官組織，如頭部有角、目、口等；且根據「其身形相似而翅形各異」將昆蟲分爲「有甲者，長翅而能收者，短翅者，翅有羅織及細紋如紗者，有直紋而橫紋者，翅有鱗形者，二翅者七大類」〔註 101〕，並對各類加以例證進行了詳細的的解說。其介紹的動物不僅包括陸地上的蝴蝶，蒼蠅，螞蟻，蜜蜂等數十種，也有海洋動物。不過介紹最爲詳細的要數螞蟻和蜜蜂，它指出螞蟻及蜜蜂在窩巢中的嚴格分工，而且對螞蟻窩及蜂巢的結構也進行了解說。它在這裏介紹昆蟲等知識，只不過爲其崇高的宣教目標而努力，《萬國公報》多次提及萬能全智的上帝，宣揚「上帝創萬物，以加增人聰明能幹喜悅」的宏論。1881 年 12 月，《萬國公報》三期連載《動物》，以「論人物之智慧可以相衡而觀」、「論人智慧透視性乎物之智論」、「上帝所造人與動物之智慧大不相同」，充分闡述了人與動物的關係，指出「凡禽獸之所能諸人則無一不能，而人類所能者更百倍於禽獸之所能焉」，其文章的目的正如其引言中所言「宇宙間所有之物莫非爲表明上帝之德能也。」〔註 102〕

　　微生物學方面：1890 年 2 月，《萬國公報》刊登《顯微鏡有益於世》，介紹借助顯微鏡觀測的細菌，指出他們「無處不有」，「不但能運動也亦有知覺」，且把他們分爲「微點、微卵、大棍、螺絲」四種，認爲他們「各有其性，各有其情，性情又各有善惡」〔註 103〕。1890 年 3、4 月，又連載《格致有益於世巴士德》，詳細介紹了法國著名微生物學家，細菌學說的奠基人巴斯德的生平事蹟，著重論述他在生物學上的三大貢獻，即 1863 年他經過實驗發現釀酒變酸變壞的原因，是「空氣中微蟲爲之也」，並歷經數次加溫實驗證實「釀酒加溫至 140 度而止，即可以殺蟲，亦可以不至於薄酒」。這一發現，後經常應用於食品、化學中消毒，即「巴斯德消毒法」；1864 年，法國南部養蠶區「蠶忽大疫，子不生蛋者有之，生蛋不久即殃者有之……」〔註 104〕。他經過實驗研究，發現蠶病也是微生物引起的，且經過數年研究，找到了避病方法；後

〔註 100〕韋廉臣：《格致探原論昆蟲》《萬國公報》第 3 本第 376 卷，第 2092 頁。
〔註 101〕韋廉臣：《格致探原論昆蟲》，《萬國公報》第 4 本第 380 卷，第 2209 頁。
〔註 102〕韋廉臣：《動物小引》，《萬國公報》第 14 本第 668 卷，第 8617 頁。
〔註 103〕韋廉臣：《顯微鏡有益於世》，《萬國公報》第 17 本第 13 冊，第 10955 頁。
〔註 104〕韋廉臣：《格致有益於世》，《萬國公報》第 17 本第 14 冊，第 11017 頁。

來他還研究了生物炭咀病雞霍亂的疫苗，並取得了成功。1904 年 6、7 月，《萬國公報》連載的《論微生物》則詳細宣傳了微生物學說，它將微生物分為四類「曰球形微生物，曰蛋形微生物，曰柱形微生物，曰鉤形微生物」〔註105〕；介紹了各種微生物的生長繁殖狀況，闡述了各種微生物與疾病的關係，即球形微生物「無所為害」，蛋形微生物則「世間疫病皆由此茲而起」，柱形微生物「為傷寒癆病喉風，暈風之根源」，鉤形微生物是「霍亂之起端也」〔註106〕，並指出消除細菌的方法，即蒸汽薰，蒸餾水洗，氯氣蒙其室通風；同時也介紹了細菌有益於人的之處，即腐化廢物，助植物生長，成煤成油，方便方活等。

《萬國公報》還多次介紹生物進化理論。1890 年 5 月，它刊登《論人太古人遺骸備考》，用地底化石的分佈介紹進化論，「地下之動物莫早於魚，故魚最在下層，先有無脊骨之魚，後有脊最之魚，有魚而後有蟲，有蟲而後有鳥，有鳥而後有獸，有獸而後有獸之主靈者，有猿而後有人，……，萬物之年歲一層與人近一層，萬物之形體，亦一層與人肖一層」〔註107〕。1891 年 2 月，李提摩太所著《大同學》第三章則更加詳盡介紹了達爾文的進化論，「今泰西格致名家中，有創講生物變化之新學者，皆言：地球第一生是子子螺蠕，只適有一節耳。臂諸鳥卵或僅黃或但一白，絕無耳目手足之利用也，不關骨肉雪髓之類。妙合而疑，即而有二節，俄而有三節，以乞於五六十節。乃又小節變為大節，一形化作數形。積之久焉，更變而為各種魚，化而為各處鳥，後於魚鳥而生者，厥又有各種獸。綜其大要後起之物，必勝於先生，如造塔然，列上一層必較下層略高也。千變萬化，千生萬長，至天終極，遂各千萬節而成一人。徊視向者適有之一節，相去誠壤殊矣」；首次提及達爾文名字，「與米勒並進而生之達爾文獨自相爭進之妙理。」〔註108〕《萬國公報》進化論的介紹在當時是非常及時有針對性的，它適應了中國救亡形勢的需要，比嚴復介紹的進化論還早幾年。

〔註105〕馬爾：《論微生物》，《萬國公報》第 38 本第 185 冊，第 22658 頁。
〔註106〕馬爾：《論微生物》，《萬國公報》第 38 本第 186 冊，第 22724 頁。
〔註107〕韋廉臣：《論人太古人遺骸備考》，《萬國公報》第 17 本第 46 冊，第 11177 頁。
〔註108〕李提摩太、蔡爾康：《大同學：相爭相進之理》，《萬國公報》第 29 本第 123 冊，第 18584 頁。

第三節 《萬國公報》傳播的應用科學知識

（一）醫藥學

「醫學傳教」一直是來華傳教團的宗旨之一，他們派遣傳教醫師來華著書立說，創辦刊物，建立醫院施醫救民，希望通過借醫傳教的途徑廣布福音，增進中國民眾對西方醫學的認同，進而增強對西方上帝的信仰。林樂知創辦的《萬國公報》在這方面也進行了大力的介紹，傳播醫學知識成為其重要的內容。

1881 年 4 月至 1882 年 3 月，《萬國公報》曾近一年連載傳教醫師德貞所著的《西醫舉隅》，它是一部比較全面系統地介紹了人體生理構造的專著。主要內容：一、批判中國古代醫學有關人體骨骼部位方面的錯誤認識，指出「《洗冤錄》與《醫學全鑒》各書（在骨骼認識上）已彼此互異，俾後無所適從，西國逐處考查，務得其實，絕無錯雜混亂之處，於是乎指而為之詳辨焉」〔註109〕。二、全面介紹人的血液循環，呼吸，消化，神經，排泄，生殖等六大系統及胎生學知識，其中介紹最詳細的要數消化系統，其論說包括：考驗食物之損益、消磨食物次第之論、謂食物入胃、論胃論肚之磨化、論胃之食物之變化、論饑為腦氣筋統宗之理、胰之功用、大腸變化食物之論、腸之運動、運化飲食之器、論上齶、論食管、論肝、論膽囊、論胰、論小腸、論脾等。三、探討中西醫的差異，指出西醫精於中醫。因為西醫以瞭解人體的生理構為基礎，中醫則「命病之名多屬新奇，治病之法亦以奇妙，惜乎無實用耳。蓋華之醫士多屬耳聞臆斷，毫無實據，故其藝不能也。西則不然，凡西國醫士皆剖驗死人之體，故以之骨血脈臟腑，無不深知洞見，若一病，病源之所在及受病之由，若瞭如指掌，故易於施展。中國不准剖驗死人，醫士皆未能目睹全體，此西國醫學精中華也」。而且西國醫士必須經過嚴格的考試正規的醫學教育，方可行醫，「西國醫學不止剖死人體，且必須考選方准以術行世」，「幾醫士欲應試者必先入太醫院肄業四年方准應考，且知考者必須二十歲以上」〔註110〕。這種比較雖然不夠充分，但也指明了中西醫之間的一些差異。不過，德貞是站在西醫立場來貶低中醫，至於其所作的指責有些是污蔑之詞。德貞介紹消化系統時其標題為「論胰」，有「其藏合信氏謂之甜肉」，「論脾」

〔註109〕德貞：《西醫舉隅》，《萬國公報》第 13 本第 641 卷，第 137 頁。
〔註110〕德貞：《西醫舉隅》，《萬國公報》第 14 本第 665 卷，第 8570 頁。

時，有「按《全體新論》合信氏將此藏列爲脾」﹝註111﹞。因而，該書是在總結合信等醫學研究成果的基礎寫成的，其知識總體上是比較正確、全面、系統地介紹了西方先進醫學知識。

《萬國公報》復刊後，自1890年7月，第20冊起至第72冊間共23次連載德貞著述的《西醫彙抄》，該書是一部病理學與方藥學的專著，「講解病源與治病方藥諸說，教益門人」，其目的是「每月摘選數症中列於後，公同讀覽庶於有志醫學者，亦未必無所稗益焉」﹝註112﹞。其主要介紹西方各種常見病，詳細分析其病理，然後指出治療方法。其介紹的疾病有：炎症，鼻症，耳症，瘡症，虧血，風氣，黃熱病，咳嗽，流水症等共28種。如牙疼，指出分四種：「一牙骨處層變軟而壞」，其治法是「去其枯壞孔內以金及汞銀敢等物補滿或補以樹脈」；二、「牙瓤生痰而病」，治法是「內服輕瀉劑，外用濃雙炭強蘇打水漱口」；三、牙齦病，治法是「摘去露根」；四、牙腦筋痛疼，治法是「內服反酸輕瀉濟及金雞納」﹝註113﹞。該書「文淺而理深，語粗而意顯」，其登載後廣受民眾歡迎，「各門人皆彙抄私本，以爲秘授眞傳，視爲珍寶，凡遇病源不甚明晰之症，及用方藥無所著手之際，莫不翻閱此抄本，以爲醫病箴規」﹝註114﹞。德貞還在《萬國公報》上發表《英國德貞醫生五字辨》、《種痘珍言》、《論安提比林》、《論鐵與生命相關》、《論飲食消化之理》、《脈理論》。因而，德貞成爲在《萬國公報》上發表醫學文章最多的作者。同時，其它一些傳教醫師的醫學著作也在《萬國公報》上進行簡單的介紹，如美國長老會傳教醫師嘉約翰的《皮膚新編》、《內科聞微》，洪士提反的《萬國藥方》，君端模的《醫理雜述》等，其介紹的目的大多是廣告宣傳，以吸引民眾購買。如《皮諸症論》，分「皮之變色」，「論小水泡等」分條簡單介紹各種皮膚病後，就說：「如有購是書者，可於上海小東門外美華書館買可也」﹝註115﹞；介紹《醫理名論》時，它就說「愛登報冀留心醫道者，各置一編於左右，如合購閱，望函致羊城博濟醫院」。﹝註116﹞

《萬國公報》還特別關注傳染病知識的介紹，解說常見傳染病的原因及

﹝註111﹞德貞：《西醫舉隅》，《萬國公報》第14本第553卷，第8554頁。
﹝註112﹞德貞：《西醫記抄序》《萬國公報》第18本第20冊，第11430頁。
﹝註113﹞德貞：《西醫記抄序》，《萬國公報》第18本第24冊，第11733頁。
﹝註114﹞德貞：《西醫記抄序》，《萬國公報》第18本第20冊，第11431頁。
﹝註115﹞嘉約翰：《皮膚諸病論》，《萬國公報》第1本第309卷，第254頁。
﹝註116﹞《書醫理略論後》，《萬國公報》第20本第40冊，第12832頁。

預防免疫方法。1902 年 10 月,《論瘟疫之源》中指出,「凡居處不潔,飲食不潔者,有一種傳染之蟲,爲物甚微不能見,恒由不潔之空氣或不潔之食物,入人口蝕人之血肉,是生瘟疫之源」〔註117〕。1902 年 11 月,《疫疾之原》也指出:「人生百病,多由於蟲,其爲蟲也,……皆由於不潔所致」。因此《萬國公報》不斷告誡人們注意傳染病的預防和講究衛生的重要性。《中國宜崇潔去病論》一文中建議人們的預防方法是「垃圾宜糞除也」,「糞缺宜遠置也」,「溝渠宜深溶也」,「陰溝常通也」,「工作人等宜勤加沐浴也」〔註118〕。在《除汗垢以奐疫病論》中,它說明了傳染病的危害,「古今所大惡者也,乃尤有甚者,於一時之間,而萬方萬姓,同染於疾者,每九死而一生,大至皆穢之所致也,苟不爲去之以絕,其本根幾將胥天下而淪亡也」〔註119〕,同時希望中國「各地各方同心協力將此污垢以時除之,則群黎日生度可矣」〔註120〕。此外,《論飲水清潔之法》、《務潔以防疾病論》、《論巴拿馬衛生成效》等也論及有關問題。

另一方面,《萬國公報》詳盡介紹有關天花病的知識和種介紹的方法。1875 年 5 月,《論牛痘來歷》記述了天花免疫方法——種牛痘的發現歷史,「英國名醫仁愛德華先生,生於 1449 年,熟讀醫書,居心長厚,受業於享德。……愛德華既得其薪,傳它而濟世,名震歐州也,慨世之因天花而傷者不禁爲之扼腕而思有以救之也。一日,聞得畜中取乳之婦人,終身不出天花,此必非無故而能怨也。於 1780 年,有牛出痘,而痘出牛乳之旁,牛婦人因取牛乳而染此痘。愛德華聞而往視之,見婦人腕生一痘,光華髮外,漿汁積中眞如一顆玉珠也,以故取婦人之痘傳種於人,無不應手而得,屢試無訛矣,遂於 1799 年正月二十一日開始,由一而十,百而千、而萬,三年之內,其法盛行」〔註121〕。這裏介紹琴納發明種牛痘方法的過程,基本上與事實相符,但也有錯誤。如琴納出生年份應爲 1749 年,而這裏是 1449年。最關鍵的琴納發明牛痘苗的時間應爲 1796 年,這裏是 1780 年至 1799年。琴納的名字也被譯成「仁愛德華」與琴納英文名(Penner.E.)相差甚

〔註117〕范禕:《論瘟疫之源》,《萬國公報》第 34 本第 165 冊,第 21281 頁。

〔註118〕《疾病之源》,《萬國公報》第 34 本第 166 冊,第 21378 頁。

〔註119〕《中國宜崇潔去病雜議》,《萬國公報》第 3 本第 374 卷,第 2030～2031 頁。

〔註120〕袁日顯:《除汗垢以免疫癘論》,《萬國公報》第 56 本第 7 冊,第 10552～10554頁。

〔註121〕《論牛痘來歷》,《萬國公報》第 2 本第 337 卷,第 1029 頁。

遠。隨後的《種牛痘之始行》，不僅指出琴納發現種牛痘方法的時間爲「1796年五月十四日此種中痘之始矣」；而且還追敘了種牛痘法之前的種痘法在歐洲的傳播過程。1903 年 4 月《論痘疾》則更爲詳細介紹了種痘法在歐洲的發展，「牛痘法至 1799 年，其後二法並行，而種土痘者漸少，至 1840 年，始將種土痘術禁去，而專種牛痘」〔註122〕。同時，在《祈訪牛痘實情》、《論牛痘有益》、《種痘珍言》、《強種牛痘》、《趙蘭亭新編增補牛痘之序》等文章中，《萬國公報》著重討論了種牛痘後復發及種痘重要性等問題。香港李正高說「牛痘之有復出者有五，其一、恐取痘漿之兒瘦弱；痘漿不壯也，其二恐所種之兒有疫也，其三恐所種之痘不滿漿也，其四恐痘無江乃假痘也，其五恐脫疤之後，無痕跡亦假痘也」〔註123〕。德貞則指出天花危害性很大，「中國有天花之害，小兒死者甚多，其不死者成因痘毒攻於眼，以致失明或痘成麻或因痘毒致變他症，良可慨也」，而種牛痘則「不至於死，亦不至易生他痘，此後天下萬國無不知此法善者」。〔註124〕

1903 年 8、9 月，《萬國公報》連載《近百年來醫學的進步》，簡明扼要地介紹 18～19 世紀百年來人類醫學取得的巨大成就，提到英國醫學家約翰亨特的動脈管紮止血法，英國醫學家微耳的細胞病理學法、法國生物學家巴斯德的微生物學、琴納的種牛痘法；同時還介紹了麻醉藥在醫學上的應用帶來的巨大進步，發現才幾年的 x 光治病法也得以專門介紹，「光學中尤有更奇者，即近來所得之然根光，若通電於虛無筒內，其筒即發此光，欲試之，需以墨紙板察其虛天筒，置於黑屋之內，更取某種藥水浸紙封之，即能發光。1895年然根氏試其事，見電光能透黑紙，而使其藥水發光，遂悟得無論何物。皆能透過，惟有多少之分耳。且此光亦可用照相之乾片照下，醫家近多用此光，以授求病原或用以治病」〔註125〕。

（二）農學

《萬國公報》非常重視農業技術知識的介紹和傳播，下面試舉例證之。

1889 年 11 月，《萬國公報》刊登《推陳出新農事》一文，內稱泰西「能使地之所出較前或三四倍，七八倍不等，其術甚多，而主要者有三，一曰淺

〔註122〕《論痘疫》，《萬國公報》第 34 本第 170 冊，第 21707 頁。

〔註123〕李正高：《論牛痘有益》，《萬國公報》第 10 本第 534 卷，第 6190 頁。

〔註124〕德貞：《種痘珍言》，《萬國公報》第 17 本第 578 冊，第 7074 頁。

〔註125〕《近百年來醫學之進步》，《萬國公報》第 35 本第 175 冊，第 21962～21963 頁。

地中之水，二曰以新土易舊土，三曰揀種之法」〔註126〕，即灌溉、深耕、選種。

　　1892 年 11 月，《照譯美國農部所發種植煙葉良法》則詳細介紹美國先進的種煙烤煙技術，它以「新地作畦之法」、「新地布種之法」、「舊地作畦之法」、「舊地布種之法」、「預作各分種之法」、「修治之法」等條目詳細介紹了種煙的整地、播種、田間管理、煙葉採摘、烤煙技術。不僅闡明種煙的農時，而且對技術要領也全文轉載。它特別介紹了烤煙技術的兩種方法，即火製之法、煙囪燻製光煙法，指出後者「較精良也」。其煙囪燻製方法爲「先建密室，四圍藏不透風，上開氣窗可任啓閉，內置爐熾炭，酌量按時燻製：一黃葉製法，火力用 90 分燻至 24 分鐘至 30 點鐘爲度，一駐色製法，初四點鐘用一百分火力後，每兩點鐘加至火二分半，加至 110 分，再從 110 分火力加至 120 分，約燻四點鐘至八點鐘不等；一葉片製法，火力 120 分至 125 分燻，六點鐘至八點種爲度；一枝梗製法，初用 125 分火力每點鐘加五分至 170 分爲度，且再燻 12 分鐘至 15 分其幹內始能乾透；收藏之法，製妥後天氣略潮時，每株逐葉摘下」〔註127〕。它介紹的煙囪燻製烤煙技術是非常先進的，我們廣大農村現今還普遍採用。

　　1893 年 5 月，李提摩太、蔡爾康合譯的《農學新法》在《萬國公報》上發表，他們在《農學新法小引》中，大肆宣傳新法對農學的重要性，「未明新法以前，假如每田一畝可藝粟一斛者，既明新法便可二斛，美國地脈本肥，既得新法變可增至六斛」；同時也闡述了施肥對農業的重要性，「無糞之地，約可產穀 12 斗者，有糞之地可產 32 斗，用化學培植之地可產 34 斗」〔註128〕。《農學新法》首先闡明農學新法即農學化學之法的含義，「一、令人知地土花草樹木走獸及肥壅諸物與夫空氣等類系何種原質配合而成；一、令人知各種草木皆自有相宜之地，其林宜之地，土原質若何；一、令人知肥壅諸物之原質以補益地土之原質；一、令人知何種草木於喂食畜類最屬相宜；一、令人知熱知光知一切相宜之關係於茁物者」〔註129〕。其次指出天下萬物皆由以下十四種元素組成，即「氧氣，氯氣，氮氣，炭，礦，

〔註126〕韋廉臣：《推陳出新：農學》，《萬國公報》第 16 本第 2 冊，第 10306 頁。
〔註127〕《照錄美國農部發種製煙葉良法》，《萬國公報》第 21 本第 46 冊，第 13192～13193 頁。
〔註128〕李提摩太：《農學新法小引》，《萬國公報》第 21 本第 52 冊，第 13594 頁。
〔註129〕貝德禮：《農學新法》，《萬國公報》第 21 本第 52 冊，第 13596 頁。

硫，磷，氧氣，鉀，鈉，鈣，鎂，鋁，鐵」，還指出除以上十四種元素以外還有碘，弗氣，並分別以十四種對植物生長發育影響作了論述。此外，還展望到「若農家若能同諳何種禾稼係何種原質，即以何種原質按其分重配合成，就大田灌溉而培雍之，瘠壤可變沃壤，信增睺矣。人語中合樂歲聲將遍於南阡北陌之間矣」〔註130〕。

1904 年 12 月，《萬國公報》發表的《記美國農學發明之新肥料》記述德國人的農學貢獻，即「一則創知氮氧互相循環之理由於微蟲，而未得餵養之法；一則已知餵養之法而未能久遠」，指出美國大發明家摩爾通過研究，「彌二人之缺憾」而發明了新肥料，即「鹽類品精糖及灰氫磷氧和鎂磺氧四、有微蟲之棉花、氫四氮三磷氧四」；並介紹新肥料的使用方法，即「押種之法與和泥之法」。還指出用新肥料「則瘠者變沃，更勝於前之沃者」，不但「能加豆類之月飽者，其後隨之而種者因之大蕃庶」。〔註131〕

1906 年 5 月，《萬國公報》發表《加拿大專車演說農學論略》一文中介紹了加拿大派專車全國四處宣傳選種的重要性及選種方法，「每一英畝所播之種如購上等嘉種，不過多費金半元，而多獲之農產則每畝或不止五元矣」；選種則「於麥柴中揀出極大肥之麥加意收藏之」，「米子種其最佳者為黑色」〔註132〕。

1898 年初，《萬國公報》開始連載《石田化沃土》介紹了石田化為沃土的三方法，即「糞田以輪種」、「開井沼以利溉灌」、「載樹木以培土脈」。在「糞田以輪種」中，它指出植物之養料有 13 種，它們「皆可使土脈肥美長養穀果」，並據此解說了各種農作物與 13 種養料的關係，提出了輪作的要求「此季種根淺者，幾食淺土之質，彼季即宜種根深者，吸食深土之料，如此輪種則長養，植物永無缺乏」〔註133〕。至於第二種方法，它指出植物生長依靠養料之外，還「賴乎日以暄之，風以動之，雨以潤之」。因而要開井以利溉灌，這樣雖「天氣酷熱，地脈乾燥仍可慶優，而樂冶足，到處皆陸海也」〔註134〕。第三種方

〔註130〕貝德禮：《農學新法》，《萬國公報》第 21 本第 52 冊，第 13597 頁。

〔註131〕林樂知、范褘：《記美國農學發明之新肥料》，《萬國公報》第 37 本第 191 冊，第 23016 頁。

〔註132〕季理斐、任保羅：《坎拿大專車演說農學紀略》，《萬國公報》第 40 本第 208 冊，第 24260 頁。

〔註133〕劉永錫：《石田化沃土第一糞王疇以輪種》，《萬國公報》第 28 本第 115 冊，第 20359、20364 頁。

〔註134〕劉永錫：《石田化沃土第一糞王疇以輪種》，《萬國公報》第 29 本第 120 冊，第 18210 頁。

法中，它指出載林木以固地脈，「不惟旱澇節風時也，亦可以壯山水之觀瞻，快進人之心目，且更有益於人者，人可減觸瘴傳染諸苦而延年益壽不難矣」，因此，它最後提出「此三策者或糞田輪種或接掘地灌溉或載樹木以固地脈，若能相地而行，皆石田化沃土之良法也」〔註135〕。

針對許多西士來信詢問茶葉的栽培和製作技術等問題，《萬國公報》刊登《答茶》、《茶說二則》等系列文章進行介紹，其中最詳細的是臺北鷺江氏李春生於1879年4月發表的《答種茶作茶諸法》。他以「茶說」、「時茶說」、「小種說」對茶葉種類作了基本介紹，「夫茶也者，門戶雖多，惟取其較著者，則不外時茶小種二宗，其它白毫龍井諸小色概未足與論也。其謂工夫烏龍者，亦不過由時茶小種炒製而成，此外如綠茶、珠蘭、雨前、花香諸名香皆幽奇爭巧者」〔註136〕；然後，再以茶區說、播種說、採茶說、製茶說、摘茶說、裝茶說，解說了茶葉栽培地選擇、茶樹載培、茶葉採摘、茶葉製作、茶葉挑選以及包裝等茶葉生長生產情況。《論印度種茶源流》一文則介紹了印度植茶狀況，指出印度種茶「始於1780年間，有英國某武員居於印京附近之西伯普爾城，從中國廣東省攜帶來茶子，試植於園中，視爲奇花異草，此供遊玩，此爲印度種茶之始事也」，之後「僅歷120年，印度茶利大興」〔註137〕。最後呼籲中國振興茶業，「中國茶葉久具盛名，故爲出口貨之大宗，近年來華茶奪於印度，不加意整頓，江湖必有日下之勢，原振興商務者亟籌之」〔註138〕。

此外，《萬國公報》還刊登《英國農政》、《農事要策》、《美國種稻之新消息》、《中國宜講求農務》等一系列文章，簡單介紹日英美等國的農業狀況，指出了中國農業的落後性，建議中國宜講農務，大興農學。「美國之農產足以制歐洲，各國之命惟同一緯度下之中國則日窘」〔註139〕，「中國之茶向爲土貨之大宗，以無所長進，而茶業微矣，推之於棉……」，認爲中國農業落後的原因在人，「蓋以農夫不讀書，不識字，不知進步，守三千年之成法而加以窺惰，以致地味日瘠，土產日荒」，批評了某些「只談富強之策士，更囂然號於眾，

〔註135〕劉永錫：《石田化沃土第一糞王疇以輪種》，《萬國公報》第29本第121冊，第18284頁。

〔註136〕李春生：《答種榮作榮諸法》，《萬國公報》第10本第536卷，第6235頁。

〔註137〕季理斐、任廷旭：《論印度種茶源流》，《萬國公報》第32本第151冊，第20359頁。

〔註138〕季理斐、任廷旭：《論印度種茶源流》，《萬國公報》第32本第151冊，第200364頁。

〔註139〕《農務立國之要素》，《萬國公報》第37本第194冊，第23246頁。

日興工哉，興商哉，於農則不屑及的」輕視農業的做法，認為他們是「不揣本而濟末。」因而主張中國急欲講求農務，「提倡農務為今日中國最急之要端」〔註140〕。在《論農學》一文中，闡述了農學的重要性，「食為民之天，無農學的而食奚賴，亦農為工商之本，無農而工商無所自出，是安可以不學乎」。如何講求農學呢，它認為要「先設學塾」，「欲設學塾，必於鄉村集鎮，廣置之，農家者該各令其子第關肄業其中，而睹農務收器，口誦農學新書……」，如此將「省力百倍，獲利倍薪」〔註141〕。同時強調農學實驗，「先立試驗場於各地，取西國最新之機器，最精之肥料，最良之種子，先試驗有效，而後分佈全國，有農部以保護之，引導之，有農學校以研究之栽培，……如是則中國之富可立待矣」〔註142〕。

《萬國公報》還刊發《開墾荒田議》、《貧人宜第花業》、《中國北方宜種林木》、《西北各省亟宜興辦重桑說》、《中國宜種樹以開利源說》、《論農務畜牧種果之益》、《汾圓要務樹林》等一系列文章提出發展畜牧業，林業等具體主張，值得一提的是，《萬國公報》上宣傳植樹造林的科學道理頗有見地。如《治國要務樹林》一文認為「夫林木之有關於稼穡者多矣，有繫於王道者巨矣」，無樹則水土流失，洪水泛濫，耕種乏水。樹林多多，則有四利：「上林木茂密，……可以蓄水，二可以存土，三、可以清泉，四、可以免江河漲落」。如何發展林業呢，它指出「一、禁積伐；二、凡無樹之處宜種宜載者，不得置為閉田；三、凡大江大河之源必有多山，遍為種植，四、樹大不能不伐，但有伐必有所補，五、樹不老不伐，即老亦不得盡伐漸」〔註143〕。這些論述在百多年之後，仍顯其真知灼見。

（三）水利工程技術

水利歷來是中國封建社會的大政之一，中國治河防洪也代不乏人。但隨著晚清國勢日衰，水利技術嚴重落後，以致水災連綿，民窮國病。水利問題更成為晚清朝野人士關注的焦點。《萬國公報》抓住這一社會熱點問題，刊登了一系列文章，闡述中外人士對水利問題的看法，並探討治理方案。

《萬國公報》最關注的是黃河的治理和防洪。黃河是我們中華民族的母

〔註140〕林樂知、范褘：《論中國丞宜講求農務》，《萬國公報》第 34 本第 164 冊，第 21211 頁。

〔註141〕胡美裕：《論農學》，《萬國公報》第 30 本第 129 冊，第 18820 頁。

〔註142〕《農務立國之要素》，《萬國公報》第 37 本第 194 冊，第 23247 頁。

〔註143〕韋廉臣：《治國要務樹林》，《萬國公報》第 16 本第 30 冊，第 10304 頁。

親河，是我們華夏文明的發祥地，但自古及今，黃河泛濫成災的現象，屢見不鮮。《萬國公報》追述了中國治理黃河的歷史，如傳說中鯀用息壤堙堵洪水，禹「開決導水」三過家門而不入，西漢王景治河事蹟，明代潘季馴「以河治河，束水攻沙思想等等。批判時下治水防洪不能正本清源，標本兼治，「時下治水者，多有捨難而就易，慮近而忘遠，不過一時權宜於旦夕也，是未能觀其末而求其本，竟其重而窮其源」〔註144〕。認爲同治中興以來，士大夫提出的治水防洪措施，「或分流南北以殺其勢，或旁穿溝渠以瀉其漲，或堅築堤岸以未其流，僅是治其標未能探其本也」〔註145〕。在此基礎上，《萬國公報》廣邀名士，各抒已見，闡述他們的治河防洪方略，即繼承中國豐富的治水經驗，學習西方先進的治水方法。

首先，他們主張學習夏禹因勢利導的疏導治水方法。認爲「苟能師禹之法爲法，體禹之心爲心，即使河患難治，未必不奏功也」〔註146〕。1889年5月，《鄭洲大工告成頌》一文，提出治理黃河要「順其性」的思想，「河形古今有異，河性古今無殊，何謂河性，順下者河性也，橫決非性，避逆趨順，避堅趨疏，避遠趨低，皆其性也」〔註147〕。李佳白在《治河說》中也表達類似看法，認爲「禹之治水，水之道也，善順其性而利導之謂也」，批評中國治理黃河「皆與黃河爲敵，而不能順其自然故也」，以致「黃河之奔流以滌蕩其泥沙，使之帶泥浹沙而行」〔註148〕。

其次，主張治河防洪要學習西方的治河方法，引進先進的溶河機器。1889年8月，《萬國公報》刊登了《西國治河的新法》一文，李佳白詳細介紹了世界五種治河的方法，即美國密西西比河新法、美國密西西比河舊法、意大利波河治法、埃及尼羅河治法、印度河治法；並著重分析了各種方法的利弊，如美國密西西比河舊法，他認爲此法「不令其水一道入海，於將入海之處先分爲忿」，則有二利，「水分則勢殺，不至外溢，此一利也，水勢殺，則築堤無須過高，工費可省，此二利也」；但也有不利之處，「一則水分必淺，大船不入，商賈不通，二則河必浸」〔註149〕。1891年8月，艾德瑟的《美國治河

〔註144〕《古今治河利病圖考》，《萬國公報》第6本第442卷，第3727頁。
〔註145〕李佳白：《黃河歸海說》，《萬國公報》第18本第20冊，第11420頁。
〔註146〕《古今治河利病圖考》，《萬國公報》第6本第442卷，第3728頁。
〔註147〕《鄭州大工告成頌》，《萬國公報》第16本第4冊，第10330頁。
〔註148〕李佳白：《治河說》，《萬國公報》第17本第10冊，第10725頁。
〔註149〕李佳白：《西國治河成法》《萬國公報》第16本第7冊，第10542頁。

新法》不僅介紹了 1859 年美國治理密西西比河的方法,「一以新制諸器具淘刷河底;一以挖泥桶取河底泥沙;一宜先量築長 15 里之重行石壩,一宜堵塞旁口,一宜旁開通船之渠」〔註150〕。他們認為學習西法的同時,也要引進先進的治河機械。1877 年 6 月,《萬國公報》刊登《古今治河利病考》長篇文章,在分析完中國古今治河成敗後,認為「中國向無挖河機器,是以無收倣之一功耳」〔註151〕,然後詳細介紹挖泥船的情況,「此船係美國人啊斯因創造,長80 尺,寬 30 尺,深八尺,船身以鐵為之,船前有大木架,兩面用厚木板做成空外內實,能左能右,得力全在此架。又兩長柄大鐵兜,一個即將兜柄納於架中空,或上或下為去淤之具。其入水挖泥時,由一尺可馴至 35 尺」;然後詳細比較了這種新式挖泥船與舊式連環兜式挖泥機船的優劣,指出了這種新式挖泥船有十利,「能挖深又寬又平又快一也,天論何種泥土鬆黏於挖取卸出二也,船身雖大而船廠身入水約計三四尺許三也,……需費撙節日用儉十也」〔註152〕。1889 年 9 月,《萬國公報》的《治河管見》中,韋廉臣介紹了治河可利用直線望遠鏡的情況,「道在治河者,用格致家之器具,如直線望鏡等以取水平,由河之流以溯河之源,務使千里之間,河之高卑上下,瞭如指掌」〔註153〕。1898 年 12 月,《治河蕘說》中,劉紹唐介紹了西方水泥造石法,「今化學家創造行一法,用炭雜以名料製成精石,塊之鉅細均可隨意,即數見方製造的亦屬不難,又且堅硬異常,十倍山石,運用均用機器以之修理河工,既能持久,亦無衝動之虞」,因而主張治理黃河時,「修石箕以帶流蓄水,其箕須等西法製造以矢衝動」〔註154〕。

再次,他們提出了各自的治河措施。1881 年丁顯著的《黃河北徒應復淮水故道有利無害論》分析了黃河由淮入海的利弊,提出了黃河北徒後仍應從淮道的主張。1889 年 9 月韋廉臣在《治河管見》中提出了「分流以殺水勢」和在蒙古「開大湖以蓄水」。李佳白則在《治河說》《黃河歸海說》中闡述「治河自然之理」和「海口自然之理」,指出「須先於海口築壩」,「又須於上下游用石閘」。1891 年 6 月,沈毓桂《復禹河故道說》中,認為「非上法神禹不可,

〔註150〕艾約瑟:《美國治河新法》《萬國公報》第 19 本第 31 冊,第 12198 頁。
〔註151〕《古今治河利病圖考》,《萬國公報》第 6 本第 442 卷,第 3732 頁。
〔註152〕《古今治河利病圖考》,《萬國公報》第 6 本第 442 卷,第 3739 頁。
〔註153〕韋廉臣:《治河管見》中,《萬國公報》第 16 本第 8 冊,第 10636 頁。
〔註154〕劉紹唐:《治河蕘說》《萬國公報》第 29 本第 119 冊,第 8134、18135 頁。

欲上法禹非復禹九河之道不可」，提出「復禹河故道」的主張〔註155〕。同時，《新清河策》中，鍾均安詳細論述了治理的黃河下流大清河的措施，如「一宜中段清地，另修寬河道，將山頭唐下來之水順入北海；一兩大堤內灘麥後不准再種莊稼」〔註156〕。應該說《萬國公報》有關治理黃河的主張正適應了中國整修水利的需要。

當然，《萬國公報》還關注到其它水利的問題。如：1894 年《萬國公報》上刊登了李提摩太的《治水闢地策並推廣於上海序》，其中痛陳吳淞口水淺之弊，「少一天之水，即無以通千里之船，其間遇駁有費，搬運有費，守候有費，狼籍有費，是此一尺之淺阻，即不啻增千里之程」，認為「吳淞江之設宜溶與否待著龜矣」〔註157〕。因而介紹了比利時安法爾斯城愛司谷江左治水闢地的方法，認為他們可以「一免疾疫」，「二便商務」，「三興製造」。由於「安法爾斯之愛司谷江無異乎上海之黃埔江也」，故主張上海傚仿開溶吳淞江，以便「永無淺阻之患，以便各種大船隨時易於行駛」〔註158〕。1906 年 5 月，季理輩的《譯西報論天津河工》介紹了天津開溶北河的情況，如「常年開挖之工，有新式漏斗之挖泥機器日夜不停」〔註159〕。此外，《論近畿水患》中介紹了北京周圍地區的水利情況，分析了原因，提出了治理方案。

（四）礦冶工程技術

《萬國公報》介紹了中國礦冶工程中急需應用的開井、通風、照明、排水、運礦等技術，並涉及開平煤礦、大冶鐵礦、臺灣基隆煤礦、馬鞍山煤礦、廈門煤礦等的開礦和建設；同時也關注到世界各國礦冶技術的最新發展。

《萬國公報》集中筆墨敘述了開平煤礦的情況。1878 年 2 月，《平開煤礦稟》一文詳細論述了開平煤礦開採的可行性和必要性，強調「煤鐵乃富強根基」，「乃軍民日需之件」〔註160〕。在詳細考察「煤鐵石質之高低」，「出數之多寡」，「工料是否便利」，「計轉運是否艱辛」後，認為開平煤礦可以開採。隨後詳細比較了中西採煤方法，批評中國土法採煤不注重通風、排水、

〔註155〕沈毓桂：《復禹河故道通海說》《萬國公報》第 19 本第 29 冊，第 12044 頁。

〔註156〕黃廣清：《新清河策》《萬國公報》第 18 本第 25 冊，第 11846 頁。

〔註157〕李提摩太：《治水闢地策序》，《萬國公報》第 22 本第 61 冊，第 14184 頁。

〔註158〕《擬推廣治水闢地策於上海議》，《萬國公報》第 22 本第 61 冊，第 14190 頁。

〔註159〕季理斐：《譯西報論天津河工成效》，《萬國公報》第 40 本第 208 冊，第 24264 頁。

〔註160〕《開平煤礦稟》，《萬國公報》第 7 本第 475 卷，第 4611 頁。

照明、採用機器設備等陋習,「其井徑約七八尺,深六丈至十六丈不等,及見煤間子,即斜開而入煤層,無論煤之高低厚薄,見煤即鋤,由面至底每進三四尺,禾舂撐持以防土陷,鋤至有水之處,又有漏水,不知道鋤愈深,水愈湧耳」。分析了中國土法的種種情況,「路遠而且泥濘,遂至鋤煤層,水均有不堪之苦,勢必棄之,或採至中途忽遇煤層,側閃無從跟尋,因而棄之,或有支撐不堅,致土傾陷,或不通風點燈不著,……」。指出中國土法採礦失敗原因,「無非不得其法」〔註161〕。與中國土法採煤相比,西方採煤方法首先注重利用機器探煤,「看地勢,而尋煤層低穴;然後用五十徑之銅鑽入地,采其虛實,低穴既得」;其次,開井注意通風、照明,「即開大井二處,徑十五天深,十餘丈或數十丈,而煤層之底爲止,即何煤層開一路高闊的數丈,使兩井相連。通氣後由該路分開橫路,橫路之中再分叉路,務使路路相通,俾生氣養人,兼可點燈。其撐持皆可用大木,其油燈均由厚玻璃罩」;然後注意排水,「低穴井底傍也另開一小井,路旁挖一小溝,使各路之水聚於小井,其閘水機器,由大井口而入小井,有水即提,路既乾,燈即明,加以四邊通氣,使工人易於行動」;最後才是運用機器運輸設備採煤、運煤,「採煤之法先將煤底及兩旁,挖深天許後,用鐵鏈一敲則煤成塊自落矣,隨將煤用水車或用戶挑運至大井底,仍用機器提出。每日每人可採煤四墩半,每井每日出煤至六百墩」〔註162〕。

同時介紹了開平鐵礦三種礦石化驗成色的結果,「一化得水質九釐五,渣七分一釐二毫五,鐵質二分零五毫,此乃山根紅石,合淨鐵一分四釐三毫;一化得水質一分二釐六毫,渣六釐,鐵質八分三釐零五毫,此乃山頂挖取黃泥青點石,合淨鐵五分八釐二毫五;一化得水質一分一釐六毫,渣一分一釐二毫五,鐵質七分九釐二毫五,此乃山坡土面所拾之紫石,合淨鐵五分五釐三毫。」因而認爲「第二、第三兩種鐵石成色甚高,緣其渣極少,熔化亦不難,若左近有煤誠可開採,必獲利」〔註163〕。

1882年7月,《萬國公報》刊登題爲《平泉銅礦新章》的文章,則介紹銅礦開採方法,「開銅礦無他巧妙,惟在開井起水而已。銅苗最旺之處,如遇地勢不能開水溝使水自流者,只有開井起水,以使工作。開井之法,從

〔註161〕《開平煤礦稟》,《萬國公報》第7本第475卷,第4613頁。
〔註162〕《開平煤礦稟》,《萬國公報》第7本第475卷,第4614頁。
〔註163〕《開平煤礦稟》,《萬國公報》第7本第475卷,第4617頁。

上直下，一見銅砂，即隨銅苗所在，平打橫道，以便分道取砂。」〔註164〕

　　1893 年 2 月，《湖北灰窯鐵礦煤礦遊記》談到湖北大冶煤礦採用了新式小鐵軌鐵路運送煤鐵礦的新技術，「西人乃以三法試鄂人，一今其置物於筐而肩挑之，一即今御行於鐵板之小車，一則用四輪小車下置鐵軌，始知鄂人之所用活鐵路爲最便，遂改命各工多推小四輪車於鐵路之上」〔註165〕。1893 年 12 月，《論採煉鋼鐵織紡紗布》一文，論述湖北大冶開礦時，主張購買比利時開採機器，「所製開採各器，精靈巧妙，冠於泰西，最合中國之用。其器最要者有四：一爲漏水之器，一爲注氣之器，一爲拉重之器，一爲極大猛力之器」〔註166〕。至於運輸設備則「宜用英人斐爾里之法」，即：「將平常馬路凹凸者填之使平，寬鬆者舂之使固，鋪設雙鐵條，下托木條，即可牽行。……，其車輪緊切路上，既道路彎曲亦可行駛，……全車以一機運動，添煤灌水起行停止只須一人已足」。特別建議冶煉鋼鐵時須延請「精通化學者爲輔助」，注意冶煉火候，「淡黃色鋼，須加熱 430 度，若火力過大，至 70 度即成深黃色，90 度即成淡紫，550 度爲淡藍，稍差 10 度而至 60 度，即成深藍。」〔註167〕

　　外國方面：1889 年 5 月，《萬國公報》的《治國要務論·論煤炭礦利》則介紹了英美等礦產出產情況：1888 年，英國煤炭 154 兆 1 億八萬四千三百墩，……出鐵 17 兆四億四萬六千零六十五墩……，金銀銅名等礦出二億零九千二百九十九墩；美國：出煤 72 兆六億七萬九千七百墩，出鐵四兆一億四萬四千墩出鉛 1 億零五千墩，出銅三萬千墩，出售一兆五億四萬九千七百墩〔註168〕。1907 年 12 月，季理斐的《英國路礦工程·論礦》則說明了法國、西班牙的開礦章程，介紹了新的探礦技術，「用金鋼石嵌於機器鋒穎，雖遇堅石，亦可鑽下取驗」。指出「採礦宜明化學及冶煉之法」，「礦產之出運亦爲最要之問題」等〔註169〕，對西方開礦方法作了簡單的介紹。1906 年 6 月，《萬國公報》報導了世界探礦技術最新發展，「格致家亦有數法可以探地下金類各礦

〔註164〕《平泉銅礦新章》，《萬國公報》第 14 本第 698 卷，第 9161 頁。

〔註165〕鑄鐵生：《湖北灰窯鐵礦煤礦遊記》，《萬國公報》第 21 本第 49 冊，第 13396 頁。

〔註166〕楊史彬：《論採煉鋼鐵織紡紗布》，《萬國公報》第 22 本第 59 冊，第 14056 頁。

〔註167〕楊史彬：《論採煉鋼鐵織紡紗布》，《萬國公報》第 22 本第 59 冊，第 14056 頁。

〔註168〕韋廉臣：《論煤炭之利》，《萬國公報》第 16 本第 4 冊，第 10360 頁。

〔註169〕季理斐：《英國路礦工程論礦》，《萬國公報》，第 227 冊，1907 年 12 月。

者，一指南針可探鐵礦；二有電機能考驗地中之金類各物，此電機與之相連者有一電話，電機離金類物不遠，則電話能自發聲，然所得者爲淺礦，深則無用。」〔註 170〕

（五）通訊信息技術

電報方面：《萬國公報》是推崇備至，不斷宣傳電報的實用性。認爲其「諸利益書不勝書」，有：「一窮邊遠境末几席也」，「一絕城異邦不異戶庭也」，「一則禾稼偶或歉收可立賑貨也」，「一臨蒲偶思蠢動可立消彌也」，……；如果「設立電竿，廣傳音信」，則「有益於中外，有益於國家，有益於軍民，有益於商賈者」〔註 171〕。電報爲「古今未有之奇，造化莫名之秘，富強之功實在於此」〔註 172〕。因此，《萬國公報》大肆傳播電報相關知識。1874 年 11～12 月間，《萬國公報》連載了六期的《電報節略》，該書由葉芝輔作序，丹麥叔爾譯輯，是一本介紹電報原理和相關技術知識的譯作。全文論述了正負電子同性相斥，異性相吸的電磁原理，涉及到萊頓瓶，伏打電池等取電方法，追述了電報的發展歷史，如；法國人怡培兄弟發明電訊機，德國估邁林利用伏電池製成的通訊機等，不過他指出這些方法，「雖誠爲善矣……，然亦不免有所失」〔註 173〕，因此它對莫爾發明電碼傳遞信息的電報機作了說細介紹，「作一橫樑，下安小柱，同可開可合爲引電路。橫樑之末安一圓柄，係爲一手按提，一提則電止，一按則電末。於此機帝接以機器通於地，……，按電輪則柱中間自合電氣，由機得以通上達馬掌鐵，及吸力一出，上面鐵近口之頭被吸必近就垂低，一頭必高蹺伸起，彼此銅尖刺低，借可做出畫，總在提按，爲之使其長或短，或圓或連，俱可圖號數。」同時指出電報轉送方法有「立竿懸線」、「地中埋線」、「海底接線」；電報報碼方法有「以 26 字母以作號數」，中國則「按筆畫編成碼數爲號，用時每字上往有四字碼」〔註 174〕。1907 年 11 月，《萬國公報》刊登的《無線電報之發明》則報導德國科學家赫滋發現電滋波的事實，「昔格致家研機電之能動，屢次試驗，得知其能力行於實際，如波浪之徒遁達及遠方，無須憑藉線物，猶若聲浪，自能擺揚於四方，此浪名墨

〔註 170〕《萬國公報》第 39 本第 200 冊，第 24408 頁。
〔註 171〕沈毓桂：《廣論中國電報之益》，《萬國公報》第 16 本第 7 冊，第 10530 頁。
〔註 172〕金竺山農：《論中國廣電報之益》，《萬國公報》第 20 本第 39 冊，第 12714 頁。
〔註 173〕《電報節略》，《萬國公報》第 1 本第 313 卷，第 364 頁。
〔註 174〕《電報節略》，《萬國公報》第 1 本第 315 卷，第 421 頁。

西安 hertzian，乃因千八百八十八年時，墨考得而知之」，講述了意大利發明家馬可尼 1896 年發明無線電報機和 1901 年跨大西洋發報成功的事蹟，認為天線電報「將來其用無窮，……，可使人共享大同之樂矣」〔註175〕。

同時，《萬國公報》還關注到中外電報事業的發展情況。在《中國電線考》中，艾約瑟報導 1873 年大北電報公司架設吳淞上海電線的消息，詳細介紹了福廈電風網波的過程，指出福廈線由於「多人出極力抗拒，謂於風水大有妨礙」，最後中國「將價值耗費共銀若干，如數償還」而告終〔註176〕。1874 年，《拾近就運電線》則記敘長崎到上海海底電線因颶風損斷，用儀器測出斷處而將其修復的過程。1881 年開始介紹了西方各國電報的發展情況，特別將至 1880 年為止各國的電線里數、電報機數、電報局，電報局人數、所發電報數量一一列於報中，如法國至 1880 年，「電線長 33.8426 里，電線局 11490 所，權器 11915 副，司理人等 4336 名，傳電音 14920763 張」〔註177〕。另一方面，它也對中外電報的管理方法作了介紹。1882 年 1 月，《萬國公報》上發表的《電報章程》則規定津滬電報總局的管理制度，如關於電報報碼的規定有：「傳遞洋字電音，其式有三：一曰顯語，一曰暗語，一曰機密暗號」，「顯語之語盡人可知，惟須用萬國電報通用文」，「暗語之信能使人識其事，不解其意」，「機密暗碼之信若用號碼或連寫記號載作一段，局中不必明其意」〔註178〕。《萬國電報通例後序》則對全球電報的管理情況作了簡明扼要的說明。

電話方面：1876 年 2 月，貝爾試驗成功了世界上第一部可供實用的電話，但時隔不久，電話也出現在中華大地上。當時稱「得利風」或「德律風」，但總體上電話在晚清社會算是新鮮事物。《萬國公報》於 1892 年 10 月，刊載《德律風源流考》說細敘述英人貝爾發明電話的事件，「德律風成於西曆 1877 年，為我聖清光緒 13 年，有美利堅人信爾者運其巧思，獨立新制……乃用電器收入人聲，電線通彼處之電器，復發為人聲」〔註179〕；並介紹了電話的原理「萬物本無聲，未動空氣，始得成聲，試以極薄之鐵皮成一空心圓泡，就其口呼吸之，則鐵被動有凹凸形，即於泡外置一小筆頭，用紙條移過，則筆因泡動作點，近如電報然，因悟聲者，未動空氣而得，遂得用電線傳聲成此德律風」

〔註175〕《無線電報之發明》，《萬國公報》，第 226 冊，第 82 頁。
〔註176〕艾約瑟：《中國鐵線考》，《萬國公報》第 12 本第 596 卷，第 7385 頁。
〔註177〕《電線總數》，《萬國公報》第 14 本第 669 卷第 8639 頁。
〔註178〕《續電報章程》，《萬國公報》第 14 本第 675 卷，第 8743 頁。
〔註179〕《德律風源流考》，《萬國公報》第 20 本第 45 冊，第 13138 頁。

〔註180〕；高度評價了電話的發明「德律風一出，百年來格致之用無有更爲便利者」〔註181〕。1907 年 3 月《德律風之發達》則介紹了電話的發展應用情況，如 1883 年，愛迪生已造從紐約到施喀勾電話線長一千英里，「能聞聲」，「英國倫敦電話公司與各市鎮聯絡，其成已長 20 萬英里，美國電話盛行，已有 75 萬部電話，」〔註182〕。

郵政方面：《萬國公報》於 1875 年刊載《論英國發信法》，介紹了英國的郵政管理體系及方法，「其發信爲內外兩地，內有蘇格蘭、愛爾蘭各有發信總司，然皆歸倫敦司統制，依民數而設，每五千人分一司，倫敦三百萬人分爲十邑，曰中西，曰中東，曰西，曰東，曰南，曰北，曰西北，曰東北，曰東南，每邑統轄百司」，還介紹到郵票的發行，「今之信資，以銀易票，其票之顏色，票內之試樣不同，長短八分，廣狹六分，顏色爲銀之多寡，後用樹膠以使黏貼」〔註183〕。同時還介紹了中國一些郵局情況，如《華洋書信館章程序》、《上海郵政之報告》等。在《時政第三書》和《奏辦郵政》等文章中，則提出了仿照西方建設郵政系統的主張。

（六）交通運輸技術──以鐵路為主

1825 年 9 月 27 日，英國人史蒂芬遜發明的世界上第一臺可以載人運貨的蒸織機車「旅行號」勝利誕生了。從此，鐵路運輸事業揭開了新篇章。然而，晚清中國的鐵路是在西方列強控制和影響下建成和運行的，是列強入侵的產物。《萬國公報》作爲傳教士創辦的報刊，它不遺餘力地宣揚鐵路文明，介紹鐵路知識，報導中外鐵路建設情況。

周刊時期，《萬國公報》對鐵路的介紹是少量、零星的。在《論火輪車近證並圖》、《論天下各國每方里之人數既鐵路》、《印度鐵路》、《宜築火路以便轉運議》、《擬開鐵路譯略》等文章中，《萬國公報》大肆鼓吹修築鐵路的好處，「火車一行，不特直捷無滯，而妥便之利益無極也」，「一切生財之道，無不日增月盛，誠富國富民之計也」，「將可以朝發夕至」，「是不特有益民生，更有益於國計也」〔註184〕，「鐵路尤爲有益，凶年運米快捷之策，何系數百萬生

〔註180〕《德律風源流考》，《萬國公報》第 20 本第 45 冊，第 13139 頁。
〔註181〕《德律風源流考》，《萬國公報》第 20 本第 45 冊，第 13140 頁。
〔註182〕《德律風之發達》，《萬國公報》，第 218 冊，第 61 頁。
〔註183〕《論英國發信法》，《萬國公報》第 1 本第 321 卷，第 576 頁。
〔註184〕《火輪車近證並圖》，《萬國公報》第 1 本第 307 卷，第 185 頁。

靈盡作饑殍乎」。同時介紹了英美俄法等20多個國家的鐵路修築情況，如「比利時每六見方鐵路有一里，英國每八見方鐵路有一里，……」。修築方法是：「先延一熟悉之人考察道路，擇其合用近便之地，勘定後集股份之一公司，選一首領經理其事，凡遇平地開以十丈闊爲率，如有所低之處則將高處之泥削平以補低處，但須二十丈闊，……」〔註185〕。最後呼籲中國廣建鐵路，「泰西各國均有鐵路，惟中國獨無，中西之人無不引導延望日：冀中國之開築車路，蓋以車路實能廣招生意兼與富國相維繫故也」〔註186〕。

復刊後，《萬國公報》介紹鐵路文明的文章數量大增，篇幅大展，鼓吹之力，宣傳之勤，令其它報刊望而興歎。

首先，《萬國公報》介紹了日新月異的鐵路知識。1889年6月，《萬國公報》簡單敘述了火車採用輔輪可行木軌的方法，「試用輔輪之法，則必用折邊式之車，其牽力不過十分之一，行彎曲之路，此法更爲便捷，……如用輔輪之法，則能用木路」，認爲如此則「其益有八：一、速成；二、成費大省；三、木條之價比鐵減少；四、銷售甚少；五、能易行彎曲之路與斜路；六、甚穩當；七、車行時不搖動而不發響；八、因各項之費用小」〔註187〕。《滬北宜造新式鐵路論》則介紹新式高腳鐵路的情況，「該路創於英國拉爾提，純鋼製成尤妙，在單條行駛較雙條穩而且速，而有房屋、墳墓、河水、橋梁等處以有高腳之故，易於避讓。路之高低不等，三五尺至二丈有餘爲止皆可爲之；其行駛也，用煤、火力可，有電氣力亦可，……」〔註188〕。1894年5月，《萬國公報》發表的《英國拉爾提格廠新式鐵路火車啓》更爲詳盡地介紹高腳鐵路的有關情況，其中《計開高腳鐵路宜於應用之處》指出了高腳鐵路有省力，便捷、省費等優點，「鐵路可用驢力、馬力、火力、氣力、電氣力等均可行駛」〔註189〕；而《拉爾提格廠鐵路編列字號》則介紹了提爾提格廠製造的各種型號的高腳火車鐵路的情況。

其次，《萬國公報》還不斷刊登反映世界各國鐵路建設的文章，尤以中、英爲重。中國鐵路方面，它以大量的篇幅關注著中國鐵路建設的發展。它不

〔註185〕《火輪車近證並圖》，《萬國公報》第1本第307卷，第186頁。
〔註186〕《火輪車近證並圖》，《萬國公報》第1本第307卷，第187頁。
〔註187〕《鐵路略述》，《萬國公報》第16本第5冊，第10406頁。
〔註188〕《滬北宜造新式鐵路論》，《萬國公報》第19本第29冊，第12070頁。
〔註189〕《英國拉爾提格廠新式鐵路火車啓》，《萬國公報》第23本第64冊，第14377頁。

僅把中國官員籌辦鐵路的奏摺、章程公諸於眾，如《護理江蘇巡黃子壽覆陳鐵路奏稿》、《盛暮蓀客臺擬辦鐵路說貼》、《總署奏辦律鎮鐵路》、《遵旨覆陳籌造南北鐵路情形》等等；而且把中國政府的鐵路章程，合同發表於上，如《中俄築路合同述略》、《中國東方鐵路章程》、《蘆漢鐵路行車合同》、《粵漢鐵路合同》等等。同時《萬國公報》對各國掠奪中國鐵路利權的情況也有論述，1899 年 10 月，貝恩福所著的《保華全書》第 22 章《論中國鐵路》指出「中國鐵路可分三項，一為造成通行之路，一為已造成之路，一為設計將造之路」〔註190〕，然後分別介紹了這三種類型的鐵路情況，涉及的鐵路有吳淞鐵路，山海關鐵路，蘆漢鐵路，東正鐵路，正大鐵路，膠濟鐵路，津鎮鐵路等共 19 條鐵路。《萬國公報》連載的《論中國鐵路之進步》以國別形式詳盡介紹了俄、英、日、法、美等「各國在華所得鐵路之利益」。如俄國有四段，即參威路、華東鐵路、中東鐵路支路、正太路，涉及各自起止點、路長、時間等。

國外的情況多以介紹英國鐵路情況為主，《萬國公報》自第五至十一冊連載的《鐵路略述》，詳細介紹泰西「同治七年前諸國造鐵路成所有致民富財豐情形」，其中多以英國為多，認為「凡英地，鐵路所得之諸利益。大抵皆臻於至善」〔註191〕。1889 年 12 月至 1890 年 2 月《萬國公報》第 11～13 冊連續發表《鐵路章程》，它從鐵路的「最無緊要之諸變易」來論證「鐵路章程變易本無可懼」，認為「一鐵路兆興大利行旅」，「二大減途費」，「人貨遊運逐漸增多」等等〔註192〕。1890 年 11 月，《萬國公報》發表《鐵雜廠事略》，李提摩太詳細介紹了各國鐵路費用、鐵路狹窄度，今新開鐵路費用等情況。

值得大書一筆的是，《萬國公報》自始自終關注中國第一條鐵路——吳淞鐵路修築的全過程。1874 年，英商怡和洋行成立吳淞鐵路公司，準備買吳淞巷口和上海租界之間土地，修造吳淞鐵路。1874 年 10 月 3 日，《萬國公報》發表題為《西人在上海查戡開造鐵路》的文章，稱：「上海西商欲於上海開路造鐵路繫吳淞以便貿易，捷速；此事傳說已久。今《字林西報》云：有走弧開造上海至吳淞鐵路之西人已至上海，履勘大量地面也」〔註193〕。1875 年 8

〔註190〕《論中國鐵路》，《萬國公報》第 30 本第 129 冊，第 18865 頁。
〔註191〕《鐵路略說》，《萬國公報》第 17 本第 10 冊，第 10741 頁。
〔註192〕《鐵路章程》，《萬國公報》第 17 本第 10 冊，第 10938 頁。
〔註193〕《西人在上海查戡開造鐵路》，《萬國公報》第 1 本第 305 卷，第 129 頁。

月 7 日，《萬國公報》又報導了「虹口至吳淞鐵路不日興工」的消息，「以前空談，今日確有其事，虹口至吳淞現已買成，填築低窪之處，修平傾則之途，蕩蕩平平。其道造橋，鐵軌尚未鋪認算。一切機器之徐英國置辦。英國路九里半合中國路 88 里半，其鐵橫寬 2 尺半。火車兩部，一條搭客，一條載貨至臺灣爲一半路程，火車至此略停片刻，上下客卸貨上貨計也，吳淞關爲息車地也」〔註 194〕。

　　經過近二年的準備和興建，吳淞鐵路上海至江灣段於 1876 年 6 月 3 日正式建成通車。1876 年 7 月 15 日，《萬國公報》詳細報導了「上海至臺灣鐵路開行」的情況，「上海蘇洲河北起築鐵路，已於閏五月初十日開往江灣，計程約十三里。第一日送請在滬西人，次日送請體面華人，概不取銀。故初九、十二等日，華人往觀者，男女老幼絡繹不絕，途爲之阻，誠以少見多奇，莫不爭先恐後也。而最奇者十二日華人爭坐輪車，不爭位，坐高下，只圖入坐爲榮；而奔走道途未及登車，氣爲之沮者，不知凡幾矣。……本公司火車於閏五月十二日即禮拜一起首，暫行由上海至口灣往來」。〔註 195〕同時，它還附表介紹了鐵路開行時間、價格行情，「運期每日在上海、上午七、九、十一點鐘，下午一、三、五點鐘開行，每逢禮拜日上午十一點鐘，下午一點鐘不行；在臺灣，上午七點半、九點半鐘、十一點半鐘，下午一點半鐘，三點半鐘，六點鐘開行，旋滬每逢禮拜日上午十一點鐘半鐘，下午一點半鐘不行」；價格方面：「上座每客收洋半元，來回一元；中座每客收洋二角五分，來回半無或收足制線六百文；下座每客收足製成一百念文，每元十張，來四六百文，每元六張」。〔註 196〕鐵路運行一月後，《萬國公報》於 1876 年 7 月 29 日以《鐵路火車利益》報導了上海至臺灣段運行一月的情況，「上海開造鐵路，自開車已來，已將一月矣，其江灣鎮市亦不甚大，而來往之人火車已不敷搭當；再若開至吳淞口岸，必不能敷；所以聞得寫信至英京添辦輪車，運來就用也。」〔註 197〕在介紹吳淞鐵路運行時間、車次後，《萬國公報》在《上海至吳淞初次新造鐵路並輪車圖》再次配圖介紹了上海至臺灣段的鐵路運行情況，「當鐵路誠於是江灣也，擇西曆六月三十日爲開行第一日。是日，鐵路公司特請領事

〔註 194〕《虹口至吳淞鐵路不日興工》，《萬國公報》第 2 本第 348 卷，第 1307 頁。

〔註 195〕《上海至江灣鐵路開行》，《萬國公報》第 4 本第 396 卷，第 2652 頁。

〔註 196〕《上海至江灣鐵路開行》，《萬國公報》第 4 本第 396 卷，第 2653 頁。

〔註 197〕《鐵路火車利益》，《萬國公報》第 4 本第 398 卷，第 2710 頁。

及各行洋商駕車遊行，分文不取。……嗣於西曆 7 月初一日變請華人中有體面者乘車遊行，亦不取分文。華人爭座者接踵而來，其中未能如願者頗多。自初三酌定價目，限定時刻」。同時指出：「此鐵路乃小焉者也，特於上海發行試辦，既無損於國，亦大便於民，他日中國各省仿此而行，富強之基於遇乎在此事。……從古至今，省時省力省功，英鐵路若矣。捨鐵路之益而欲強國利民，光別有術而能出乎其右哉」。〔註198〕

　　然而，不許建造鐵路是中國朝廷的欽定方針，上海地方官也曾有禁在先。所以，在吳淞鐵路建造過程中，中國官方與英領事公使進行交涉，意圖阻止。1877 年 10 月，中英官員議定，淞滬鐵路由中國買斷，在款未付齊的一年之內，仍歸英商經營運行。這一交涉情況及條款，《萬國公報》在 12 月 2 日的《鐵路會議條款》有詳細報導，「吳淞鐵路擬歸中國買斷，……一價值分作三期交付，查明價格之日，中國先付第一期價銀三分之一，該公司就將地契激還上海道，半年屆時中國再付第二期價銀三分之一，一年屆時，中國付清第三期價銀三分之一」；吳淞鐵路「起止約 30 里，一年以前中國尚未將價銀付清，暫由該洋商公司辦理，但准其搭客往來」〔註199〕。1877 年 10 月，鐵路到期買回，火車停駛，如何處理吳淞路成為關注焦點。《萬國公報》在《上海至吳淞路停止》中報導到：「月之十五日停止，中國官於前一日，將置買鐵路等款如數兌清，其火輪車亦於 14 日下午後，不開行矣，惟此鐵路不過小試其機，有聞買定後，即欲折往臺灣以作運煤之用，然數其有明文也，或拆或行，尚無定議。第中國鐵路有益且便民之利，他日廓其模照或築造各省皆可通行，未始虹口上海鐵路為先導也」〔註200〕。吳淞鐵路最終全行拆毀，運往臺灣。

　　當然，陸地交通除鐵路交通之外，《萬國公報》還關注到公路建設。如：1892 年 4 月艾約瑟發表的《泰西修途新法》詳細介紹了西方公路的修築技術，「今泰西修築車路其闊率丈五尺，而近城之車馬往來尤繁，則路闊三丈，有至五丈，要皆中高若脊，而車路下之兩旁，又有各有一平途，計闊數車或一丈，所以便徙行與積備修途諸物，……，然車路一線中凸如脊處，亦勿使過高，惟求其不縮水而已，大概車路中凸要不過居其闊四十分之一，……，造

〔註198〕《上海至吳淞初次新造鐵路並輪車圖》，《萬國公報》第 5 本第 401 卷，第 2793
　　　　～2794 頁。
〔註199〕《鐵路開行日期及章程》，《萬國公報》第 5 本第 416 卷，第 3131～3132 頁。
〔註200〕《上海至吳淞路停止》，《萬國公報》第 7 本第 462 卷，第 4273 頁。

此車路之之法，下皆鋪石塊爲基，而以零星碎石敷其上，嗣復俾人或馬或機器拽夷碌毒往來旋行以壓之，尚其間稍見有低窪，即一碎石塡補。……，通行重載之車路則亦取用如石或沙石亦佳。」〔註201〕

水運方面，1877 年，江南製造總局教習賈步緯的譯作《航海通書》在《萬國公報》上連載了十期之久，介紹了航行於茫茫大海中如何「籍尺度可認地球之經緯」，評價說「考西人之航海來遊實以此書嚮導」〔註202〕。1881 年 1 月，《萬國公報》刊登的《論知險礁地步示》一文，介紹了珠海一帶險礁的分佈情況，以防各航船航行中發生觸礁沉船事故。同時，《萬國公報》發表了《修整運河》、《西人媽禮遜上李伯相治運河書》、《開通運河利益》等文章，呼籲治理京杭大運河，以便通航運輸，如此則「不惟於漕糧運通、天庚徵供有益，外復有多端利益」〔註203〕。另外，《萬國公報》還經常報導有關蘇伊士運河、巴拿馬運河的興修、通航情況。

當然，《萬國公報》還介紹了機械製造、印刷、建築工程、化工等等各種應用科學技術，這裏限於篇幅不再詳文介紹。

第四節　《萬國公報》報導的科技信息

《萬國公報》自始至終非常重視科技新聞的報導。每期的「各國近事」、「格致發明類徵」、「智叢」、「雜事」、「雜注」等專欄中，《萬國公報》都刊登了大量的科技信息。它於科技信息關注之勤，時間之久，數量之大，影響之廣，內容之多，是近代任何報刊雜誌都無可比擬的。它所報導的科技信息內容龐雜，包括交通運輸、通迅信息、水利工程、醫療衛生、紡織印刷、建築工程、軍事工業、機械工程、化學工業、採礦冶金技術和其它等等.這些科技信息，有的是報導世界最新科技發明和技術創新的，如電燈、電話、X 射線、鐳元素、新式槍炮等等；有的是反映各國科技的新發展、新成就的，如各國鐵路建設、船艦建造、醫療衛生改進等等；有的是各國的科技科考活動的，如北極考察、非洲探險等等；……。這些科技信息不僅面大，而且範圍廣。其涉及的地域包括當時世界的 30 多個國家和地區。如果仔細閱覽，我們會驚奇地發現《萬國公報》報導的科技信息簡直就是晚清時期的世界簡明科技史，

〔註201〕艾約瑟：《泰西修途新法》，《萬國公報》第 20 本第 39 冊，第 12722 頁。
〔註202〕賈步緯：《航海通書》，《萬國公報》第 12 本第 578 卷，第 7062 頁。
〔註203〕《開通運河利益》，《萬國公報》第 6 本第 431 卷，第 3565 頁。

而且其中許多的報導是中國最早的，有些甚至是其它書刊史料缺少的。因此，《萬國公報》的科技信息具有較高的史料價值。但本文篇幅有限，只得掛一漏萬地選擇幾例典型予以介紹。

（一）X 射線

1895 年 11 月 8 日，德國物理學家倫琴在進行陰極管放電實驗時，意外地發現了一種具有極強穿透能力的射線，即 X 射線。12 月 28 日，在反覆驗證後，他向同行公佈了這一發現。1896 年 1 月 5 日，維也納報紙才向世界公佈這則震動全球的科技新聞，一時消息不徑而走，很快傳遍世界。《萬國公報》於 1896 年 3 月以《光學新奇》爲題報導 X 射線發現的消息，「泰西博士之講性理者，恒講格物之實學，非如宋儒之純蹈虛機也。今有志究光學之博士，日朗得根（倫琴），能使光透木質及人畜皮肉，略如玻璃透光之類，（透光者不止玻璃，故加類字以括之）。玻璃透光，故儲物於玻璃匣，而得以攝影鏡照之，（俗稱爲拍小照），見物不見玻璃，今木及皮肉亦然。其骨影直達於紙（以木爲棺可照見死人之骨，故世日骨），蓋骨類之物不能透光也，金類之物亦不能透。博士以一木匣閉置銅模於內，照以攝影鏡模型畢露，又照人手足，只見骨而不見肉，誠不愧朗得根三字之姓，（按兒醫西人者皆姓也，名不甚傳），遂以其法傳入奧都維也納，經諸博士博驗之下，以爲與醫理大有關係。假如人身有暗疾或金刃入肉，皆可昭晰無遺，惟今尚未能詳究，且亦不知其光之何自來也。」〔註204〕這是中國最早的有關 X 射線的報導。

1896 年 7 月，《萬國公報》以《照骨續志》再次介紹 X 射線傳播情況和應用前景，「前報紀奧人朗得根新得照相之法，能使人之皮肉及一切物明若玻璃，惟骨及五金留影。……奧國書院山長朗得根創爲照骨新法，不過三禮拜之間，歐洲各國無不傳習，凡業行醫者藉之以覓人肉之槍彈，其奉爲枕中鴻寶也。固宜聞有一人之左手傷於槍，而彈未出，又有一女孩生而瘋，未知其骨如何，皆藉此法一照而知。至通國通行而後，必有他事聯繫。今尚不能測其窨，或謂五金之質既能留影，則如經學家以鐵與他物化合能否而合一，皆常燭照數計。此後，鑄洋槍管、煉鐵路、打火車輪等，必有精益求精之。又如各自爲原質之鉛鈴及精、乃木皆可洞見底裏，豈不大妙。某報館主筆聞有此事。而不之信，囑格物士照其首，迨摹印成幅，明現骷髏一具，並無法皮肉毫髮，慘慘之狀，礈礈可人。因語以此圖，但付格致之士以備參考，不

〔註204〕《光學新奇》，《萬國公報》第 25 本第 86 冊，第 15917～15918 頁。

可逢人告語爲某之頭也，至其得光之由，不外電氣者近是。」〔註205〕

行文至此，有一趣聞值得一提。甲午戰爭失敗後，清政府派遣全權代表李鴻章前往馬關簽訂喪權辱國的《馬關條約》。1895 年 3 月 24 日，李鴻章在馬關被日本浪人小山豐太郎用槍擊中左眼窩下，雖經搶救，無性命之憂，但子彈留在頰骨中尚未取，常常疼痛難耐，1896 年夏，他在德國柏林訪問時，聞知 X 射線能診斷槍傷，既然前往診視。1896 年 8 月，《萬國公報》的《德昭日記》記載了這一事件，「中堂在馬關議約之際，猝遭不知教化人之毒手，槍彈留於面部，至今未出，心頗憂之。此次道出柏靈，知有操朗德之術者，乃延攝其面影，即見槍子一顆，存於左目之下，糾毫畢現。聞中堂將商知名醫，剖而出之，然未定何時奏手也。」〔註206〕1896 年 6 月，李鴻章在德國接受 X 射線診視，時隔 X 射線僅半年，而國力又還未引進 X 光機，所以李鴻章是中國接受 X 射線診視的第一人。

（二）麥克風

麥克風是電話的前身，於 1874 年夏發明。1874 年 9 月 26 日，《萬國公報》首以《電報遙歌》作了報導，「《美國新報》在希加哥城，有一人名葛來，新得一用電新法，乃傳聲音之法。業已試過，聲音可傳 2400 里（中國約 7200 里），以琴及胡弦之調譜，西國之極美歌曲，此彈彼聽，分毫無差。此法所用機器三種：一即是電線，一系一面紋如琴式，用手彈弄，一電線面即出聲而聞。現有深悉電氣之人，論之此法最佳，雖則先有電線通信尚未及此，將來由此耳爲精求，可有盡美盡善之處，西人評電氣遠筆，今可度起名曰：『遙歌』，況與遠筆能作對也。」〔註207〕1877 年 11 月 10 日，《萬國公報》以《千里音》再次報導話筒的應用情況；「英國千里音已載前報，……茲經稽查護務之官，親自試驗，乃用傳聲之器牽接銅線，由礦之透吸風氣洞中，直達底之處，所使動電氣者達明比由礦底傳言，猶如清楚也。英國人議及此事。此事將來可大用，而頗爲有益之至也。」〔註208〕

（三）電話

1876 年 2 月，英國人貝爾在美國波士頓法院路 109 號實驗室中，意外試

〔註205〕《照骨德志》，《萬國公報》第 25 本第 90 冊，第 16197～16198 頁。

〔註206〕《德昭日記》，《萬國公報》第 26 本第 91 冊，第 16261 頁。

〔註207〕《電報遙歌》，《萬國公報》第 1 本第 304 卷，第 102 頁。

〔註208〕《千里音》，《萬國公報》第 7 本第 463 卷，第 4309 頁。

驗成功了世界上第一部可供使用的電話。他隔著房間向助手則道:「沃森先生,過來——我等你。」這是世界上用電話傳送的第一聲。貝爾電話最先在紀念美國獨立一百週年的費城博覽會上展出。1881 年,美國人建立了世界上第一家電話公司,世人正式開始使用電話傳遞信息。

《萬國公報》在關注電話的前身話筒的介紹後,立即對剛發明的電話也進行了報導。1877 年 11 月 17 日,《萬國公報》以《千里音》介紹了美國人使用電話的消息,「前美國以千里音爲巧妙精明之法,尚未以爲正用之需。茲美國之巴斯頓地方有大名衛廉士開設洋行,離家九里之遙,乃設電話,以作千里音之問答言語,雖隔 9 里,人如觀面談心,實便捷之極,而以九里爲始,將來九萬里亦何不能。西人巧在天工,可謂無盡英。」〔註209〕1878 年 3 月 16日,《萬國公報》介紹了電話發明者貝爾在英皇宮試驗電話的場景,「得利風之名轟傳遐邇,無不稱奇。創此者乃爲美國人貝勒也。西曆正月十四日,英皇召入宮中延其將得利風一切機器裝齊,當面試驗。英皇如法傳音,與別宮之爵臣互相問答,且有彈琴唱歌者,亦由得利風傳入英皇之耳。英皇特命某太子傳旨慰勞創造之妙,傾倒一時也」〔註210〕。此後,《萬國公報》報導電話用途的情況,屢見報端。1878 年 2 月 9 日,《得利風傳行天下》說:「又興造萬里通語言而如觀面,乃競造得利風也。得利風者便於國政、行軍、商賈買賣行情長落以及居家信息。父有戀及其子,兒女孝思其親,朋友交愛,無不備至,千里面談,無窮之益,筆試鮮哉。其始之得利風是自美國於上年有之、然一載之間,光其傳至天下」〔註211〕。3 月 2 日,《論得利風》則比較了電話與電報於行軍的利弊,「前報有德國習作得利風之舉,而日:有電報,凡用兵時皆有電報傳遞緊急之信,尚恐訛誤。今之得利風若行於軍務中,不獨不有舛錯,而且曾識此人聲音者,聽之高低大小均可易辯易知其識天錯也,此得利風一件應列入行軍中之要物也」〔9〕〔註212〕。12 月 14 日,《萬國公報》記敘了教士利用電話傳教的事情,「茲有美國紐約省內一信教之人,因足有疾,禮拜日期不能至堂中聽書,教士之家離堂有三里遠,乃用得利風於耳能聽堂中所講之聖書,可謂極便矣」。〔註213〕

〔註209〕《千里音》,《萬國公報》第 7 本第 464 卷,第 4334 頁。
〔註210〕《試得利風傳音》,《萬國公報》第 8 本第 480 卷,第 4758 頁。
〔註211〕《得利風傳行天下》,《萬國公報》第 7 本第 475 卷,第 4622 頁。
〔註212〕《論得利風》,《萬國公報》第 8 本第 478 卷,第 4701 頁。
〔註213〕《教士用得利風聽書》,《萬國公報》第 9 本第 518 卷,第 5800 頁。

同時，《萬國公報》對電話的進步發展狀況進行了跟蹤報導。1879年，《萬國公報》以《德律風精益求精》爲題，介紹了長途電話的應用情況，「惟美國有一人所制之德律風，群推爲傑出之才，令人歎觀止矣。英國仿其法而試之，用線一條計長150英里如法傳音。適值天降雪珠而傳音之人，入於相識者耳，即知其音爲某人所傳也。然美國所製者財神妙直到秋毫巔也。其音能傳至七百二十里之遠，尤奇者如東西兩電報各發電報於一線上，一往一來，兩不相妨，再加德律風傳音於此線之上，亦無所凝也。且隱戀之語，不但耳近之而得聞，即相距15尺之地者，亦聞之親切，若經常常之語，高聲傳之，則儼然一室談心矣」〔註214〕。到1880年4月，長途電話發展更加先進，「日本大阪口盛行得力風，頗爲便捷關。接美國各處水陸並行，前曾試之有一地電線通行1130里，兩端或言語或歌詩或慨歎，此問彼答頗覺清楚，其靈異眞令人不可思議。」〔註215〕

關於中國與電話的關係，《萬國公報》也屢有報導。清朝第一任駐英公使郭嵩燾是在貝爾發明電話的當年到達倫敦的。1877年10月16日，郭嵩燾愛廠主畢謗邀請訪問了他的橡膠皮廠，參觀了發明不久的電話。1877年12月15日，《萬國公報》以《中國欽差試看得利風》爲題報導了這一事件，「英京倫敦西曆十月十九日，大報云：中國欽差至製造橡皮局中，因局中有行得利風法，所以至彼試看得利風電氣如何行法。其得利風者即前報之千里音也。見局中之室，其高已極而……。至彼之各官分爲兩班，一班在上，一班在下，互相問答，即以得利風電氣爲之。即喁喁低語傳之，頗爲清楚，現在得利風電氣用之甚廣，且已放長直至80英里，好如觀面言談也。將來此法必漸漸行開矣」〔註216〕。1878年2月9日，它公佈了上海租界使用電話的情況，「上海工部局業已行用（得利風）想華人以吾言非河漢也。且招商局至金利源碼頭找房並太古洋行均已製用，但詳細敘明此事，奈無圖以指明也」〔註217〕。1882年2月25日，《萬國公報》介紹了上海成立電話公司的情況，「西報謂上海設立德律風公司，每年股份萬元，凡有股份者，可用德律風母償價，其餘飲用者翻照定價，此乃新法也」〔註218〕。可見中國比美國第一家電話公司成立僅晚一年。

〔註214〕　《德律風精益求精》，《萬國公報》第9本第524卷，第5962頁。
〔註215〕　《盛行得利風》，《萬國公報》第12本第586卷，第7219頁。
〔註216〕　《中國欽差淺看得利風》，《萬國公報》第7本第468卷，第4448～4449頁。
〔註217〕　《得利風傳行天下》，《萬國公報》第7本第475卷，第4622頁。
〔註218〕　《設德律風》，《萬國公報》第14本第678卷，第8806頁。

（四）電話傳真機

電話發明不久，美國發明家在電話的基礎上發明了電話傳真機。1878 年 5 月 4 日，《萬國公報》的《德律風妙用》報導了愛迪生發明電話傳真機的消息，「《格致新報》云：德律風初興已屬奇技，不謂更創一奇思，出乎其右者。美國有愛迭生者，其人本精格致之學。今思得德律風之用不獨能傳話，並能傳字，以德律風之筒頭置膜處，裝一筆尖，筒口說話，空氣出動其膜，膜即作凹凸形，聲分輕重，膜功亦分輕重。筆尖亦隨而輕重之。於是近筆尖處以輪軸出紙條，筆尖隨聲而作點畫，以字母分配點畫而語言即成矣。數年前，電器傳聲，人不信之，今於傳聲之餘，復能傳字，斯亦奇矣」。〔註219〕

（五）挖泥船

《水利交通志》曾言「中國引進的河道整治機械最早爲挖泥船，光緒初年福建烏龍江首先採用」，而《萬國公報》在同治十三年（1874 年 12 月 5 日）以《挑溶吳淞口》報導了中國置買挖泥船一事，「北京來信云：疏溶吳淞口一事，聞中國已准開辦，且託西人代購挖河火輪機器。此事早當興辦矣，遲延至今，始有成議，無悔西人欣報也」〔註220〕。1876 年 4 月 15 日，《萬國公報》又載登了天津試驗挖泥船作業的情況，「天津開河機器去冬即已辦來，3 月初，李相同美及出售機器西人在天津河內試驗其力量與遲速若何？早 8 點～下午 4 點止，驗看之時，河中泊有中國駁船一隻，船上計 24 人，被開河機器提起 25 尺之高，東撞西擺，徐徐放至水中。嗣又將行放下之大石一方計重 3500 鎊，提出水面，不借人力，送至岸上。按此機器在出售者自稱能起 35 石之重物。李相不信，及觀其開接時，第一次起上之泥堆積河舉，以磅核之重 14000 鎊，即六噸半。共挖 53 次僅 54 分塊，兩岩相距左右各 30 天，其機器於河內中央挖取出之泥，自行分堆兩岸，左宜右有，無不合法，此日開挖 53 次 54 分工夫，平時則無大約可一點鐘開挖 42 次可也，開挖河道 35 尺之深，45～50 天之寬，而管理機器者只須 5～6 人」。〔註221〕

（六）電燈

我們通常所說的電燈，是美國發明家愛迪生發明的白熾燈，其實在此之

〔註219〕《德律風妙用》，《萬國公報》第 8 本第 487 卷，第 4923 頁。

〔註220〕《挑溶吳淞》，《萬國公報》第 1 本第 314 卷，第 383 頁。

〔註221〕《天津試驗開河機器》，《萬國公報》第 2 本第 383 卷，第 2282 頁。

前，電燈還指弧光燈。弧光燈於 1807 年英國化學家戴維發明，他用碳棒製作為電極而成。但因它極其昂貴，且光線太強，不適用家庭照明，只能用做沿海燈塔的夜航燈，以及公共場所的照明。

　　1877 年 10 月 6 日，《萬國公報》介紹弧光燈的用途，其在《欲生電光新法》中說：「英國行用電氣燈已 19 年矣，其用最多者，是於海岸燈樓，望塔之上，為英行海上之船遇其禍患也。緣光能照遠而大，其光有製成輪船法，四方易現。1858 年行此燈 39.2 萬隻蠟燭之亮，其光射一里遠，如同在案几間，大可讀書寫字，精微方可亦能作之如同自身人望之，如太陽其轉動。電光之法亦已有五年之久，但現今又欲得新生電氣之法，若改用新法，據去：其光可加增舊法之亮六七倍」〔註222〕。1876 年 3 月，弧光燈生產獲得特許生產證後，各國爭先採用。1878 年 11 月，《萬國公報》介紹了美國試用弧光燈的情況，「今聞美國議院亦份行（電氣燈）巧匠估價。據稱電氣一燈其光線等燭 1340 支，以十匹馬力機器一付管燈四盞，院中止用燈 12 盞，機器三付，連購買器具及工費」〔註223〕。同年 12 月，又介紹了英國使用情況：「據云：英美俄已得其法，以電氣燈分而用之，故英國添設電氣公司三處、以預辦理此務之舉。但煤氣為燈之業甚為畏之，鞏電氣作燈地煤氣作燈之價賤，人皆用以電氣；而煤氣燈業之人生意減色，只好另為他圖」。〔註224〕

　　中國使用弧光燈的情況，《萬國公報》也屢有報導。1882 年 6 月，《萬國公報》的《電燈照海》就介紹了上海吳淞炮臺試點弧光燈的消息，「聞得吳淞炮臺，製有電氣燈，前夜試為燃，點光照海面，而同咸白層。海上船隻歷歷可數，而巨浸汪洋不啻星漢」〔註225〕。1882 年 9 月 2 日，《萬國公報》以《試驗電燈》再次報導，「本埠 4 所創製之電氣燈，前月擬於公家花園試點，因陰雨連綿，工程來竣，不克舉行。12 日晚始一電工口招商局之碼頭及禮堂客寓前，又大橋兜之公家花園大導路，美記鐘錶行前福利洋行前，並該公司門前共 15 盞均於 7 點鐘時一律試點，遠視之如浩月當空，異常皎潔。雖有時略黨暗淡，而暗淡後，放光信黨晶瑩，城廂內外居人英不爭先快，睹途為之塞云」〔註226〕。當然，舉辦之初，費用極高。1883 年 4 月 29 日，《萬國公報》在《電

〔註222〕《欲生電光》，《萬國公報》第 7 本第 458 卷，第 4159 頁。
〔註223〕《改用電氣燈》，《萬國公報》第 8 本第 513 卷，第 5659 頁。
〔註224〕《電光為燈》，《萬國公報》第 8 本第 519 卷，第 5823 頁。
〔註225〕《電燈照海》，《萬國公報》第 14 本第 692 卷，第 9058 頁。
〔註226〕《試驗電燈》，《萬國公報》第 15 本第 703 卷，第 9255 頁。

燈試燃》中報導電燈用於室內照明的新聞，中說：「上海電燈公司，所有之小電燈，可供房屋內用、前已試燃、光耀一室可抵 16 枝燭光矣」〔註227〕。自此，上海電燈使用越來越廣泛。1883 年 6 月 9 日，《萬國公報》以《電燈大觀》為題報導到：「本埠電氣公司於五口大橋迤北沿黃浦灘一帶，添設電燈杆，十有三株，高出樓屋，主俾不致有意外之變，已早列前報。該公司又於大橋之南至南經橋止，各馬路口一律建置，即馬路中亦復即立燈杆間，不山將行，試點真大觀英哉！」〔註228〕

　　我們通常用於室內照明的白熾燈，則是由美國大發明家愛迪生發明的。他從 1878 年起，就埋頭研究白熾燈。1879 年，他使用棉絨燈絲，成功地造出一次發光時間長達四十小時以上的電燈〔註229〕。1879 年 8 月，《萬國公報》就報導了愛迪生發明燈泡的消息：「電火燈勝於煤氣燈，各國紛紛效用，茲閱西報得悉，美國人安迭生者，現在紐約地方開設電線兼取電氣，以使其人燃燈價廉製巧，人樂用之」〔註230〕。隨後，《萬國公報》介紹了各國採用的熾電燈的情況，尤以美國為多。1881 年 1 月，《萬國公報》介紹了美國波士頓試驗電燈的事件，「該處電火公司於年 9 月 11 日夜，在該埠地方設立木塔三座，試點電火。每座高十丈，置三角式，各離 50 丈遠，各裝電火十炬，抵 2500 枝燭光，因將周圍合算共計有 9 萬枝燭光，雖夜間亦同白晝。此次試點電火，乃欲結算合域創立電火應用多少火力之故。繼聞估得每三里貝方只須設土塔四座，每座 9 萬枚燭光電火，則可與日中之光無異矣」〔註231〕。2 月，《萬國公報》介紹了紐約市區各大街也紛紛使用電燈照明，「西區 12 月 13 日（1880）紐約城大街以電氣燈三里路長共 15 燈，每燈有二千隻燭之光，是時，自來火燈不特無光，而且有黑影，其電氣燈之光亮可知矣。現今試驗一月，如果使用，即行推廣才建電氣燈者，伊何人？蓋製造德律風愛狄生是也」〔註232〕。由於燈泡價廉物美，實用可行，很快就在美國推廣流行起來，「日漸通行，商街及鋪戶住宅，每燈發光亮有 16 支燭光，關閉螺由師釘長為便提也」〔註233〕

〔註227〕《電燈試燃》，《萬國公報》第 15 本第 737 卷，第 9863 頁。

〔註228〕《電燈具大觀》，《萬國公報》第 15 本第 743 卷，第 9975 頁。

〔註229〕黃恒正：《世界發明發現的解說》，臺灣遠流出版社 1981 年，第 283 頁。

〔註230〕《創設電燈》，《萬國公報》第 11 本第 553 卷，第 6616 頁。

〔註231〕《試點電火》，《萬國公報》第 13 本第 623 卷，第 7830 頁。

〔註232〕《電氣燈光》，《萬國公報》第 13 本第 628 卷，第 7919 頁。

〔註233〕《電燈通行》，《萬國公報》第 13 本第 644 卷，第 8192 頁。

《萬國公報》還介紹了電燈燈絲改進、款式革新情況。如：1905年9月，《萬國公報》刊登了電燈採用鉭絲的消息，「西國近日新得電氣發光之法，較前更善。因電燈初用之絲乃炭類，今則改用金類名鉭質。其物與鉍銻相似。其初鉭為人所不經見，今則能知其有大用矣。……，鉭金一磅，可成燈絲二萬條云」〔註234〕。1907年5月，《金絲電燈》則介紹了電燈運用鎢、鉭等金屬製作燈絲的新聞，「茈據法國格致士某君所發明。則眞不用炭類之絲。而用金類之絲矣。其金類之物，一名鉭、一名鉍、一名鎢，以作絲燃之，光焰甚明，蓋燈之合尋常家用者。以十枝燭力為合宜。至大會堂與製造大廠則必用極大之燭力。則此金絲電燈為合宜。勝於大電氣燈焉」〔註235〕。1907年12月，《萬國公報》報導了當時「天下最大之電光燈」的消息，「美國紐約江邊有新造火車站一處，站屋所建高樓，峻削如塔。其頂嵌有極精明之玻璃如球形。其直徑六尺，內置弧光電燈49，所發之光能抵一兆五十萬枝燭光。四周照耀極遠，如同白晝」〔註236〕。

（七）人工降雨

人類不斷同自然界進行著鬥爭，征服自然，改造自然是人類的夢想。於是不斷尋求著改善天氣的方法，人工降雨就是其一。1891年9月，《萬國公報》就在《新法得雨》內稱：「凡田中種植之物，大都得雨以為生長，一或雨澤任期易形，荒歉亦人力所何如者，豈知美國人近有良法，需雨之時，即能令之降雨。一，用輕氣球皮將氫氧二氣納入球中，再行升球至空氣之分即將電成牽引，使球轟烈而雨立降矣，關之農部現在試驗其法，倘法靈便後，時不虞元旱成矣」〔註237〕。隨後，美國農業部進行了實驗，結果「如法小試其技競獲甘霖」〔註238〕。1891年12月，人工降雨法又在印度試驗，「茲聞印度境內亦有雨澤稀少之區，秋收終苦歉薄。向以輕氣球為業者，聞而羨之，出有告白：欲雨者可從其售雨，蓋以為升球於三四千天之上轟炸藥雨，如可釀，伊力固憂為也。現聞蠻沙耳宮長延令試行云」〔註239〕。同時，美國農業部不僅認為「其法甚佳」；而且有人開始以「包降甘雨」為業，價格「每田一畝價洋一元」。

〔註234〕《金絲電燈》，《萬國公報》第220冊，第76～77頁。
〔註235〕《鉭絲之電燈》，《萬國公報》第38本第200冊，第23663頁。
〔註236〕《天下最大之電燈》，《萬國公報》第227冊，第45頁。
〔註237〕《新法得雨》，《萬國公報》第19本第32冊，第12291頁。
〔註238〕《新法得雨》，《萬國公報》第19本第34冊，第12419頁。
〔註239〕《印地釀雨》，《萬國公報》第19本第35冊，第12481頁。

（八）鐳元素的發現

1898 年 4 月，居里夫婦發現了鐳元素，但直到 1902 年 3 月底，他們從幾十噸瀝青鈾礦渣中提煉出了十分之一克多的鐳鹽，才確定了鐳是新元素。《萬國公報》於 1904 年 6 月報導了這一新聞，「西國近日新得一種原質名雷迭恩亦日銳質，化學家研究者甚多，將來發達必大有可觀也」。〔註240〕

1905 年 10 月，《萬國公報》在《雷錠恩之價值》中指出鐳元素價格昂貴「近日新得之一種原質曰雷錠恩者，研究之人甚多，而其價甚貴，故得者頗少。聞每兩值三百萬金圓」，並提及鐳的發現者居里夫婦，「雷錠恩之古利氏夫婦，生平所得亦不及半兩云」〔註241〕。次年 4 月，《萬國公報》報導了居里夫人獲得 1903 年度諾貝爾物理學獎的情況，「得受腦勃勒獎金者，……，寇利氏 Gurie，即創獲雷迭恩 Radium 發光新原質者也」。〔註242〕

（九）潛水艇

1905 年 2 月，《萬國公報》報導了世界各國逐漸興起的潛水艇製造竟賽情況，「1880 年高伯氏毅然爲法國海軍成潛行船，而他國人踵之，始造者長十六尺半，能受兩三個人，後十年中所造者長二十六至二十九尺，其狀凝長卵兩端銳，讓海水灌入其下層則沉排去之則浮，又恐下層之機關或壞，故用活底骨重三石餘脫而棄之則頃刻上浮其行動以電力有魚雷也，能以壓力發之有測管也，能伸出水面使水底人仰見海上之事有養氣，機也能換入新空氣而去已用之空氣。法國近造成之式長一百十八尺廣九尺仍以高氏船爲模型，自法政府用潛行船，美繼之，俄德又繼之而製興盛」。〔註243〕

（十）極地考察

科學考察活動反映了人類征服自然、認識自然的能力，特別 19 世紀初開始的極地科考活動更是人類的一次壯舉。《萬國公報》於 1875 年 7 月開始就對世界各國的北極科學考察活動進行了追蹤報導。

1875 年 7 月，《萬國公報》以《探北極船將開駛》爲題報導了英國即將前往北極考察的消息，「英國前事派往北冰洋偵查北極之船，一名額勒特，一名司格物列，又有隨行船一艘名法臘勒司，俱整理齊備，入水試驗。今裝滿食

〔註240〕《萬國公報》第 36 本第 185 冊，第 22657 頁。
〔註241〕《雷錠恩之價值》，《萬國公報》第 38 本第 202 冊，第 23798 頁。
〔註242〕《巨金獎勵》，《萬國公報》第 39 本第 207 冊，第 24211 頁。
〔註243〕《萬國公報》第 37 本第 193 冊，第 23182 頁。

用等物，不多日預備開駛。……，因此次必將北極之地尋源得詳細也」〔註244〕。

1877 年 1 月，《萬國公報》報導了英國前次查勘北極船回國後敘述的北極情況，「當交冬令之時，額勒得船已深入其境，不見日光 142 天，而在後之第司克非立船亦不見日光 137 天矣，然雖日光可見，而雪光照耀尚非昏暗可比，惟寒氣澈骨耳。觀寒暑表落至 32 度，即已結冰，嗣漸落至 105 度也。其寒暑表中之水銀凝如冰，取出水銀以酒代之。額勒得船所到之處，在緯度八十二度，距北極尚有 450 英里，前途冰結如山，亦有路徑而崎嶇難進也。」〔註245〕

《萬國公報》在報導英國北極探險活動時，對世界各國的這一活動進行了報導。如：奧國、挪威、德國、美國、比利時、意大利、丹麥等；而且不斷報導著各國北極探險所採用的新方法，如：美國的「造屋探查北極」，內稱「擬所派之船能到極近之處，即於其處之岸上造屋以為居住，使可一步超進一步往探也，必欲窮其底細」〔註246〕。到 1906 年 5 月，《萬國公報》報導了有人乘氣球前往北極科學考察的消息，「八年前有挪威人造一氣球以探北極，乃既往之後，至今尚無消息。蓋其時造氣球不過尋常之法，並無舵尾，故只能隨風遊行也，……，有格致家山多穆所造者不但有舵，且有一小機能使自動。……，美國有威爾們者擬乘此種氣球以探北極」。〔註247〕

《萬國公報》在關注北極探險的同時，也報導了人們前往南極的科學考察活動。《探南極》介紹南極的情況「當夏天時，其地之氣候，寒暑表仍於結冰點之下，多風且烈，四時飄雪。故揣想全球，應以此地為最冷，或數月之久，人不能經此地，然較北極大概無阻。……，假乘氣球，亦恐無益。其故有二，一是空際較地面猶冷，人必凍斃；二、氣球需風前進，南極之風多向北吹，故曰氣球決不可用。或用乘機器車，斯或能行。有某文士曾探南極，彼謀劃一法，可竟其功。其法需有八人，以舟載糧，足二年用度，帶犬 75，並犬二年之食物，……。」〔註248〕

（十一）諾貝爾獎

1904 年 10 月，《萬國公報》介紹了世界諾貝爾獎創立情況，「檀納曼炸藥

〔註244〕《探北極船將開駛》，《萬國公報》第 2 本第 346 卷，第 1248 頁。
〔註245〕《萬國公報》第 5 本第 421 卷，第 3277 頁。
〔註246〕《萬國公報》第 6 本第 434 卷，第 3625 頁。
〔註247〕《萬國公報》第 39 本第 208 冊，第 24310 頁。
〔註248〕《萬國公報》第 37 本第 189 冊，第 22920 頁。

之發明者，爲拿伯兒係瑞典人，非但爲機器師，亦爲行善也，故發明檀納曼，爲世界所共知。臨故時遺囑以金圓八百萬存息作後來發明家之獎贈。分爲五類：一地學發明者，二化學發明者，三全體與衛生學之發明者，四文學小說之發明者，五熱心世界平安之實際者。……。經理其事者，即瑞典之文學院及挪威之國會也」。同時《萬國公報》公佈了 1903 年度世界諾貝爾獎獲得者的情況，「本年地學得二人爲古利夫婦有雷迭恩光性，又有百蛤兒則先得烏頓尼恩者也；全體與衛生學得一人爲丹麥國人芬生里講求牛痘以光線醫病者也；又有英人客靈麥熟於公斷之學所得爲第五類；瑞典人阿利尼所得爲第二類；彼本史學家亦政學家向購考書，原質之微點有可分爲伊恩之理也；第四類系白喬生所得。蓋自有此舉以來，本年已第三次矣。」〔註249〕

1906 年 4 月，《萬國公報》再次公佈了 1905 年度諾貝爾獎獲獎情況，「1905 年之提倡平和獎金爲男爵夫人瑟德納氏所得；……。醫學之獎金爲德京名醫喀克所得，以其創造能除癆症之新藥也。理化學之獎金爲倍越亞道福所得，以其有功於有機化學也。格物學之獎金爲德國基爾大學院教習黎那德所獲，因其有研究陰電氣性質之功也。著作家之獎金爲波蘭人辛基維所得，辛氏之書曾由甘爾丁譯成英文，美國之人均樂誦之。」〔註250〕

〔註249〕林樂知譯，范瑋述：《獎贈鉅款》，《萬國公報》第 37 本 189 冊，第 22920～22921 頁。

〔註250〕《巨金獎勵》，《萬國公報》第 39 本第 207 冊，第 24211 頁。

第五章 《萬國公報》傳播科技文化的特點

　　《萬國公報》注重科技文化知識的傳播，在其四十年歷程中，宣傳和介紹了大量的科技文化知識。但由於受篇幅、時勢、主編們自身利益和知識水平的限制，導致《萬國公報》在傳播科技文化時，表現出瑕玉互現的特點，即：宗教性、殖民性，多元性和針對性、及時性、普及性。

第一節　《萬國公報》傳播科技文化的宗教性

　　《萬國公報》大力宏揚近代科技文化時，其宗教性是很明顯的。因為，近代來華傳教士其本務就是廣布福音，傳播宗教。宣傳科技知識僅是為其宗教傳播服務的手段，在他們的眼中，科學技術知識只是用作為傳教的敲門磚而已。為此，他們極力宣揚「西學源於西教」、「基督教為格致之源」的觀點。因此，《萬國公報》在介紹科技文化知識時，或多或少都蒙上了宗教的外衣，給予了宗教的闡釋，以圖引導人們從上帝身上尋找科學的終極原因，以此證明上帝是全智全仁，製造萬物的真神。它在宣揚學習化學時，認為「最大之益，究在明心」；介紹原子論時，又認為「天地萬物皆以六十四元質配合而成」，但「微渺並非自然而有，乃主宰居其先，立其意而為之，故萬有之前有一無始無終之上帝在焉」〔註1〕；它在介紹天文學中太陽系天體運行時，亦認為上帝居其中，安排調度，使各大行星皆有運軌繞日而行；在介紹地學時，它認

〔註1〕韋廉臣：《格致探原》，《萬國公報》　第1本第301卷，第25頁。

為地殼運動是上帝主使，當論及地殼為何迸裂時，又將其歸結於上帝，「上帝令地球屢次迸裂」〔註2〕；在論述生物學時，它總是宣稱「天下萬物，上帝生之俱有意思，凡地之生物有人所及見者，人所得用者，上帝生之固為人也」〔註3〕。《萬國公報》將各種科學技術賦予了宗教的解釋，最集中的表現就是它連載的韋廉臣著述的《格物探原》，「全書以宗教為體、科學為用。格物，介紹各類自然科學，探原，將一切歸於上帝。」〔註4〕不僅如此，《萬國公報》在論述各學科間的互相聯繫時，甚至認為各個學科是一盤散沙，互不關聯，而只有宗教才能將它們統屬聯合起來，「吾聞明達與大夫之言曰：今當變宗教為學科。呼嗚，它得以乘謬之說也。彼之意，筆不以歷史、地理、算數、格物、理化諸可為學科乎，此如散錢也，貫之以一索，則宗教也」〔註5〕。

《萬國公報》在認識基督教與科學的關係時，則反覆重申教為源，學為流，教道為本，格致為末，教道為果，格致為因。1890 年 2 月，林樂知在《格物致知序》一文中，認為西方科學技術的產生和發展是救世主產生以後的事，是基督教興起的產物，「泰西古昔，救主未生之前，人尚不知有格致學也。造救主降生之後，天道未及流傳之處，問以格學亦茫乎若迷久之，而天道之推行漸予，格致研究始精，是可知天道與格學同條共貫。若捨天道而學格致；猶採果實而遺其根，食乳漿而離其母，必不可得之數也」〔註6〕。同時，《萬國公報》還從「格致為教化之源」來論證「其督教為格致之源。」它認為歐洲「教化之隆」，其源在於格致，「由格致而能真誠，由至誠而克行仁，由仁愛而釋民自主，由自主而生權力，由權力而致富強，由富強而進文明，要皆於格致端其本」〔註7〕。但隨後它指出這觀點僅「是非曲直窮其教化之末，而未探其教道之本。」如此則將「失之毫釐，廖以千里」。因為在它們眼中，「夫子神之道，即教道也，治物之學，即格致學也，教道為誠正之基，格致乃富強之本」。「泰西諸國所以必先得救主之道，而後能馴致於富強，進於文明也。故由外以觀，格致實為教化之源，由內以觀、則教道為本，而格致及格致後

〔註2〕 韋廉臣：《格致探原》，《萬國公報》第 1 本第 303 卷，第 83 頁。

〔註3〕 韋廉臣：《格致探原》，《萬國公報》第 2 本第 350 卷，第 1363 頁。

〔註4〕 熊月之：《西學東漸與晚清社會》，上海人民出版社 1994 年，第 39 頁。

〔註5〕 范禕：《萬國公報第二百冊之祝辭》，《萬國公報》第 38 本第 200 冊，第 23611 頁。

〔註6〕 林樂知：《格物致知論序》，《萬國公報》第 17 本第 13 冊，第 10957 頁。

〔註7〕 林樂知、任廷旭：《論格致為教化之源》，《萬國公報》第 27 本第 195 冊，第 17179 頁。

之教化皆其未」。所以。它認爲：歐洲繁榮富強，並不只是科學昌明的結果，終其原因是由於「教化」的光澤，使愚昧變爲智慧，於是「格物之學，於是乎興矣」。可見教道乃是格物的先導，是致知的眞正本源。從而進一步指出「教道足以興格致」、「教道與格致並行不悖，方可堯爲上帝之教化。」〔註8〕

此外，《萬國公報》極力宣傳基督教對近代科學家的影響。早在 1874 年 11 月，《耶穌教士致中國書》中，它就稱：「西國之創格致者日貝根（培根），日來此尼斯（萊布尼茨），創天文學者，日奈理（牛頓），日刻百爾（哥白尼），日候矢勒（伽利略），……，此皆耶穌燃於其心，另其燭照天遺，後之傳此諸學者，或奉耶穌與否，則諸創始者燃其餘光於諸人心焉」。此後，在介紹近代科學家傳記時，《萬國公報》不僅將它們都說成基督教徒，而且把他們的發明創造的豐功偉績說成是信奉基督教的必然結果。特別丁韙良明確表示：「新學、未也、道學、本也，窮理之士，斷不有顚倒本末」，爲此，舉數例加以證明，如培根、瓦特、牛頓等，「每逢七日安息，必身座講經，啓迪後輩」，「不敢將敬神之道，置之度外」〔註9〕。總之，《萬國公報》力圖誇大近代科學創始者們在世界觀上的缺陷以及認識論上的局限性，妄圖把科學重新拉回到神學的範疇，以圖再次證明「基督教爲格致本源」的論斷。

其實，宗教與科學是一個古老的話題，其關係錯綜複雜。而近代來華的傳教士們則在新教人文主義的薰陶下，「迫使神學逐漸去適應科學」，認爲：「眞正的科學和眞正的宗教是互不排斥的，他們像一對孿生子——從天空來的兩個天使，充滿光明、生機和歡迎來祝福人類」〔註10〕。因而他們繼承和發揚其先輩們創導的「以學輔助」的傳統，憑藉西方近代科技文化的優勢，高舉「西學源於西教」的旗幟，在廣布福音、宣傳宗教的同時，大肆傳播近代科技文化。只不過，他們的邏輯是：「現代科學優於中世紀科學，而只有基督教國土才能現代科學，爲此，中國必須成爲基督教國土的一部分」〔註11〕。應該說，這種邏輯是極端錯誤的。正如英國科學史家李約瑟所言：「這種推理的謬誤在於，一種特殊的歷史情況（近代科學在信奉某種特定宗教的文明國家

〔註 8〕 林樂知、任廷旭：《續論格致爲教化之源》，《萬國公報》第 27 本第 107 冊，第 17314～37315 頁。
〔註 9〕 林樂知、任廷旭：《續論格致爲教化之源》，《萬國公報》第 27 本第 107 冊，第 37317 頁。
〔註10〕 熊月之：《西學東漸與晚清社會》，上海人民出版社 1994 年，第 25 頁。
〔註11〕 李約瑟：《四海之內》，北京三聯書店 1987 年，第 73 頁。

中發展起來），並不能證明這種伴生關係是必然要發生的」〔註12〕。同時，這種邏輯也與中國歷史發展也極不相符，中國曾創造了光輝燦爛的文化，擁有比歐洲更先進的科學技術，這些成就的取得大都跟信仰基督教與否並無任何瓜葛。傳教士們這種「以學輔助」的傳教方式收效甚微，因爲大多中國知識分子在接受《萬國公報》說教時，都襲其格致，棄其宗教，以致《萬國公報》無不抱怨地說：「中國之人向於眞道一層，未之或講。惟格致諸學，時猶稍稍樂道之，庸詎知天道，以之其極，即使將來國勢已臻極盛，其後恐終有難乎爲繼之形。惟於道首植其基，以格致諸學收效於既，如是則根本立而人己攸關，家與國胥受其益矣。非然者，雖有絕地通天之智，亦不過適以作其奪技遙巧之行職。〔註13〕其主要原因是：晚清社會，中國人孜孜以求的目標是救國救民的眞理，一切能否有利於國家富強、民族獨立、民生幸福是近代中國人的價值評判標準和取捨原則。因而在這種形勢下，《萬國公報》「以學輔教」的宗教宣傳顯然有悖於近代中國人民對時代感的要求，以致大多近代中國知識分子在「以學輔教」的宗教宣傳面前，只能是吸收其先進的科技文化，而對其宗教宣傳棄之腦後。

第二節 《萬國公報》傳播科技文化的殖民性

《萬國公報》由美國人林樂知創辦，後又成爲廣學會的機關報，實質上是列強傳教士在華的宣傳喉舌和輿論陣地。其言論不僅要反映列強在華利益的要求，而且要爲其侵略、掠奪中國利益辯護。因此，《萬國公報》在傳播近代科技文化時，又蒙上了英美國家利益的外衣，爲其維護和擴大在華利益不斷搖旗吶喊，因而帶來濃厚的殖民主義色彩。

被人們稱爲「現代工業的先驅」，「傳播文明工具」的火車鐵路，《萬國公報》大肆鼓吹中國興辦鐵路於國於民、於兵於商的重要性，認爲它是中國適時之急務，中國富強之根本，極力主張晚清政府大興鐵路。當論及鐵路如何興建時，它不僅建議採用西人全理其事，負責鐵路的策劃與興建，而且介紹興辦鐵路的三法，即：「一則貸金於西人，一則借資於民辦；一則中西合籌也。」

〔註12〕李約瑟：《中國科學技術史》第四卷，《天學》第二分冊，中國科技出版社 1983 年，第 673 頁。

〔註13〕《上海廣學會第 9 次年會記略》，《萬國公報》第 26 本第 98 冊，第 16758 頁。

三種方法中有兩種是從列強國家通商的經濟利益出發的，並且其極力推崇貸金於西人的方法，認爲「西人樂於事成，大興商務，必能充貨，事可立成，成即利長，永能稅旺。分年償還，即有歲入之稅，而天歲出之償矣，此策之上者也」〔註14〕。但它忘記了這樣的一個事實：近代中國正是採用了「貨金於西人」的興建鐵路方法，才使自己的鐵路利權一次次拱手讓人。「火車一響，黃金萬兩」的利潤被列強強取豪奪而去。在論及中國鐵路建設現狀時，《萬國公報》屢次刊載文章予以介紹。1899 年 10 月，《萬國公報》發表的英議院大臣貝福禮的《保華全書》二十二章《論中國鐵路》時，詳細介紹了中國「造成通行之路」、「已造未成之路」、「遣計將造之路」，並且對列強分割中國鐵路利權進行了「巧妙」的辯護，「故今日之情形，德國本以築國於山東，俄人欲通道於滿州，苟能共宋盟約，一視同仁，不抽重稅，則英國自當叩其所爲不加阻止。蓋商路既多，英貨亦得暢銷、藉獲厚利也」。甚至它更加露骨地說道：「以我觀之，德俄西國之所爲，我英人已許亡矣，長江口一帶之利益。歸於我，他人亦許之。——長江一帶之路，我英人築之可也，即非我英築之，亦我英築之，亦無不可也。」他直言不諱地指出，如此「無使我英銷失其本有之利益，則鄙人厚望英。」〔註15〕1906 年 7、8 月，季理斐、任廷旭譯述的《中國鐵路之進步》在《萬國公報》上連載，文章本該就中國鐵路進步的狀況揮毫潑墨，但通讀全文，才明白它眞正的意圖是大書特書「各國在華所得鐵路之利益。」所以，與其說是中國鐵路的進步史，倒不如說是帝國主義列強掠奪中國鐵路利權的骯髒史。可以說，《萬國公報》對中國鐵路的鼓吹和報導，是與其掀起的瓜分中國鐵路利權的進程相輔相成的。鐵路如是，開礦山、興礦利、廣電報、造輪船等等，亦是如此。

　　筆者認爲，《萬國公報》傳播的近代科技文化大多都是在大肆宣揚它們對中國富強的重要性後，拋出的所謂「救世良方」，其終極目標是爲其維護和擴大在華利益服務的。雖然，《萬國公報》提出的一些建議不乏有些是切實可行的眞知灼見，但在主權漸喪，國勢衰微的近代中國，《萬國公報》的這種做法確實表現出明顯的殖民主義色彩。

〔註14〕《鐵路利益論》，《萬國公報》第 20 本第 39 冊，第 12719 頁。
〔註15〕貝思福：《論中國鐵路》，《萬國公報》第 30 本第 129 冊，第 18870 頁。

第三節 《萬國公報》傳播科技文化的多元性

《萬國公報》作為近代的重要報刊，由於受其報刊性質、宗旨、篇幅的限制，在傳播近代科技文化時，《萬國公報》帶有明顯的多元性。

《萬國公報》傳播科技文化知識時，不僅介紹了各方面的科技文化知識；而且還注重報導國內外科技發展的新成就，表現出多元性的特點。如：1874年9月，《萬國公報》第303卷傳播的科技知識，科技文論有《慧星論》、《格致探原·論地質》、《福建省尤溪縣陳嚴侯先生26問附答》、其中後者涉及天文、地理、算學、幾何、化學、物理、生物等方面知識；科技信息方面：海底電報將成（美國）、添造鐵路（秘魯）、新出銀礦、添造鐵路（墨西哥）、買丹國船中止（中）等。月刊時期，《萬國公報》傳播科技文化多元性特點更為明顯。如《萬國公報》第四冊，農學知識有《荒政策》；物理學方面有《電氣考》、《福來格臨小影》、《電魚有電考》；天文地理方面有《天文地理·地上合宜之事》；礦治方面有《治國要務·論煤炭礦利》；醫學方面有《推陳出新·歧黃》。此外，科技新聞方面，有《新法運機》（法）、《築三鐵路》（俄）、《用油平浪》（美）、《電行車路》（土）、公築鐵路（希）、……等等。

正是由於《萬國公報》傳播科技文化時，帶有明顯的多元性，使得其傳播的科技文化是零碎、散亂的，缺乏系統、全面。

雖然，在傳播自然科學時，《萬國公報》介紹了數學、天文、地理、物理、化學、生物各方面的科學知識，但其在具體介紹自然科學各學科時，卻是厚此薄彼，極不系統。如：在科技文論中，有關天文的文章多達114篇，而數學僅20篇。應用科學領域中，醫學類文章以176篇居首，紡織技術類文章則以11篇而墊底。在科技消息中，有關交通運輸技術的報導有573則，而印刷技術的新聞僅19則。這種數量上的懸殊，可以看出《萬國公報》在傳播科技學科知識體繫時，存在著極大的不系統性。

《萬國公報》在介紹具體的學科知識時，其傳播的科技文化知識的不系統性更加明顯。如：數學方面，《萬國公報》的介紹主要集中於闡述學習數學的重要性、比較中西算學的差異性、回答數學疑難問答方面。對於精深的數理知識、立體幾何等都未涉及，像微積分、三角函數、複雜方程計算等都僅是表面論及，對其內容並未進行深入的介紹。化學方面，《萬國公報》除集中筆墨介紹了化學元素理論外，其它化學知識都是輕描淡寫，甚至未曾提及。物理學方面，雖然物理學中的各個分支學科，光學、聲學、熱學、電學、力

學等皆有論述，看似全面，但其每個學科之間也是極不系統的。它主要介紹的是電學，而聲學知識的介紹僅有《聲學芻言》一篇。其它學科和技術方面亦是如此。

總而言之，《萬國公報》傳播科技文化多元性特點，不僅可以滿足不同層次，不同愛好人士的需求，從而增強了自身容對民眾及知識分子的吸引力；而且有利於國人擴大眼界，注重科技知識的廣度，便利了中國士大夫們對科技文化知識的瞭解和學習。但是，正因爲《萬國公報》綜合性時事報刊的性質和其傳播科技文化多元性特點，決定其主要放眼於社會熱點新聞的報導，著重於讀者關心的熱門知識。因此，《萬國公報》在傳播近代科技文化知識時不可能像江南製造局翻譯館、同文館等的譯書那樣注重知識的系統性、全面性。

第四節　《萬國公報》傳播科技文化的針對性

《萬國公報》傳播近代科技文化時，不斷憑藉西方先進的科技優勢，抓住社會關注的熱點問題，突出重點地介紹、宣傳相關的科技文化知識，以便更易於中國民眾對科技文化知識的吸收和理解，從而輸入西方近代科技文化，因此表現出強烈的針對性特點。

《萬國公報》傳播科技文化的針對性特點反映在天文學中尤爲突出。當時的大多數中國人都對許多天文現象或聞所未聞，或見而不解，甚至詭言聳聽，認爲是不吉不祥之兆。1874 年 11 月初，中國將出現金星過日的天文奇觀，《萬國公報》爲了消除對這一現象的恐懼和迷信，傳播了相關的天文知識。1874 年 9 月 12 日，它以《金星過日》爲題公佈了金星過日的新聞，「甲戌 10 月 30 日金星過日，閱八年再見，自此百餘年不復見矣」〔註16〕；圖文並茂地闡釋了金星過日的原理，並報導了世界各國將派員來中國北京、上海、天津等處觀測的消息；還將金星過日的詳細時刻表刊登於報上，以便眾人到時觀看；此外還借這一機會批駁了中國人「意爲觀星象，察災祥而判各國之興衰治亂」的謬論。消息一公佈，激起了許多士大夫觀看金星過日的興趣。接著，《萬國公報》發現原來公佈的觀測時間有誤。於是，它於 10 月 31 日立即刊登《續金星過日》、《代改金星過日日期》的文章，解釋日期有誤的原因是「未

〔註16〕《金星過日》，《萬國公報》第 1 本第 302 卷，第 51 頁。

能將時差計算在內」，指出正確日期是「西曆年 12 月初八日 16 點鐘 59 分 8 秒」，「中國實是十一月初一」，並介紹了金星過日現象的特徵，「其形如豆料小物，於日面上邊經過。」〔註17〕但是到了農曆 11 月初那天，人們並未觀測到金星過日現象，因而深感遺憾，爲此，《萬國公報》解釋了上海未能觀測到的原因，「爲陰雲所蔽空日光出沒不足」，並介紹了上海一西醫觀測到的情況，「有西醫名立德者，於 12 點鐘時，當雲彩本開之際，見日光半露，而金星即於半露之日而上，昭然若揭採以影昭之法照之也。」〔註18〕隨後的幾期《萬國公報》中，它又介紹了日本橫濱、兵庫等五處金星過日現象。《萬國公報》還借大家關注金星過日熱點的契機，逐一介紹了觀測金星過日的器械儀器，有望遠鏡，照相機、電線等。

日蝕現象也是如此。1875 年 4 月，中國將出現日蝕現象，《萬國公報》1875 年 3 月 27 日以《賈先生算日蝕》爲題公佈了日蝕消息，並詳細論述了日蝕形成的原因，「日之有蝕，乃月行於日與地球之間，日光爲月之黑影所掩」〔註19〕。隨後一期，《萬國公報》又發表《日蝕細草》、《日蝕圖說》的文章，詳盡闡釋了推算日蝕日期的原理，並以圖文並茂的形式報導了這次日蝕現象的全過程。慧星現象亦如此。1874 年 7 月初，上海出現了慧星現象。但人們對慧星仍存模糊、迷信認識，「初似勞混不清，繼漸分毫，雖有人見尚未細論」，1874 年 9 月 19 日，《萬國公報》於是刊登《慧星論》文章，以介紹慧星形成原理、慧星形狀、軌道，以及人類觀測慧星的成就，並反駁了迷信觀念，「人民仰觀此象，駭疑還惶惑，或以爲主瘟疫，召水旱兆兵戈禍福吉凶之說」，指出原因是「實不明天文之過也」〔註20〕。1882 年 10 月 14 日，中國再次出現慧星現象，《萬國公報》立即從 10 月 28 日～11 月 18 日四卷中連載《慧星論》，宣傳有關慧星理論。

地震方面：1879 年 5 月 10 至 22 日，甘肅至關隴一帶連續發生地震。《萬國公報》針對人們對這次地震的錯誤認識，予以駁斥，並在後來八期中，它發表了《地震說》、《地震星貝說》、《地震略譯》等文章說明地震形成的原因、地震時的狀況和地震中的防護措施。

〔註17〕《續金星過日》，《萬國公報》第 1 本第 309 卷，第 247 頁。
〔註18〕《萬國公報》第 1 本第 310 卷，第 449 頁。
〔註19〕《萬國公報》第 2 本第 329 卷，第 807 頁。
〔註20〕《彗星論》，《萬國公報》第 1 本第 303 卷，第 76 頁。

　　另外較典型的還有在水利方面，19 世紀 80 年代末～90 年代初黃河泛濫災屢次決口，因而黃河水利建設進入高潮，《萬國公報》沒有等閒視之，抓住這一社會熱點問題，發表見解，出謀劃策。這段時間，《萬國公報》幾乎年冊都發表有關治理黃河、興修水利的文章，如：《鄭州大工造頌有序》（第四冊）、《張朗濟尚書山左開河頌》（第五冊）、《西國治河成法》（第七冊）、《治河管見上》（第八冊）、《治河管見》（下）（第九冊）、《治河說》（第十冊）、……等等。

　　《萬國公報》在傳播其它科技知識都採用了這種方法，如鐵路知識、農學知識、礦治技術、醫藥知識等等。《萬國公報》這種針對性的宣傳抓住了社會關注的熱點問題，突出了重點，使中國士大夫及民眾在閱讀《萬國公報》傳播的科技知識時，不僅印象深刻，而且易於接受和理解。對於科技知識嚴重缺乏的中國，這種針對性的科技知識的介紹是最實用、最容易便於民眾吸收、領會的。這也是爲什麼《萬國公報》能夠長期吸收讀者觀注的重要原因。

第五節 《萬國公報》傳播科技文化的及時性

　　《萬國公報》傳播科技文化時，及時性是其尤爲突出的特點。一份時事性刊物，迅速、及時、準確地報導社會上正在發生的事情、存在的問題、取得的成就，這是它能否吸引讀者的關鍵所在，是刊物成敗的決定因素。《萬國公報》正是利用其時事性報刊的性質，發揮自身的優勢，在宣傳介紹科技文化知識時，總以較快的速度報導世界上最新的科技成果，以引起讀者們的關注，因而表現出強烈地及時、迅速的特點。這種及時性特點在科技信息方面表現得最爲淋漓盡致。

　　《萬國公報》報導了大量的科技新聞，公佈了眾多的世界最新發明和創造。如：1874 年 9 月 26 日，《萬國公報》以《電報遙歌》爲題報導了美國人葛萊於 8 月發明的電話器的消息。1876 年 12 月 23 日，《萬國公報》第 49 冊又報導了意大利試放百噸大炮的情況。「今在意國於司北賽亞地方同放系，於西曆 10 月 23 日，其炮用火藥 330 磅，彈子二千磅，出彈子一秒工夫行 1446 尺，其它置彈子於炮中，採用水力機器裝放，而炮並彈子及裝彈機器無不盡善盡美，此大炮當推意大利爲首」〔註21〕。1881 年 12 月 10 日，《萬國公報》

〔註21〕《萬國公報》第 5 本第 419 卷，第 3324 頁。

公佈了西班牙至葡萄牙鐵路於 10 月 17 日通車的消息。1891 年 5 月，它又刊登了英法電話相通的新聞，「西三月 17 日，英法相聯之德律風一例竣工，分為三段，合 271 英里，十八日，通商部與總郵局試以彼此賀慶。」〔註22〕1892年 8 月《萬國公報》介紹了英國試放新式來福槍的情形，「西 5 月 16 號，英火器學院試驗新制之來富槍名爲藥局槍，用無煙火藥燃放。共有並四十員準對象設槍耙，計放四百門，相距八百碼，擊僕者每百中得八十像設，雖有微煙，僅若雪茄煙而已。……先後放槍 1 千余門，事藥不出者僅一槍而已」〔註23〕。1892 年 9 月，《萬國公報》刊登了英國利用燈球傳遞信息的新聞，「西七月七、八兩號，英於師丹福，橋試用氣球電燈傳信新法，以備軍中偵事之用。」〔註24〕1896 年 3 月，《萬國公報》報導了本年一月維也納報紙向全世界公佈的倫瑟發現 x 射線的新聞。同年 8 月，它又在《德輶日記》一文中，介紹了李鴻章在德期間 16 日接受 X 射線診視槍傷的情況。此類例子舉不枚舉，他們都比較及時、迅速地報導了同時期世界各國科技發展的進步狀況。

除報導世界各國的科技發明和創造外，《萬國公報》也極其關注中國正在進行的科技活動，並對尋求富強，引入先進科技文化的洋務運動進行了長期的追蹤報導。如 1875 年 11 月 27 日，它報導了八月十六日（農曆）上海江南製造總局新製造的小鐵甲船第一次下水的情況，並附後配以鐵甲船直剖面形和艙形之圖解說船的各個部位零件的名稱、作用等情形。試以《萬國公報》301～310 卷爲例：301 卷：無；302 卷：《廈門電報興工》、《買定鐵甲船》、《鐵甲船底細》、《福州船政局擬請西人》；303 卷：《買丹同鐵甲船中止》；305 卷：《福廈開造電線》、《西人在滬查造吳淞鐵路》、《船政局仍用西人》；307 卷：《製備鐵炮臺》；308 卷：《拾近就遠電線》；309 卷：《仍延西人管理局務》。這 10卷中，有關洋務運動的報導就有 11 則，平均每卷有一則多，不僅基本上保持了連續性，而且都非常及時、迅速地反映了洋務運動中各項活動的時間和從事的結果。這有利於時人加深對洋務運動的了解、增強國人對中國時勢的關注。

當然，《萬國公報》傳播科技文化時的及時性是相對的，它不可能像日報那樣按日報導科技活動的進展狀況。何況當時中國的日報也不可能那樣地及

〔註22〕《萬國公報》第 19 本第 28 冊，第 12017 頁。
〔註23〕《萬國公報》第 20 本第 43 冊，第 13022 頁。
〔註24〕《萬國公報》第 20 本第 44 冊，第 13093 頁。

時迅速。因爲西方遠隔中國千山萬水，按當時的傳遞信息手段不可能達到按日報導的要求；而且《萬國公報》前屬周刊、後屬月刊，受其出版周期的影響，其及時性也是相對的。另一方面，正是因爲其前面後分屬周刊、月刊，所以這種及時性也存在著前期比後期更及時、迅速的現象。同時，它也存在著報導國內科技活動比國際科技文化更及時，迅速的區別。應該說，《萬國公報》同其它近代許多報刊書籍在宣揚科技文化時的時效性相比，是非常及時，迅速的。如 1896 年 3 月、7 月，《萬國公報》在中國最早報導了倫琴發現 X 射線的消息。隨後，中國才掀起爭相報導的熱潮。1896 年 5 月 13 日，《益聞錄》以《西學日精》報導了同樣的消息，隨後，《時務報》、《知新報》、《點石齋畫報》、《字林西報》、《經世報》、《彙報》、《岑學報》、《中外日報》等都報導了有關 X 射線的新聞。這種及時、迅速的報導，使《萬國公報》成爲國人瞭解世界的一道閃亮窗口，對國人開闊視野，獲取新識大有裨益。

第六節　《萬國公報》傳播科技文化的普及性

　　《萬國公報》傳播科技文化時，普及性也是它的一大特點。《萬國公報》介紹的科技知識沒有什麼高深的學理，更沒有純粹理論上的說教，大多都是西方早已廣爲流傳，普遍接受的科學常識；而對於中國民眾又是新鮮、陌生的理論。《萬國公報》總力圖把一些理論解說成淺顯易懂的道理，結合時事熱點有針對性地進行科技文化的宣傳，因而，文風上追求簡潔明快、清新自然，讓讀者有耳目一新之感。

　　如天文學方面，《萬國公報》把西方早已爲人們普遍接受的地圓學說，太陽中心論、天體運行論、萬有引力理論等，結合儒家學說和時人觀念加以介紹，這樣既達到了傳播新知的目的、又易於爲民眾所理解。同時爲了說明得更清楚透徹、《萬國公報》還經常配以圖表加以解說，如解說慧星理論時，它不僅把慧星的形狀刊登於報中，而且還把慧星的拋物線、圓等軌道圖形，公之於眾。在論及日蝕時，《萬國公報》就把上海廣方言館教習賈步緯計算日蝕的細表公佈於報中、讓眾人可以自行演算。這些都更利於讀者理解、掌握它所介紹的科技知識。

　　另外，《萬國公報》還設立讀者問答專欄，將讀者詢問科技問題的來信和有關專業人士的作答都公諸於眾，使有同樣興趣的讀者閱後也能解惑而受

益。如，1874 年 9 月，福建省尤溪縣陳嚴侯先生寫信詢問了 26 個有關科技的問題，範圍涉及數學、物理、化學、醫學、天文、生物等方面。其中有「問《西醫略論》所謂檸檬在中國是何形狀有何別名，又有一件青蒜不知是蔥蒜之蒜，柳亦別是一種軟？」「答檸檬果形狀似橙，面帶橙式，廣東極多，其味極酸。再云青蒜即蔥蒜也，是蔥蒜之蔥。」〔註25〕

《萬國公報》還不斷地舉辦有獎徵文，吸引廣大讀者踴躍參加，其中徵文的內容許多都與科技有關，如 1889 年 8 月《萬國公報》以《問泰西算術何者較中法為精》、《問格致之學泰西與中國有天異同》為題舉行徵文活動，結果投稿者很多，最終評選出四名獲獎者，即朱戴仁、李紹衣、劉日傅、鍾清源。這種徵文活動，不僅吸引了投稿者進行中西科學的學習和比較，而且使更多的讀者獲得了這方面知識。

當然，《萬國公報》傳播科技文化的普及性特點，制約了它對科技知識理論化、系統化的介紹，而具有缺乏系統和全面的遺憾。但它是一份傳教士創辦的近代報刊，其辦刊宗旨和性質使它不可能像江南製造局翻譯館，同文館翻譯局的譯書那樣長篇大論地進行理論性、系統性介紹科技文化；而且它能夠利用自己有限的篇幅進行科普性的理論宣傳，並報導世界最新的科技動態，並進行廣泛的科普性活動，這無疑為科技落後的晚清社會打開了一扇學習西方科技的窗口，同時為「學問饑荒」的近代中國民眾提供了豐富的科技營養。

〔註25〕《萬國公報》第 1 本第 303 卷，第 80 頁。

第六章 《萬國公報》傳播的科技文化對中國近代化的影響

本章從《萬國公報》傳播的科技文化對晚清近代化進程、教育近代化、中國科技觀念近代化三方面粗淺論述了《萬國公報》傳播的科技文化對中國近代化的影響。筆者分析指出：《萬國公報》傳播的科技文化成為洋務運動和維新運動科技知識的源泉之一，特別豐富和充實了康有為的變法理論，因而對中國政治近代化起到了促進作用。同時，《萬國公報》傳播的科技文化極力主張中國教育內容近代化變革，要求教育內容包括近代科技文化知識。另外，《萬國公報》傳播的科技文化大力提倡格致之學的科技內涵，大肆宣揚科技的重要性。促進了晚清科技觀念的近代化轉變。因此，《萬國公報》傳播的科技文化對中國近代化的影響毋寧是廣泛而深刻的。但是，要恰如其分地評價《萬國公報》傳播的科技文化對中國近代化的影響並非易事。本章擬從以下三方面來談談筆者對這一問題的認識。

第一節 《萬國公報》傳播的科技文化對中國近代化進程的影響

近代來華傳教士是在列強猛烈的炮火掩護下蜂擁而入的。他們既抱著「宗教征服中國」的信念，又代表著本國的某些利益。因而在不畏艱險廣布福音的同時，又積極溶入中國近代化潮流，以圖干預中國近代化進程。因此，他們對中國近代化的作用和影響是雙重的，一方面，「傳教士在向中國介紹西方

的過程中，給中國封建社會注入了西方資本主義文化，使逐步變爲半封建半殖民社會起到了催化作用，促進了中國近代化的過程」；另一方面，「傳教士相當長的歷史時期內，是中西文化交流的橋梁，西方的聲光化電，甚至立憲共和的文化思想由他們傳進來」〔註1〕。近代來華傳教士創辦的《萬國公報》，在中國近代八十年的短暫歷史舞臺上活躍 40 年之久，其對中國近代化作用和影響無疑是廣泛和深遠的。《萬國公報》傳播的科技文化對中國近代化進程的影響表現在多方面。本文主要論述其對洋務運動、維新運動的影響。

首先，《萬國公報》傳播的科技文化對中國近代化進程的影響表現於洋務運動時期。《萬國公報》傳播的科技文化的第一階段（1874～1895 年）正是中國近代化的洋務運動時期。這一時期《萬國公報》傳播的科技文化就占《萬國公報》傳播的科技總量的 69.8%；其中科技文論占科技文論總量的 80.7%；科技信息占科技信息總量的 65.4%。同時，《萬國公報》對洋務運動進行了追蹤報導。其中《萬國公報》特別關注了李鴻章和張之洞從事洋務運動的情況。如開平煤礦，1878 年 2 月，《萬國公報》於第 475、476 卷連載《開平煤礦稟》、《開平煤礦稟批》，介紹了開礦技術，論證開平煤礦可以開採後，又於 1879 年 2 月在第 523、524、525、526 卷連載《開平煤礦務總局開辦規條及煤礦章程》，表現出《萬國公報》對洋務運動極大的熱情。《萬國公報》傳播的科技文化對洋務運動進行了及時、迅速地介紹和報導，有利於民眾在吸收近代科技文化的同時，加強了對洋務運動進程的關注，加深了民眾對洋務運動的瞭解，從而在科技落後且風氣保守的晚清社會爲洋務運動的發展創造了極爲有利的社會環境，因而推動了中國近代化的初始階段——洋務運動的順利進行。

另外，《萬國公報》在傳播科技文化時，對當時的洋務運動提出一些具體可行的建議。如《萬國公報》介紹數學知識，宣揚完數學於國於民的重要性後，它就建議晚清洋務派應擯棄中西門戶之見，虛心學習西方數學長處，「多儒各自振興，用心推解，放開眼界，破格尋學，無論算出於泰西，某算本自中國，更不必論西學皆中學之別，中法需西法之宗師」〔註2〕；而且應該「創建算學館，廣致算師，誘掖而獎進之」〔註3〕。又如鐵路，《萬國公報》對中

〔註1〕 顧長聲：《傳教士與近代中國》，上海人民出版社 1991 年，第 450 頁。
〔註2〕 寓濟逸人：《問泰西算術何者較中法爲精》，《萬國公報》第 21 本第 54 冊，第 13721 頁。
〔註3〕 華衡芳：《振興算學論》，《萬國公報》第 20 本第 36 冊，第 12504 頁。

國鐵路建設提出了許多方案：如：沈毓桂認爲『建設鐵路行火車，其費結繁』，要解決經費問題有三法：「一、則貸金於西人也」、「一則借貸於民力也」、「一則中西合籌也」〔註4〕。1891 年 6 月，《滬北需造新式鐵路論》則認爲「滬北至吳淞路基址猶存，正可重興鐵路」，提出爲節省支出，採用「新式高腳鐵路」，如此「稅捐不漏，又可以利國而便民，是滬北至淞之鐵路非亦爲富強之基也哉」〔註5〕。1895 年 10 月，《鐵路宜博考普法說》一文認爲滬寧鐵路建設，「若鐵路爲百姓而設，吾想香帥須將各國之法，一齊比較，看何國立法最善，何國經費最省」〔註6〕。再如開礦：《萬國公報》也提出了許多具體建議。一、採用西人。它認爲「西人之於礦學自較華人爲優，華人有礦，華人不自開，而應西人開之」〔註7〕，甚至認爲臺北煤礦落後的原因，不僅是「機器不足不用」而且是「管理事務前之雇用西人者，今皆改用委員」〔註8〕；二、採用西法，實行股份制。爲此，它闡述到「自私其利則業小而利亦微，能公其利則事大而利益國」，所以宜實行股份制，使「有資本者以有股分而樂」〔註9〕。特別在《礦務十要》中《萬國公報》特別強調開礦必須注意的十項事件，認爲首先應勘測好各地礦產的分佈，然後分清「礦石化分成分」，再集股開礦；集股開礦時，要「先知礦產之佳劣，層次之興旺，水口之運近，約略可採幾何年，或中法或西法，通盤籌劃」〔註10〕。其它方面亦是如此。《萬國公報》在傳播科技文化時對洋務運動提出的建議，有許多都被洋務派官員所採納和實施，如聘西師，建立算學館；採用西人西法舉辦鐵路和開礦山等等。在實踐中證明它們有些是確實可行的眞知灼見。因此，《萬國公報》傳播的科技文化成爲洋務運動科技活動的知識源泉之一。

其次，《萬國公報》傳播的科技文化成爲維新派科技知識的重要來源，豐富了他們的變法理論依據。如康有爲的世界觀和變法思想在 80 年代末形成基來框架，在此之前，他是兼顧中西之學，尤其注重西學的自然科學知識。他在自己的自訂年譜光緒 8 年（1882 年）條目下說：「益知西人治術之有本，大

〔註4〕 沈毓桂：《論鐵路利益》，《萬國公報》第 20 本第 39 冊，第 12719 頁。
〔註5〕 《滬北宜造新式鐵路論》，《萬國公報》第 19 本第 29 冊，第 12068 頁。
〔註6〕 《鐵路宜博考法說》，《萬國公報》第 24 本第 81 冊，第 15536～15537 頁。
〔註7〕 《礦務芻言》，《萬國公報》第 15 本第 736 卷，第 9842 頁。
〔註8〕 《論礦務亟宜整頓》，《萬國公報》第 13 本第 618 卷，第 7238 頁。
〔註9〕 《礦務以用人爲最要論》，《萬國公報》第 15 本第 719 卷，第 9534 頁。
〔註10〕 《礦務十要》，《萬國公報》第 10 本第 550 卷，第 6547 頁。

購西書以歸講求焉，十一月還家，自是大講西學，始盡釋故見」。次年，年譜條目下又說：「讀東華錄，大清會典則例，十朝聖訓及國朝掌故書；購《萬國公報》，大攻西學書、聲、光、化電重學及各國史志，諸人遊記皆涉焉」〔註11〕。戊戌變法前夕，香港《中國郵報》（China mail）記諸訪問康有爲，問他如何週知世界大勢列國政情的，康氏答稱是由於閱讀了英美教士李提摩太、林樂知等各種書報譯著。由此可見，康有爲的西學知識的來源包括《萬國公報》。那麼《萬國公報》中的那些科技知識對他產生過影響呢？主要集中表現於天文學、物理學、數學等。從這些新鮮的科技中，他接受了哥白尼和牛頓的天體力學理論，並據此批判唯心主義天道觀，駁斥了「以占驗天的」的謬誤。《萬國公報》帶有生物進化性質的天體運行及變化知識，「凡萬物之形狀、數量大小、輕重、寒暑或由一理而生，亦爲斯理所製，斯廣生在天地間千變萬化——而分爲千成萬，千萬而合爲一」〔註12〕。證明了萬物變化的理論，康有爲閱讀後，推導出太陽系和其它天體並不是天生如此、一成不變的，而是經過長期變化而成的，最後悟出「天之變化無窮」的道理，從而肯定了太陽系和宇宙天體無時無刻不在運動變化之中。《萬國公報》也經常傳播這樣的科技知識，「萬物同出一源而萬派，由細微而主於大體皆然」而生，「凡用顯微鏡窺測細微之物與用千里鏡窺測高遠之物，皆同此理」〔註13〕。康有爲從中聯想到「道遵於器然器亦還以變道矣」〔註14〕。爲證實這一認識，他還特意於1884年購買了一臺顯微鏡進行實物觀察，使他觀察到了宇宙世界的無限性，認識到「諸星之無盡而爲天。諸天，亦無盡也」，從而初步形成了自己辯證對立的近代科技哲學思想，即其道「以元爲體，以陰陽爲用。」特別他在《理氣篇》中說：「夫天之始，吾不得而知也，若積氣而成爲天，摩勵之久，熱重之力生矣，光電生矣，原質變化而成焉，於是生日，日生地，地生物」，他引進的光、電、熱、原質的近代物理學概念，與《萬國公報》中《光熱電氣新學考》的諸觀點極爲相似。由此可見，康有爲科技知識的重要養分來源中，《萬國公報》是其不可或缺的一份子。又如：譚嗣同在《仁學自敘》中講到仁學知識體系來源時說「凡爲仁學者，……，於兩書當通《新約》及算學，格致，社會學

〔註11〕康有爲：《康南海自編年譜》（外二種），中華書局1992年，第11頁。
〔註12〕《光熱電氣新學考》，《萬國公報》第1本第323卷，第644頁。
〔註13〕《光熱電氣新學考》，《萬國公報》第1本第323卷，第645頁。
〔註14〕康有爲：《康子內外篇諸天講》，中華書局1988年，第28頁。

之書」，「除購讀譯出諸西書外，便是《早報》、《滬報》、《漢報》、《萬國公報》」
〔註15〕；而且在《仁學》中，經《萬國公報》普及開來的「神創說」、「經驗
說」、「興來論」、「原子論」、「全體論」，通過譚嗣同的理論加工後，統統被揉
進了其仁學體系之中。其它維新派分子大多亦是如此。正如梁啓超在《讀西
書法》一文中，對當時維新派西學知識的來源作了較全面的介紹，其中提到
的報刊就有《萬國公報》、《中西聞見錄》和《格致彙編》三家。

　　由上可見，《萬國公報》傳播的科技文化，不僅是洋務運動科技文化知識
的重要來源，而且也是維新派獲得科技文化知識的重要途徑。其傳播的科技
文化豐富和充實中國近代化權力精英的治國方略和變法理論，爲中國近代化
運動創造了極其有利的輿論環境，因而有利地推動中國近代化進程的順利進
行。

第二節　《萬國公報》傳播的科技文化對中國教育內容近代化的影響

　　《萬國公報》自始至終都是中國教育近代化的倡導者和鼓吹者。它在大
力宏揚科技文化時，極力主張中國教育內容應該實行近代化改革，要求教育
內容包括科技文化知識。1881 年 8 月，《振興學校論》一文，批判中國教育內
容太窄，且過於單調，中國學者所學之事理，「不過仁、義、禮、孝、弟、忠、
信耳，雖有好學之士兼閱子史諸書，然此豈能包括天下之學問乎？」主張中
國教育應該包括西方近代格致、天文、算學、史地等各學知識，聲稱：「即如
講過五經，作過侍文可兼習代數學、地勢學、形學、格物學、八成學、量地
學、航海學、身理學、心學、化學、石學、是非學、代數、微分積分學、天
文學……」〔註16〕。1882 年 9 月《萬國公報》又刊登《中國專尙舉業論》文
章，主張「其會垣群邑之書院不必專課制義，更當如泰西之法，分設天文，
地輿、格致、農政、船政、理學、法學、化學、理學、醫學」〔註17〕。《萬國
公報》還對傳教士們在中國興辦新式學校的教育內容近代化進行了追蹤報
導，1874 年，它在《記上海創設格致院》一文中，認爲「是必如吾西國之有

〔註15〕蔡尚思、方行編：《譚嗣同全集》下冊，中華書局 1981 年，第 337 頁。
〔註16〕《振興學校論》，《萬國公報》第 14 本第 653 卷，第 8352 頁。
〔註17〕李天綱編校：《萬國公報文選》，北京三聯書店 1998 年，第 252 頁。

格致院儲書籍備器其，以供探討，而後有志格致者得以知普天下之物產之同異，物類之繁多，物性之變化。」〔註18〕1881年，《萬國公報》更是把林樂知安排的中西書院課程發表在報上，「第一年：認字寫字，淺解辭句，講解淺書，習學琴韻，年年如此；第二年：講解名種淺書，練習文法，翻譯字句，學西語，年年如此；第三年：數學啓蒙，名國地圖，翻譯選錄，查考文法；第四年：代數學，講求格致，翻譯書信等；第五年：考究天文，勾股法則，平三角，弧三角；第六年化學、重學、微分、積分、講解性理、翻譯諸書；第七年：航海測量、萬國公法，全體功用，翻譯作文、第八年：富國策，天文測量、地學、全石類考、翻譯作文。」〔註19〕《萬國公報》對中國教育近代化內容的鼓吹，潛移默化地影響了國人的教育觀念。但是，在「學問饑荒」的歲月裏，許多人無處獵取西方近代科技文化知識，而只能以更易到手的傳教士著述出版的書報爲教材或來源。當時《萬國公報》不僅發行量大，影響面廣，而且極力宏揚西方科技文化，因而它所傳播的科技文化極大地迎合了中國進步知識分子渴求新知的心理，開啓了他們的視野，擴大他們知識的範疇，豐富了各級各類學校的教學內容，推動學校教育內容的改革，促進了中國教育內容的近代化。難怪潭嗣同在給他老師歐陽中鵠信中談到開設格致算學館時「宜廣閱各種新聞紙」，其中就有《萬國公報》。

第三節　《萬國公報》傳播的科技文化對中國科技觀念近代化的影響

　　《萬國公報》傳播的科技文化對中國科技觀念近代化的影響首先體現在中國傳統科學觀的近代化轉變上。

　　在古代中國，科學技術沒有獨立的地位，它作爲探求自然界的認識活動和對於自然界的認識，是附帶在儒家「格物致知」的理論框架之內，「格致」一詞的本意在中國儒家意識中是作爲修身、齊家、治國、平天下的起點與基礎。到宋明理學時，格致的目的，在於講求「窮天理，明人倫，講聖言，通世故」是「人格全部之磨煉」〔註20〕。所以「格物致知」的傳統

〔註18〕李天綱編校：《萬國公報文選》，北京三聯書店1998年，第442頁。

〔註19〕李天綱編校：《萬國公報文選》，北京三聯書店1998年，第493頁。

〔註20〕梁啓超：《梁啓超論清學史二種》，復旦大學出版社1985年，第234頁。

理念並不是求得對客觀事物及其規律的認識，而是衡量處理事物是非的道德標準。隨著西洋傳教士的東來，飽受儒學薰陶的中國士大夫們，只好用經學的語言——「格致之學」來指代「科技」概念，這一指代的始作誦者是明末清初的利馬竇。他說「夫儒者之學，更致其知，致其知當由明達物耳。……要取毋取國雖偏小，而其瘃極，所業格物究生之法，視壙列邦爲獨備焉。……其所致之知且深且固，則天有若幾何一家者矣」〔註21〕。在他的極力提昌下，中國少許士大夫開始接受格致賦予科技的觀念。時至近代，《萬國公報》在給中國傳統格致之學賦予近代化意義上發揮了極大的興論導向作用。《萬國公報》在傳播科技文化時，反覆宣傳「格致之學」實際上是算學，地學，天文，電學等實學，而非中國傳統士大夫理解的「空談理性」，「格致一學，所該亦甚廣矣，天文出其中，地理出其中，電學、地學出其中，光學重學出其中、水學、火學出其中，以及聲學、植學、力學各等數千變萬化亦無不出其中，類皆實有其事而非虛構其理焉」〔註22〕；認爲西方格致之學「日增月盛，有若天文、質學、地學、動物學、金石學、電學、天氣學、光學、植物學、醫學、算學、幾何原本學、身體學、身理學、重學、流質、重學」〔註23〕。反覆強調西方的機械製造技術等「格致技藝」並非某些士大夫認爲的「奇技淫巧」、「鬼工幻法」，而是「隨事體驗，即物以窮理」、「由理而生法」，因法而製器的實際研究活動；指出中西方對「格致之學」的含義理解「有霄壤之泥別」，進而批判中國所謂格致家們「格其外而未能格其內，知其略而不知其詳」，推出西方人以格致之學「殫精華慮，極以深研幾」的態度，如此「用力久而費通一旦」〔註24〕，才能眞正有所成就。因此，《萬國公報》非常注重刊登有關「格致」方面的文章，如《論格致之益》、《格物致知論》、《格致源流論》、《格致爲教化之源》、《格致易知》、《格致窮理》……等等，還不斷進行有關「格致」文章的徵文活動，如1889年《萬國公報》以《問格致之學泰西與中國有無異同》爲題進行有獎徵文活動，吸引了眾多中國人士參加。當然，正如愛因斯所說的「西

〔註21〕 《幾何原本》卷首，同治四年金陵刻本。
〔註22〕 《問格致之學泰西與中國有無異同》，《萬國公報》第21本第53冊，第13675頁。
〔註23〕 朱戴仁：《問格致之學泰西與中國有無異同》，《萬國公報》第18本第20冊，第11447頁。
〔註24〕 韋廉臣：《格物致知論》，《萬國公報》第17本，第10959頁。

方科學的發展是以兩個偉大的成就爲基礎的,那就是,希臘哲學家發明的形式邏輯體例(在歐幾里德幾何學中)以及通過系統實驗發現有可能找出的因果關係(在文藝復興時期)」〔註25〕。因此,西近代科學具有系統化,理論化的科學發展結構,而中國傳統的「格致之學」並非有系統性,理論性,因而自然不能等同於西方近代科學研究。而近代傳教士賦予中國傳統「格致之學」的科技內涵,在《萬國公報》的大力宏揚之下,自然深入人心,從而在中國傳統「格致之學」中注入了近代科學研究態度,方法等內容,加速中國「格致之學」的近代化轉變的速度,這對於當時打破陳舊落後觀念,啓迪新思想、新思維有著積極的啓蒙作用。

其次,《萬國公報》傳播的科技文化對中國科技觀念近代化的影響體現在《萬國公報》對科學技術重要性的宣傳鼓吹上。《萬國公報》傳播科學技術時,總是極力宣揚科學於國於民的重要性,大肆鼓吹技術的實用功利性。《萬國公報》認爲數學是「世道亨通所關,國家富強所關」〔註26〕;強調數學廣泛的實際用途,「數之爲用大矣,測天度地非數不精,治賦理財非數不核,屯管不陣非數不明,量役程功非數不練,從幼學壯行措諸政事,不得不得心應手者,未有不本諸數也」〔註27〕;認爲「算數爲智慧之根,泰西技藝之盛亦發源於數」。如化學:《萬國公報》則認爲它「與格物算學相表裏,與天文地下相頡頑,文學語言而開妙蘊,行具布陳蔚之而論靈機,行之於大延,後可以強兵富民,守之於一己亦爲益壽衛生」〔註28〕;強調精通化學則「能詳究諸物內皆有幾多原質,並各原質之分數多寡及各物與諸原質之性質何若,並諸原質想合相離之性何若」〔註29〕。總之,自然科學中地理、天文、物理、生物各學科也是如此。

應用科學方面,《萬國公報》對其實用性的宣傳,更是不遺餘力。如《萬國公報》積極宣傳中國創辦鐵路的益處。《萬國公報》在《論鐵路之利中國急欲擴充》一文中闡述了鐵路的三大好處:「一則汰冗兵,增兵餉,以養精卒;二便運輸,「今鐵路既成,則千百里外如蝓庭戶而旅食之資可減其六七,富於

〔註25〕愛因斯坦:《愛因斯坦文集》第1卷,北京商務印書館1977年,第574頁。
〔註26〕寓濟逸人:《問泰西算術何者較中法爲精》,《萬國公報》第21本第54冊,第13723頁。
〔註27〕沈毓桂:《論數學》,《萬國公報》第18本,第24冊,第11716頁。
〔註28〕張章年:《化學當學論》,《萬國公報》第27本第66冊,第17198頁。
〔註29〕朱戴仁:《問格致之學泰西與中國有無異同》第18本第20冊,第11448頁。

民多矣」；三則便商，「銷售廣，高賈多所盈餘，即關稅亦可充益」〔註30〕。
王佐才發表的《中國創設鐵路利弊論》則認爲：「在中國商務日病，利源日竭，
不出百年必致民窮財盡」，如能開鐵路則「以中國之財辦中國之本，開華人之
生計，奪洋人之利權操縱在我，何至反利於外人」〔註31〕。1892 年 4 月，《萬
國公報》發表《鐵路利益論》一文，列舉「鐵路利行商」和「行軍」的諸多
益處，認爲鐵路建成，「此誠大利也，此誠大智也」〔註32〕。再如礦冶：《萬
國公報》極力鼓吹開礦之利，建議清政府開採礦山。認爲開礦之益主要有二：
一可以救濟失業災民，「破產窮民瀕饑死，有役諸礦場則得藉之生活」〔註33〕；
二是國家富強之源，「歷考泰西諸國所由殷富者得開礦之利也，所由強盛者亦
得開礦這利也」〔註34〕。一言以蔽之，「開礦之事乃天地自然之利，取之無禁，
用之無竭，上可以富國，下可以裕民」。開礦是中國「第一急務矣」〔註35〕。
其它應用技術重要性的宣傳亦是如此。

　　《萬國公報》對科學技術重要性的宣傳，在科技落後的晚清社會產生了
極大的社會反響。一時，晚清有識之士重視科技、學習科技的呼聲響徹雲霄。
從《萬國公報》本身的言論就能看出。因爲其強調科技重要性文章的作者相
當一部分就是晚清社會近代化的精英分子。如沈葆楨就認爲「水師之強弱以
船炮爲宗，船炮之巧拙以算學爲本。西洋炮船愈出愈奇，幾於不可思議，實
則由釐毫絲忽積算而來。算積一分，巧逾十倍」〔註36〕。王韜則主張中國興
利，最先應開礦，「而其大者有三：一曰掘鐵之利」，「一曰五金之利」，「一曰
掘煤之利」；認爲如果開採鐵礦，「一可省各處廠局無窮使費，二可鑄造槍炮
建造鐵甲戰艦、火輪兵舶，三可以軔造各種機器，四可興築輪車鐵路，而亦
可售之於西人以奪其利」〔註37〕。《萬國公報》對科學技術重要性的宣傳極大
地改變了許多讀者的科技觀念，對當時科技思想的轉變起了有力的啓蒙作
用，特別中國晚清社會近代化精英分子對科技重要性的認識顯然標誌著中國

〔註30〕《論鐵路之利中國急宜擴充》，《萬國公報》第 16 本第 5 冊，第 10220 頁。
〔註31〕 王佐才：《中國創設鐵路利弊論》，《萬國公報》，第 19 本第 28 冊，第 11995
　　　　頁。
〔註32〕 沈毓桂：《論鐵路利益》，《萬國公報》第 20 本第 39 冊，第 12719 頁。
〔註33〕《論開礦之利》，《萬國公報》第 12 本第 589 卷，第 3136 頁。
〔註34〕 沈毓桂：《興礦利說》，《萬國公報》第 16 本第 8 冊，第 10593 頁。
〔註35〕《礦務芻言》，《萬國公報》第 15 本第 736 卷，第 9843 頁。
〔註36〕《萬國公報》第 2 本第 327 卷，第 734 頁。
〔註37〕 王韜：《論開煤礦之益》，《萬國公報》第 20 本，第 38 冊，第 12641 頁。

科技觀念的近代化轉變。《萬國公報》編者自豪地說：「許多經常閱讀我們刊物的中國人對這個是有瞭解的，也知道一些振救的辦法。鐵路已經被允許在天津通車，棉紡廠和鋼鐵廠已經在上海和漢口設立起來，因此中國人可以從中得到好處。」〔註38〕

當然，《萬國公報》傳播的科技文化由於帶有宗教性、殖民性、多元性等特點，因此，不可必避免地存在某些局限性。雖然《萬國公報》傳播的科技文化對中國傳統科技觀的近代化轉變起了積極作用，但它那種「舊瓶裝新酒」的傳播方式在某種程度上也會使人們繼續為舊觀念所束縛，進而防礙人們對新鮮事物更深入透徹的認識。但是，《萬國公報》所傳播的科技文化，在《萬國公報》對中國近代化作用和影響中仍具有舉足輕重的地位。它直接導致了人們科技思想觀念的巨大變化，成為近代知識分子科技知識來源的重要途徑，更是溝通中西文化交流不可或缺的橋梁。這方面的功勞是不容抹殺的。正如英國學者懷特海所說：「西方給予東方影響最大的是它的科學和科學觀點」〔註39〕，而《萬國公報》這座中西文化交流的橋梁則成為傳播西方科學和科學觀點的園地，經過它的精心培育，西方近代科技文化之樹在中華大地上落地生根，茁壯成長。

〔註38〕方富蔭譯：《同文書會年報》第六號，《出版史料》1989年第2期，第50頁。
〔註39〕〔英〕懷特海：《科學與近代世界》，北京商務印書館1989年，第3頁。

結　語

　　19 世紀中後期，西方列強殖民侵略加劇，企圖在軍事、政治、經濟、思想文化各領域全方面控制中國；與此相隨，西學在中西文化衝突和融合的潮流中逐漸於中華大地大肆傳播。近代來華傳教士們則沿襲「以學輔教」、「以政輔教」的方式，通過發行報刊、出版書籍、創辦學校等種種途徑，積極傳播西方近代文化。《萬國公報》作爲眾多教會報刊的典型代表，由美國監理會傳教士林樂知（*Young John Allen*）在上海八仙橋創刊，發行近 40 年（包括《萬國公報》前身《教會新報》和休刊六年），是近代來華傳教士舉辦的時間最長、發行最廣、影響最大的中文期刊。《萬國公報》在極力宣傳宗教、廣布福音的同時，也積極傳播近代科技文化，上演了一場了宗教與科學的媒介對話。

　　《萬國公報》的主管機關——廣學會認爲：「科學沒有宗教會導致人的自私和道德敗壞；而宗教沒有科學也常常會導致人的心胸狹窄和迷信。眞正的宗教和眞正的科學是互不排斥的，他們像一對孿生子——從天堂來的兩個天使，充滿光明、生命和歡樂來祝福人類。我會就是宗教和科學這兩者的代表，用我們的出版我來向中國人宣揚，兩者互不排斥，而是相輔相成的，只有兩者相結合，才是使這個國家獲得有效和徹底革命的唯一基礎。」〔註1〕在此方針指導下，《萬國公報》編者以「宗教爲體，科學爲用」爲理論依據，通過「中體西用論」等宣傳策略，分三個階段傳播近代科技文化。即：1874 年 9 月至 1894 年 12 月是第一個高峰時期，1895 年 1 月到 1901 年 12 月是低潮時期，1902 年 1 月至 1907 年 12 月是第二個高峰時期。其傳播近代科技文化的整體

〔註 1〕 方富陰譯：《廣學會年報》第十次號，《出版史料》1991 年第 2 期，第 78 頁。

　　規模較大，作者陣容強，影響地域廣，讀者眾多。據筆者粗略統計，《萬國公報》介紹科技內容的文章有 923 篇，科技信息達 2291 則。《萬國公報》傳播近代科技文化的具體內容，涉及器物科技觀、方法論、唯科學主義觀等科技觀念，數學、天文、地理、物理、化學、生物等自然科學知識；醫學、農學、水利工程技術、通訊技術，冶金採礦技術、交通運輸技術等應用科學知識；X 射線、電燈、電話、鐳元素等數量眾多、內容龐雜、影響廣泛的科技信息。《萬國公報》編者曾提醒廣大讀者，「出現在《萬國公報》中的一些有價值的投稿，都是有關多方面科學問題的，這些題目本是一些作者為了有益於學生和其它的人準備印成書籍形式的。照現在這樣，許多這類文章受到重要方面的稱讚，還有人出現為了這個雜誌能在各知識界中心更廣泛地傳播，像在帝國各處舉行科舉考試的時候。這個雜誌再繼續推廣發行幾年，它能改革中國學者的思想和感情，並能為各階級準備一個新秩序打開道路。」〔註 2〕

　　《萬國公報》作為近代美國來華傳教士創辦的教會期刊，後又是廣學會機關報。它在傳播近代科技文化時，極力針對社會熱點，及時迅速、淺顯易懂地介紹、傳播各個學科的科技知識；為其殖民侵略和宣傳基督教義，廣布上帝福音之道辯護和服務，因此，《萬國公報》傳播近代科技文化表現出宗教性、殖民性，多元性和針對性、及時性、普及性等瑕玉互現特點。《萬國公報》傳播的科技文化，成為洋務運動和維新運動科技知識的重要來源，豐富晚清教育的教學內容，促進晚清科技觀念的近代化轉變，對晚清近代化進程、教育近代化、中國科技觀念近代化產生廣泛而深刻的影響，成為「一個影響中國領導人物思想的最成功的媒介」〔註3〕。宗教與科學借助《萬國公報》實現了近 40 年的媒介對話，驗證了近代基督教傳教士在中國奉行的「宗教為體，科學為用」的媒介對話理論。

〔註 2〕 方富蔭譯：《同文書會年報》第三號（1891 年），《出版史料》1988 年第 3、4 期合刊，第 59 頁。

〔註 3〕 方富蔭譯：《同文書會年報》第四號（1891 年），《出版史料》1988 年第 3、4 期合刊，第 62 頁。

附錄 1：《萬國公報》與 X 射線知識的傳播〔註 1〕

　　《萬國公報》，初名《中國教會新報》（*The News of Church*），1868 年 9 月 5 日在上海創刊，每周一期，由美國傳教士林樂知（*Y.J.Allen*，1836～1907）主編。1874 年 9 月 5 日刊滿 300 卷後，《中國教會新報》易名爲《萬國公報》（*The Globe Magazine*）。此番易名，標誌著該刊逐漸由宗教性刊物變爲以時事爲主的綜合性刊物，但仍屬周刊。1883 年 7 月 28 日，《萬國公報》出版完第 750 卷（包括前 300 卷）後，因主編林樂知專心於中西書院事務而休刊。1889 年 2 月，《萬國公報》復刊。此時的《萬國公報》（*The Review of Times*）另訂新章，冊次另起，成爲英美在華基督教組織廣學會的機關報，其宗旨演變爲「開通風氣，輸入文明」，因而加強了對中國時政的評論和對西學的介紹，宗教宣傳悄然隱入幕後。1907 年 12 月，《萬國公報》出版完第 227 冊後，最終停刊，綜觀其歷史，《萬國公報》前後出版發行近 40 年，累計 977 期，是中國近代外國傳教士創辦的中文期刊中歷史最長、發行最廣、影響最大的一家。因此，它對 X 射線的早期報導，以及對 X 射線知識在中國的傳播起到了重要的作用。

（一）報導倫琴發現 X 射線

　　1895 年 11 月 8 日，德國物理學家倫琴（*W.C.Rontgen*，1845～1923）發現 X 射線，並於 12 月 28 日將他的第一個通報《一種新射線》（*On a New Kind*

〔註 1〕　拙文曾發表於《中國科技史料》第 22 卷第 3 期，第 234～237 頁；論文合作　　　者爲福建師範大學歷史系業師王民教授。

of Rays First Communication）遞交給維爾茨堡（*Wuerzburg*）物理和醫學會的
《會報》發表，向同行們公佈了他的新發現。X 射線的發現是人類認識微觀世
界的第一道閃光，不僅引發了醫學診斷方法的革命，而且使 19 世紀末危機重
重的近代物理學頓放生機，從而揭開了 20 世紀現代物理學的序幕〔註2〕。1896
年 1 月 5 日，維也納報紙以頭版頭條向全世界報導了倫琴發現 X 射線的重大
科技消息。

X 射線發現的消息，成爲 1896 年初轟動全球的大新聞，很快傳遍了全世
界，《萬國公報》緊隨國際潮流，於 1896 年 3 月以《光學新奇》爲題報導了
倫琴發現 X 射線的新聞：

> 今有專究光學之博士，曰：郎得根，能使光透過木質及人畜皮
> 肉，略如玻璃透光之類。玻璃透光，故儲物於玻璃匣，而得以攝影
> 鏡照之（俗稱爲「拍小照」），見物不見玻璃。今木及皮肉亦然，其
> 骨影直達於紙（以木爲棺亦可照見死人之骨，故世曰「骨」），蓋骨
> 類之物不能透光也，金類之物亦不能透。博士以一木匣置銅模於内，
> 照以攝影鏡，模型畢露，又照人手足，只見骨而不見肉，誠不愧「朗
> 得根」三字之性，遂以其法傳入奧都維也納，經諸博士博驗之下，
> 以爲與醫理大有關係。假如人身有暗疾或金刀入肉，皆可昭晰無遺。
> 惟今尚未能詳究，且亦不知其光之何自也。〔註3〕

同年 7 月，《萬國公報》又以《照骨續志》報導了 X 射線在全球傳播情況
和其廣泛的應用前景：

> 前報記奧人朗得根照相之法，能使人之皮肉及一切物，明若玻
> 璃，惟骨及五金留影。今紐約接電云：格物之學即興，人多創得新
> 法，眾人喜而習之，漸推漸廣，然窮未能瞬息風行也。奧國書院山
> 房長郎得根創爲照骨新法，不過三禮拜之間，歐洲各國無不傳習，
> 凡業醫者籍之以覓人肉之槍彈，其奉爲枕中鴻寶也。因宜聞有一人
> 之左手傷於手槍，而彈未出。又有一女孩生而瘸，未知其骨，皆藉
> 此法一照而知。至各國通行而後，必有他事相關係。今尚不能測其
> 究竟，或謂五金之質，既能留影，則如化學家以鐵與他物化合能否

〔註2〕 中國科學院自然科學史研究所近現代科學史研究室：《20 世紀科學技術簡
史》，北京科學出版社 1985 年，第 28～29 頁。

〔註3〕 林樂知：《光學新奇》，《萬國公報》第 25 本第 86 冊，第 15917～159181 頁。

而為一，皆常燭照數計。此後，鑄洋槍管、煉鐵路、打火車輪等必有精益求精之法。又如各自為圓質之鉛鈴及礬精、木皆可洞見底裏，豈不大妙。某報館主筆聞有此事，而不之信，囑格物士照其首，迨慕印成幅，明視骷髏一具，並無皮肉毫髮，慘慘之狀，慘慘可人，因語以此圖，但付格致之士以備參考，不可逢人告為某之頭也。至其得光之由，不外電氣者今是。〔註4〕

當然，近代中國許多報刊書籍都論及倫琴發現 X 射線的消息。如《譚嗣同全集》記載：1896 年 4 月，他到上海拜訪傅蘭雅時，在其寓所曾見過 X 光照片〔註5〕；1896 年 5 月 13 日，上海《益聞錄》在《西學日進》中報導了這一消息；1896 年 8 月 19 日，《時務報》也曾以《照相新法》為題報導過 X 射線發現的新聞；此外，報刊方面還有《知新報》（1897 年 2 月 27 日）、《集成報》（1897 年 5 月 16 日）、《字林西報》（1897 年 8 月 19 日）、《經世報》（1897 年 9 月 22 日）、《點石齋畫報》（1897 年 12 月底）、《岑學報》（1898 年 3 月 21 日）、《東亞報》（1898 年 7 月 9 日）、《中外日報》（1898 年 8 月 30 日）、《彙報》（1898 年底）；書籍方面則有《讀西書法》（1896 年 7 月）、《光學揭要》（1898 年）、《通物電光》（1899 年）等等。但這些新聞報導和書籍介紹都在《萬國公報》報導之後，因此，與其它報刊書籍相比，《萬國公報》比較及時地報導了倫琴發現 X 射線的新聞，在中國傳播了 X 射線知識。

（二）李鴻章接受 X 射線診視

甲午戰爭失敗後，中國清政府被迫派遣李鴻章為「頭等全權大臣」前往馬關簽訂喪權辱國的《馬關條約》。1895 年 3 月 24 日，李鴻章在馬關被日本浪人小三豐太郎用槍擊中左眼窩下部位，雖經搶救，已無性命之憂，但子彈留在骨中，常常隱痛不堪。1896 年，李鴻章應邀赴歐洲訪問，6 月訪德期間，他聞知 X 射線能診斷槍傷，欣然前往治療。1896 年 8 月，《萬國公報》中的《德昭日記》記載了這一事件：

奧人朗德根新得照相之法：凡衣服、血肉、木石諸質，盡化煙雲，所留存鏡中者，惟五金及骨殖全副而已。中堂在馬關議約之際，猝遭不知教化人之毒手，槍彈留於面部，至今未出，心頗憂之。此

〔註 4〕 林樂知：《照骨續志》，《萬國公報》第 25 本第 90 冊，第 116197～16198 頁。
〔註 5〕 譚嗣同：《上歐陽中部書（十）》，《譚嗣同全集》，北京中華書局 1998 年，第458 頁。

次道出柏靈，知有操朗德根之術者，乃延攝其面影，即見槍子一顆

存於左目之下，絲毫畢現。聞中堂將商知名醫，剖髗而出之，然未

定何時奏手也。〔註6〕

1896 年 6 月，李鴻章在德國接受 X 光機診視槍傷，時距倫琴發現 X 射線

僅半年，而此時中國還沒有引進 X 光機，所以，李鴻章應該是中國接受 X 光

機診視的第一人。〔註7〕

（三）報導 X 射線的危害

1895 年底，倫琴發現了 X 射線後，讚譽之聲一浪高過一浪，但美國科學

家格拉布斯（Grubbs.E.H）經過反覆實驗，首次發現 X 射線會引起皮膚炎〔註

8〕。此後，世人才開始注意到 X 射線對人身健康的危害。1903 年 8 月，《萬

國公報》在《論百年醫學之進步》一文中介紹了 X 射線的危害：

光學中尤有更奇者，即近來所謂之「然根光」。千八百九十五年，然根氏

試其事，見電光能透黑紙，而使其藥水發光，遂悟得無論何物，此光皆能透

過。亦非尋常照相之法，一拍即成，須費如許時刻。而其光用之時久，或距

皮膚過近，亦足以傷人。近來失事者，已有所聞，其中亦有致命者。〔註9〕

1907 年 3 月，《萬國公報》以《愛克司射線之損害》為題，再次論及 X

射線的危害：

有人試驗愛克司射光，頗有妨礙於動植物之生長。故小兒用此光者，不

可於患處之外，波及全身，且不得過若干分時。〔註10〕

相反，近代其它報刊書籍在介紹 X 射線知識和 X 光機應用情況時都未提

及 X 射線對人身健康的危害。因此，《萬國公報》有關 X 射線對人身健康危害

的報導在中國是比較早的。

當然，除上述幾則典型新聞報導外，《萬國公報》還以《記發光體》（1904

〔註6〕 林樂知：《德昭日記》，《萬國公報》第 26 本第 91 冊，第 16262 頁。

〔註7〕 杜鵬：《最早接受 X 射線診視的中國人》，《中國科技史料》，1995 年第 2 期，
第 81～82 頁。其史料是在《萬國公報》刊登之後，才收錄於林樂知、蔡爾康
所著的《李傅相歷聘歐記》之中。

〔註8〕 自然科學大事年表編寫組：《自然科學大事年表》（試編本），上海：上海人民
出版社 1975 年，第 121 頁。

〔註9〕 山西大同譯書局：《論百年醫學之進步》，《萬國公報》第 35 本 175 冊，第 21962
～21963 頁。

〔註10〕 季理斐：《愛克司射線之損害》，《萬國公報》，1907 年第 218 卷，第 141 頁。

年 6 月，第 185 冊）、《生光動率》（1904 年 10 月，第 189 冊）、《醫具精良》（1905 年 3 月，第 194 冊）、《倫根光之進步》（1905 年 12 月，第 203 冊）、《奇光為查驗之資》（1907 年 4 月，第 219 冊）為題介紹了有關 X 射線的應用和發展的狀況。從近代報刊的角度看，《萬國公報》是報導 X 射線知識次數較多的刊物。

在當時，《萬國公報》發行量大，每月幾盈 4000 冊，最高發行量達 54396 本；影響面廣，上至王公貴卿，下至一般讀書人，「觀者千萬人」，不僅中國十八省各府州縣廣為行銷，而且日本、朝鮮、新加坡、美國等國均有銷售。所以它傳播的 X 射線知識，社會影響很大。在《萬國公報》報導倫琴發現 X 射線之後，中國關於 X 射線的報導日益增多，以致到 1899 年 9 月，「葛格斯射光之名，我華人已嫺於耳，熟於口。」〔註11〕當然，《萬國公報》對 X 射線知識的宣傳僅屬時事新聞性質，所以不足之處也很明顯，即缺乏系統性、全面性；而且《萬國公報》終究是來華傳教士創辦的刊物，更是英美在華基督教組織廣學會的機關報，所以，其傳播的許多科技知識都服務於他們「宗教為體，科學為用」的目的。但是，它及時、準確地報導世界最新科技的動態，對 X 射線知識在中國的傳播起了重要的作用。

〔註11〕 《葛格斯射光機器》，《中外日報》，1899 年 9 月 1 日。

附錄 2：諾貝爾獎在中國的早期報導 [註1]

　　諾貝爾獎是世界科技界的最高榮譽，這在今天幾乎成了盡人皆知的事。但是，對於「中國人是何時知道了諾貝爾獎」這個問題，學術界卻至今還沒有搞清楚。如有學者指出：「我國的科學家什麼時候開始知道諾貝爾科學獎其事，因爲沒有作過考察，也就不知詳情。估計約在 1910 年以後，去歐洲、北美的留學生逐漸增多，而且讀的學位也較高時，就會有所聞」[註2]。最近，我們在耙梳近代報刊資料時，發現歷史的本來面目並非完全如此。

（一）《萬國公報》報導諾貝爾獎情況

　　《萬國公報》（*The Globe Magazine*）是英美傳教士在中國出版的綜合性刊物，原名《中國教會新報》（*The News of Church*），周刊，美國傳教士林樂知（*Y.J.Allen*，1836～1907）主編，1868 年 9 月 5 日創刊於上海八仙橋，1874 年 9 月 5 日，改名爲《萬國公報》，1883 年 7 月 28 日休刊；1889 年 2 月，《萬國公報》復刊爲月報發行，成爲英美在華基督教組織廣學會的機關報；1907 年 12 月，《萬國公報》出版完第 227 冊後，最終停刊。綜觀其歷史，《萬國公報》前後出版發行近 40 年，累計 977 期，是中國近代外國傳教士創辦的中文期刊中歷史最長、發行最廣、影響最大的一家。《萬國公報》以鼓吹變法、關注中外時政、介紹西學、宣傳宗教爲主要內容，同時也不斷地由林樂知、范瑋在「智叢」、「智慧叢話」、「格致發明類徵」等欄目中譯述歐美各大報紙所報導的世界科技的最新動態，如倫琴發現 X 射線、愛迪生發明電燈等等。其中，《萬國公報》報導和介紹諾貝爾獎就是一例。

[註 1] 拙文曾發表於《中國科技史料》第 23 卷第 2 期，第 127～135 頁，論文合作者爲福建師範大學歷史系業師王民教授。
[註 2] 李佩珊：《諾獎百年看中國》，《新華文摘》2001 年第 11 期，第 155 頁。

　　1904 年 10 月，《萬國公報》在「格致發明類徵」欄目中以「獎贈鉅款」爲題報導諾貝爾獎的設立以及 1903 年度諾貝爾獎得主情況。全文如下：

　　　　檀納曼炸藥之發明者爲拿伯爾，係瑞典人，非但爲機器師，亦爲行善士也。故發明檀納曼後，爲世界所共知。臨故時，遺囑以金圓八百萬存息，作後來發明家獎贈，分爲五類：一地學發明者；二、化學發明者；三、全體與衛生學之發明者；四、文學小說之發明者；五、熱心世界平安之實際者。凡有（缺 10 個字），其息爲一般之酬金。經理其事者，即瑞典之文學院及挪威之國會也。本年地學得二人爲古利夫婦（缺 5 個字），有雷迭恩光性，又有百蛤兒則先得烏頓尼恩者也；全體與衛生學得一人爲丹麥國人芬生里講求（缺 3 個字）以光線醫病者也；又有英人客靈麥熟於公斷之學所得爲第五類；瑞典人阿利尼所得爲第二類；彼本史學家亦政學家而善購考書，原質之微點又可分爲伊恩之理也；第四類系白喬生所得。蓋自有此舉以來，本年已第三次矣。〔註3〕

　　1906 年 4 月，《萬國公報》在「智叢」欄目中以「巨金獎勵」爲題公佈了 1905 年度諾貝爾獎獲獎情況，且對 1901 年至 1905 年諾貝爾獎得主進行了綜合的評論和統計。全文如下：

　　　　去今六年之前，瑞典善士腦勃勒 Alfred Nobel 以其遺產爲獎勵世界創造發明家之用。計每年有美金四萬圓。近日西報載有一千九百五年腦勃勒獎賞局董事之報告。通計歷年得獎之人。美國獨無之。英國亦爲罕見。據紐約某報之論，則歷年所給，雖英美兩國之人未嘗一沾其利，但考其實際，主持之董事未嘗不出於公平也。試觀五年以來，每年皆爲最要最大之創造家發明家所得，或爲格物理化生理醫學及成大著作者，或爲提倡平和主義者。提倡平和之獎金爲腦威人所派定，文學智學之獎金爲瑞典人所派定也。一千九百零五年之提倡平和獎金爲男爵夫人 Baroness Bertha von Sutter 瑟德納氏所得。夫人所著之書名 Ground Arms，印於十年前，荷蘭弭兵會之設施，皆此書之結果也。女子之得受腦勃勒獎金者，茲得二人矣。其

〔註 3〕 林樂知譯，范瑋述：《獎贈鉅款》，《萬國公報》第 37 本 189 冊，第 22920～22921頁。

一爲寇利氏 *Curie*，即創獲雷迭恩 *Radium* 發光新原質者也。瑟德納夫人之書頗風行。德國某大報曾極口稱讚之。上年萬國平和會在美國波士頓城大集時，夫人爲奧國代表。當弭兵會初創之際，夫人亦預參議之列。所有章程多出其手，誠女中之豪傑也。上年醫學之獎金爲德京名醫喀克 *Robert Koch* 所得，由其創造能除癆症之新藥也。理化學之獎金爲倍越亞道福 *Adolph von Beyer* 所得，以其有功於有機化學也。格物學之獎金爲德國基爾大學院教習黎那德 *Lenard* 所獲，因其有研究陰電氣性質之功也。著作家之獎金爲波蘭人辛基維 *Heneryk Sienkiewiez* 所得，辛氏之書曾由甘爾丁 *Curtin* 譯成英文，美國之人均樂誦之」。男爵夫人瑟德納之提倡平和也，爲其所著之小說。紐約《自主報》曰：夫人之著作其於激勸萬國弭兵平和之道三致意焉。豈可以小說稱之哉。歐洲素患兵禍，諸國宜家喻戶曉焉。若美國之人則素不以兵戈爲患，故亦不甚傳誦也。辛基維以一千八百四十六年，生於波蘭之蘭登，爲波蘭博學名儒，身雖隸俄籍，心不忘故國，讀其所著忠愛故國之心。溢於言外，幾不能視爲俄國人矣。其列名獎冊，實可與寇利夫人齊名，由其皆爲失國之人，國雖易姓，而其人民之著名於文學智學二界者，猶得留其故國之名也。通計五年之中得獎之最多者莫如德國。無怪德皇自誇其國爲歐洲智學首出之國，因獎冊三十人中，德人實居其七，若略國族而論方言，則瑟德納夫人亦可列入之矣。其次則爲法國，計得六人：若英國止有四人，瑞士與荷蘭各得三人，俄得兩人，腦威瑞典丹麥西班牙四國各得一人而已。〔註4〕

《萬國公報》報導的有關諾貝爾獎的史料，正確與否呢？下面我們將 1901～1905 年諾貝爾獎獲獎情況列表（表1）進行驗證。

〔註 4〕 季理斐、范瑋：《巨金獎勵》，《萬國公報》第 39 本第 207 冊，第 24210～24212 頁。

表 1　1901～1905 年諾貝爾獎〔註5〕

時　間	物理學獎	化學獎	生理學醫學獎	文學獎	和平獎
1901 年	倫琴（Wilhelm Rontgen）（德)發現 X 射線	范托夫（Jacobus van 't Hoff）（荷)化學動力學和滲透壓定律	貝林（Emil von Behring）（德)血清療法方面的工作	普律多姆（Sully Prudhomme）（法國)詩人	杜南（Jean Henri Dunant）（瑞士)、帕西（法）
1902 年	洛倫茲（Hendrik Antoon Lorentz）（荷)、塞曼（Pieter Zeeman）（荷)研究磁性對輻射的影響	費歇爾（Emil Fischer）（德)糖和嘌呤合成方面的工作	羅斯（Sir Ronald Ross）（英）發現瘧疾以瘧蚊為媒介進入機體	蒙森（Theodor Mommsen）（德)歷史學家	杜科蒙（Elie Ducommun）（瑞士)、戈巴特（Charles Albert Gremer）（瑞士）
1903 年	貝克勒耳（Antoine-Henri Becquerel）（法)發現自發放射性、P・居里（Pierre Curie）M・居里（Marie Curie）（法)研究 A.-H.貝克勒耳發現的輻射現象	阿倫尼烏斯（Svante Arrhenius）（瑞典)電離解理論	芬森（Niels R.Finsen）（丹麥)光輻射療法治皮膚病	比昂松（B.bjornson）（挪威）小說家、詩人、劇作家	克里默（Sir William Cremer）（英國）

〔註 5〕《簡明不列顛百科全書》編輯部：《簡明不列顛百科全書》第 6 本，中國百科全書出版社 1986 年，第 313～314 頁。

時　間	物理學獎	化學獎	生理學醫學獎	文學獎	和平獎
1904 年	瑞利（Lord Rayleigh）（英）發現氬	拉姆齊（Willian Raysay）（英）發現惰性氣體元素及其在周期系中的位置	巴甫洛夫（Ivan Pavlov）（俄）消化生理方面的工作	米斯特拉爾（Frederic Mistral）（法）詩人、埃切加萊——埃薩吉雷（J.Echegaray y Eizaguirre）（西班牙）劇作家	國際法學研究所（Institute of International Law）（1873 成立）
1905 年	勒納（Philipp Lenard）（德）陰極射線方面的研究	拜耳（Adolf von Baeyer）（德）有機染料、氫化芳族化合方面的工作	科赫（Robort Koch）（德）結核病的研究	顯克維奇（H.Sienkiewiez）（波蘭）小說家	祖特內爾（Bertha von Suttner）（奧地利）
總計 29 人，加一團體	德國 7、法國 5、英國 4、	瑞士 3、荷蘭 3、	俄國 1、挪威 1、	瑞典 1、、丹麥 1、西班牙 1	波蘭 1、奧地利 1

　　與表 1 對比，《萬國公報》報導的 1903 年度和 1905 年度諾貝爾獎獲獎情況與歷史實際狀況基本是一致的；但對 1901～1905 年諾貝爾獎進行的綜合統計和評述，存在一些出入，如：可能因爲時局的動亂等歷史原因，在各國獲獎人數的統計上，出現了一點偏差，如：法國得獎人數是五人，而《萬國公報》的統計有六人；俄國得獎人數爲一人，它統計卻爲二人；波蘭和、奧地利實際上各有一人獲獎，它則沒有統計；另外，它統計說總共有三十人獲獎，如按它的數字，僅爲二十九人，實際上它是沒有指出國際法學研究所（Institute of International Law）獲得了諾貝爾和平獎。但是，《萬國公報》的統計基本上還是符合歷史實際的，總數上相等，報導的國家除法國、俄國、奧地利、波蘭之外，各國得獎數字完全吻合。

　　首屆諾貝爾獎的頒發在 1901 年 12 月舉行，《萬國公報》的報導晚了近三年。但是，《萬國公報》報導的 1903 年和 1905 年度諾貝爾獎情況，卻只與 1903 年和 1905 年諾貝爾獎的頒發僅相差數月（1903 年相差 10 個月，1905 年相差

4 個月）。因此，1904 年 10 月和 1906 年 4 月，《萬國公報》對諾貝爾獎的報導，應該說是比較準確、及時、迅速的。

當時，《萬國公報》年發行量很大，1904 年發行量爲 45500 冊，1906 年則發行了 30000 冊；影響範圍也很廣，上至王公貴卿，下至一般讀書人，「觀者千萬人」，不僅中國十八省各府州縣廣爲行銷，「幾於四海風行」，且在日本、朝鮮、新加坡、美國等處均有銷售，「其銷流之廣，則更遠至海外、歐、澳三洲」〔註6〕。因此，1904 年 10 月和 1906 年 4 月，《萬國公報》對諾貝爾獎的報導，可能會使眾多讀者對諾貝爾獎有所耳聞；至少可以說明：近代中國的部分報刊和有些報人（包括來華傳教士）已經注意到了剛剛設立才幾年的諾貝爾獎。

（二）《科學》月刊報導諾貝爾獎情況

《科學》月刊是 1915 年 1 月在美國康奈爾大學創刊，1918 年遷回國內，在上海靜安寺路 51 號出版發行，發起人爲中國科學社的留美學生任鴻雋、趙元任、楊銓、胡明復、周仁、秉志、章元善等，歷任主編有楊銓、王進等。《科學》月刊從出版發行到 1950 年 12 月停刊，歷時 32 年，共出 32 卷，是解放前歷史最久，影響最大的學術期刊。《科學》月刊以淺近的文字通俗易懂地說明各類科學的基本概念，傳播世界最新科學知識，以喚起一般民眾的科學興趣爲宗旨，以刊登科學論文、著名科學家傳記、最新科學技術的應用爲主。〔註7〕

1916 年 4 月，《科學》月刊第二卷第四期在「雜注」專欄中以「努培爾獎金與 1914 年世界偉人之得獎者」爲題報導了諾貝爾獎的設立及 1914 年度諾貝爾獎得主情況。全文如下：

> 努培爾（A.B.Nobel），瑞典之化學家，發明家，與炸藥製造家也。
> 1868 年發明達拿埋（dynamite）之製法。1896 年歿，臨終出所有資財捐立努培爾獎金。凡世人事業有大功於人類幸福者，不論其國籍如何，即可得此獎金。定額五，各美金四萬元。其分配如下：（一）、物理學上有特殊成績者；（二）、化學上有特殊成績者；（三）、醫學上和生理學上有特殊成績者；（四）、文學上有崇高儁美之傑作者；（五）、於世界和平運動有大功者。每類限一人，人限一年，每年由

〔註6〕林樂知：《萬國公報告白》，《萬國公報》第 27 本第 100 冊，第 16908 頁。
〔註7〕丁守和：《辛亥革命時期期刊介紹》第四集，人民出版社 1986 年，第 704 頁。

斯篤亨皇家學會（*The Royal Academy of Science of Stockholm*）評選第（一），（二）二類之得獎人；加羅林學社（*Caroline Institute in Stockholm*）評選第三類；瑞典學院（*Swedish Academy*）評選第四類；諾威議院（*The Norwegian Storthing*）評選第五類焉。

今年章程稍已變更，人數與獎類已不限定。今年得獎者，美國二得人，法蘭西得一人，丹麥得二人，瑞典得二人，而亞洲人無與焉。

美人之得物理學獎者，首爲愛迭生（*Thomas A.Edison*），次爲退斯拉（*Nicola Tesla*）。愛氏本月刊第一卷第五六期曾有其傳。氏生於 1847 年，歐海歐洲之邁蘭城（*Milan, Ohio*）。幼時未曾受高等教育，僅由慈母授之以初淺之學而已。1878 年幼寧大學（*Union College*）贈以博士學位，初，愛氏曾沿某鐵路（*Grand Trunk Railway*）爲售報童子，繼而作電報司機人。1876 年始開店於紐約之牛阿克（*Newark, n.j.*），隨遷至橘城（*Orange，, N.J.*），即愛氏今日大試驗場所在處也。故 1876 年實爲其生平事業之大樞紐。愛氏平生所發明之事物至多，不可以數計。其最昭昭在人耳目者，爲記聲機與瑪斯達燈（*Mazda lamp*）。今年又應美海軍部之召爲海軍顧問團（*Naval Advisory Board*）之會長焉。得物理獎者太斯拉（*Nicola Tesla*）以 1857 年生於澳洲。1882 年往巴黎，1884 年來美，遂入籍焉。生平事業之最著者，爲弧光電燈之改良，生電機與電動機之節制及高壓高次往覆電流（*alternating current of high tension hign frequency*）之試驗；近年又思用無線電駕駛船舶及供給原動力。

法人之得獎者爲羅蘭（*Romain Rolland*），大著作家也，善評品音樂及小說，現爲法蘭西大學教授。羅氏著作中以 *Jean Christophe* 爲尤名，共八本。

丹麥人之得獎者爲蓬托比憚（*Henrik Pontoppidan*），舊家子而小說家也。其小說多帶宗教性質，生於 1857 年，童時入柯奔亥根大學（*University of Copenhagen*），習土木工程，久而不能畢業，遂出遊各國。同時著小說以描寫當時社會之實狀，而對於一切感情用事之行動，及空洞無物之政治生活，則攻擊不遺餘力。著作中之最膾炙人口者爲 *Lykke-per* 描寫一人之歷史；或謂半係自喻也。

此外，丹麥人之得獎者，爲倫特（*Troels Lund*），大歷史家也。生於 1840 年。最初習神道學，旋讀旋廢。1864 年從軍，與德人戰，深痛丹麥之失敗，乃發憤研究歷史之學。生平最得意之作，爲「十六世紀末季之丹麥諾威史」（*The History of Denmark and Norway at the close of 16 th Century*）。書中不談政治，而專描寫社會實態，如衣服飲食，宗教儀式，民之信仰，與道德之類。一時德國學者譏笑之聲蜂起，蓋開歷史著作體裁之破天荒也。

瑞典人之得獎者爲海屯斯泰姆（*Vernon von Heidenstam*），詩人而兼小說家也。初習畫於巴黎，不成，遂出而遊歷各國數年。1888 年以第一其之詩刊付印，一時譽聲鵲起，遂以成名。從此小說詩集絡繹不絕，其最著者爲 *Huns Alienus* 與 *Karolerna*。

得化學獎者，又爲一瑞典人，斯維特保（*Theodor Svedberg*），生於 1884 年。現爲瑞典之烏潑沙拉大學（*University of Upsala*）之化學教授，其化學成績係混液化學（*Collid Chemistry*），及證明原子之存在及原子說之價值。（安）〔註8〕

1916 年 4 月，《科學》月刊報導的諾貝爾獎以及諾貝爾獎得主情況，是否符合歷史眞相呢？我們非常有必要同表 2 進行對比互證。

表2　1914 年諾貝爾獎情況〔註9〕

時　間	物理學獎	化學獎	生理學醫學獎	文學獎	和平獎
1914 年	勞厄（Max von Laue）（德國）發現晶體的 X 射線衍射	理查茲（Theodore Richards）（美國）精確測定若干種元素的原子量	巴拉尼（Robert Barany）（奧地利）前庭器官方面的工作	無	無

由對比可知，《科學》介紹的諾貝爾生平和諾貝爾獎設立情況，總體上可以說是正確的。但是，它所報導的 1914 年度諾貝爾獎獲得者的名單卻與歷史

〔註8〕 佚名：《努培爾獎金與 1914 年世界偉人之得獎者》，《科學》1916 年第 4 期，第 463～465 頁。

〔註9〕 《簡明不列顛百科全書》第 6 本，中國百科全書出版社 1986 年，第 317 頁。

本來面目有比較大的出入。其中，愛迭生（*Thomas A.Edison*，今譯愛迪生）和退拉斯（*Nicola Tesla*，今譯特拉斯）在歷史上從來沒有獲得過諾貝爾獎，且 1914 年度諾貝爾物理學獎得主應該是發現晶體的 X 射線衍射的德國人勞厄（*Max von Laue*）；羅曼・羅蘭（*Romain Rolland*）雖曾獲得諾貝爾文學獎，但他並不是 1914 年度的得主，而是 1915 年度的得主；至於海屯斯泰姆（*V.von Heidenstam*，今譯海登斯塔姆）則爲 1916 年度的諾貝爾文學獎的獲得者；而丹麥的蓬托比憚（*Henrik Pontoppidan*，今譯彭托皮丹）和倫特（*Troels Lund*，今譯卡爾・吉勒魯普）更是 1917 年諾貝爾文學獎的得主；最後報導的諾貝爾化學獎得主斯維特保（*Theodor Svedberg Richards*，今譯理查茲）雖是 1914 年度諾貝爾化學獎得主，但他是美國人，並非是瑞典人。《科學》報導中出入最大的則是：1914 年諾貝爾生理學或醫學獎獲得者，是在內耳前庭器官的功能與疾病方面頗有建樹的奧地利人巴拉尼（*Robert Barany*），它則根本沒有報導。《科學》報導的諾貝爾獎得主情況，產生如此大的誤差，可能是第一次世界大戰導致國際局勢動盪，以致阻礙了新聞傳播活動的正常有序進行。

《科學》月刊作爲近代中國影響最大的綜合性科學期刊，是我國科學研究工作者發表成果，交流心得的重要園地，它對諾貝爾獎的報導必然在當時中國科技界產生強烈的反響，說明當時中國科技界的部分有識之士已經關注到世界科學界的最高榮譽——諾貝爾獎。

（三）《東方雜誌》報導諾貝爾獎情況

《東方雜誌》（*The Eastern Miscellany*）創刊於 1904 年 3 月 11 日，由上海商務印書館出版發行，1948 年 12 月停刊，前後歷時 45 年，共 44 卷，是舊中國歷時最久的大型綜合性時事雜誌。該刊初爲月刊，1920 年 1 月（即第 17 卷）後改爲半月刊，先後出任主編的有陳仲逸、杜亞泉、孟森、錢智修、胡愈之、李聖五等。《東方雜誌》以「啓導國民，聯絡東亞」爲宗旨，內容以記述國內國外大事和選錄各報刊的重要文章爲主，間載自撰、自譯、自採、自編的論文、譯文、新聞和圖片，凡涉及歐美政治、經濟、科學、文化等問題和有關東西方各種社會思潮的來龍去脈，經常發表文章和譯文進行介紹和評價，尤其每期以相當的篇幅，介紹西方科技方面的最新成就。〔註 10〕《東方雜誌》報導諾貝爾獎就是典型的例子。

〔註10〕方漢奇主編：《中國新聞事業通史》第一卷，中國人民大學出版社 1992 年，第 763 頁。

　　1919 年 5 月，《東方雜誌》第十六卷第五號在「內外時報」欄目中轉載了
袁同禮發表在《時事新報》上的《諾貝爾獎金（*Nobel Prize*）》。該文詳細介紹
了諾貝爾獎的設立情形，對初期的獲獎者按照國籍進行了分類，並呼籲國人
奮發圖強，爭取早日獲得諾貝爾獎，另外還澄清了外報對一些年份諾貝爾獎
獲得者的錯誤報導。全文如下：

　　　諾貝爾獎金者，為瑞典發明家諾貝爾氏所創。氏以 1833 年生於
　　瑞京斯托亨。1896 年 12 月 10 日，卒於意大利之散利摩。遺囑將 920
　　餘萬美金，存生息。自 1901 年起，每年供給五種獎品，勝以金牌。
　　於諾氏去世週年紀念日分贈之。得獎之人，不分國界。蓋鼓勵世界
　　男女有最大貢獻於世界進步人類幸福者也。五獎如下：（一）、世界
　　最重要之物理新發明；（二）、世界最重要之化學新發明；（三）、世
　　界最重要之醫學或生理新發明；（四）、世界所公認之文學著作，足
　　以表示理想的趨向者；（五）、最有功於世界和平者。其審定裁判權，
　　物理化學二獎，由瑞典皇家科學院主之；醫學或生理學獎，由斯托
　　亨醫學會主之；文學獎由瑞典高等學院主之；和平獎則由挪威議會
　　選舉委員五人定之也。自 1901 年第一次給獎後，已獲獎者凡七十八
　　人。以上獲獎者，除國際法學會及萬國永久和平會兩團體外，共 78
　　人。（法國克雷馬利亞 *Marie Curie* 物理化學各得一獎，實 77 人），
　　內有女子三人，即瑞典之雷極羅夫 *Holma Lagorlof*、奧之班臺奈男
　　爵夫人 *Baronness Bertha von Sutter* 及法之克雷也。茲按國別分類如
　　左：

德	十八人	化學六	物理、醫學、文學各四人
法	十六人	物理化學各四人	醫學和平各三　　文學二
英	八人	物理化學五	醫學和平文學各一
荷蘭	五人	物理四人	和平一
瑞士	五人	和平三人	化學醫學各一
瑞典	五人	物理化學	醫學和平文學各一
美	五人	和平二	物理化學醫學各一
意大利	三人	物理文學和平各一	
比利時	三人	和平二	文學一
奧	二人	和平二	

丹麥	二人	醫學和平各一
西班牙	二人	醫學文學各一
俄	一人	醫學
挪威	一人	文學
波蘭	一人	文學
印度	一人	文學

獲獎者德人占最多數，法人次之，英人又次之，既亡國之波蘭印度亦與之。吾國有世界最古之文化，人民智慧非弱於歐美人也。只以閉關自守，不與世界潮流相接觸，以致有今日之現狀。苟能亟起直追，將來在世界學術思想中，當不讓他人專美於前也。

據 1915 年 12 月 15 日美洲外觀報，謂 1914 年物理賞金，為 *Max von Haue* 所得。又是年 12 月 18 日文學評論報，謂 1915 年物理賞金，為美愛狄生（*T．A．Edison*）及擢斯拉（*N，Tesla*）二氏所得。惟據諾貝爾學會歷年報告，則均未證實。茲特附錄於此，以備他日之參考。《時事新報》〔註11〕

表3　1901～1914 年諾貝爾獎各科獲獎者按國籍分類統計〔註12〕

國籍	獲得諾貝爾獎項的分佈	獲獎總數
德國	物理 5、化學 5、生理或醫學 4、文學 4	18
法國	物理 4、化學 4、生理或醫學 3、文學 2、和平 3	16
英國	物理 2、化學 2、生理或醫學 1、文學 1、和平 1	7
荷蘭	物理 4、化學 1、和平 1	6
瑞典	物理 1、化學 1、生理或醫學 1、文學 1、和平 1	5
瑞士	化學 1、生理或醫學 1、和平 3、	5
美國	物理 1、化學 1、和平 2	4
意大利	物理 1、生理或醫學 1、文學 1、和平 1	4
比利時	文學 1、和平 2	3

〔註11〕袁同禮：《諾貝爾獎金 Nobel Prize》，《東方雜誌》，1919 年第 5 期，第 159～160 頁。

〔註12〕楊建鄴：《20 世紀諾貝爾獎獲得者辭典》，武漢出版社 2001，第 971～986 頁。

國籍	獲得諾貝爾獎項的分佈	獲獎總數
奧地利	生理或醫學 1、和平 2	3
丹麥	生理或醫學 1、和平 1	2
俄國	生理或醫學 2	2
西班牙	生理或醫學 1、文學 1	2
挪威	文學 1、	1
印度	文學 1	1
波蘭	文學 1	1
總計	物理 18、化學 15、生理或醫學 16、文學 14、和平 17	80
備註	國籍指的是獲獎者受獎時所入國籍。上面統計諾貝爾和平獎獲得者為 17 人，是除 1904 年國際法學研究所（*Institute of International Law*）和 1910 年國際和平署（*International Peace Bureu*）兩團體獲獎之外。	M.居里（*Marie Curie*）於 1903 年和 1911 年分獲諾貝爾物理學獎和化學獎，實際總人數為 79 人

對照表 3，該文對 1901 年至 1914 年歷屆諾貝爾獲獎者按國籍進行的分類統計，顯得不是非常的準確。如：德國獲得諾貝爾物理學獎應該是 5 位科學家，即倫琴（*Wilhelm Rontgen*，1901）、勒納（*Philipp Lenard*，1905）、布勞恩（*Karl Braun*，1909）、維恩（*Wilhelm Wien*，1911）、勞厄（*Max von Laue*，1914），而該文統計的是 4 個；化學獎應該也是 5 位科學家，但它統計的是 6 位；俄國應該有 2 位獲得諾貝爾生理學或醫學獎，結果，它統計僅有 1 位；荷蘭的范托夫（*Jacobus van't Hoff*）首屆諾貝爾化學獎得主，而該文中則沒有統計入荷蘭；等等。特別是在獲獎總人數的統計上也有誤差，實際得獎人數為 80 人次（除兩團體獲獎外），人數為 79 人，而該文只有 78 人次，總 77 人。但是，該文在國籍數的統計上則是完全正確的，其中 9 個國家（法國、瑞士、瑞典、比利時、丹麥、西班牙、挪威、波蘭、印度）獲得諾貝爾獎項的分佈統計也是完全正確的，而且獲獎總人次、總人數上的誤差也僅是相差 2 人。當時世界正在第一次世界大戰的籠罩下，國際局勢風雲莫測，有的國家被分割，有的被託管，國籍統計工作難度不小，因此，該文的統計總體還是比較準確的。另外，該文介紹諾貝爾生平及諾貝爾獎設立方面的情況比《萬國公報》和《科學》月報的報導顯得更加準確，而且文字淺顯、通俗，易於為讀者所接受。

1920 年 9 月 25 日，《東方雜誌》第十七卷第十八號在「世界新聞」欄目中以「諾貝爾文學獎金之本年得獎者」爲題轉譯了西方報刊關於本年度諾貝爾文學獎獲得者加辛托·貝納文特·依·馬丁內斯（*J.Benaventey Martineez*）獲獎情況的報導。該文同時對歷屆諾貝爾文學獎得主和著作進行述評。〔註13〕

《東方雜誌》讀者遍佈大江南北，海外亦有閱者，其分銷處就有北京、天津、保定、奉天、吉林、龍江、濟南、太原、開封、洛陽、西安、南京、杭州、蘭溪、安慶、蕪湖、南昌、漢口、長沙、常德、衡州、成都、重慶、瀘縣、福州、廣州、潮州、香港、桂林、梧州、雲南、貴陽、張家口、新加坡等處。1911 年，《東方雜誌》每期發行量都在「一萬份以上，打破歷來雜誌銷數的記錄」，後來甚至增至「五六萬份」〔註14〕。因此，《東方雜誌》對諾貝爾獎的報導將會引起全國各地廣大讀者的關注。

20 世紀早期，上海《萬國公報》、《科學》、《時事新報》和《東方雜誌》等近代報刊對諾貝爾獎的早期報導，雖然在各年度諾貝爾獎獲得者和諾貝爾獎的統計上不是非常符合歷史實際，但是，在諾貝爾生平和諾貝爾獎設立情況的介紹方面則是比較準確的。通過它們的宣傳，諾貝爾獎開始爲國人所知。到 20 世紀中期，關於諾貝爾獎的報導就更多了，如：由美國新聞處在南京編印發行的《新聞資料》（半月刊）就分別以「1946 年諾貝爾獎金得主」（1946 年 12 月 20 日，第 130 期）、「歷屆諾貝爾和平獎金得主」（1947 年 4 月 1 日，第 132 期）、「今年諾貝爾獎金得主『美國之友服務委會』」（1947 年 12 月 21 日，第 170 期）、「諾貝爾醫學獎金得主柯利夫婦小史」（1948 年 1 月 3 日，第 171 期）爲題追蹤報導了 1946 年和 1947 年度諾貝爾獎金的獲得者的情況；同時新聞報導的時效性也大大提高，1946 年 12 月 20 日《新聞資料》的報導與 1946 年 12 月 10 日諾貝爾獎頒獎僅差 10 天，1947 年 12 月 21 日的報導與 1947 年 12 月 10 日頒獎僅相差 11 天；另外，它報導的準確性也極爲改善，報導內容與歷史眞實已經毫髮無差，完全吻合。

〔註13〕佚名：《諾貝爾文學獎金之本年得獎者》，《東方雜誌》1920 年第 18 期，第 43
～44 頁。

〔註14〕方漢奇主編：《中國新聞事業通史》第一卷，中國人民大學出版社 1992 年，
第 765 頁。

附錄 3：中國第一臺 X 光診斷機的引進
〔註1〕

    1895 年 11 月 8 日，德國物理學家倫琴（*W.K.Rontgen*）正在渥爾茲堡大學實驗室進行陰極管放電實驗時，驚奇地發現一種神秘射線。因它性質尚不明確，故被命名爲 X 射線。倫琴教授經過反覆實驗論證，發現 X 射線的穿透能力和被穿透的物質有關。根據這一原理，他爲妻子拍了世界上第一張 X 光照片，照片清晰地顯現出手的骨骼結構。倫琴 X 射線的發現使窮途末路的近代物理學初見曙光，揭開了 20 世紀現代物理學的序幕，成爲即將爆發的現代科學革命的第一道閃光。倫琴由此成爲世界諾貝爾物理學獎的第一位得主。倫琴 X 光機問世後，迅速地被應用到醫學的臨床診斷上。英國著名外科醫生托馬斯・亨特對它在醫學診斷上的應用給予高度評價，「這也許是診斷史上最偉大的里程碑」。〔註2〕

    倫琴發現 X 射線的消息，成爲 1896 年初轟動世界的重大新聞，迅速傳遍世界各國。1896 年 3 月，中國上海廣學會的機關報《萬國公報》就以《光學新奇》爲題報導了 X 射線發現的消息。至於中國第一臺 X 光診斷機引進的時間，卻眾說紛紜，莫衷一是。有些論者認爲是 1918 年浙江寧波慈谿保黎醫院購進的〔註3〕；有些論者則認爲應該是 1899 年 8 月上海嘉永軒主人從歐洲進口的〔註4〕。但是，筆者在耙梳近代報刊和相關書籍時，卻發現歷史的本來面目並非如此。其實，早在上述時間之前，上海的《點石齋畫報》就以《寶鏡新奇》爲題報導了蘇州博習醫院從美國引進 X 光診斷機的消息。

〔註1〕 拙文曾發表於《中華醫史雜誌》2002 年第 2 期，第 99～102 頁。
〔註2〕 劉善齡：《西洋風──西洋發明在中國》，上海古籍出版社 1999 年，第 272 頁。
〔註3〕 汪林茂：《中國走向近代化的里程碑》，重慶出版社 1998 年，第 716 頁。
〔註4〕 閔傑：《近代中國社會變遷錄》第二卷，浙江人民出版社 1999，第 145 頁。

自泰西格致之術精，而鏡之爲用大，千里鏡可以洞遠，顯微鏡可以析芒也。豈惟是古鏡照人，妍媸莫循哉，不謂愈出愈奇，更有燭及幽隱者。蘇垣天賜莊博習醫院西醫生柏樂文，聞美國新出一種寶鏡，可以照人臟腑，因不惜千金，購運至蘇。其鏡長尺許，形式長圓。一經鑒照，無論何人心肺腎腸，昭然若揭。蘇人少見多怪，趨而往觀者甚眾。該醫生自得此鏡，視人疾病即之患之所在，以藥投之無不沉屙立起。以名醫而又得寶鏡，從此肺肝如見，藥石有靈，借彼光明同登仁壽，其造福於三吳士庶者非淺。語云欲善其事，必先利其器。西醫精益求精，絕不師心自用，如此宜其計之進而益上也。〔註5〕

上海《點石齋畫報》，由《申報》館於 1884 年 5 月 8 日正式創刊發行，旬刊，每期圖畫八篇。主編吳友如。現今傳世的《點石齋畫報》有 528 期，到 1898 年才停刊〔註6〕。它爲時事性畫報，除以時事新聞爲主外，「新知」尤感興趣。文云：「外洋新出一器，乍創一物，凡有利於國計民生，立即繪圖譯說，以備官商採用。既擴見聞，亦資利益。」〔註7〕

正是，由於上述宗旨，《點石齋畫報》在「利三」中以圖文並茂的形式（見附圖）報導了蘇州博習醫院從美國引進 X 光診斷機的消息。文中，記載了蘇州博習醫院院長柏樂文「不惜千金」，從美國引進了 X 光診斷機；同時簡單介紹了 X 光診斷機的形狀，「其鏡長尺許，形式長圓」；蘇州博習醫院引進 X 光診斷機後，還當場演示，以致「蘇人少見多怪，趨而往觀者甚眾。」

《點石齋畫報》關於蘇州博習醫院引進 X 光診斷機的報導，不僅有利於人們加深對 X 射線知識的理解；而且有利於人們直觀地觀看 X 光診斷機的形狀和應用情況。遺憾的是，《點石齋畫報》的報導並沒有提及 X 光診斷機的發現者，同時對 X 光診斷機原理及其運用情況也沒有進行深入的介紹；並且對 X 光診斷機是全面運用於醫學臨床診斷上，還是僅爲一般的演示觀摩，文中未有細緻的敘述；還有，《點石齋畫報》上的繪圖，多半出自畫家的想像，但也有若干是照西方傳進來的照片摹寫下來的。因此，圖中的 X 光診斷機形狀就

〔註5〕《寶鏡新奇》，《點石齋畫報》第五集第 39 冊利三，廣東人民出版社 1983 年，第 19 頁。
〔註6〕馬光仁：《上海新聞史 1850～1949》，復旦大學出版社 1996 年，第 70 頁。
〔註7〕申報館主：《第六號畫報出售》，《申報》，1884－06－26。

值得慎重考慮。還有，到 1903 年，蘇州博習醫院的 X 光診斷機由美籍傳道士羅格思醫生主管，至於正式全套 X 光儀器安裝則在 1917 年。〔註8〕但是，無論如何，《點石齋畫報》關於 X 光診斷機的報導至少可以說明：在當時，蘇州博習醫院的確已經引進了一臺 X 光診斷機。

至於《點石齋畫報》究竟何時報導這則消息？因爲，《點石齋畫報》沒有標明發行時間，因此，我們很有必要對它的出版發行時間進行分析。該報 1884 年 5 月 8 日正式創刊，1898 年才停刊。期間，每旬一期，按照甲、乙、丙、……、亨、利、貞等字順序，共 55 個進行計時出版。每字代表一個季度，共有 12 期畫報。因此，我們可以計算出：《點石齋畫報》在「利三」以《寶鏡神奇》爲題報導蘇州博習醫院從美國引進 X 光診斷機的時間大致爲 1897 年 12 月下旬。這一時間在陳平原先生推算出《點石齋畫報選》的「各號刊行時間表」裏也得到證實〔註9〕。當然，這一時間可能與蘇州博習醫院從美國購進 X 光診斷機的實際時間肯定還存在著時間差的問題。因爲按當時的實際技術條件，並不存在著蘇州博習醫院一經引進 X 光診斷機，就立即在上海報刊進行報導的可能。但根據《點石齋畫報》的旬刊性質，我們可以得出推論：蘇州博習醫院從美國引進 X 光診斷機的時間大概在 1897 年 12 月下旬前。

1899 年 8 月，上海嘉永軒主人（其姓名暫不可得知）從歐洲購置了一臺 X 光機，並在上海《昌言報》館當眾演示。1899 年 8 月 30 日，上海的《中外日報》就報導這一新聞。

> 嘉永軒主人嫻心格致，精於光學，今由歐洲運來愛格司射光鏡一具，特假《昌言報》館演試，以供眾覽。茲承主人折柬相邀，撥冗往觀，果爲奇特。無論人身骨肉，以及竹木紙布內藏什物，照之無不毫絲畢露，狀如玻璃，洵爲見所未見也。講求光學者，盍亟往觀，以爲探求格致之一助。〔註10〕

時隔兩日，即 1899 年 9 月 1 日，《中外日報》再發專稿報導這臺 X 光診斷機。文中，不僅提及 X 射線的發現者倫琴教授，而且指出 X 光機在醫學診斷和海關檢測方面的用途。

〔註8〕 夏東民等：《博習醫院（蘇州）始末》，《中華醫史雜誌》1997 年第 2 期，第82～85 頁。

〔註9〕 陳平原：《點石齋畫報選》，貴州教育出版社 2000 年，第 78 頁。

〔註10〕 《志透奇光》，《中外日報》，1899－08－30。

　　曷格斯光，即葉格斯光線，或名透光鏡，一名義光鏡。其機器信自歐人郎得根。其光最奇，始行於美，傳佈歐洲，爲醫家、關卡之妙器。前美國《格致報》所載：船隻逃稅，以此鏡觀視，隱匿悉露，醫生察病，如見肺腑。故已風行通國，人知妙用。因其能洞察表裏，故美國婦女至有相戒不敢攝影之說，恐人以此鏡攝形耳。竊考其器，蓋用附電圈，由眞空而發電光，以鉛質作四形爲出電極，以鉑質作平圓板爲入電極。電旣通過，即發綠色光線，然人目網筋不能覺此光線，惟照相片可顯其形。若人目欲睹其物，必當隔以鎢質之板，而於是光軸乃能直行，始可於目中成一實相。凡皮肉及竹木布帛之屬，質點較疏，故能透光，備見其內所藏物；若骨骼、金石之類，質點較密，光不能透過，故可於肉中照出，骨體筋骸，無不畢現。其光線之奇，詢爲罕見焉矣。……。外人於光學一門，精益求精，不可思議。旣究其理，複製其器，舉一切折光、返光、聚光、散光以及凸凹遠近之理，無不判悉釐毫，備極精美。養生、植物、成事、求學，無一不賴於光學。而我中國，絕不講求。幼學之士，於原質之名，機器之理，其不能精察者，殆十而八九也。曷格斯射光之名，我華人嫺於耳，熟於口，而末嘗接於目也。今本埠有華人格致之士，試驗此光器機，有志光學之士，大可講求其故，引而伸之，另製新器，以勸工藝，豈不甚善，詎第以耀觀瞻矜奇異而已耶？〔註11〕

　　上海的《中外日報》前身爲汪康年於 1898 年 5 月 11 日創刊的《時務日報》，1898 年 8 月改名爲《中外日報》。該報以報導中外時事新聞爲主，是中國近代歷時較久的一家著名日報。《中外日報》對 X 光機的報導，雖然沒有附圖說明，使人們無從像《點石齋畫報》那樣直觀地觀察和想像上海嘉永軒主人引進的 X 光機的具體圖像。但是，它客觀而準確地論述了 X 光機的實驗原理及其運用情況，指出其傳播狀況，「曷格斯射光之名，我華人嫺於耳，熟於口」；同時，其敘述的「愛格司射光」也同 X 光譯名基本吻合。這就極大地彌補了《點石齋畫報》對 X 光診斷機介紹的膚淺和不足。特別，上海嘉永軒主人引進 X 光機之後，在《昌言報》館當眾演示，這有利於國人增進 X 射線知

〔註11〕　《曷格斯射光機器說》，《中外日報》，1899－09－01。

識的認識，更有利於激發國人崇尚科學風氣的形成。這次當眾演示 X 光機的盛況也無疑是中國近代史上一次重要的科普活動。

從以上對 X 光機報導的介紹和分析，1918 年，由浙江寧波慈谿保黎醫院購進的 X 光診斷機不可能是中國最早的；但是，它保存下的相關史料卻是我們今天瞭解近代中國 X 光機進口詳情的寶貴資料。它不僅指出：1918 年浙江慈谿縣保黎醫院引進的 X 光診斷機由保黎醫院院長吳蓮艇集資向上海美國商行慎昌洋行訂購的；而且記載了這臺 X 光診斷機的價格狀況以及具體型號，即包括稅收和運費共花費 4386 元 9 角 6 分 8 釐，型號爲 GE 機。當時，這臺 X 光診斷機引進後，由於，慈谿還沒有通電，所以，醫院自置發電機，修建爐子間、引擎間等專用房屋。最終，這臺 X 光診斷機在 1919 年才安裝完畢後，投入使用。當年的保黎醫院，至今還保存著一塊《愛司光題名記》。其文曰：

自愛克司光鏡發明，而人體骨骼纖末可察，泰官照肝，無比玲瓏容，越入洞垣，遜其明瞭，生人之所託命，醫家以爲導師。〔註12〕

總而言之，從目前史料來看，1897 年 12 月下旬前，蘇州博習醫院引進的光機是中國最早的一臺 X 光診斷機；而上海嘉永軒主人在 1899 年 8 月前從歐洲進口的 X 光診斷機，雖不是中國第一臺 X 光機，但它曾在上海當眾演示，因此，產生了比較大的社會反響；至於浙江慈谿縣保黎醫院引進的 X 光診斷機，則保留了有關 X 光診斷機引進的寶貴資料。當然，由於近代報刊對 X 光診斷機報導多屬於時事新聞性質，所以不足之處也非常明顯，即缺乏系統性、全面性；但是，它們及時、準確地報導中外最新科技動態，這更說明近代中國對世界科技新潮流還是比較敏感的。

〔註12〕劉善齡：《西洋風——西洋發明在中國》，上海古籍出版社 1999 年，第 274 頁。

附錄 4：《萬國公報》與諾貝爾獎 [註1]

　　2003 年度諾貝爾獎現已塵埃落定，再一次激起我們中國人對諾貝爾獎的渴望和追求。從 1901 年頒發至今，諾貝爾獎已有 100 餘年歷史，成為世界上享有盛譽並最具權威的獎項。這已是眾所週知的事實。但我們追尋歷史的腳步，探究對諾貝爾獎的原始認識。大約何時中國人開始知道諾貝爾獎？這卻成了新聞和學術界一個難解的迷團。有科技史學者撰文指出：「我國的科學家什麼時候開始知道諾貝爾科學獎其事，因為沒有作過考察，也就不知詳情。估計約在 1910 年以後，去歐洲、北美的留學生逐漸增多，而且讀的學位也較高時，就會有所聞」[註2]。近來，打開塵封已久的歷史，本人在著名報刊《萬國公報》中，獲得了新的歷史線索，可以初步推斷出：在迄今為止掌握史實中，《萬國公報》是最早報導諾貝爾獎的近代報刊。

　　《萬國公報》，英美傳教士在中國出版的綜合性刊物，前身為《中國教會新報》（The News of Church）。1868 年 9 月 5 日，美國傳教士林樂知（Y.J.Allen，1836～1907）在上海創刊。1874 年 9 月 5 日刊滿 300 卷後，《教會新報》易名為《萬國公報》。這標誌著《萬國公報》（The Globe Magazine）由宗教性刊物變為以時事為主的綜合性刊物，但仍屬周刊。1883 年 7 月 28 日，《萬國公報》出版完第 750 卷（包括前 300 卷）後，因主編林樂知心有旁騖，專心於中西書院事務而休刊。1889 年 2 月，《萬國公報》（The Review of Times）復刊發行。其另訂新章，冊次另起，成為英美在華基督教組織廣學會的機關報。其宗旨演變為「開通風氣，輸入文明」，它加強了對中國時政的評論、西學的介紹；

〔註 1〕　拙文曾發表於《新聞愛好者》2004 年第 3 期，第 35～36 頁。
〔註 2〕　李佩珊：《諾獎百年看中國》，《新華文摘》，2001 年第 11 期，第 155 頁。

—159—

宗教宣傳悄然隱入幕後。1907 年 12 月，《萬國公報》出版完第 227 冊後，最終停刊。綜觀其歷史，《萬國公報》前後出版發行近 40 年，累計 977 期，是中國近代外國傳教士在華創辦的歷史最長、發行最廣、影響最大的一家中文期刊。〔註3〕《萬國公報》以鼓吹變法、關注中外時政、介紹西學、宣傳宗教爲主要內容，同時它也密切關注世界科技的最新動態，不斷報導有關科學技術的新成果、新發明，如倫琴發現 X 射線、愛迪生發明電燈、……等等。其中最爲典型的就是有關諾貝爾獎的報導。

　　1904 年 10 月，《萬國公報》在由林樂知譯，范瑋述的「格致發明類徵」欄目中以「獎贈鉅款」爲題介紹了諾貝爾獎的設立情況，同時報導了 1903 年度諾貝爾獎得主們的情況。全文如下：「檀納曼炸藥之發明者爲拿伯爾，係瑞典人，非但爲機器師，亦爲行善士也。故發明檀納曼後，爲世界所共知。臨故時，遺囑以金圓八百萬存息，作後來發明家獎贈，分爲五類：一地學發明者；二、化學發明者；三、全體與衛生學之發明者；四、文學小說之發明者；五、熱心世界平安之實際者。凡有（缺 10 個字），其息爲一般之酬金。經理其事者，即瑞典之文學院及挪威之國會也。本年地學得二人爲古利夫婦（缺 5 個字），有雷迭恩光性，又有百蛤兒則先得烏頓尼恩者也；全體與衛生學得一人爲丹麥國人芬生里講求（缺 3 個字）以光線醫病者也；又有英人客靈麥熟於公斷之學所得爲第五類；瑞典人阿利尼所得爲第二類；彼本史學家亦政學家而善購考書，原質之微點又可分爲伊恩之理也；第四類系白喬生所得。蓋自有此舉以來，本年已第三次矣。」〔註4〕

　　1906 年 4 月，《萬國公報》在季理斐譯，范瑋述的「智叢」欄目中以「巨金獎勵」爲題報導了 1905 年度諾貝爾獎獲獎者們的情況，並對 1901 年至 1905 年諾貝爾獎得主的國別狀況進行了統計和評論。全文如下：「去今六年之前，瑞典善士腦勃勒 Alfred Nobel 以其遺產爲獎勵世界創造發明家之用。計每年有美金四萬圓。近日西報載有一千九百五年腦勃勒獎賞局董事之報告。通計歷年得獎之人。美國獨無之。英國亦爲罕見。據紐約某報之論，則歷年所給，雖英美兩國之人未嘗一沾其利，但考其實際，主持之董事未嘗不出於公平也。試觀五年以來，每年皆爲最要最大之創造家發明家所得，或爲格物理化生理

〔註3〕方漢奇：《中國近代報刊史》上冊，山西人民出版社 1983 年，第 23 頁。
〔註4〕林樂知、范瑋：《獎贈鉅款》，《萬國公報》第 37 本第 189 冊，第 22920～22921
　　　頁。

醫學及成大著作者，或爲提倡平和主義者。提倡平和之獎金爲腦威人所派定，文學智學之獎金爲瑞典人所派定也。一千九百零五年之提倡平和獎金爲男爵夫人 *Baroness Bertha von Sutter* 瑟德納氏所得。夫人所著之書名 *Ground Arms*，印於十年前，荷蘭弭兵會之設施，皆此書之結果也。女子之得受腦勃勒獎金者，茲得二人矣。其一爲寇利氏 *Curie*，即創獲雷迭恩 *Radium* 發光新原質者也。瑟德納夫人之書頗風行。德國某大報曾極口稱讚之。上年萬國平和會在美國波士頓城大集時，夫人爲奧國代表。當弭兵會初創之際，夫人亦預參議之列。所有章程多出其手，誠女中之豪傑也。上年醫學之獎金爲德京名醫喀克 *Robert Koch* 所得，由其創造能除癆症之新藥也。理化學之獎金爲倍越亞道福 *Adolph von Beyer* 所得，以其有功於有機化學也。格物學之獎金爲德國基爾大學院教習黎那德 *Lenard* 所獲，因其有研究陰電氣性質之功也。著作家之獎金爲波蘭人辛基維 *Heneryk Sienkiewiez* 所得，辛氏之書曾由甘爾丁 *Curtin* 譯成英文，美國之人均樂誦之。男爵夫人瑟德納之提倡平和也，爲其所著之小說。紐約《自主報》曰：夫人之著作其於激勸萬國弭兵平和之道三致意焉。豈可以小說稱之哉。歐洲素患兵禍，諸國宜家喻戶曉焉。若美國之人則素不以兵戈爲患，故亦不甚傳誦也。辛基維以一千八百四十六年，生於波蘭之蘭登，爲波蘭博學名儒，身雖隸俄籍，心不忘故國，讀其所著忠愛故國之心。溢於言外，幾不能視爲俄國人矣。其列名獎冊，實可與寇利夫人齊名，由其皆爲失國之人，國雖易姓，而其人民之著名於文學智學二界者，猶得留其故國之名也。通計五年之中得獎之最多者莫如德國。無怪德皇自誇其國爲歐洲智學首出之國，因獎冊三十人中，德人實居其七，若略國族而論方言，則瑟德納夫人亦可列入之矣。其次則爲法國，計得六人；若英國止有四人，瑞士與荷蘭各得三人，俄得兩人，腦威瑞典丹麥西班牙四國各得一人而已。」〔註 5〕

　　《萬國公報》有關諾貝爾獎獲獎的報導與《不列顚百科全書》記載的歷史狀況，基本上是能夠相互吻合的。《萬國公報》兩次介紹諾貝爾的身平事蹟和諾貝爾獎的創立情況是完全正確的；同時，1904 年 10 月，《萬國公報》報導 1903 年「地學」諾貝爾獎爲「古利夫婦」和「百蛤兒」，「全體與衛生學」諾貝爾獎爲丹麥國人「芬生里」，諾貝爾和平獎爲英國人「客靈麥」，諾貝爾化學獎爲瑞典人「阿利尼」，諾貝爾文學獎爲「白喬生」，這與 1903 年諾貝爾

〔註 5〕 理斐、范瑋：《巨金獎勵》，《萬國公報》第 39 本第 207 冊，第 24210～24212 頁。

獎的獎項名單，物理學獎貝克勒耳（*Antoine-Henri Becquerel*）和 P．居里（*Pierre Curie*）M．居里（*Marie Curie*），醫學和生理學獎為芬森（*Niels R.Finsen*）（丹麥），和平獎是克里默（*Sir William Cremer*）（英國），化學獎為阿倫尼烏斯（*Svante Arrhenius*）（瑞典），文學獎為比昂松（*B.bjornson*），除了英譯漢的名稱和名字有區別外，語音和獲獎項目及獲獎原因是完全一致的。1906 年 4 月，《萬國公報》報導 1905 年諾貝爾獎的情況亦是如此。因此，《萬國公報》報導的 1903 年和 1905 年諾貝爾獎獲得者的史實也是完全正確的。但是，1901～1905 年諾貝爾獎的統計和評述，據《不列顛百科全書》統計得知，1901～1905 年獲獎統計情況是：總計三十，即二十九人，加一團體。國籍分佈為：德國七人、法國五人、英國四人、瑞士三人、荷蘭三人、俄國一人、挪威一人、瑞典一人、丹麥一人、西班牙一人、波蘭一人、奧地利一人。〔註6〕而《萬國公報》則存在一些差錯。如：各國獲獎人數的統計有一點偏差，法國得獎人數應為五人，而《萬國公報》的統計有六人；俄國得獎人數是一人，它統計卻為二人；波蘭奧地利實際上各有一人獲獎，它則沒有統計。這些直接與當時時局動蕩，國家興衰存亡有關，同時與計算國籍的原則也有關聯，如我們的國別計算是以諾貝爾獎獲得者當時所在的國家國籍為原則。另外，它統計說總共有三十人獲獎，如按它的數字相加，僅為二十九人，實際上它是沒有指出國際法學研究所（*Institute of International Law*）這一團體組織獲得了 1904 年諾貝爾和平獎。這組織超越國界，是一國際組織，所以國籍計算時不提也是順理成章。因而《萬國公報》在獲獎總數上是相等的，報導的國家除法國、俄國、奧地利和波蘭外，其餘各國的得獎數字則完全吻合。因而，《萬國公報》的統計也是基本準確的。因此，《萬國公報》對諾貝爾獎的報導是基本真實的、可信的，具有較高的質量。

那麼，《萬國公報》的報導諾貝爾獎的時效性如何呢？首屆諾貝爾獎的頒發在 1901 年 12 月舉行，1903 年 10 月，《萬國公報》的報導比它遲了近三年。但是，《萬國公報》報導 1903 年和 1905 年度諾貝爾獎的情況，卻只與當年諾貝爾獎的頒發相差數月（1903 年相差 10 個月，1905 年相差 4 個月）。應該注意的是，我們不能將百年前的新聞報導的時效性與現代報刊的時效性相提並論，而應以當年新聞報導的技術水平進行實事求是地衡量，按當時的技術條

〔註 6〕《簡明不列顛百科全書》編輯部：《簡明不列顛百科全書》第 6 本，中國百科全書出版社 1986 年，第 317 頁。

件，百年前的新聞時效性大大落後於今天的水平。因此，1904 年 10 月和 1906 年 4 月，《萬國公報》對諾貝爾獎的報導算是比較迅速、及時的，因而其時效性較強，且不斷增加。

　　《萬國公報》的報導諾貝爾獎的影響怎樣？限於史料，我們很難有一個恰如其分的評價，但我們可從《萬國公報》的影響窺見一斑。當時，《萬國公報》每年發行量都在幾萬冊以上，1904 年的發行量是 45500 冊，1906 年則爲 30000 冊；其影響範圍也很廣，上至王公貴卿，下至一般士人，「觀者千萬人」；不僅中國十八省各府州縣廣爲行銷，「幾於四海風行」，而且在日本、朝鮮、新加坡、美國等處均有銷售，「其銷流之廣，則更遠至海外、歐、澳三洲」〔註 7〕。因此，1904 年 10 月和 1906 年 4 月，《萬國公報》對諾貝爾獎的報導，可能會引起眾多讀者對諾貝爾獎的關注；特別像參與其事的范瑋，肯定是知道了諾貝爾獎的情況。

　　因此，《萬國公報》關於諾貝爾獎的報導至少可以說明：諾貝爾獎在中國的傳播報導至遲於 1904 年 10 月，而不是 1910 年；較早知道諾貝爾獎的基本狀況的中國人不是去歐美的留學生，更跟學位高低無關係，而是中國近代有些報刊的報人（包括來華傳教士和秉筆華士）及其報刊讀者，他們至遲於 1904 年 10 月就已經注意到了剛剛設立才幾年的諾貝爾獎；而且《萬國公報》有關諾貝爾獎的報導是比較準確、及時的，影響也比較大，因而具有較高的質量。

　　20 世紀初期，上海《萬國公報》報導諾貝爾獎的消息之後，近現代諸多報刊雜誌也開始介紹和報導諾貝爾獎的情況。如：《科學》（1916 年 4 月，《努培爾獎金與 1914 年世界偉人之得獎者》）、《大中華雜誌》（1916 年 7 月 20 日，《世界大發明家羅伯兒傳——世界上最強炸藥之發明者》）、《時事新報》（1919 年 1 月，《諾貝爾獎金（Nobel Prize）》）和《東方雜誌》（1919 年 5 月，《諾貝爾獎金（Nobel Prize）》）等近代報刊都對諾貝爾獎進行了早期報導；自此之後，《科學》和《東方雜誌》兩大雜誌幾乎都對每年諾貝爾獎的情況進行了連續報導。

〔註 7〕 林樂知：《萬國公報告白》，《萬國公報》第 27 本第 100 冊，第 16908 頁。

附錄 5：談近代國人報刊最早報導諾貝爾獎 [註1]

　　2005 年度的諾貝爾獎的評選工作正在緊鑼密鼓進行之中，不斷有諾貝爾獎的獲獎傳聞在媒體散佈。這再一次激起了我們中國人對諾貝爾獎的渴望和追求。諾貝爾獎，世界科學領域的最高獎項，盡人皆知。從 1901 年頒佈至今，已有 105 年歷史。因此，我們追尋歷史的腳步，探求中國人對諾貝爾獎的原始認識，則是我們新聞界和科學界非常有意義的事情。

　　近有論者撰文指出：「1916 年 4 月，《科學》第 2 卷第 4 期在『雜俎』欄目中刊有『努培爾獎金與 1914 年世界偉人之得獎者』是為國人所辦刊物中最早介紹諾貝爾獎者。」[註2] 但是，近來本人在耙梳近代著名維新報刊《時務報》時，發現了珍貴的歷史史料。根據《時務報》的新近史料，我們可以初步推斷出：在迄今掌握的史實中，近代著名維新報刊《時務報》是最早介紹諾貝爾獎相關情況的國人自辦報刊。

　　1895 年，甲午戰爭的失敗，舉國譁然。中國人的愛國熱情空前高漲，變法維新的呼聲洶湧澎湃，迅速成為激蕩全國的社會思潮，一場群眾性的維新變法運動逐漸在中華大地萌發湧動。維新志士們乘時而起，紛紛組織學會，建立學堂，創辦報刊；雖屢經挫折，但雄心長存，決心「以報館為倡始」，宣揚維新變法思想，把維新變法運動推向新高潮。

〔註 1〕 拙文曾發表於《國際新聞界》2006 年第 2 期，第 72～74 頁。
〔註 2〕 樊洪業：《〈科學〉雜誌與中國科學社史事彙要 1914～1918》，《科學》2005 年第 1 期，第 38～39 頁。

　　1896 年 8 月 9 日，經康有爲、梁啓超、黃遵憲、汪康年等人積極籌備，《時務報》終於在上海四馬路創刊問世。汪康年任總理，負責館務及對外工作。梁啓超任總主筆，負責文字編撰。報館先後聘請麥孟華、徐勤、歐榘甲、章太炎等任編輯，另聘請張坤德爲英文翻譯、郭家驥爲法文翻譯、日人古城貞吉爲日文翻譯。該報每期 32 頁，約 3 萬餘字。《時務報》在「去塞求通」的思想指導下，以「啓發民智、開風氣，助變法」爲宗旨，「廣譯五洲近事，詳錄各省新政，博搜交涉要案，旁載政治學藝要書」。欄目首爲論說，其後依次爲《恭錄諭摺》、《奏摺錄要》、《京外近事》、《域外報譯》等。第二期起又將《域外報譯》分爲《西文報譯》、《東文報譯》和《法文報譯》。因此，報譯部分所佔篇幅最多，爲一半以上。《時務報》出版後，風行海內外，得到社會各階層民眾的廣泛支持，成爲是中國近代資產階級維新派主要的機關報，是維新運動的重要輿論陣地。《時務報》以鼓吹變法維新、主張發展資本主義工商業、反對帝國主義侵略行徑和言論爲主要內容，同時密切關注世界科技的最新發展動態，不斷介紹和報導有關先進科技的新成果、新發現，如：馬可尼發明無線電通訊設備、戴姆勒發明汽車、航空器的發展、潛水艇的研製……，其中最典型的就是關於正在設立的諾貝爾獎的報導。

　　1896 年 12 月 10 日凌晨 2 時，偉大的瑞典化學家、發明家和實業家阿爾弗雷德·諾貝爾因突發腦溢血而與世長辭，終年 63 歲。一代科技巨星，在孤獨的星空隕落。諾貝爾生前曾立有遺囑要捐獻自己所擁有的鉅額資產，建立起世界性的科學獎勵基金，「分配給那些在前一年裏曾賦予人類最大利益的人」。1897 年 1 月 2 日，諾貝爾葬禮後四天，瑞典一家報紙公佈了諾貝爾遺囑的最重要內容。當天的瑞典國內外的眾多報刊，都迅速反映，及時報導。大多媒體都對諾貝爾及諾貝爾遺囑給予極高的評價和表達他們崇高的敬意，認爲「這是促進人類進步，爲實現人類崇高目的服務的一個禮品。」於是，諾貝爾把鉅額遺產設立諾貝爾獎的消息不脛而走，一條極富新聞價值的消息，成爲各國爭相報導的重大新聞。1897 年 1 月 2 日，英國路透通訊社迅速組織力量編發了新聞簡訊對諾貝爾逝世及遺囑大意進行了簡短的報導。路透電訊報導後，該新聞也飄洋過海，吹拂到中國的報業信息中心——上海，立即就引起了具有超強新聞敏感能力的報人注意。他們根據路透電訊編譯新聞稿，立即在自己報刊上進行了公開報導。其中也包括近代維新派機關報——《時務報》。

　　1897 年 2 月 22 日，《時務報》第 18 冊的《西文報譯》欄發表了由該報英文譯員張坤德翻譯、總主筆梁啓超編輯的「路透電音」。其中，首則新聞就是對諾貝爾設立諾貝爾獎事蹟的簡短報導，全文是：「諾白爾乃首創達乃麥炸藥者也，將其所有資財甚巨，幾盡捐作各國公款，以供獎勵考究格致之用。（西正月初二日）」〔註3〕。在該期封底《中西文合璧表》中，《時務報》還譯寫出諾貝爾和炸藥的中英文對照單詞，即「諾白爾 Nobel，達乃麥 Dynamite」。

　　1897 年 8 月 28 日，《時務報》第 37 冊又刊登了英文譯員張坤德翻譯、總主筆梁啓超編輯的《瑞人挪勃而散財以興格致》（譯自西曆七月初十日的美國《格致報》）。該文對諾貝爾獎的設立及其意義進行了較爲詳盡的說明。全文如下：

　　　　格致之學，至今而可爲極盛之世矣。其精美完備，籠罩一世，而範圍之，自生民以來，史冊之所載，未有如今日之甚者也。夫教不論邪正，行不論善惡，及夫工藝兵商諸務，皆足以奔走天下。而爲之表率，至比之今日格致之學，則瞠乎後矣。各教化之功，固已樹之坊表，以彰施於後世，而其所以禆益天下者，實未臻夫極軌。而格致之學，則崛起於近五十年中，爲各教之所未能爲格致之興。各教徒猜嫌特甚，視爲教敵，今則時移歲易，已盡釋其疑忌之心。蓋格致者，所以明物理也，物理既明，而各教之宗旨，亦與之俱明，是格致所以翼教，非所以敵教也。然則格致之學，顧不當重乎。

　　　　瑞人挪勃而君，創行新法家之巨擘也。有昌明格致之志，爰不惜鉅款，以求絕學久矣。其有此舉也。挪勃而以美銀九百萬圓爲振興格致之用，而教化即寓乎其間。夫鼓勵之道，必有所籍。挪勃而此舉不第以獎勸精深格致家。普天之下皆將爲所感動，奮發而不能自己矣。其收效爲何如乎？

　　　　挪勃而所貽之款，五分之，以求五種之學。有能於格致中，得其至要極新之法者，贈之以五分之一。有能研究化學，精而益精以造於無上上等者，贈之以五分之一，有能精究醫藥，無毫髮遺憾以療眾生病者，贈之以五分之一。有能語妙天下，爲文章聖手者，贈之以五分之一。有能聯絡各國相親如兄弟，且使之遣散兵士以息干

〔註 3〕張坤德：《路透電音》，《時務報》第 2 本第 18 冊，第 1215 頁。

戈，設法舉董以主和局者，亦贈之以五分之一。凡此五者，惟能者
是與邦國種類，俱所不問其途，亦可謂廣矣。該獎款須分年交付，
每人每年可得洋六萬至八萬圓。原挪勃而所以出銀之意。則此款目
的實可靠，且眾意亦深相倚信，謂必能按年分贈也。夫設獎勸學，
前人有行之矣。而挪勃而獎款之巨，實出意料之外。故恐格致家視
爲子虛烏有之事。而不以爲意。然使由官經理。首年即照數分給，
則諸格致家之意，當爲之有變。而挪勃而之志必有以副之矣……。

　　格致家窮年屹屹，探隱索奇，而有人焉，分其餘潤以沾養之，
則是格致家分內之所應有。受之而無愧者也。此後，格致教化將爲
所引人於圓滿之域，而不自覺也。經此一番提倡，而近人創興之事，
將益見信於天下矣。夫不耕何茹？如挪勃而之所爲。蓋因有秋收之
望，而先之以春作也。噫！才與財，二者不可得兼，故天下有格致
家不可無挪勃而其人。所可惜者，必遲至今日，而始有此舉也。

〔註4〕

《時務報》從開始對諾貝爾逝世及其遺囑的簡訊報導到對諾貝爾獎獎項的設
立和意義的介紹與闡發的新聞評論都與歷史事實是相符的，因而是正確的、
眞實的。同時，《時務報》新聞報導的時效性也是非常高的。1897 年 1 月 2 日，
諾貝爾遺囑剛剛由瑞典報紙公佈、路透電訊報導後，《時務報》雖在五十天後
才做了報導和介紹。但它作爲中國人自己創辦的報刊，能夠在路透電訊和外
國人報刊報導後，憑藉自身的條件進行相對及時而細緻地編譯報導，也說明
維新報人新聞敏感能力的增強。《時務報》作爲當時上海最著名的幾家報刊之
一，中國維新派報紙的旗手，影響力是巨大的，其發行量和地域都是非常廣
泛的。初創時，《時務報》每期（旬）發行 4000 份左右，半年後增至 7000 份，
1897 年達到 13000 份，最多時近 17000 份，成爲當時發行量最高，影響最大
的國人自辦報刊〔註5〕。《時務報》第 18 冊和第 37 冊的分銷處分別爲 73 和 91
個，銷售範圍遍及國內 18 省；此外，日本神戶、大阪和東京，新加坡亦有分
售點。因此，從新聞眞實性、時效性和影響力來看，《時務報》關於諾貝爾獎

〔註4〕 張坤德：《瑞人挪勃而散財以興格致》，《時務報》第 4 本第 37 冊，第 2516～
　　　 2518 頁。
〔註5〕 方漢奇、張之華：《中國新聞事業簡史》，中國人民出版社 2002 年，第 86～87
　　　 頁。

的介紹以及新聞報導，具有非常高的質量。《時務報》的新聞報導勢必引起人們對諾貝爾和諾貝爾獎的關注，特別像參與其事的幾位編譯者（張坤德、梁啓超等）。

當然，1897 年《時務報》對諾貝爾獎的相關報導也存在一些不足之處。《時務報》轉載中外各報新聞，時效性在國人自辦報刊中可謂翹楚，但同具有外國背景的近代教會中文報刊相比較，仍有不小的差距。如：1897 年 1 月下旬，上海廣學會機關報《萬國公報》第 96 冊發表由林樂知、蔡爾康編譯的「飛電傳書」（農曆 11 月 9 日至 12 月 12 日的路透譯電彙集專欄）。其中有一則西曆 1897 年 1 月 2 日（農曆 11 月 29 日）的電訊新聞稿，簡短地報導了諾貝爾逝世及其遺囑情況，全文是：「新造但納螢炸藥師拿缺卒，其遺囑有云：余因創得此藥專利而獲利，今宜另款存儲。凡萬國人查考格物之學，而無資本者，則酌量接濟之。」〔註 6〕

1897 年 1 月 2 日，諾貝爾遺囑剛剛由瑞典報紙公佈、路透電訊報導後，《萬國公報》月刊在當月下旬就予以報導，而《時務報》旬刊則在 2 月下旬，因此，兩者相較，《萬國公報》比《時務報》早報導了近一個月，這在當時的中國新聞報導中，可謂非常及時迅速。

但是，《時務報》的報導同具有外國背景的近代教會中文報刊相比較，又有它們無法比擬的新聞傳播優勢。《萬國公報》與《時務報》關於諾貝爾獎的報導文字雖然不盡相同，但是兩者報導來源均為路透電文，且時間相仿，內容相近；可見它們是兩報根據路透社同一電文改寫的。當我們認真比較兩者的譯文時，就會發現《時務報》比《萬國公報》質量高。其一，儘管《萬國公報》的譯文記述了諾貝爾逝世，捐獻鉅資的事實，但用「酌量接濟」一詞並沒有反映出諾貝爾遺囑的精神實質；而《時務報》譯文則顯得比較簡潔明瞭，且用「供獎勵考究格致之用」語言較準確地把握了其遺囑的精神實質。其二，《時務報》的譯文在擁有如椽巨筆的總主筆梁啓超潤色下，顯得古典雅馴，文字暢達；而《萬國公報》的譯文則由蔡爾康著筆，略顯乏味沉悶，文字拗口難解。兩者相較，《時務報》的譯文更符合中國民眾的閱讀報紙的心理習慣。在當時，梁啓超的文筆深受中國民眾歡迎，「士大夫愛其語言筆箚之妙，爭禮下之。自通都大邑，下至僻壤窮陬，無不知有新會梁氏者。」梁啓超的文章可謂「舉國趨之，如飲狂泉。」其三，從新聞傳播的地緣性和民眾接受

〔註 6〕林樂知、蔡爾康：《飛電傳書》，《萬國公報》第 26 本第 96 冊，第 16625 頁。

新聞的心理角度，《時務報》作爲國人自辦的最富盛名的維新報刊在中國報導新聞傳播消息自然比富有一定文化侵略色彩、由外國傳教士主辦的《萬國公報》更容易爲中國民眾所接受，更容易受到民眾的歡迎。其四，在隨後不久，《時務報》就轉譯美國《格致報》的《瑞人挪勃而散財以興格致》對諾貝爾遺囑及其設立諾貝爾獎的意義又作了重要的追蹤報導；而《萬國公報》的後續報導則出現在 1904 年和 1906 年，這比《時務報》晚了近七年。其五，《時務報》的影響比《萬國公報》要大得多。1897 年，《時務報》發行量每期（旬）達到 13000 份，而《萬國公報》每期（月）發行約 3300 冊，年發行量爲 39600冊；而且《時務報》爲滿足大家的日益增長的閱讀需求，還於 1897 年 9 月將其前出版的《時務報》重新縮印合訂出售。因此，按照新聞傳播原理，同具有外國背景的近代教會中文報刊相比較，《時務報》的諾貝爾獎相關報導具有更高的質量和她們無法比擬的新聞傳播優勢。

　　1897 年 1 月，諾貝爾遺囑公佈後，面臨遺囑所涉及的一系列的法律、經濟和組織實施等問題。直至 1900 年 6 月 29 日，在解決完這些問題後，瑞典國王在瑞典議會才正式宣告諾貝爾基金會成立。1901 年 12 月 10 日，即諾貝爾逝世的五週年紀念日，首屆諾貝爾獎頒獎盛典在瑞典首都斯德哥爾摩音樂廳正式隆重舉行。而《時務報》卻沒有等到這一重大的歷史時刻，就於 1898年 8 月出版完第 69 期後，改名《昌言報》而消失在歷史的滾滾長河中。

　　根據目前掌握的諸多史料，在《時務報》後，其它國人自辦報刊紛紛加入這一行列，關於諾貝爾獎情況的報導逐漸增多。先後有《大陸報》（1905 年和 1906 年）、《政論》（1908）和《新青年》（1915 年）等國人自辦報刊報導了諾貝爾獎的設立和獲獎情況。它們都早於 1916 年《科學》雜誌對諾貝爾獎的進行報導和介紹。這些國人自辦報刊的諾貝爾獎的相關報導不僅保存了豐富的歷史史料，從而發掘出人們對諾貝爾獎的原始認識；而且深化了中國人對諾貝爾及諾貝爾獎的認識，愈發激起人們對諾貝爾獎的激情與渴望。

　　綜上所述，根據迄今我們掌握的史料，我們可以得出以下認識：由外國來華傳教士組織廣學會創辦的《萬國公報》先於《時務報》近一個月報導諾貝爾逝世及其設立諾貝爾獎遺囑的情況，成爲中國最早介紹諾貝爾獎相關新聞的近代中文報刊；而由梁啓超、汪康年等爲代表的中國近代資產階級維新派創辦的《時務報》，才是真正的中國最早介紹諾貝爾獎相關新聞的國人自辦報刊。

附錄 6：百年回眸：晚清時期的諾貝爾獎報導 [註 1]

　　從 1901 年起，諾貝爾獎金頒發至今已整整 110 年。諾獎設立以來，全世界科技迅猛發展，成果輝煌，直接影響著社會經濟各個部門，使工農業生產、交通運輸和通訊、醫藥衛生等方面發生了根本的變化，深刻地影響著人類的物質生活和精神面貌。這其中，諾貝爾獎金獲得者的工作佔有突出的地位，幾乎無不閃爍著耀眼的光芒，使得諾貝爾獎成為世界上享有盛譽並最具權威的獎項。由於它代表著一個國家的基礎科學研究及應用水平，中國科學家孜孜以求，努力探尋。今年 10 月中國作家莫言獲得諾貝爾文學獎，終於了卻國人們百年「諾獎情結」。回眸歷史，筆者發現：在百年前的晚清社會，中國報界已經開始關注和報導諾貝爾獎設立和頒發諾貝爾獎的歷史。

（一）公佈諾貝爾死訊，公開諾貝爾遺囑

　　1896 年 12 月 10 日，瑞典化學家、發明家和實業家阿爾弗雷德・貝恩哈德・諾貝爾（*Alfred Bernhard Nobel*，1833～1896）因腦溢血而與世長辭。他生前曾立有遺囑：捐獻自己擁有的鉅額資產，建立科學獎金。瑞典報紙迅速公佈諾貝爾訃告和遺囑內容，讚譽其偉大遺志，「迄今作為個人以促進人類進步和福利事業，並以純粹的理想主義為目的而留給人類的贈禮之中，這恐怕是空前的。」[註 2] 於是，諾貝爾捐獻遺產設立科學獎金的消息不脛而走，各國爭相報導。

〔註 1〕拙文曾發表於《新聞春秋》2012 年第 2 期。
〔註 2〕王自華編著：《諾貝爾傳》，湖北辭書出版社 1998 年，第 114 頁。

　　1897 年 1 月 2 日，英國路透社編發新聞簡訊，報導了諾貝爾逝世及遺囑大意。這立即引起中國報界關注。同月底，上海廣學會機關報《萬國公報》第 96 冊（西曆 1897 年 1 月）刊登的路透譯電專欄《飛電傳書》。其中，就有該則電訊，「新造但納蠻炸藥師拿缽卒，其遺囑有云：余因創得此藥專利而獲利，今宜另款存儲。凡萬國人查考格物之學，而無資本者，則酌量接濟之。」〔註3〕

　　2 月 22 日，《時務報》第 18 冊發表譯員張坤德編譯的「路透電音」。其中，首條新聞就是該則電訊，「諾白爾乃首創達乃麥炸藥者也，將其所有資財甚巨，幾盡捐作各國公款，以供獎勵考究格致之用。（西正月初二日）」〔註4〕。該期封底《中西文合璧表》附有諾貝爾和炸藥的中英文對照單詞，「諾白爾 *Nobel*，達乃麥 *Dynamite*」。

　　《萬國公報》和《時務報》對諾貝爾逝世及其遺囑的報導不僅真實，而且具有較高時效性。1897 年 1 月 2 日，路透社報導後，作為月刊性質的《萬國公報》當月就編譯該新聞，反應靈敏，時效迅速，在當時報導時效來說實屬罕見。當時路透社上海遠東分社，將路透電訊授權《字林西報》發表，而《萬國公報》作為歐美人士主辦的在華最具影響力的宗教雜誌，很可能是從《字林西報》轉譯的，因此，具有較高新聞時效性。《時務報》時效性雖不如《萬國公報》，譯文卻技高一籌。《萬國公報》用「酌量接濟」一詞未能反映諾貝爾遺囑的精神實質；而《時務報》譯文簡潔明瞭，「供獎勵考究格致之用」準確地把握了遺囑的精神內涵。更為關鍵的是：《時務報》對此事件進行了追蹤報導，刊登了諾貝爾遺囑全文，闡釋設立科學獎金的意義，加深了中國人對諾貝爾及其設獎作用的認識。

　　8 月 28 日，《時務報》第 37 冊刊載評論文章《瑞人挪勃而散財以興格致》，對諾貝爾獎的設立及其意義進行了較為詳盡的說明。全文主要內容分四部分：第一，闡發科技的社會意義和價值，呼籲重視科技的發展。「格致之學，至今而可為極盛之世矣。其精美完備，籠罩一世，而範圍之……格致之學，顧不當重乎。」〔註5〕，第二，記載諾貝爾捐獻鉅資將設立諾貝爾獎的事蹟，並盛讚該壯舉。「瑞人挪勃而君，創行新法家之巨擘也。有昌明格致之志，愛

〔註3〕林樂知、蔡爾康：《飛電傳書》，《萬國公報》第 96 冊，第 16625 頁。

〔註4〕張坤德：《路透電音》，《時務報》，中華書局 1991 年，第 1215 頁。

〔註5〕張坤德：《瑞人挪勃而散財以興格致》，《時務報》第 4 本第 37 冊，第 2516 頁。

不惜鉅款，以求絕學久矣。其有此舉也。挪勃而以美銀九百萬圓爲振興格致之用，而教化即寓乎其間。夫鼓勵之道，必有所籍。挪勃而此舉不第以獎勸精深格致家。普天之下皆將爲所感動，奮發而不能自己矣。其收效爲何如乎？」〔註 6〕第三，介紹諾貝爾設立諾貝爾獎的遺囑詳細內容。「挪勃而所貽之款，五分之以求五種之學。有能於格致中，得其至要極新之法者，贈之以五分之一。有能研究化學，精而益精以造於無上上等者，贈之以五分之一，有能精究醫藥，無毫髮遺憾以療眾生病者，贈之以五分之一。有能語妙天下，爲文章聖手者，贈之以五分之一。有能聯絡各國相親如兄弟，且使之遣散兵士以息干戈，設法舉董以主和局者，亦贈之以五分之一。凡此五者，惟能者是與邦國種類，俱所不問其途，亦可謂廣矣。……。」〔註 7〕第四，高度評價了諾貝爾設立諾貝爾獎的社會意義。「經此一番提倡，而近人創興之事，將益見信於天下矣。……故天下有格致家不可無挪勃而其人。所可惜者，必遲至今日，而始有此舉也。」〔註 8〕

《瑞人挪勃而散財以興格致》是《時務報》譯員張坤德從 7 月 10 日美國《格致報》編譯的。這篇報導評論中，最有價值部分是對諾貝爾遺囑全文的詳細公佈。報導內容真實，譯文準確。該篇評論報導，雖然沒有改變時效性差的弱點，同轉載上篇路透社電訊一樣，落後 50 天左右；但它作爲中國人自辦的報刊，能夠憑藉自身的條件進行相對及時而細緻地編譯報導，說明維新報人新聞敏感能力的增強。同時，《時務報》是維新派報刊的主要陣地，具由全國影響，發行遍及國內 18 省。通過該篇評論報導，擴大了諾貝爾及其設獎遺囑在中國的影響。

（二）報導諾獎得主，擴大諾獎影響

1900 年 6 月 29 日，諾貝爾基金會正式成立，諾貝爾獎評選工作開始啓動。1901 年 12 月 10 日，首屆諾貝爾獎頒獎盛典在瑞典斯德哥爾摩音樂廳隆重舉行。但諾貝爾獎頒獎之時，清政府被迫與外國列強簽訂《辛丑條約》，晚清中國正沉淪於半殖民地半封建社會的深淵。中國報界關注焦點著眼於國運民生大計，因此，筆者迄今未見對剛剛頒發的諾貝爾獎的報導，直至 1904 年 10 月。

〔註 6〕 張坤德：《瑞人挪勃而散財以興格致》，《時務報》第 4 本第 37 冊，第 2516 頁。
〔註 7〕 張坤德：《瑞人挪勃而散財以興格致》，《時務報》第 4 本第 37 冊，2517 頁。
〔註 8〕 張坤德：《瑞人挪勃而散財以興格致》，《時務報》第 4 本第 37 冊，第 2518 頁。

　　1904 年 10 月，《萬國公報》以《獎贈鉅款》為題報導諾貝爾獎設立以及 1903 年度諾貝爾獎得主情況。報導首先介紹了諾貝爾立下遺囑設立諾貝爾獎情況。「檀納曼炸藥之發明者為拿伯爾，係瑞典人，非但為機器師，亦為行善士也。故發明檀納曼後，為世界所共知。臨故時，遺囑以金圓八百萬存息，作後來發明家獎贈，分為五類：一地學發明者；二、化學發明者；三、全體與衛生學之發明者；四、文學小說之發明者；五、熱心世界平安之實際者。」〔註 9〕特別指出諾貝爾獎頒獎機構，「經理其事者，即瑞典之文學院及挪威之國會也。」其次，報導了 1903 年諾貝爾獎獲得者及其貢獻。「地學」諾貝爾獎為「古利夫婦」和「百蛤兒」；「全體與衛生學」諾貝爾獎為丹麥國人「芬生里」；諾貝爾和平獎為英國人「客靈麥」，諾貝爾化學獎為瑞典人「阿利尼」，諾貝爾文學獎為「白喬生」。這與當年的諾貝爾獎得主名單除了英漢譯名區別外，語音和獲獎項目及獲獎原因完全一致。1903 年度諾貝爾物理學獎為法國人貝克勒耳（*Antoine-Henri Becquerel*）和 P.居里（*Pierre Curie*）M.居里（*Marie Curie*）夫婦，醫學和生理學獎為丹麥人芬森（*Niels R. Finsen*），和平獎是英國人克里默（*Sir William Cremer*），化學獎為瑞典人阿倫尼烏斯（*Svante Arrhenius*），文學獎為挪威人比昂松（*B. Bjornson*）。最後，報導說：「蓋自有此舉以來，本年已第三次矣。」這更是符合實情。雖然《萬國公報》報導諾貝爾獎內容準確可信，但時效性較差，與 1903 年諾貝爾獎公佈時間已經整整相差了一年。

　　1905 年 3 月 15 日，上海革命黨報刊《大陸報》（*The Continent*）以《去年受領諾敗爾賞牌之人》為題報導了 1904 年諾貝爾獎頒獎情況。「去臘，斯脫克呵爾舉行諾敗爾賞牌授與之式，丹馬皇帝奧斯克躬自臨場授與。世界之科學者及文學者，咸以獲此賞牌為榮。聞物理賞牌之受領者，為英國列伊奈卿，化學則英國薩威廉辣姆賽伊及俄國醫師巴吾洛夫三人，各得金牌一個，賞金八萬三千元。文學賞牌則為法國文豪米斯脫羅及西拔牙文豪阿西革乃所得，至平和賞牌，初擬授與奪魯脫伊伯，旋因不贊成者占多數，卒授與法國民法學會云。」〔註 10〕這次報導時效性明顯加強，只相差 3 月半時間；報導

〔註 9〕 林樂知、范褘：《獎贈鉅款》，《萬國公報》第 37 本第 189 冊，第 22920～22921頁。

〔註 10〕 《去年受領諾敗爾賞牌之人》，《大陸》第三年第二號，1905 年 3 月 15 日，第109 頁。

的 1904 年諾貝爾獎獲得者名單準確無誤。諾貝爾物理學獎得主英國人瑞利
（*Lord Rayleigh*）；化學獎得主英國人拉姆齊（*Willian Raysay*），醫學或生理學
獎得主俄國人巴甫洛夫（*Ivan Pavlov*），文學獎得主法國詩人米斯特拉爾
（*Frederic Mistral*）、西班牙劇作家埃切加萊——埃薩吉雷（*J. Echegaray y
Eizaguirre*），和平獎得主為國際法學研究所（*Institute of International Law*）。

　　1906 年 1 月 4 日，《大陸報》以《受諾卑爾賞金者》為題再次報導了 1905
年諾貝爾獎的情況。他們分別是：諾貝爾和平獎獲得者「奧國芬斯托列爾男
爵夫人」、醫學獎獲得者「葛伯林著名羅敗爾托訶教授」、化學獎獲得者「德
國芬巴伊哀爾教授」、物理學獎獲得者「德國基爾大學列納爾教授」、文學獎
獲得者「波蘭小說家克也斯基」。報導特別提及美國西奧多・羅斯福總統提名
諾貝爾和平獎，「美國大統領盧斯福，一時咸評其堪受平和獎金，然終未能獲
此名譽也。」同時對獲獎者國別發表了簡短議論，「至又美國無一人曾受此賞
金者，法國及英國，今歲亦無一人，至於亞洲之人，獲此賞金想為期尚甚遠
也。」〔註11〕170 這次報導時效性加強，相差不到一個月；除了獲獎名單及其
獲獎原因準確外，開始擴大對諾貝爾獎的報導範圍，如提名和國別統計等，
說明報導向縱深方向拓展。

　　同年 4 月，《萬國公報》以《巨金獎勵》為題再次報導了 1905 年度諾貝
爾獎獲獎情況，獲獎名單為：諾貝爾和平獎得主「男爵夫人 *Baroness Bertha von
Sutter* 瑟德納氏」、醫學獎得主「德京名醫喀克 *Robert Koch*」、化學獎得主「倍
越亞道福 *Adolph von Beyer*」、物理獎得主「德國基爾大學院教習黎那德
Lenard」、文學獎得主「波蘭人辛基維 *Heneryk Sienkiewiez*」。雖然該則報導，
比《大陸報》報導時效性差，但報導內容卻非常翔實。尤其報導中每個人名
均附有英文名，方便了讀者閱讀。現今它們翻譯為：諾貝爾和平獎，祖特內
爾（*Bertha von Suttner*）（奧地利）；生理學或醫學獎，科赫（*Robort Koch*）（德
國）結核病的研究；化學獎，拜耳（*Adolf von Baeyer*）（德國）有機染料、氫
化芳族化合方面的工作；物理學，勒納（*Philipp Lenard*）（德國）陰極射線方
面的研究；文學獎，顯克維奇（*H. Sienkiewiez*）（波蘭）小說家。《萬國公報》
對每個獲獎者獲獎原因進行了報導，尤其是對和平獎獲得者奧地利人祖特內
爾（*Bertha von Suttner*），稱讚她為世界和平運動做出的傑出貢獻：「上年萬國

〔註11〕 《受諾卑爾賞金者》，《大陸報》第三年第二十二號，1906 年 1 月 4 日，第 170
　　　　頁。

平和會在美國波士頓城大集時，夫人爲奧國代表。當弭兵會初創之際，夫人亦預參議之列。所有章程多出其手，誠女中之豪傑也。」〔註12〕同時，報導對1901年至1905年諾貝爾獎得主進行了綜合評述。「通計歷年得獎之人。美國獨無之，英國亦爲罕見。……女子之得受腦勃勒獎金者，茲得二人矣。其一爲寇利氏 Curie，即創獲雷迭恩 Radium 發光新原質者也。瑟德納夫人之書頗風行。……無怪德皇自誇其國爲歐洲智學首出之國，因獎冊三十人中，德人實居其七，若略國族而論方言，則瑟德納夫人亦可列入之矣。其次則爲法國，計得六人；若英國止有四人，瑞士與荷蘭各得三人，俄得兩人，腦威瑞典丹麥西班牙四國各得一人而已。」〔註13〕該統計可能因爲時局動亂等原因，出現了一點偏差。如：法國得獎人數是五人，而《萬國公報》的統計有六人；俄國得獎人數爲一人，它統計卻爲二人；波蘭和奧地利實際上各有一人獲獎，它則沒有統計；另外，它統計說總共有三十人獲獎，如按它的數字，僅爲二十九人，實際上沒有將國際法學研究所統計在內。但是，《萬國公報》的統計基本上符合歷史實際，報導的國家除法國、俄國、奧地利、波蘭之外，各國得獎數字完全吻合。

1908年5月，立憲派刊物《政論》雜誌在「海外大事記」欄目中以《路諾耳博士受諾闓勞平和獎金》爲題報導了 1907 年意大利人莫內塔（Ernesto Teodoro Moneta）因堅持不懈地宣傳和平思想、法國人雷諾（Louis Renault）爲解決國際爭端樹立了典範而共同獲得諾貝爾和平獎。「諾威之闓勞賞金委員會，12月11日集諾闓勞協會之式場。各大臣及各國外交官、國會、議員皆參列。總理大臣洛璞蘭脫氏愛我加之平和（因其於瑞典、諾威分離之際，能避戰爭，德之。）爲追演說。哈渥路潑教授爲頌第二平和會議之德，贈賞金於佛蘭西之路諾耳博士及伊大利之特阿脫洛漠匿大氏。蓋博士兩次於平和會議占重要地位。今回又於國際捕獲審檢所條約之立案有偉功，故特贈以賞金以褒崇之。若特氏則爲伊大利之文豪於1848年以後之伊大利統一戰爭屢自立陣頭，參與戰士，得其實驗。著有名之《第十九世紀戰爭內亂及平和史》，現在美蘭政府刊題爲《國際生活》之雜誌以搜載各國平和論者之論文。」〔註14〕報導雖然簡略，但準確無誤。

〔註12〕季理斐、范禕：《巨金獎勵》，《萬國公報》第39本第207冊，第24210頁。
〔註13〕季理斐、范禕：《巨金獎勵》，《萬國公報》第39本第207冊，第24211頁。
〔註14〕《路諾耳博士受諾闓勞平和獎金》，《政論》第一年第四號，1908年5月，第171頁。

（三）結論

《萬國公報》、《時務報》等晚清報刊在諾貝爾逝世後，迅速報導，並連續關注，不僅說明諾貝爾逝世及其設獎新聞在世界範圍的重要價值，而且表明晚清報人隨著新聞敏感性的增強而加強了對世界時事的報導，特別已經關注到諾貝爾及即將設立的諾貝爾獎。1901 年，諾貝爾獎頒獎後，根據迄今掌握的史料，除了《萬國公報》兩次、《大陸》兩次、《政論》一次報導了諾貝爾獎外，筆者沒有查閱到諾貝爾獎的相關報導，僅介紹了 1903～1905 和 1907年度諾貝爾獎獲得者，報導不連續，不充分；同時，晚清諾貝爾獎報導新聞時效性差；但是，報導內容眞實可靠，且不斷擴大諾貝爾獎影響。到 1906 年，諾貝爾獎被世人逐漸熟知，「此賞金之由來，世人略知之」；並認識到得獎的重要意義，「學者得之，輒視爲最大之名譽。」〔註 15〕同時積極評價諾貝爾獎公正性，「歷年所給，雖英美兩國之人未嘗一沾其利，但考其實際，主持之董事未嘗不出於公平也。試觀五年以來，每年皆爲最要最大之創造家發明家所得，或爲格物理化生理醫學及成大著作者，或爲提倡平和主義者。」〔註 16〕

在晚清報刊連續報導下，諾貝爾及諾貝爾獎影響範圍跨出了報界，載入史冊。1908 年，由英國人張伯爾（*John Darroch*）編著的《世界名人傳略》（*Chambers's Biographical Dictionary*）在英國出版發行。其書問世後，立即被山西大學堂創辦人李提摩太建議、英國人竇樂安（*Darroch John*）負責選編翻譯，並於當年在上海出版發行。其中，就有「那卑勒」（諾貝爾）專條，簡要介紹諾貝爾生平和諾貝爾獎情況。〔註 17〕這反映了中國對諾貝爾及諾貝爾獎的熱切關注。

總之，晚清報刊萬里尋蹤，公佈瑞典科學家諾貝爾的死訊，公開諾貝爾遺囑，積極報導諾貝爾獎獲得者情況，擴大了諾貝爾獎在中國的影響；雖與現今媒體報導狂轟亂炸的熱鬧場面相比，門庭冷落，報導也是霧裏看花，但它們卻反映出晚清報人瞭解世界、認識世界的追求。

〔註 15〕《受諾卑爾賞金者》，《大陸報》第三年第二十二號，1906 年 1 月 4 日，第 171頁。

〔註 16〕季理斐、范瑋：《巨金獎勵》，《萬國公報》第 39 本第 207 冊，第 24212 頁。

〔註 17〕鍾少華：《詞語的知惠——清末百科辭書條目選》，貴州教育出版社 2000 年，第 200～201 頁。

附錄 7：近代報刊的諾貝爾獎報導 [註1]

　　1896 年 12 月 10 日，瑞典化學家、發明家諾貝爾與世長辭。他生前立有遺囑：捐獻自己擁有的鉅額財產，建立科學獎金。1897 年 1 月 2 日，英國路透社編發新聞電訊，向世界公佈諾貝爾逝世及遺囑大意。一時各國報刊競相報導，中國報刊也不甘人後，紛紛轉載。

　　1897 年 1 月底，上海《萬國公報》在路透譯電專欄《飛電傳書》中刊登電訊：「新造但納蠻炸藥師拿缽卒，其遺囑有云：余因創得此藥專利而獲利，今宜另款存儲。凡萬國人查考格物之學，而無資本者，則酌量接濟之。」2 月22 日，上海《時務報》在《路透電音》專欄中也刊載該則電訊：「諾白爾乃首創達乃麥炸藥者也，將其所有資財甚巨，幾盡捐作各國公款，以供獎勵考究格致之用。」《萬國公報》和《時務報》對諾貝爾逝世及其遺囑的報導不僅真實，而且具有較高時效性。《萬國公報》屬月刊，能在當月就編譯該新聞，說明刊物反應靈敏，占得時效先機；《時務報》的譯文卻技高一籌，「供獎勵考究格致之用」準確地把握了遺囑的精神實質。

　　《時務報》追蹤報導諾貝爾遺囑全文，加深了國人對諾貝爾獎的認識。1897 年 8 月 28 日，《時務報》轉載美國《格致報》報導《瑞人挪勃而散財以興格致》。全文共 900 餘字，第一部分闡發科技的社會意義，呼籲重視科技發展：「格致之學……其精美完備，籠罩一世……格致之學，顧不當重乎。」第二部分盛讚諾貝爾設立諾貝爾獎的盛舉：「普天之下皆將為所感動，奮發而不能自己矣。」第三部分介紹諾貝爾設立諾貝爾獎的詳細內容：「挪勃而所貽之

〔註 1〕拙文發表於《中國社會科學報》2012 年 11 月 14 日第 379 期第 8 版。

款，五分之以求五種之學。有能於格致中，得其至要極新之法者，贈之以五分之一。有能研究化學，精而益精以造於無上上等者，贈之以五分之一。有能精究醫藥，無毫髮遺憾以療眾生病者，贈之以五分之一。有能語妙天下，爲文章聖手者，贈之以五分之一。有能聯絡各國相親如兄弟，且使之遣散兵士以息干戈，設法舉董以主和局者，亦贈之以五分之一。凡此五者，惟能者是與邦國種類，俱所不問其途，亦可謂廣矣。」第四部分高度評價諾貝爾獎的社會意義：「格致家窮年仡仡，探隱索奇，而有人焉，分其餘潤以沾養之，則是格致家分內之所應有，受之而無愧者也。」《時務報》報導最有價值的部分是對諾貝爾遺囑全文的公佈，並預報了諾貝爾獎的設立。

1900 年 6 月 29 日，諾貝爾基金會正式成立，評選工作啓動。1901 年 12 月 10 日，首屆諾貝爾獎頒獎典禮在瑞典斯德哥爾摩舉行，此時正值中國社會面臨內憂外患、戰亂頻發之際。根據筆者迄今爲止所掌握的史料，中國報刊在當年並沒有關注諾貝爾獎的頒發。直至 1904 年 10 月，《萬國公報》才以《獎贈鉅款》爲題，報導諾貝爾獎的設立以及 1903 年度諾貝爾獎獲獎情況。該報導首先介紹諾貝爾設立諾貝爾獎的原由，其次報導 1903 年度諾貝爾「地學」獎（物理學獎）獲得者「百蛤兒」（法國人貝克勒耳）和「古利夫婦」（居里夫婦）、「全體與衛生學」獎（醫學或生理學獎）獲得者丹麥人「芬生里」（芬森）、文學獎獲得者挪威人「白喬生」（比昂松）等。

1905 年 3 月，上海《大陸報》以《去年受領諾敗爾賞牌之人》爲題，報導 1904 年諾貝爾獎獲獎情況，介紹了當年諾貝爾物理學獎得主英國人瑞利、化學獎得主英國人拉姆齊、醫學或生理學獎得主俄國人巴甫洛夫等。同時，公佈諾貝爾獎獎金和獎牌，「各得金牌一個，賞金八萬三千元」。

1906 年 1 月，《大陸報》再以《受諾卑爾賞金者》爲題，報導 1905 年諾貝爾獎獲獎情況。同年 4 月，《萬國公報》以《巨金獎勵》爲題，再次公佈 1905 年度諾貝爾獎獲獎情況，並對獲獎者獲獎原因進行報導。同時，對 1901～1905 年的諾貝爾獎得主進行了綜合評述：「因獎冊三十人中，德人實居其七，若略國族而論方言，則瑟德納夫人亦可列入之矣。其次則爲法國，計得六人；若英國止有四人，瑞士與荷蘭各得三人，俄得兩人，挪威瑞典丹麥西班牙四國各得一人而已。」

1908 年，由李提摩太、竇樂安編譯的《世界名人傳略》在上海出版，這是一部薈萃歐洲古今千餘人的世界名人辭典。其中闕有「那卑勒」（諾貝爾）

專條，介紹諾貝爾生平和諾貝爾獎的設立情況。這反映了在報刊的積極推介下，諾貝爾獎在當時對國人的影響有所增大。此後相當長一段時間內，報刊對諾貝爾獎的報導慢慢銷聲匿跡。直到五四新文化運動興起後，報刊對諾貝爾獎的報導才再次增多，如 1916 年 4 月，《科學》以《努培爾獎金與 1914 年世界偉人之得獎者》為題，報導諾貝爾獎的設立及 1914 年度諾貝爾獎得主的情況。同年 7 月 20 日，《大中華雜誌》刊登文章《世界大發明家羅伯兒傳》，介紹諾貝爾的生平、事蹟以及 1901～1909 年諾貝爾獎的得主。1919 年 5 月，《東方雜誌》轉載了袁同禮發表在《時事新報》的《諾貝爾獎金》一文，對 1901～1914 年的獲獎者按國別進行分類統計，強烈呼籲國人奮發圖強，爭取早日獲得諾貝爾獎：「吾國有世界最古之文化，人民智慧非弱於歐美人也。只以閉關自守，不與世界潮流相接觸，以致有今日之現狀。苟能奮起直追，將來在世界學術思想中，當不讓他人專美於前也。」

附錄 8：外國在華報人中「最能幹的編者」 ——林樂知〔註1〕

　　林樂知（*Young John Allen*，1836～1907），中國近代著名的美國來華傳教士。在華 47 年時間中，他在上海積極從事基督教傳教工作，一度任教上海廣方言館，在江南製造總局翻譯館譯述西書，創辦中西書院和中西女塾學校，參與領導基督教在華重要機構「廣學會」。他以主編《中國教會新報》和《萬國公報》著稱於時，在中國近代新聞史上具有重要的歷史地位，是一位不折不扣的「教會報人」，「實兼傳教士、教育家、作者、報人、中西文化交流者於一身」。〔註2〕

（一）自西徂東，來華傳教

　　1836 年 1 月 3 日，出生於美國喬治亞州伯克郡（*Burke County, Georgia*），他身世淒慘，本為遺腹子，出生半月，母親去世，淪為孤兒。幸賴維德郡（*Meriwether County*）的姨父母赫真斯（*Wiley and Nancy Hutchens*）夫婦疼愛有加，養育成人。1853 年受洗入教，立志獻身海外傳教事業。

　　1854 年，小學畢業後，林樂知在牛津郡（*Oxford*）斯塔維爾中學讀書。中學畢業後，他考入弗吉尼亞州亨利學院。一學期後，轉入埃默里學院（*Emory College*）。1858 年，林樂知順利畢業，獲得文學士學位，並被南方監理會（*The Methodist Episcopal Church, South*）按立為牧師；同年 7 月，他和畢業於衛斯

〔註1〕 該文發表於收入《中國傳媒人物傳》，中國書籍出版社 2014 年，第 91～134 頁。
〔註2〕 姚松齡：《教會報人林樂知》，臺北《傳記文學》第 16 卷 2 期，第 27 頁。

理女子學院（*Wesleyan College, Macon, Georgia*）的赫斯頓小姐（*Miss Mary Houston*）成婚。1859 年 12 月 18 日，林樂知夫婦在紐約搭乘帆船，前往中國。經過 209 天的艱苦航程，林樂知於 1860 年 7 月 12 日抵達上海，〔註3〕開始了在中國長達半個世紀的傳教生涯。

抵達上海後，林樂知立即投入傳教活動。爲了便利傳教進行，他勤學中文，「隨時留心上海土白，不數月即之通曉」〔註4〕。他給自己取了一個中國名字「林約翰」（後取中國名言「一物不知，儒者知恥」之意，更名爲「林樂知」，又學中國人取一個別名「榮章」）。同時，他前往上海附近的嘉定、南翔、青浦等地傳教，後赴蘇杭一帶至南京拜會洪仁軒，探聽太平天國虛實。

1861 年，美國內戰爆發，傳教經費斷絕，他生活陷入困境。危急關頭，他出任監理會在滬領袖，與其它傳教士一起，共度難關。他們將一部分早年購買的教產或出租，或典賣，以維持生活。還從事過米、煤、棉花等日常生活品的販賣，併兼做保險行的經紀人和領事館的翻譯等維持生計，不過仍不忘「主工」，夜間堅持宣講教義。

1864 年 3 月，經馮桂芬等引薦，林樂知欣然接受李鴻章聘請，出任上海廣方言館英文教習。在廣方言館任教期間，他教授得法，不僅重視學生的語言訓練，而且結合課本在課堂演示實物模型或帶學生參觀工廠等，因而深受學生歡迎。

（二）主筆《上海新報》，嶄露頭角

1868 年，在著名英國傳教士傅蘭雅的推薦下，林樂知出任《上海新報》第三任主筆。《上海新報》創刊於 1861 年 11 月下旬，由英商字林洋行發行。初爲周報，半年後改爲周三刊。首任主筆爲伍德（*M‧F‧Wood*），第二任傅蘭雅（*J‧Fryer*），聘有中國助理編輯董明甫。該報編輯方針宣稱：「大凡商賈貿易，貴乎信息流通。本行印此新報，所有一切國政軍情，市俗利弊，生意價值，船貨往來，無所不載。」〔註5〕每期 4 版：第 1 版廣告，第 2 版中外新聞，第 3 版廣告、船期及行情表，第 4 版論說及雜著。所刊新聞多譯自滬、

〔註3〕 林治平：《基督教入華百七十年紀念集》，臺灣宇宙出版社，1981 年，第 116 頁。

〔註4〕 梁元生：《林樂知在華事業與〈萬國公報〉》，香港中文大學出版社，1978 年，第 10 頁。

〔註5〕 轉引方漢奇：《中國新聞事業編年史》（上），福建人民出版社，2000 年，第 39 頁。

港等地出版的外文報紙，餘則轉錄《京報》及香港其它各報。1862 年 5 月 7 日，《上海新報》由週刊改爲週三刊。每星期二、四、六出版，經常報導太平天國情況，很受讀者重視〔註6〕。

1868 年 2 月 1 日，林樂知出任《上海新報》第三任主筆。他大膽革新版式，重新編號，版面貌煥然一新。即日出的報紙稱新式第 1 號。他具體的改革做法有：第一，設立《世界各地新聞》、《中國問題討淪》、《百姓社會生活》、《香港近事編錄》等新聞欄目，加大新聞容量；同時爲增強新聞時效性，他轉載了《香港新報》、《廣州七日報》、《京報》、《蘇省日報》等報刊的新聞。第二，擴大版面，採用對折、兩面印刷的近代報紙印刷形式，開設多個專版。革新後的報紙每期 1 張，高 18 英寸，寬 24 英寸，兩面印刷，共 4 版。他將版面擴大爲寬幅對開、兩面印共四版形式，該報樣式已接近現代日報。通過林樂知的改版，《上海新報》質量提升，發行量攀升。該報從一個純商業性報紙逐漸演變成爲一個政治、經濟、文化、宗教等內容的綜合性報紙。〔註7〕

在充任《上海新報》主筆之餘，他還參與《北華捷報》的《三週定期刊》和《益智新錄》等報刊編輯工作，「對於社論、時評的撰寫，富有經驗。」〔註8〕這些豐富的新聞工作經歷，爲他自己創辦《中國教會新報》積纍了經驗。

（三）創辦《教會新報》，聲名鵲起

1868 年 9 月 5 日，林樂知在上海創辦《教會新報》（*The News of Church*），由林華書院出版發行，美華書館印刷。《教會新報》每週出版一卷，除歇夏、歇年外，每年 50 卷，合成一冊。每本照官板書大小，即九寸長，51／2 寸寬，採用直行豎行，且有邊線界欄，封面印有「萬事知爲先」五大字。

在創刊啓事中，林樂知明確地表達出《教會新報》是一份爲宣傳基督教福音的宗教刊物。宣佈該刊宗旨有二：一是聯絡全國教徒，「俾中國十八省教會中人同氣連枝，共相親愛」，二是吸收信徒，使教外人信教，「外教人亦可看此《新報》，見其眞據，必肯相信進教」〔註9〕在啓事中，也反映出林樂知的編輯思路，即「願作如十八省、幷內地州縣，有信息、有論及教會中事者，

〔註6〕 轉引方漢奇：《中國新聞事業編年史》（上），福建人民出版社，2000 年，第 39 頁。

〔註7〕 王孝春：《林樂知與〈上海新報〉》，《克山師專學報》，2001 年第 1 期，第 29 頁。

〔註8〕 姚松齡：《教會報人林樂知》，臺北《傳記文學》第 16 卷 2 期，第 25 頁。

〔註9〕 《教會新報》創刊號，1868 年 9 月 5 日。

有論及各種之事者，皆須備信送交上海花旗國林先生處收下，彙集分印。」

初期，林樂知編輯的《教會新報》比較粗陋，其編排方式非常簡單，有時題文不分，沒有明顯的標題。初期的編排雖無一定的體例，但基本上是首刊「聖經解說」一篇，時常配上聖經圖畫宣傳聖經教義；接著是教友間互相解難，共同探討基督教義的文章，包括教會間書信往來、教會信息等；再載格致類文章，包括天文地理化學、物理、醫學等常識科學；最後，殿以少量的新聞信息，包括國內外新聞、趣事、軼聞、告白等。

《教會新報》宗教刊物的性質更反映在內容上。據梁元生考察：在《教會新報》第一年所刊載的 465 篇（則）文章中，教務最多，爲 243 篇（則），占總數的 52%，而消息、雜錄、時論、科學分別爲 77、58、46、41 篇（則）。具體的文字篇幅上，「教務」文字，平均每期宗教性質文字占四至五頁，即一半篇幅以上。其它各類，數量大致相等。「消息」雖共有七十七則，但皆係簡短報導，所佔篇幅不多。至於「時論」，以論述鴉片煙之文字最多，次爲醫局勸捐之文字，再次爲勸立學塾之文字。在初期的《教會新報》中，屬於「時論」的長篇政論尚未曾見。「科學」的文章亦少，能稱得上系統的論述文字只有《格物入門》一篇而已。其它科學知識的介紹，仍然是十分缺乏的。〔註10〕

《教會新報》內容上發展總體趨勢是宗教內容越來越少，比重越來越小。有研究者統計：第一年，四類比例依次爲 48%、26%、22%、4%；第二年，宗教與世俗消息各爲 36%，科技降爲 9%，批評與建議增爲 19%；第三年，宗教內容僅占 18%，世俗消息則占 68%。以後三年，宗教內容爲 16～20%，世俗消息分別爲 64%、46%和 50%，而科技內容爲 13～30%，批評與建議占 4～15%。〔註11〕也有研究者將《教會新報》的第 1 卷和第 300 捲進行比較，仍按行數統計（不包括啓事），宗教與非宗教內容的比例，第 1 期爲 73：27，非宗教的內容僅有關蒲安臣使團報導一則；第 300 期爲 15：85，宗教已占極次要的地位，非宗教的內容包括政事近聞、雜事近聞和格致近聞，其中政事近聞涉及英國、法國、美國、德國、俄國、西班牙、土耳其、日本和非洲地區。〔註12〕

〔註10〕梁元生：《林樂知在華事業與〈萬國公報〉》，香港中文大學出版社，1978 年，第 77～78 頁。

〔註11〕Adrian A, Bennett. *Missionary Journalist in China, Young J.Allen and His Magazine, 1868～1883*.The University of Georgia Press 1983, pp111～112.

〔註12〕陳絳：《林樂知與〈中國教會新報〉》，《歷史研究》，1986 年第 4 期，第 98 頁。

　　《教會新報》關注宗教宣傳外，傳播了大量的西學新知，並鼓吹中國近代化活動。它介紹了西方科技的基礎知識。《格物入門》從第 4 到 43 捲進行了長達 9 個多月的連載。此後，如艾約瑟的《格致新學提綱》、韋廉臣的《格物探源》、艾約瑟的《阿爾熱巴喇源流考》、林樂知的《光論》、傅蘭雅、徐壽編譯的《化學鑒原》、嘉約翰的《化學初階》、艾約瑟的《地說二十五則》、慕維廉的《動植二物分界說》、花之安的《西國農政說》、花之安的《西國書院》、《西國學校論略》和《德國學校論略》等，內容涉及天文地理、物理化學、生物醫學，一一刊登，以饗讀者。同時積極爲洋務運動製造輿論，並關注洋務運動的進展。《教會新報》發表了《論開火輪車車路》、《建議鐵路》、《鐵路有益說》等文章，論述修建鐵路，通行火車乃爲「富國利民」之舉。刊登了《開礦挖煤圖》、《西國煉鐵說略》、《格林炮說略二十六條》等文章，積極爲洋務運動的開展製造輿論。另外不斷刊登文章，介紹江南製造局的發展情況，報導中國自製第一艘輪船「恬吉」號下水的盛況；也轉載總理衙門奏請獎勵北京和上海同文館有關教習、生員的奏疏；介紹中國首批幼童赴美名單和出洋經過。《教會新報》介紹一些西方國家的歷史文化和政治制度。如英、美、法等國的政權結構、議會選舉、教育制度、社會救濟、新聞出版等有關情況，《教會新報》均有不同程度的反映。

　　創辦之初，林樂知對發行充滿信心，認爲傳教士遍佈中國，教徒眾多；但現實很殘酷。最初兩卷，《教會新報》僅在上海售出百餘份。但後來形勢有所改變，發行量逐年增加，讀者對象從教徒擴展到教外官紳士民。第一年每期銷售額平均不過七百份。第二年發行增長一倍左右。到第五年，每期發行數已達二千多份，讀者多爲「中國士紳、東洋官宦」，而「教會中人買者甚少」。第六年時，《教會新報》年發行量爲九萬四千三百份，平均每期一千八百八十六份，約爲創刊初期的十倍。林樂知爲此感到滿意。1873 年 3 月，林樂知在寫給差會的信中自豪地說：「現在沒有一個傳教機構在這個領域足以與此相比，我將繼續發行它。」〔註13〕

　　林樂知主編《教會新報》的同時，在上海廣方言館任教，亦在江南製造總局翻譯館譯書，身兼數職，齊頭並進，辛苦異常。傅蘭雅稱讚林氏爲「全身無一根懶骨頭」之人。〔註14〕因爲他「教導有方，辦學勤能」，朝廷賞其「五

〔註13〕陳絳：《林樂知與〈中國教會新報〉》，《歷史研究》，1986 年第 4 期，第 97 頁。
〔註14〕姚松齡：《教會報人林樂知》，臺北《傳記文學》第 16 卷 2 期，第 25 頁。

品衡」，在上海聲名鵲起。隨著宗教內容越來越少，世俗化內容越來越多，《教會新報》已經成爲一份宗教、政治、社會和科技的綜合性期刊。改弦更張，變換報名勢在必行。

（五）主編《萬國公報》，名滿天下

1874 年 9 月 5 日，《教會新報》出滿 300 卷後，林樂知將它易名爲《萬國公報》（*The Globe Magazine*）。林樂知解釋此番易名時，說：「所謂萬國者，取中西互市，各國商人雲集中原之義；所謂公者，中西交涉事件，平情論斷，不懷私見之義；其所報各事，或西國軍情軍政，或公使、領使調降陞遷，或輪船往來，偶遭危險，或以西法增益華人見識，或以中法地擬西國情形，或因華人於成見，不憚苦心而釋其疑，助於神理之學不敢拋荒。」〔註 15〕

刊物名稱的改變，標誌著主編者編輯方針、刊物性質及內容的變化，但公報卷數連續，即公報從 301 卷起計刊。林樂知宣稱目的「惟願有益眾人耳」，即「所錄京報、各國政事，轅門抄者，欲有益於同在候補文武各官也；所錄教會各件者，欲有益於世人罪惡得救靈魂也；所錄各貨行情者，欲有益於商價貿易也；所錄格致各學者欲有益於學士文人也」〔註 16〕。爲此，林樂知擴大選材範圍，除《教會新報》的選材來源繼續採用外，像《閩省會報》、《京報》、《循環日報》、《益智新錄》、《格致彙編》、《中西聞見錄》、《廣州新報》、《華字日報》等近代報刊的文章均被轉載。《萬國公報》具體編排，屢有變化，但基本上按政事、教事、格致近事，雜事次序排列。《萬國公報》以 1879 年 8 月 9 日爲界，前期每卷篇幅正文 14 頁，連同封面、目錄、扉頁、告白等，總計 18 頁之多，「大小字共三萬多字」〔註 17〕。1883 年 7 月，林樂知忙於中西書院事務，無暇兼顧報務，因而宣佈休刊。其時《萬國公報》將《教會新報》300 卷計算在內，共 750 卷。

1887 年底，廣學會成立後，教士們深感「非常必要有一喉舌來闡述我們的文明和我們的信仰」，且「一天天變得迫切起來」〔註 18〕，林樂知也因「中

〔註 15〕 林樂知：《代售萬國公報啓》，《萬國公報》第 4 本第 396 卷，第 2662 頁。

〔註 16〕 林樂知：《本報現更名曰萬國公報》，《教會新報》第 6 本第 295 卷，第 3295 頁。

〔註 17〕 林樂知：《萬國公報告白》，《萬國公報》第 2 本第 348 卷，第 1316 頁。

〔註 18〕 方富蔭譯：《同文書會年報》第一號（1888 年），《出版史料》1988 年第 2 期，第 26 頁。

西書院事務大定，稍有雜間」〔註19〕因此，決定重刊《萬國公報》（The Review Times）。1889 年 2 月，休刊六年之久的《萬國公報》重新出版發行。《萬國公報》改訂新章，增加篇幅，面目煥然一新，表現在：其一，《萬國公報》有了強勁的後盾。公報由林樂知私人主辦的期刊變爲廣學會的機關報。雖仍由林氏主編，但經濟上依賴廣學會，受廣學會領導。其二，《萬國公報》建立了編輯、撰稿、翻譯，三位一體的組織系統。除林樂知，李提摩太編輯外，在華的著名傳教士，如丁韙良、艾約瑟、傅蘭雅、花之安、李佳白等都成爲刊物主要的撰稿人。同時，林樂知還聘請了一批華人學者，如沈毓桂、蔡爾康、范瑋、任挺旭等，這些學者不僅是基督教徒，而且他們國學根基深厚，又熟悉西方狀況，成爲溝通中西的橋梁。其三，刊物由周刊轉爲月刊，月出一冊、每一冊篇幅正文 30 頁，若將封面、目錄、圖像、廣告等計算在內，則在 34 頁之多。1906 年 2 月，自 205 冊改爲深厚白紙，兩面印刷，仿西式裝印後，篇幅大增，每期正文 90 頁，而廣告、封面等達 8 頁～10 頁之多，加之共達 100 頁一冊。其四，林樂知繼續轉載《萬國公報》周刊時期的文章取材範圍外，更加注重翻譯國外報刊雜誌的內容，其中有倫敦都會路透社新聞、英國每日德律月報、德國柏林大小報、美國報、美國大日報、美國舊金山報，美國太陽報、美國福林報、俄都拿傳賜留報等等。具體編排上，前期欄目爲圖像、論說、各國近事、雜事、告白等。1906 年改版後，欄目變得分類更細：有圖像、社說、雜著、外論、譯談、智叢、時局、雜注、附錄、告白等。其中「論說」一欄最具特色，其內容包括評論時事、政治及社會的論說文章以及介紹天文、地理、聲光化電等自然科學的說明文。《萬國公報》儼然已是一份以政論、介紹西學、傳播宗教爲主的綜合性雜誌。

　　林樂知主編的《萬國公報》內容主要包括以下四方面：第一，密切關注時局變化，及時報導世界動態。《萬國公報》創刊後，爲擴大銷量，引起士人矚目，不斷豐富時事性內容，時時關注「中西交涉事件」、「公使領事降調開遷」、「西國軍政軍情」，致使公報儼時然看似一份時事性報紙。公報周刊時期，《萬國公報》闢有「京報欄目」，介紹中央政治新聞，「轅門杪」等錄用有關地方政事，「各國近事」專欄等報導世界各國的新聞信息，涉及五大洲。西方國家以美、英、法、德、俄等爲主，東方則以日本爲多。它以「各

〔註19〕范褘：《林樂知先生傳》，《萬國公報》第 222 冊，第 8 頁。

國近事」介紹各國新聞，如大美國事、大英國事、大日本國事等。公報月刊時期，雖仍有「各國近聞」專欄，但時有調整其它：「大清國事」有時也被『中朝新政』、『光緒政典』等代替，國際新聞欄目則有西國近事、歐美雜誌、時局一覽等。其中變化最大的莫過於自 1890 年 2 月起增添的」西電摘譯「欄目，它不僅名稱繁多，如：電報摘譯、電書月報、電音紀錄，泰西要電、海外電書等；而且還以編年體形式，報導西方國家的每日新聞。《萬國公報》的新聞報導以及時勢評論，大大開闊了讀者的眼界，激起人們對世界時局關注的熱情。其中最為典型的例子就是甲午戰爭。1894 年 7 月，甲午戰爭剛爆發，《萬國公報》就刊登了《朝鮮亂紀一》，分析甲午戰爭爆發的原因。自此一發不可收拾，有關中日甲午戰爭的報導開始佔據公報的大部篇幅，而且長時間地進行連載。具體情況為：1894 年 8 月（67 冊），有《亂朝紀二》。1894 年 9 月（68 冊），有《日本宣戰書》、《中國朝兵禍推本窮原統》、《亂朝紀三》。1894 年 10 月（69 冊），有《朝亂紀四》。1894 年 11 月，《中東之戰關係地球全局說》、《朝亂紀五》。1894 年 12 月（71 冊），有《朝亂紀六》、《微顯闡函兩端》。1895 年 1 月（72 冊），有《朝亂紀七》、《中日兩國進步互使論》。1895 年 2 月（73 冊），「大清國事」中有《中嚴法紀》、《褒忠乏忠》、《報效甲需》，《朝亂紀八》。1895 年 3 月（74 冊），有《皇帝敕書》、《請示全權》、《明告全權》、《重辦全權》、《日使致詞》、《朝亂紀九》。1895 年 4 月（75 冊），有《朝亂紀十》、《電語譯要》。1895 年 5 月（76 冊），有《追譯中東失和之發往來公牘》，《朝亂紀十一》。1895 年 6 月（77），有《中東失和古今本末考》、《和約全要》、《朝亂紀十二》。……正因為《萬國公報》的追蹤報導，迎合了士大夫瞭解甲午戰爭起因、經過、結果以及中外各界看法的迫切需要，使得公報一時聲名鵲起，風行海內外。到 1896 年 4 月，林樂知、蔡爾康將一年多來在《萬國公報》上發表的文章。包括中日戰爭的奏摺、詔令、往來函牘，條約等文件，以及中外報章上的有關中日戰爭的戰訊和林、蔡等人寫的評論，彙集成書，取名《中東戰紀本末》出版。一時該書紙貴洛陽，連版三次，甚至還出現過盜版現象。正因為公報不斷報導世界動態，及時反映世界形勢，使公報成為時人瞭解世界的窗口。

第二，積極倡導維新變法，竭力鼓吹新政自強。《萬國公報》對中國政治改革的議論，甲午戰爭前集中反映於 1875 年 9 月至 1876 年 4 月公報上連載的《中西關係略論》。林樂知首先闡述了西人來華的目的，即通商、傳教，其

次，運用中西比較法分析中國貧弱的根源，主張變革維新，實施強兵富國，如改變兵制，建設鐵路，架設電線，製造般炮等等；富國方略有：一、新法製造；二、廣通商；三、善理財，以發展民營事業爲主。最後他認識到變法根本在於教育。因而他力勸中國廢除科舉制度，設儲才館，興新學，培植人才。甲午戰爭後，《萬國公報》不斷發表文章，闡述其變法的必然性和必要性。它反覆告誡清政府認清變法爲大勢所趨，不可逆轉，如「欲以舊法期遏新機，既顯背乎天時，自難信乎人事，此既天機流行莫之能遏也」。如不變法，則「強鄰環集，按圖索冀，瓜剖豆分，雖有善者天從措乎」。勸說清廷「俯採各國之良法，博考善士之忠言，而隨事隨時極化載通變之妙」。至於如何變法？《萬國公報》的具體建議大致爲：教育方面：主張「變通之道以育才爲本」，創設新式學校，改革教科書，中西學並重；實行新學制，即小學、中學、大學三級制；具體情況爲各鄉鎮遍設小學，府縣設中學、省會設大學，京師設總堂，培養師資；聘請外國教師，翻譯西書、開報館、立學會，派遣留學生等。經濟方面：造機器、開礦山、設商部、立商會、建銀行、行鈔法、撤釐金、舉辦郵政、獎勵發明、保護專利、編制國家預決算等。政治方面：提倡君主立憲，限制督撫等地方官吏權力，載減冗員，提高俸薪，嚴禁貪污，設法制局、商務局、工藝局、農務局。由民選代表組織「議局」，也就是開國會以便下情上達，但反對冒昧仿行西方民主制度等。其它：包括外交上與外國和好，禮待外國使節，平等對待洋教，同時改良社會風氣，提倡男女平等等，實行一夫一妻制，禁止賣買奴婢等。

第三，大力宣傳基督神學，廣布福音之道。《萬國公報》周刊時期，直接宣教的文章不少。它們大多主張基督教與儒家傳統相結合的「耶儒相合論」，立意皆從耶儒相合的角度解釋基督教義，使人們相信「福音道理不背於儒」、「耶穌心合孔儒也」，以圖消除人們對基督教敵視的態度，從而歸依基督耶穌。爲此，《萬國公報》極力鼓吹基督教的創世說，原罪說，救贖說，天堂地獄說等，認爲上帝是至高無上，全知全能的造物主。

《萬國公報》月刊時期，其宣教內容似乎越來越少，事實上並非如此。它僅是把基督教義與西方文明、中外時政溶爲一體，無論是通商，還是政治、歷史都是以基督教義爲根本。林樂知認爲通商是符合上帝意志的。主張：「通商兩字何爲，即以有易無也，此天下自然之理也」，如不通商，必受懲罰，「於是乎有戰釁，於是乎有和約，於是乎有租界，於是乎有半主權之辱，斯實中

國自召」。除通商外，他大肆鼓吹「基督教爲國政之本」，認爲政治與西教關係密切。「教與政相表裏，其教道如何，則其政治亦必如何；教與政又相爲始終，其教道既爲如何，或變爲如何，則其政治亦必隨之矣」〔註20〕；甚至認爲世界各國政治的差別是由於宗教的不同，「天下萬國之政治，及其人民之風俗教化，有君主專制之政體，有君民共治之政體，有民主之政體，……，蓋莫不根於其教道之性質也」〔註21〕。

第四，積極力推廣、普及西學，傳播西方先進的科學技術。《萬國公報》刊登了大量有關西方政治、經濟、教育、哲學等文章，介紹和傳播西方的科學文明，向讀者報導世界科技發展動態，介紹了各種自然科學和技術學說。

如社會經濟學方面，主要有：《愼理國財》、《西國鈔法》、《治國要務》、《稅斂要則》、《富國要策》、《富國養民策》、《賦稅原理新談》等等，屬於生產經濟學說範疇。其中介紹比較系統，完整的當推艾約瑟翻譯的《富國養民策》，這是他根據亞當·斯密《原富》的理論體系，摻雜自己對中國經濟問題的見解編譯而成。該書主要介紹了亞當·斯密的基本理論：如分工、資本、工資、地租、利潤、利息，以及「增利之法」，和「生財之源」等。如果從1892年8月，《萬國公報》發表的首篇算起，艾約瑟對亞當·斯密《原富》的翻譯介紹，則比嚴復早了近十年。隨著中國近代經濟生活的展開，《萬國公報》對經濟學說的介紹也轉入了政治經濟學領域。主要有《富民策》、《論地租歸公之益》、《以地租徵稅論》、《本不養工論》等，這些主要是由馬林譯自亨利·喬治的《進步與貧困》。

如社會政治學說方面，主要有：1875年6月12日，林樂知發表了《譯民主國與各國章程及公議堂解》，向讀者較完整地介紹了西方民主政體和三權分立制度，澄清了時人的模糊混亂認識。1891年底至1892年4月，《萬國公報》連載了美國人貝拉米的空想社會主義小說《回顧》，譯名《回頭看世紀》。這是我國最早較爲詳細介紹空想社會主義學說的文章。1899年2月至5月，李提摩太在《萬國公報》上連續發表其節譯英國頡德《社會進化論》而成的《大同書》，簡單介紹了馬克思學說和馬克思生平。他將馬克思學說譯成「安民新

〔註20〕 林樂知：《論政教之關係》，《萬國公報》第34本第170冊，第21602頁。
〔註21〕 林樂知：《論政教之關係》，《萬國公報》第34本第170冊，第21601頁。

學」，且最早採用了「馬克思」譯名，「其以萬工領袖著名者，英人馬克思也」
〔註 22〕。不過，他錯將馬克思譯為英國人。1900 年 5 月至 1901 年 8 月，《萬
國公報》連載馬林譯述的《自由篇》，較系統地介紹約翰・穆勒的自由理論。

　　《萬國公報》積極介紹西方科技學說，報導科技動態。據筆者碩士論文
的粗略統計：《萬國公報》介紹科技內容的文章有 923 篇，科技新聞多達 2291
則，總數在 3214 左右。〔註 23〕傳播的科技文化不僅在科學方面科目齊全，天
文、地理、數學、物理、化學、生物，科科具備；而且在應用科學方面涉及
面廣，如醫學、農學、水利工程技術、交通運輸技術、冶金採礦技術、紡織
技術、通訊技術，類類皆全。它還在「各國近事」、「格致發明類徵」、「智叢」、
「雜錄」等欄目中，報導了大量科技新聞。許多科技新聞都是林樂知通過《萬
國公報》在中國做了最早報導。如 1895 年 11 月 8 日倫琴發現 X 射線後，《萬
國公報》於 896 年 3 月就以《光學新奇》為題報導，「今有專究光學之博士，
曰郎得根，能使光透過木質及人畜皮肉，略如玻璃透光之類。」〔註 24〕再如
諾貝爾獎，1904 年 10 月，林樂知以「獎贈鉅款」為題介紹了諾貝爾獎的設立
情況，「檀納曼炸藥之發明者為拿伯爾，係瑞典人，非但為機器師，亦為行善
士也。故發明檀納曼後，為世界所共知。臨故時，遺囑以金圓八百萬存息，
作後來發明家獎贈，分為五類：一地學發明者；二、化學發明者；三、全體
與衛生學之發明者；四、文學小說之發明者；五、熱心世界平安之實際者。」
〔註 25〕同時報導了 1903 年度諾貝爾獎得主們的情況。

　　總之，《萬國公報》反映中外時局的變化，倡導革新變法，宣揚基督神學，
介紹西學、西藝，深受社會各界的歡迎。在林樂知的努力下，《萬國公報》「幾
於四海風行」，「其銷流之廣，則更遠至海外、歐、澳三洲」〔註 26〕。讀者大
致可分為：一、思想比較開明的當權者，如：洋務派官僚；二、憂國憂民、
陳言變法、傾向維新的知識分子；三、資產階級革命派；四、其它社會群體，

〔註 22〕 李提摩太、蔡爾康：《大同學》第一章，《萬國公報》第 29 本 121 冊，1899
　　　　年 2 月。

〔註 23〕 鄧紹根：《萬國公報傳播近代科技文化之研究》，2001 年福建師範大學碩士學
　　　　位論文，第 27 頁。

〔註 24〕 林樂知：《光學新奇》《萬國公報》第 25 本第 86 冊，臺北：華文書局，1968
　　　　年，第 15917 頁。

〔註 25〕 林樂知、范禕：《獎贈鉅款》，《萬國公報》第 37 本第 189 冊，第 22920 頁。

〔註 26〕 《萬國公報》第 100 冊第 27 本，第 16908 頁。

如：報刊同仁，科舉士子，傳教士們創辦的學校、醫院、慈善機構的學生、人員等等。影響力越來越大。當時光緒皇帝曾經常索閱該報，並諭令彙集過去各期呈覽。「《萬國公報》是總理衙門經常訂閱的，醇親王生前也經常閱讀；高級官吏們也經常就刊物所討論的問題發表意見」〔註27〕。總理衙門官員稱之爲「華字中第一報」〔註28〕。康有爲曾大量購閱該報，他記載說：「讀東華錄，大清會典則例，……，購《萬國公報》大攻西學書，聲、光、化、電、重學及各國史志諸大遊記皆涉焉。」〔註29〕梁啓超對推崇備至，「癸末甲申間，西人教會始創《萬國公報》，後因事中止，至己丑後復開至今，亦每月一本，中譯西報頗多，欲覘時事者，必讀焉。」〔註30〕孫中山所著的《上李傅相書》曾在《萬國公報》上公開發表。蔡元培對《萬國公報》評價《萬國公報》是「一時學界奉爲文明之燈。」〔註31〕因此，《萬國公報》成爲近代知識分子瞭解時事新知的重要媒休，是他們發表政見參政議政的重要陣地。

　　隨著《萬國公報》四海風行，林樂知逐漸名滿天下。清政府在授予他「五品頂戴銜」後，又「欽加四品銜」。1905 年 5 月，林樂知返國探親，曾受到美國總統西奧多·羅斯福的接見，並稱讚他爲「傳播種子的人」。但是，他數項工作齊頭並進，如主持中西書院和中西女塾，主編《西國近事彙編》和《中西教會報》，以致辛勞成疾，於 1907 年 5 月 30 日病逝於上海，享年71 歲。林樂知逝世後，《萬國公報》失去了靈魂，於 1907 年 12 月出版至第227 冊而最終停刊。《萬國公報》由此成爲「外國傳教士所辦的中文期刊中歷史最長，發行最廣，影響最大的一家」。〔註32〕而名滿天下的林樂知在華47 年，成爲外國在華報人中「最能幹的編者」。〔註33〕著譯作有《中東戰紀本末》、《廣學興國策》、《新治安策》、《中國歷代度支考》、《五大洲女俗通考》等 20 餘種。

〔註27〕方富蔭譯：《同文書會年報》第四號（1891 年）《出版史料》1988 年第 3、4 期合刊，第 65 頁。

〔註28〕林樂知：《中西關係略論》，《萬國公報》第 368 卷第 3 本，第 1863 頁。

〔註29〕康有爲：《康南海自編年譜》，中華書局 1992 年，第 11 頁。

〔註30〕梁啓超：《西學書目表》，第 14 頁。

〔註31〕陶英惠：《蔡元培年譜》上冊，臺灣中研院 1976 年版，第 94 頁。

〔註32〕方漢奇：《中國近代報刊史》上冊，山西人民出版社 1983 年，第 23 頁。

〔註33〕方漢奇等：《中國新聞史之最》，新華出版社 2005 年，第 112 頁。

林樂知作品選：

譯民主國與各國章程及公議堂解

〔美〕林樂知

本館常譯泰西各國事蹟，而論及民主國矣，且論各國章程與公議堂等事矣。惜華人未住居西國，未讀西國書籍，安知何爲民主國乎？又安知各國章程及公議堂之謂乎？本館其所以譯論此事者，非有辯論之心亦無以此爭長之意也。無非欲閱《公報》者，知民主國之所由來及各西國章程與公議堂之詳細耳。

按泰西各國所行諸大端，其中最關緊要而爲不拔之基者，其治國之權屬之於民，仍必出之於民，而究爲民間所設也。推原其故，緣均是人也。仰觀於天，俯察於地，其有待於日以暄之者同此日也。其有待於風以散之，雨以潤之者同此風亦同此雨也。即寒必需衣，饑必需食，溫飽之情無貴賤一也。不觀人之耳目手足乎？或爲君，或爲臣，耳目手足無所加焉。降而至於小民，耳目手足無所損焉。因恍然於治國之法亦當出之於民，非一人所得自主矣。然必分眾民之權，彙而集之於一人，以爲一國之君。此即公舉國王之義所由超也。而輔佐之官亦同此例矣。第以眾民之權付之一人，爲其欲有益於民間，而不致有叛逆之事與苛政之行。此之謂章程也。

夫章程有行之自然而非語言所能宜者，有守之勿替而爲筆墨所能紀者。其以筆墨而著爲章程，豈一時所能核定乎？必經敷世之後，因之革之，盡美盡善而始垂爲令典也。試以英國論之。數百年來，詳加考訂而成此一定之章程也。且以美國論之。立國之初，斟酌至當，至今無多增損而章程實善也。若必舉各西國之章程而歷言之，則大同小異，無庸贅述矣。然即其中之最要者言之，不過分行權柄而已。其權柄之所必分者，欲行之有利而不相悖，有益而不相害耳。約舉其目蓋有三焉：一曰行權，二曰掌律，三曰議法。曷言乎行權？傳位之國君爲尊，歐洲各國之法是也。若美國與南亞美利加各國，由公舉而爲君者是也。曷言乎掌律？必經行權者之所命，由議法者議定，而允從者是也。曷言乎議法？議法之員，有由君派民舉者，有悉聽民間公舉者是也。然則行權者權安在乎？皆照章程中已定之法，及公議堂議定之事辦理也。其所辦理者，凡錢糧出，國用開銷以及簡派督兵官職，提調水陸兵丁，與鄰國往來立約等事而已。掌律者權安在乎？凡清釐案牘，分給家產，判斷

債務，不爲朝廷所拘，不受公議堂所觸，且可解說律法於國皇之前。議法者權安在乎？總理國中一切律例，聽其酌議。凡增減錢糧，籌劃國用是也。第議法之員分言之爲上下兩院，合言之即爲公議堂。其上院中大員，在英國則以國中親王與爵位，及朝廷所派之員充之。在合眾之美國，即由各國所派人員充之。其下院中大員則直由民間公舉之人充之。特管錢糧與國用也。

曠觀泰西各國，以何國爲寬政之國耶？夫所謂寬政之國者，即使公議堂人員掌握大權，使士農工商皆得有公舉人員之位分也。近來泰西各國漸欲效法寬政之國之所行也。觀於法與日斯巴尼亞國欲立民主之國可知矣。是以泰西各國立國學、立義學，國中男女老少皆當入學，讀書、讀史、讀律，增長識見以明愛國之心，而知本身非無用之人，並知用本身所有之權也。況復多立新報館，辯論國政之是非，品評人員之賢否。凡閱新報者，無不知國政何者爲是，何者爲非，無不知大員誰則爲賢，誰則爲否也。夫豈鄉愚無知者所可同日語哉？凡此皆欲爲寬政之國耳。

當日者泰西各國，教會與國事並駕齊驅，今則欲分而爲二矣。國家不必輕視教會，而教會實不得干預國事。此即欲爲寬政之國之明證也。即如英、德兩國，近年來於教會之事多所議論，非以教會爲可輕也，亦只欲興起寬政之國而已。試觀美國不既行之多年乎？

且夫利之所在，其權不必全爲國家操之，散人民間與民共之可耳。蓋與天下各國商，凡遠適異國者，非惟無所禁阻，且簡派欽差，設立領事，差遣兵船，凡皆爲保護商民起見。而且開挖煤鐵等礦，以備鑄造之需。起築輪車鐵路，以便商賈之行。至若電報輪船，在在均關緊要，國內民人無不優遊於寬政之天也。又當年兩國失和，爭端易啓。今則尚德不尚力矣。倘有彼此已露失和之意者，俱以理論，不示兵威。即如英美兩國，因阿拉巴麻輪船及劃清界址兩事，皆憑鄰國派人從公斷結，而不聞有干戈從事之危也。此道有行之於前者，有接踵而行之者，有勃勃欲試而行之於將來者。雖各西國中有率由舊章，牢不可破之處，國中人民凡事皆欲仰給於君上，其民束縛不舒，惟願他年亦入此寬政之途則可也。以上所譯《民主國與各西國章程及公議堂解》說，特就西文述其大略耳。嗣後本報中翻譯西字新報有論及此等事者，當逐層詳細譯之，俾閱《公報》者因端竟委而無所疑，本館幸甚。

（《萬國公報》三百四十卷，光緒元年五月初九日）

中西關係略論（選錄）：論謀富之法

〔美〕林樂知

前報論農工商謀富之法矣，而獨未及士者。非士可置而不論，正以士之所關者更大也，試言之。重耕讀而輕工商，中國之弊，與西國當年相同。西國有賢者出，剔其弊而與其利焉。謂士聰明出眾，只謀富貴於一身，而於農工商無與也。農以耕田糊口，工以手藝營生，商以貿易馬業：其勢分而其情不屬，幾如脈絡之不相連矣。可乎哉？況農工商各有經營之事，而士則養尊處優，徒工文字，而待食於人。叩其功績，無補於世，亦奚貴有此士人哉？雖曰：「無小人莫養君子」，而孟子則云：「農有餘粟，女有餘布，不通工易事之過也。」其不能通工易事者，士人能諉爲不知耶？然不必非古而是今也。上古洪荒甫闢，文教未興。後世才人輩出，駕前古而上之矣。宜其著作日益而日深，事業日增而日盛。猶是心思也，猶是才力也，而今人之勝於古人者，非於心思才力之外，而則擅奇能，實於心思才力之中，而獨標新穎。是以突過前人而謀國之法，能令上下情通，四民意合。其功非出自士人乎？中國則以率由舊章，爲不違先王之道。而不知先王之道宜於古，未必宜於今。今之時勢，非先王之時勢矣。中國士入何食古不化若斯哉？終年伏案功深，尋章摘句以爲束身於名教中也，而實爲八股文章束縛其身耳。天下所望於士者安在哉？

古今來之大學問有三：一曰神理之學，即天地萬物本原之謂也。一曰人生當然之理，即誠正修齊治平之謂也。一曰物理之學，即致知格物之謂也。三者並行不悖，缺一不足爲士也。而今之中國士人，神理固不知矣，即格致亦存其名而已。所僞爲知者，誠正修齊治平之事耳。言大而誇，問其何爲誠正，何爲修齊，何爲治平，則茫乎莫解，與未學者等。謂之爲士，其信然耶？中國開科取士，立意甚良，而惟以文章試帖爲專長。其策論則空衍了事也。無殊拘士之手足，而不能運動；錮士之心思，而不能靈活；蔽士之耳目，而無所見聞矣。倘能於文詩策論而外，講求堯舜禹湯之經濟，文武周孔之薪傳，中國不幾獨步瀛寰，而爲天下萬不可及之國哉？予不禁曠然而遐思，翠然而高望矣。

昔英國相臣名碑根者，讀書人也。辨明古法，易以新法而棄古法。三百年來後人宗之，無有變易，洵爲格致中有開必先者。近來格致之法日增一日，傳遍天下，皆相臣碑根之前功也。又法國於二百年前有戶部大員名

戈勒貝者，見國中製造無多，外口通商有限，以及各等工作殊非富國之謀，欲以新法而更舊制。斯時也，民人多有不服者。該大員任勞任怨，設天文館、儲才館、講求天文格致之學。而又通商，減損清還國債以興法國。至今史冊中論富國之法，無有能出其右者。其國皇薨時，民間俱以賢君能用賢臣歸功於賢君矣。又俄國於二百年前，其國皇名被德，沖年即位，國勢不興。聞歐洲各國俱以通商富國，欲遣使臣訪詢其故，而於心有耿耿不釋者。遂將國事付相臣攝理，親赴荷、英兩國，查看各法。回國時，聘請兩國能員一同來俄，傳授富國之法。嗣又遣使巡歷各國，增長見識。又招請各國賢員，為俄國立定根基，而俄乃昌大焉。當被德皇在位時，國人始而不願。及其薨也，又稱大被德皇矣。是英法俄三國如此富強，皆由於有賢君，有賢臣也。

蓋國家用人，欲其治民也。所用者皆賢臣，增光上國，天下仰之。所用者皆庸臣，驅之東則東，驅之西則西，栗栗危懼，僅供奔走如牧牛羊，而不效犬馬之勞。此非國家取士之本意也。又何問乎所治之民耶？夫所貴乎士者，以己之聰明，覺人之聰明。胥天下之農工商均受栽成於士人之手。則士之成就凡庸者大，而人之受惠於士者多矣。

雖然，中國以文意取士，其中莫謂無經緯之才也。京以內恭親王、文相國，立天文館、同文館以培植入才。京以外李伯相鴻章，原任馮中允桂芬，前任江蘇丁撫軍日昌，江蘇臬憲應廉訪寶時，現任蘇松太道馮觀察焌光，倡辦上洋製造局與廣方言館，厥功甚偉，中西人皆頌其能。他如福州、廣東兩省皆有製造局，為國家立富強之業。辦理局務大員皆偉人也。之數人者何嘗非以文詩取功名者哉？又如京城天文館之李君壬叔，上海廣方言館之徐君雪村，與其嗣君仲虎精於化學，華君若汀精於算學，李君丹崖精地理學，趙君靜涵精醫學，賈君步緯精天文學。諸君皆名重一時，不多見之才也。嗣有接踵而起者，謂此猶非富國之全功也，於是奏請挑選幼童，督率出洋，親往美國精習各等有用之學焉。

然則富國之法盡於是乎？未也。總理衙門各大臣，南北兩洋通商大臣，各省封疆大吏如李伯相鴻章，新任兩江沈制軍葆楨，新任兩廣劉制軍坤一，宮保山東丁撫軍寶楨，福建王撫軍凱泰，前任兩江李制軍宗羲，皆心乎國政，欲以新法而煥新猷，而各有奏章入告。欲將孔聖所云致知格物功夫，趁西法入華，而令各省立儲才館以惠後學矣。夫所謂儲才賠者，非棄文詩於不講也。

不有數學在乎？代數、幾何、平分角法、弧三角法、微分、積分、工程總法、對數、天文數學、製造機器、測繪海陸等類是也。不又有重學乎？靜重學、動重學、水力等類是也。推之光學、聲學、天文、吸鐵學、電氣學、礦學、冶金學、地產學、開礦學、農學、化學、熱學、地理學、史學、種類學、植物學、動物學、航海之法、造船之法、繪圖法、御風術、水陸兵法、理財富國之法、律法、萬國交涉公法、醫學等類是也。以上各學皆儲才館所必不可少者。

　　然儲才館類聚英才而教之，而新聞館則分散天下而觀之矣。凡國政民風與商賈農工之事，無一不登新報，令閱者增廣見聞。具有益於人心者，實非淺鮮。試即美國一國而論，當一千八百七十年，登冊者六千館。是年之中，日報、禮拜報、月報、四季報，統計一千五百零八兆五十四萬八千二百五十張之多。中國能於儲才館之外多立新聞館，令聚而學者有實效，散而觀者有多聞，不更大快人心哉？本館之《萬國公報》，擇西報中之有益於中國者，譯而登之。即善與人同之意。且也新報一多，作者皆膽識兼全之士，彼此互觀，是又以聰明才學爲通商之一法也。後世必有頌各大臣之功德於不衰者矣。

　　但立儲才館，講求以上緊要之學，必時值昇平而爲之也。其所謂昇平者，要不外各國往來，承敦和好，而免猜疑耳。所以各大臣中有奏請「簡放公使與立領事官，分駐各國，不可再緩」語，其即此意也。與蓋有公使駐紮外國，遇有中外交涉事件，彼此互相辯論，其能奠邦家於磐石，而免外患之侵者，其功不在鐵甲船之下也。要之有治人，斯能有治法。事非徒託諸空言，而有治法尤貴有治人，功乃莫隳於末路。是所望於中國之聖主賢臣焉。本館主將引領望之，拭目俟之矣。

（《萬國公報》三百五十八卷，光緒元年九月十八日）

強國利民略論（選錄）

〔美〕林樂知

　　前論強國若何，利民若何，而先以中國歐洲互相比較，所以明不專恃天工之意也。專恃天工，則中國之地大於歐洲，物產盛於歐洲，人民多於歐洲。乃歐洲若彼，中國若此，其故何哉？蓋有天工，尤必有人工。天生萬物以供人之用，此天工也。人能以天生之物而作，爲大用之材，此人工也。若專恃

天工，不知加以人工，負天工即以廢人工也。夫人工烏可廢耶？天能生物而不能成物，猶之棄材也。量物成器，此即體天生物之工，而施以人工之謂也。天下各國同此天工，不皆同此人工。苟能於天工、人工兩無所失，而令物不虛有，人不虛生，乃可以為上國，天下莫京焉。非然者不猶惡濕而居下乎？且天工人代，而農之工寓焉。工人成物，而商之工寓焉然。工可成物，商可運物，豈無法而能然哉？明其法，而工有所師，商有所恃，莫不推本於格致之學。格致者，士之工也。士也，講求格致窮物之理而已。理有未窮，法何由出耶？於以知理者法之，體法者理之。用有是理，乃有是法。以法行理，理既明而法有不行者乎？所謂強國利民者，不必以霸功。是尚威武服人也。惟以格致窮物之理，即以格致成製物之法。中西無所爭，亦中西無所讓。而中西之強與不強，利與不利，未有不由此而分也。

中國製物嘗不有其法，惜淺嘗而未能潔造。此理之所以不明也。況乎株守成法，而不細窮其理。無怪知其所當然，而莫知其所以然。故法猶是也，其於移步換形之理則未之知矣。果能於物之理，窮其極處而纖微無缺，易臻哉？予西人，於格致之功雖日彈精竭慮，亦只如汪洋之中得水一勺之多。安知今日之予不為後來居上者笑？予拙耶，且言格致者非憑虛而臆造也。我西人取法於理，莫先乎汽。汽之為用大矣哉。用之無窮，用之不朽。小言之可以起家，大言之可以輔國。輕使之可以製物成器，重使之可以決海穿山。高下各適其宜，曲直無乎不可。強國於斯，利民亦於斯。中國每習焉不察何哉？夫汽何由生，生於水耳。天下最多者水，而用之多者亦水。水不能自為用也，有善於用水者，而水尚矣。然非謂江海河湖之水，無法而即有用也。用水者，用其汽也。譬之雨在地，而日以暄之。雨成汽，而地燥焉。水在釜，而火以然之。水成汽，而釜涸焉。此理甚明，人所易曉，中國竟未知耶？獨是以水近火而成汽，自然之理也。過之不能，抑之不得。有行乎不能行者亦必然之理也。若聽其散漫無歸，而無收束之法，汽雖多而無力如無汽也。必也有器以儲之，而汽聚焉。聚之而不用，其汽必漲。汽漲而器必爆者，勢也。有法焉，鑿器成孔，或大或小，或疾或徐，或多或寡，善用其汽者真有如取如攜之妙。此火輪機器所由來，即火輪舟車所自防而劍。見者無不誇美之也。明此理而行此法者，其惟英人華德乎？其法一傳既省力，復省時，更省財，且能強國而利民。天下倚之如鐵山，稱為有獨無偶之物矣。第泛言之不過水耳，而其為用也，乃如之大哉！究其實，非格致不焉功。故後之頌華德者，如仰山斗也。中國不明其理，不得其法，是以

不能自製火輪機器，而必取材於西國。既取材於西國，而猶不專心致志，自探其理，自尋其法子，恐終身用之而不知其道也。

　　予思格致之學，有關於強國利民者筆難罄述，姑擇其數端論之。即如攻戰之具，有炮船、大炮、藥彈、銅帽、水雷，以及電氣各法，無一不由格致西來。又如測天、行船、風雨表、吸水各法，寒暑表、經度表、自鳴鐘錶、自來火、自來水、製玻璃與印書機器等類，亦何嘗非格致中事哉？夫玻璃一物，未可輕視也，無玻璃，不得不用明瓦。明瓦物之渺者，不若玻璃製精，而用宏矣。玻璃者沙泥而已，中國豈無沙泥乎？未明其理，未得其法故。未能製玻璃，遂置沙泥於無用之地也。所云自來火者，果何物哉？燒煤成氣而燃也。中國以煤為炊，而不知用其光。光者，化其氣以鐵管行於地中，或遠或近，宜高宜下，所在皆然。自來火一擎，可抵油燈數十盞。中國油燈光既不明，何怪夜行者有失足之慮，夜讀者有傷目之嗟乎？且也不諳天文，無由測天。又何知經緯兩度，而能行船過大洋耶？其它各物皆足利民，格致之學可包括無遺矣。前論歐洲之人與中國之人，易地而居，興衰立見。本館主非無因而云然也。當歐洲未明格致以前，與中國之今時無異。倘囿於故智則南、北亞，美利加，南洋奧大利亞，何由尋覓而成此富庶之兩大洲乎？歐洲之貧將有不可問者。自格致之學興，歐洲之富駕乎當年幾萬倍矣。中國欲思強國利民，所最要者先立格致館，講求格致之學可耳。然必待中國明其理，知其法，著成一書，以示學者，恐遲之百十年後，未必能然。莫若取西國已成之書，譯出華文，俾學者精心討論，則格致熟於胸中，萬物可出自心裁，而自製也。奚必事事求諸西國哉？況中國《大學》一書，童蒙誦習，老大莫明其理。雖誦習徒勞無功也，何？大學亦云理財，而理財必先以格致。中國務求格致，譬如精讀《大學》之書，棄格致而不談，遑向理財乎《大學》一書將成廢紙矣。此即強國利民之要術，諒中國士人不以予言為迂妄也。

　　　　（《萬國公報》三百九十三卷，光緒二年閏五月初三日）

論洋煙有礙西商

〔美〕林樂知

　　貨不停留利自生，此老商常談也。生意之清，由於市面艱難，銷場壅滯之故。近來中國各省無論是何貿易，商人多坐困情形，即西商亦何莫不然耶？

而西商中關係最大者，厥惟英國。英之布疋售與中國，其數難稽。今不如昔，盡人知之矣。閱《倫敦新報》載有大銀行九家，酌議稟單，分送通商公所六十五處，請公所中首事轉奏英廷。據稱本國生意之大，布疋為最，而行於中國者亦較他處為多。以中國地廣人稠，當駕各國而上之也。乃邇年貨多阻滯，填塞棧房，幾無隙地。豈真買者家給戶足乎？非也，銀洋缺乏所由致也。推銀洋缺乏之故，不得不歸咎於鴉片之為害矣。

　　鴉片為印度之出產。布疋為我國之大宗。華商以絲茶之銀洋，買我國運往之布疋，為數甚巨，獲利良多。何前盛而今衰耶？華人以現有之銀，盡辦印度鴉片。所餘銀兩僅十餘兆而已。即盡數而買布疋，其利幾何？奚怪我國布疋之不行哉？伏思我朝不禁鴉片之往中國，不過為印度之銀款起見，而抑知我國商人坐此困頓耶？前者本國紳耆、教士力陳鴉片為害人之物，與中朝互相禁戒，已見明文。茲則無論害人與否，而大礙商人貨物，其害實非淺鮮。縱使我朝不先行禁止，而中國各省種植罌粟之處亦日見其多。他日布滿中土，嗜洋煙者只吸土產之煙，印度鴉片又往何營銷？與其後來另為設法，莫如刻下趁早改弦。幸勿留心印度銀款，而忘情本國商民也。若謂通商口岸不多，生意難期暢旺，布疋雖堆積不行而買者尚無從得手，此說又大謬不然。中國新增口岸數處，而生意仍如故也。多開口岸，多用使費，究於生意何益云云？

　　此意曾於本館前著之《中西關係略論》中述及，今果與商人大有關係，而商人憤極矣。西商既動公憤，鴉片之禁志在必行。未識中國官紳士庶能踐前言，而助一臂之力也。倘使西人力除此害非屬空談，而華官或始勤終怠，華人或陽奉陰違，嗜鴉片者不加少，種鴉片者愈加多。予恐西人情急如水之積，一決難收矣。然日前曾見某省大憲奏牘中，有「農民再種罌粟，地方官有失察者，嚴行參辦」等語。此真軫念民生，恫瘝在抱之大員也。曷勝欣佩之至。

（《萬國公報》五百四十卷，光緒五年四月初四日）

中美關係略論（選錄）

林樂知著　鑄鐵盒（蔡爾康）譯

西曆一千八百九十二年五月五日，美國民主批准議員機利草創之苛例。略謂：在美之華工，於此一年之內皆須到官領取憑照。違則監禁一年，仍遞

回華籍。是年七月七日，又批准機利之嚴章。略謂：在美華工，先須映出小像。到官領照時，存一像於官署，黏一像於憑照之尾。又須美籍人二名，代為聲明該華人到美之年月，及平素作何事業等語。中西人士聞之，皆謂此係苛待業已在美之華人，與一千八百八十年《中美續修條約》第一款不合。

查條約內開：「大清國與大美國公同商定，如有時大美國查華工前往美國，或在各處居住，實與美國之益有所妨礙。或與美國內及美國一處地方之平安有所妨礙，大清國准大美國可以或為整理。或定人數年數之限，並非禁人前往。至人數年數，總須酌中定限。此係專指華人續往美國承工者而言。其餘各項人等，均不在限制之列。所有定限辦法，凡續往承工者，只能令其按照限制進口，不得稍有凌虐」。此皆載在盟府，傳之各國者也。機利，一議員耳。敢於蔑視條約，私創例章，宜乎五洲明理之君子皆指為不公不信之尤。

然推美國之自為計則實有難焉者。余局外人也。美之大權非余所執，華之大政亦非余所知。特就旁觀洞察之端，先為探本窮源之論。世有達者，當不疑其有所偏歟。

溯美利堅之初立國也，合眾小而成一大。疆宇寥廓，戶口鮮少。欲求土著之人，尤屬無幾。惟英人先來占籍，營田園而長子孫。故美國之法令制度一切以英為主。歐洲他國之人，雖亦有來者，然不能行本國之律例，亦不能用本國之文字。眾頗能習而安之，於是因親及友來者愈多。其受本國暴虐之苦，及貧乏不能自存之輩，尤如水之赴壑。美廷則廓兼容並包之量，方招徠之不暇，豈復加以阻拒。馴至迤東各省近海之處，揮汗成雨，聯袂成帷，彌望田疇，皆有主者。開墾逐漸及於內地，然泛海而來之歐人尚源源不絕也。

舊金山者，美國西偏之境也。山多金穴，取之不窮。惟由東省遵陸而西，則中道有土人為梗。土人者，教化未通，如中國苗瑤之類。食物亦無從購取，故必須乘船繞出南美洲，計程凡六閱月，方能到境。歐人已嫌其修阻，既而金山漸多富室，然皆賴金礦以采金為利。既少務農之業，又鮮貿易之通。歐人前往，僅有充作小工一事，遂各不甚踴躍。至一千八百四十七、八、九年間，美國既與中國立約，中國之廣東、澳門等處人聞風而至。適承舊金山小工之乏。美之富室，以中美三國之在地球一東一西，遙遙相對，今其人惠然肯來，不特採金可恃，且洗衣煮飯等事，無不適宜。遂皆欣喜過望。華人則喜得糊口之方，互相招致，亦遂聯檣繼進。顧其時，華人專在西省，歐人則在東省。固如風馬牛之不相及也。一千八百六十一年，美洲有南北紛爭之禍。

美廷本以東西隔絕，非國之福，而其民正欲建立開築鐵路公司，直穿土人之境而過，則嚮之六閱月而始達者，今則不過五日。各種利便，較諸昔者不可同年而語。議院中議定準行，於是君則發帑，民則輸財，通力合作。刻日以期其速成，然造鐵路於人煙密稠之區，事事皆臻靈捷。美國頻年多有行之者，今則興造於寂寞荒涼之處，地勢又高低不等。或削或填，業已需人甚眾。重以工暇綿長，限期迫促，故不但在美之華工盡行羅致以承斯役，且又遣人至華四出招募。從此華工之在美者益多於鄉。及至路工告畢，戰務告平，其昔之阻而不通者，今已毫無隔閡矣。向居東省之歐人，知西省工人少而工價貴也，群焉如水之西流，莫能禁閼。西省之興，自不待言。而豈料華人之禍，自此肇哉。

查歐工之往西者，以英屬阿爾蘭所產為最多。他處亦問有之。若輩見華工之夥，本已心懷嫉妬。又以華人飲食起居，諸務簡省，所索工價，不必太多，業已綽有餘裕。而自顧之下，相形見絀，益復觸其所忌。於是一倡百和，皆謂華人非吾族類，教化既不相同，亦未改隸美籍。且皆形單影隻，無妻孥之團聚，是直流民而已矣。既曰流民，吾輩得而逐之矣。華人備聞其語，然以為此特出於微賤悠悠之口，無足介意，更不料舊金山一地，生齒愈盛，遂亦效美國分黨互爭之舉。其所爭者，首在祖白祖黃一節。歐人自認為白人之種類，而目亞洲為黃人。時則華人之在舊金山者，多於東來之阿爾蘭人。以勢力而論，本尚可以無恐，惟是歐人同信西教，同隸美籍，雖來在華人之後，數又不敵華人之多，而聲應氣求，直可喧賓奪主。況乎遵照美例，凡公舉官員等大事，若輩各有自主之權。華人則未入美籍，從無舉官之分。歐人之賤視之者，直同不齒。日積月累，孱弱寖不能支。猶幸有富戶及大商人等之祖黃者，謂吾輩雇用華工，使之洗衣煮飯。較之汝等歐人，藝精而價又甚廉，今奈何而欲逐之。其置有田園者，亦謂華工之操農事，及種植蔬果等類，往往時值炎蒸，地當赤道。彼阿爾蘭人產自北方冱寒之境者，豈能堪此？今欲逐去華人，不幾使吾輩有荒蕪之歎哉？祖白者聞其語無以難也。此華工之所以能得過且過。

蒲大臣之深意，尤有兩相調劑者在也。查一千八百六十八年所修續約之第八款，原文姑不必贅錄，惟玩其語氣，則謂美國之所少者，人工也。中國小工在美國之內，彌縫其缺，實屬求之不得。中國之所少者，機器也。而美國則有靈巧之各種機器，以一工而可兼數工之事，則亦美國之小工也。以美

國之機器小工，易中國之筋骨小工，彼此皆有大益。然如上文所云，華工至美已屬不行，而美國欲獨承中國所需之機器，歐洲各國又執利益均霑之約，以與中國相詰難，亦卒至於必不能行而後已。憂時之士，所以撫膺而長歎也。鄙人一得之愚，竊謂有二法於此。其一曰通商，其一曰墾荒。彼此互相入籍之例不必廢，亦不必泥也。美國限禁華工之例不必疑，亦不必失懼也。茲事體大，非一、二語所能竟其緒，容俟暇日作為續論以暢發之。茲先遮其大凡，以質當事。

夫中美兩國，今者業已通商。而余猶曰通商者，何也？則以今日之通商，美通華而華未通美也。美商之通於華者，華人限以口岸，而禁之入內地。倘使照約准其入籍，則同係華人，又何禁止之有。至美例申有禁止字樣，只言小工，而不言通商。華例則亦有禁止機器人口一節，故華工入美籍一層，姑作罷論，而專務於通商。中國乘此機會，與美國重立通商之約，如各國與中國立約通商一例。日後倘有華人願往美國，選定通商口岸，購置輪船，往來紐約、舊金山等沿海各埠。不啻太古、怡和各公司輪船往來中國沿海沿江各處也者。非徒中國運美營銷之貨，可日見其增多，而且在美之華工逐漸由內地退至通商口岸。夫孰得而禁止之，今當尚未立約之際，則不妨暫遵美例，報名映像，領照安居，可像其不再侵擾。其欲續往美國傭工者，緩至通商約定後，前往通商口岸。假如有欲入內地者，則援寓滬西商至蘇州、無錫等處之例。凡有貿易所關之事，皆可准其暫入。此事能成，則中美兩國永敦睦誼，固不待言。而況美國者，新立之大國也。雖曰隆隆日上，然十分中僅興三分。中國者，古之名國也，貌似興而實尚未興。歐洲百年來所割各新法，未能一一獲其益，則古國而無殊新國也。今美國之所冀者，惟在於中國之興。中國能興，則美之僅興三分者可以興至五分。是彼此互有大利矣。

又考中美相通之路，若由美國起程，必須假道英國。過紅海、地中海、印度洋迤邐而東，甚屬迂遠。今美國欲將中美洲之一海頸集資開掘，亦如往年開通蘇彝士河之例。俾航海者得以取道西行，於此通商貿易既無水陸過駁之煩，又收程途便捷之效。中美兩國之商務尚不日有起色者，必無之理也。至開掘新河之大益，蓋在南北兩美洲之西境。及東方諸國如中華、如印度、如日本者，亦皆息息相關。及其盛也，直可使歐洲商務亦易東櫓而為西帆。天下熙熙，同我太平，豈不美哉？豈不美哉？其墾荒之法則奈何？中國愛民如子，誠不忍其窮而遠出也。莫若取法於美初。美國東西各省陸路已阻於土

人矣。欲取水程,則殊遼遠。又若明知迤中各省,地脈甚肥,礦產亦盛,然不過為野人之居處,野獸之窟穴。今則開通鐵路,沿路兩旁之地,漸有人煙漸有市集。向所鄙為磽确者,逐漸視為膏腴。此成傚之昭然者也。中國東三省及蒙古各部落,皆屬絕美之地。以之種植,則收穫必豐。以之開採,則寶藏必富。一旦華工聞之而歸,美之贅瘤易而為華之手足。不特欲開鐵路等事,皆足以供驅策,而且中美之小結,從此冰消瓦解,各務乎利國利民之大。而且即以此法通之於新金山等各地,凡與華工有關礙之處,無不可以照行。此又余之所滿志躊躇者也。以上兩端,悉歸一貫。謂余不信,請觀續論。

《萬國公報》第六十三冊(光緒二十年三月)。

基督教有益於中國說

〔美〕林樂知

道之大,原出於天。而教之大,本存乎愛。天生世人,而為並世眾人之父,自無不愛世人矣。人生在世,凡同居於天之下者,無一非兄弟姊妹之倫。孰不當體天父愛世之心,以愛並世之人乎?

嘗考基督教法,厥有三大綱領。上帝為創造天地萬物,無始無終,全智全能,獨一無二,昔時今時異時永在之真神。人常以敬之者愛之。其道一也。愛人如己,實為聖誡中切要之條。世人皆為在天之一父所生,故凡同類者,皆有相愛之情。其道二也。天照本身之形以造人,使為萬物之靈,而以全地之鳥獸蟲魚,付之管轄。是人有治理萬物之權,不當使一物失其所用。於是乎格物之學興,而萬物之利亦與之俱興。其道三也。基督教之傳於中國,今已無地無之矣。而其崇道以黜邪,設醫院以救貧,立學塾以教人,著書籍以廣學,一切有益於中國之事,皆推本於此三端而擴充之耳。

天父憐愛世人,命其獨生之愛子救主耶穌基督,降臨世界代眾人受死贖罪,釋放世人於一切諸苦之中。遵守聖誡十條,引領全世犯罪之人,使與震怒之天父復和。此教之所由興也。跡其救苦之端,邪教之惑人者,能使愚民信之而不復其初,惟真道有以釋之。中國所奉之偶像,類皆泥塑木雕之物,本為世人所管轄者,今反拜而奉之,豈非與真道相遠乎?販奴賣婢之風害人不少,一自基督教出而禁之,使奴僕全行釋放,列為平等之民。此猶其事之細微者耳。從來治民之權,在上者視為傳世應得之利益,而虐待其民人有若

世之奴僕然。自聖教興，而人得自主矣。人民既得自主，則見識日以明，學問日以深，即藝術亦日以精，教化之所由上陞也。且也男女並重，而悉教以讀書，使女子亦得列於儔類之中，不存菲薄之心，此教中諸益之最大者。女學愈興，國勢愈強。歐洲之成效昭然矣。安見中國之不能振興乎？

中國向為習俗所囿，致失其治理萬物之靈。論世者每曰：中國礦產之煤鐵，實多於歐洲。特上之人愚而不明，狃於風水之邪說，坐令棄於地中，甘失富強，為可惜耳。誠能漸明真道，去其虛偽之舊教，而講求格致之實學。將見論格物則中外無異物，自無異格也。論天文則中外無異天，自無異文也。論地理則中外無異地，自無異理也。論數學則中外無異數，自無異學也。舉凡見識學問，經綸事業，皆可從信道，自主放膽而行之。故基督教傳至中國，若能上行下效，認在天有獨一之神，認耶穌為獨一之中保，救世之主，認上帝為天父，即萬民皆為兄弟，天下一家，中國一人。人不失為萬物之靈，物各出其天生之利。政有與道相合者，則振興之。俗有與道相違者，則革除之。國家增其權，民眾廣其識。如此而有不富強者，吾不信也。

在昔歐洲諸國，當未聞道之先，其愚拙情形，亦姐今日之中國。今為中國計，惟有基督之道足以救人。雖或一時未能盡除世人之苦，亦當略減之矣。醫院足以救貧病，老幼殘疾等院足以奠民生。書院學堂之設，可使華人化愚而為明。格物博學之功，能令中國變弱而為強。避風水之說，則地利自興。廢星卜之書，則天文自驗。邪說足以惑人，除之必力。通商足以裕國，治之必精。而且君民不可隔膜，有教道以通之，而上下自相親矣。真偽不能並行，有教法以繩之，而虛妄自可去矣。凡有損之惡習，如吸煙、酗酒、賭博、姦淫、欺騙、竊盜等類，教規之禁例甚嚴。有益之良模，如鐵路、電線、郵整、礦務、製造、船炮等政，國家之富強可卜。所惜者，今世之人。僅信其外貌之粗跡，未得其真理之淵源。永無望成功之日耳。自今以往，吾知中國窮而思變，不得不求助於基督之聖教，為導民之正路，興國之大原矣。

中華為東方之鱟國，疆域之廣，戶口之繁，皆為大有可造之事。論天時、地利、人和三端無一不足以勝人。若更崇基督之教，以為出治之本。人盡以敬天者愛人，豈不可以愛人者興國乎？昔之所以興不遽興，至喪帥割地，而貽笑於鄰邦者，中國舊教之誤人也。今日之可以欲興即興，雖富國強兵，而能期於一旦者，基督聖教之救世也。秉國鈞者，如欲懲其弱而復其初，豈有他道哉？去其舊教，以從聖教而已矣。方今中國人民，或創立各種私會，如

印度之立新教然也。或仿傚基督教法，如日本之興老教然也。甚或斥主教爲邪教，焚毀劫殺之常聞，而不知其違天者不祥，背天者獲罪也。基督教以天爲主，乃天所傳之教，非人所造之教也。無一人不在天之下，即無一人不在教之中。不獨上帝無異帝，眞道無異道，即天文、地理、格物等，亦皆無異學也。人豈可自外於教，自絕於天，而坐失此無窮之教益哉？

（《萬國公報》第 83 冊，光緒二十一年十一月）

中國振興女學之亟

〔美〕林樂知

女子者，初無爲官之資格也。學而成，不足以備朝廷之任使，其身無錦繡前程可言，其父母無封典之可望，其子孫無閥閱之可傳，就令不學，而飲食猶是，居處猶是，爲人之妻，爲人之婦，爲人之母，一切之名分猶是，豈有所關於人類，而何爲必驅之使學哉。且女子而讀書，尤易爲不合時宜，不諧習俗之舉，止使頑固者，因之刺目而棘心。然則中國之女學，其無有振興之日已乎？

女學者，使之讀西書，明外事，擅文才，而後其志氣高尙，其見識遠大，其位置崇亢，而不肯自卑，其行止滴落，而無所黏滯焉。有鄙薄之思想，入其腦中乎？就令不然，男女者，個人之私德也，中國之國恥，足以貽歷史上之污點者多矣，士大夫不以·屑意，而獨於此靳靳焉，防微杜漸，先事綢繆，似一失足，即元顏立國於地球之上者。若自由結婚，乃全世界之公理，而中國則引以爲大辱，而一夫數婦，則又爲禮所當然，怪怪奇奇，誠爲外人所不解也。

聞熱心救國之言矣，日變法變法，日立憲立憲，欲變法於國乎，盍先變法於家家，欲立憲於國乎，盍先立憲於家家。家家不維新，而維新於國者，何也？家家不釋放，而釋放於國者何也？故今日應爲之急務，爲變法立憲之預備，不能入人人之家而戶說之，莫若興女學，勸女學，使女子而皆有學問，具完全之人格也，將與男子同出而擔任人類之義務，則國其庶幾乎。

今中國通商各阜，略有女學，內地則寥寥，其爲風氣所錮閉，爲宗教所束縛，爲卑鄙之知識所限制，原因不一而足，而辨者又恒爲男子尙不能教育普及，何況於女。此說尤爲大謬，男女等人耳，何分緩急，夫歐美女子，爲

農、爲工、爲商，爲士，爲宮署之父案，爲報館之記者，爲學堂之教員，爲醫院之醫生，且有入紅十字會者，皆親歷槍林炮雨之間，而傷兵病卒之治療看護，爲其專職，雖不與當兵之役，而已過半矣。其程工何亞於男子？中國惟廢置而不用，恐其男女無別，有辱國之憂耳。不然，則奚先於彼，奚後於此也。矧欲謀男子之教育普及，非先興女學不可也。嗟乎，言者無罪，聞者作戒，此本報所以盡抉中國積病之所在，而無少忌諱。深願讀者念藥石之苦口，而有以激發也。不然則本報其知罪已。

（《萬國公報》第 7 卷第 28 號 1905 年 9 月）

論中國亟需設立幼稚園

〔美〕林樂知

昔伊美森有言曰：兒童者，世界之旭日。吾於今益信之，是故人群不欲進步則已，欲求進步，其必自兒童教育始。

此非關乎一國之問題，乃關乎世界之問題。凡屬在華布道之人，皆當身任其責也。今試設一問曰：幼稚園之設，宜於中國乎？或轉一語曰：幼稚園之於兒童教育，其關係果安在乎？是二問者，吾將一一答之。夫以今日視兒童之學問如此其重，推原其主動力，吾必歸功於幼稚園及其創始人。雖其它影響所及，亦非無效，然而爲父師者，初非能真知兒童教育之可貴也。迨福洛培爾出，闡發蒙學之精義，審定教育之規則，則使聞其言者，昭然若發蒙，影響所至，推而彌廣，譬猶源之遠者流自長焉。歷年逾久，福氏之壁壘亦愈堅，今日各西國之蒙學堂，聾瞽院，與夫習練手藝，改良社會，皆以幼稚園之法行之，無所往而不效，豈不足見福氏之說日漸發達乎。

由是觀之，則幼稚園之有益於中國也明甚。兒童之教育，其方法雖有殊致，試平心察之，其歸宿無不同，夫亦日兒童之願欲，即兒童之能力而已矣。能力者可以集事，可以創業，而惟願欲深入於兒童之神經，以爲之左右。其機已動，而莫爲之導，遂至日陷於罪惡，而不能以自拔，可不哀哉！

吾黨有教育之責者，欲救華童蹈常習故之弊，當助之以自立，而抉去其依賴之心。蓋一國之人，如是而能真自由，良由人必自知其能力，而後能知有上帝，何以故？以一切自由，原於上帝故。

　　然則必於何而後可乎？此必非書籍所能爲功也。兒童年齡在──七歲以下，斷非書籍所能導引其能力，即在七歲以上，其收效亦僅矣。

　　既知兒童之願欲所存，即可教育兒童，亦必合於兒童之性質後可。是何也？則遊戲是也。蓋兒童之視遊戲，一如其視飲食，其宗教在是，其世界在是，一切事物，無不以是爲中心點。是故遊戲者，兒童之事業，亦猶工作者。成人之事業，專其心，致其志，樂此不疲。人以遊戲視之，兒童以鄭重出之，然則遊戲者，實即兒童之工作，其愛遊戲之心，擴而充之，即成人之愛工作，是在善養之而矣。

　　幼稚園者，導兒童以實行，使知有權利，而後畢生之行事，由習慣而成自然，習之既久，但使不誤於趨向，則充其能力，雖他年任之以良鉅，亦不足畏矣。蓋幼稚園之宗旨，在乎言必顧行，不獨冀其它眞言而已。一善念之感觸，必施之於實事，苟鬱而不宣，有聽其消滅耳。所以教育兒童之道，當以實行爲主，而利導之。夫以眞道曉兒童，而曾不收效者，非無效也，索解難，而於實事無與也。

　　不寧惟是，幼稚園遊戲之事，乃詔兒童以用力之方也。其於兒童之能力，必使聚而不散，若聽其自爲遊戲，恐未足以語乎此。蓋人各自有其材，皮其有以自見，又必有所以自見之具，而兒童茫然也，所賴爲之長者，提撕警覺，務使其所欲爲者，足以表見而後已。苟無人焉爲之先導，則必至不克振作，無自信之力，而爲終身之累矣。

　　中國之宜設幼稚園，如此其急也。吾黨傳道之士，苟知勸道華人之法，惟幼稚園之收效爲最大。吾知其必置他事於緩圖，而以是爲先務，非吾之過甚其辭也，幼稚園之設，即以道德救兒重者也。

　　吾黨之教華童者，不必遽以聖賢期之也，而當先使之強毅有爲，以漸躋於聖賢之域，故上帝之寶座，可藉教室之講臺而至者，藉兒童之遊戲而亦至，其謹記之勿忘。

　　顧或曰：幼稚園也，遊戲場也，非吾之所欲爲也。則試正告之曰：無幼稚園，無遊戲場，吾又將奚爲？夫吾覺傳道之士，凡所作爲，其需費最省，而收效最捷者，孰有過於此者乎。時也，矧以吾黨號爲上帝之僕者耶。吾聞善誘敵者，即以敵之所以誘人者誘之，然則幼稚之年，正就我範圍之時，而亦吾黨所宜注意之時也。

　　夫兒童之一身，能力之所集也。當其發而爲用，無所趨向，凡在吾黨，

宜何如誘掖之，啓迪之，使之日卽於善而遠於惡乎。且兒童者，一國之至寶，一國之光寵，而亦足爲一國之大敵者也。故吾人欲大有造於一國，非思有以救其兒童不可也。今日中國之前途，非有重賴於兒童者哉。

然則救兒童者，今日之大事業也。吾黨其速爲之兒童之能力者，能力之發軔也，吾黨其養成之奮發有爲者，兒童之本性灼，吾黨其導之以正直、以清白、以慈愛，以良善，以感發其好善之心，吾黨其勉之哉。

幼稚園之於中國，其爲遊戲之福音歟？質言之，抑亦吾耶穌基督之福音也。其可少乎哉！

（《萬國公報》第 17 卷第 9 號 1905 年 10 月）

附錄 9：刊誤補遺：近代報刊的諾貝爾獎報導[註1]

　　2014 年度諾貝爾獎得主現已公佈，民眾密切關注，媒體熱烈報導，引發新的輿論焦點；雖然中國作家莫言獲得 2012 年度諾貝爾文學獎，極大地滿足了中國人的「諾獎」情結；但民眾對「諾獎」熱情不減，期盼中國科學家在諾貝爾獎的重大突破。筆者從 2001 年以來，筆者查閱大量近代報刊文獻，搜集整理數十萬字近代中國諾貝爾獎報導資料，先後撰寫並發表《諾貝爾獎在中國的早期報導》等五篇論文，不斷推進研究的深入發展。但是，最近筆者在細緻耙梳近代中國諾貝爾獎的報導資料時又有新發現，撰寫成文以對以往的研究論斷進行刊誤補遺。

（一）最早公佈諾貝爾逝世及遺囑消息

　　筆者曾認為：《萬國公報》是中國最早介紹和報導諾貝爾獎相關新聞的近代中文報刊[註2]，因為它在中國最早公佈了諾貝爾逝世以及遺囑消息。

　　1896 年 12 月 10 日，著名化學家諾貝爾（*Alfred Bernhard Nobel*）因病逝世。他生前曾先後於 1889 年、1893 年、1895 年立下過三份內容非常相似的遺囑，以最後一份為準。該遺囑取消了分贈親友的內容，將全部財產用於設立獎勵基金。諾貝爾遺囑公佈後，引起軒然大波，一時批評和譴責之聲佔據上風。新聞界公開鼓勵親屬上訴，理由是「法律缺陷」和「不愛國」。諾貝爾

〔註 1〕 拙文發表於 2015 年 3 月 4 日《中國社會科學報》第 709 期。
〔註 2〕 鄧紹根：《談近代國人報刊最早報導諾貝爾獎》，《國際新聞界》2006 年第 2 期，第 74 頁。

遺囑風波引發世界新聞界關注，各國紛紛報導。1897 年 1 月 2 日（農曆 1896 年 11 月 29 日），英國路透社編發簡訊報導諾貝爾逝世以及其遺囑大意。該電訊通過路透社經海底電報線傳遞至世界各地，也包括上海路透遠東分社。當時該社與上海字林西報簽有「專供《字林西報》」協議，但路透社電訊在自辦《字林西報》並非都會刊登，大部分則經由字林西報社售賣給中國新聞界的各大報刊。因爲，當時中國報刊消息來源非常有限，尤其是國際新聞。因此，爲了迅速報導國際新聞，各大報刊均設有路透譯電專欄，如《時務報》的《路透電音》、《萬國公報》的《飛電傳書》等。

　　1897 年 1 月（農曆 1896 年 12 月），外國在華傳教士組織廣學會機關報《萬國公報》關注到諾貝爾逝世及其遺囑的路透電訊，並由林樂知翻譯、蔡爾康筆述成中文稿刊登出版在《萬國公報》第 96 冊的路透譯電專欄《飛電傳書》中，簡明扼要地報導說：「新造但納蠻炸藥師拿缽卒，其遺囑有云：余因創得此藥專利而獲利，今宜另款存儲。凡萬國人查考格物之學，而無資本者，則酌量接濟之。」〔註 3〕根據筆者迄今掌握的史料，這是中國最早關於諾貝爾逝世及其遺囑的報導。由於當時諾貝爾遺囑執行遭遇重重困難，諾貝爾獎尚未設立，所以，筆者以前的論斷：《萬國公報》是中國最早介紹和報導諾貝爾獎相關新聞的近代中文報刊，似有不妥，應改正爲：《萬國公報》最早報導諾貝爾逝世、公佈諾貝爾遺囑新聞。

（二）近代中國報刊爭相報導諾貝爾遺囑新聞

　　經《萬國公報》報導後，近代中國報刊逐漸關注到諾貝爾逝世及其遺囑。1897 年 2 月 22 日，近代維新派影響力最大的報刊《時務報》第 18 冊發表由該報譯員張坤德、主筆梁啓超編譯的「路透電音」。首條新聞就是：「諾白爾乃首創達乃麥炸藥者也，將其所有資財甚巨，幾盡捐作各國公款，以供獎勵考究格致之用。（西正月初二日）」〔註 4〕。因諾貝爾獎尚未設立，《時務報》不應該認爲是中國最早介紹諾貝爾獎相關新聞的國人報刊，而應該勘正爲：《時務報》是最早報導諾貝爾遺囑新聞的近代國人報刊。

　　同年 5 月初，香港《循環日報》刊登了諾貝爾逝世及其遺囑的新聞報導。5 月 3 日，上海《申報》以《其言也善》爲題轉載該報導，「瑞典國已故民人

〔註 3〕林樂知、蔡爾康譯述：《飛電傳書》，《萬國公報》第 96 冊，第 16625 頁。
〔註 4〕張坤德：《路透電音》，《時務報》第 18 冊，北京中華書局 1991 年，第 1215 頁。

阿魯付力度挪別魯者，前因創造祭拉米度開花彈，以此頗獲厚資，家成巨富。聞其臨終遺言有：我之財產當做五份，一份瞻親族；一份曾發明化學者；一份贈公家考求格物學者；一份移助善堂經費；一份移助萬國講求平和公費云云。夫炮彈以傷人爲貴，而開化彈則尤爲猛烈。始作俑者，其用心之狠毒，不待言矣。而觀其臨終處分遺產，井井有條於大公無我之中，寓愷惻慈祥之意，一反其生平之所爲，不亦可謂善補過者哉。先哲云：人之將死，其言也善，於此益信。」〔註 5〕顯然《循環日報》和《申報》的報導內容有所錯誤；原因可能是該報導根據的是 1889 或 1893 年諾貝爾遺囑，其中確有遺產分配給親友內容。

同年 8 月 28 日，《時務報》第 37 冊刊登了由該報西文譯員張坤德翻譯美國《格致報》文章《瑞人挪勃而散財以興格致》，全文 900 餘字，盛讚諾貝爾捐獻鉅資將設獎勵科技發明的義舉。「瑞人挪勃而君，創行新法家之巨臂也。有昌明格致之志，愛不惜鉅款，以求絕學久矣。其有此舉也。挪勃而以美銀九百萬圓爲振興格致之用，而教化即寓乎其間。夫鼓勵之道，必有所籍。挪勃而此舉不第以獎勸精深格致家。普天之下皆將爲所感動，奮發而不能自己矣。其收效爲何如乎？」〔註 6〕介紹諾貝爾遺囑分配內容。「挪勃而所貽之款，五分之以求五種之學。有能於格致中，得其至要極新之法者，贈之以五分之一。有能研究化學，精而益精以造於無上上等者，贈之以五分之一，有能精究醫藥，無毫髮遺憾以療眾生病者，贈之以五分之一。有能語妙天下，爲文章聖手者，贈之以五分之一。有能聯絡各國相親如兄弟，且使之遣散兵士以息干戈，設法舉董以主和局者，亦贈之以五分之一。凡此五者，惟能者是與邦國種類，俱所不問其途，亦可謂廣矣。」〔註 7〕高度評價諾貝爾設立獎金的社會意義。「經此一番提倡，而近人創興之事，將益見信於天下矣。……故天下有格致家不可無挪勃而其人。所可惜者，必遲至今日，而始有此舉也。」〔註 8〕

近代中國報刊爭相報導諾貝爾逝世及其遺囑新聞，使得其生平義舉在中國得到傳揚。1898 年 3 月 13 日，維新派朱開甲等在上海創辦《格致新報》。

〔註 5〕 佚名：《其言也善》，《申報》第 8635 號，1897 年 5 月 3 日。
〔註 6〕 張坤德：《瑞人挪勃而散財以興格致》，《時務報》第 37 冊，第 2516 頁。
〔註 7〕 張坤德：《瑞人挪勃而散財以興格致》，《時務報》第 37 冊，第 2517 頁。
〔註 8〕 張坤德：《瑞人挪勃而散財以興格致》，《時務報》第 37 冊，第 2518 頁。

在創刊號「答問」欄目中，讀者「青浦臥雲山莊主人」來信請教說：「本屆特旨設立經濟特科，士子有志觀光者甚多，但僻省腹地苦無師資，第（弟）讀近譯諸書，又未知能否用，請貴館明以教我。」該報編輯回答說：「倘能以此建設學堂則人才之造就必多，國家即無公項，民國亦可興辦，曷不效瑞士人那白耳（即創造大乃慢炸藥者）之所爲遺命，以洋一千六百萬元歸於國中三處學會之用。」〔註9〕雖然《格致新報》編輯誤讀了諾貝爾捐獻遺產設立獎金的用意，但能運用該事實闡明興辦教育的重要性，至少說明諾貝爾義舉在中國已經得到傳播。

（三）首屆諾貝爾獎的最早報導

諾貝爾遺囑公佈後，遭遇曠日持久的法律訴訟。1898 年 5 月 21 日，瑞典國王宣佈 1895 年諾貝爾遺囑正式生效。1900 年 6 月 29 日，瑞典國會通過諾貝爾基金會章程，諾貝爾基金會正式成立。1901 年 12 月 10 日，首屆諾貝爾獎頒獎盛典在瑞典斯德哥爾摩音樂廳正式舉行。但此時義和團運動在中國北方蔓延，八國聯軍侵華戰爭爆發，侵佔北京。1901 年 9 月 7 日，世界 11 國列強迫使清政府簽訂喪權辱國的不平等條約《辛丑條約》，近代中國滑向半殖民地半封建社會谷底深淵。近代中國報刊關注焦點多集中著眼於國內戰爭和民生命運，對剛剛頒發的首屆諾貝爾獎未能及時關注並給予迅速報導。

1902 年 10 月，在《萬國公報》第 165 期「雜俎」欄目中，林樂知、范禕譯述的《鉅款賞格》報導首屆諾貝爾獎得主情況，「檀納曼炸藥之用甚多，創造者瑞典人名拿伯講求化學，因造此藥得專利，憑此遂致巨富。臨死之日分派一款以贈創造各種新法人，每年比試之賞格。一千九百零一年，有得十五萬克魯能者（按十八克魯能爲一磅），即瑞士人杜奈得創設立紅十字會之人，因其事最有益於人也；另二十萬克魯能分與兩人，一爲德國醫師白林深究化學者；一爲倫德根，即造愛格斯電光者，故合之爲三十五萬克魯能云。」〔註10〕

《鉅款賞格》敘述的諾貝爾發明炸藥致富和遺囑的事實是基本準確的。它報導的 1901 年諾貝爾獎得主則出現了漏報現象。報導中只提到了三位諾貝爾獎得主，即諾貝爾和平獎得主瑞士人「杜奈得」（現譯爲「瓊·亨利·杜南」，

〔註 9〕佚名：《答問·第二問》，《格致新報》第一冊，1898 年 3 月 13 日，第 15 頁。
〔註10〕林樂知、范禕譯述：《鉅款賞格》，《萬國公報》第 165 卷，第 21322～21323 頁。

Jean Henry Dunant）、諾貝爾生理學或醫學獎得主德國醫師「白林」（現譯為「貝林」，*Emil Adolf von Behring*）、諾貝爾物理學獎得主德國人「倫德根」（現譯為「倫琴」，*Wilhelm Conrad Rontgen*）；事實上，1901 年諾貝爾獎得主有六人，除上述三人外，被漏報者為：諾貝爾化學獎得主荷蘭人范托霍夫（*Jacobus Hendricus van't Hoff*）、諾貝爾文學獎得主法國人蘇利‧普呂多姆（*Sully Prudhomme*）、諾貝爾和平獎另一位得主法國人弗雷德里克‧帕西（*Frédéric Passy*）。另外，報導的三位諾貝爾獎得主中出現了獎金不均現象，諾貝爾和平獎得主「杜奈得」獎金是十五萬「克魯能」，而諾貝爾物理學獎和諾貝爾生理學或醫學獎得主則各為十萬「克魯能」，這也與事實有所出入。因為按照諾貝爾獎基金會章程，每年評選的每一類諾貝爾獎獎金數目相同，如果出現多人同時獲一類諾貝爾獎，則平分獎金；而該則報導在獎金方面厚此薄彼的做法，也道出了《鉅款賞格》報導的初衷，突出創立紅十字會的瑞士人「杜奈得」。《鉅款賞格》的後半部分報導內容在突出「杜奈得」方面走得更遠，直接以小題目「杜奈得之立紅十字會」較為詳細地介紹「杜奈得」創立紅十字會的詳細過程。

雖然 1902 年 10 月，《萬國公報》的《鉅款賞格》報導了首屆三位諾貝爾獎獲得者，卻遺漏了其它三位諾貝爾獎得主，但是報導內容基本與歷史相符；其報導時間也與首屆諾貝爾獎頒佈時間 1901 年 12 月 10 日，相差一年。但是，根據筆者迄今掌握的史料，它是中國最早的諾貝爾獎報導。因此，這推翻了以往筆者論斷：諾貝爾獎在中國的傳播報導始見於 1904 年 10 月，中國人至遲在此時就已經知道諾貝爾獎的基本狀況。〔註11〕

綜上所述，1897 年 1 月，《萬國公報》最早在中國公佈諾貝爾逝世及其遺囑消息；同年 2 月，《時務報》成為最早報導諾貝爾遺囑新聞並進行持續報導的近代國人報刊；1902 年 10 月，《萬國公報》在文章《鉅款賞格》中報導了首屆三位諾貝爾獎得主並突出了諾貝爾和平獎得主杜南創立紅十字會的功績。因此，根據筆者迄今掌握的史料，1902 年 10 月，《萬國公報》在中國最早報導了首屆諾貝爾獎，掀開了中國諾貝爾獎報導的序幕。

〔註11〕鄧紹根、王民：《諾貝爾獎在中國的早期報導》，《中國科技史料》2002 年第 2 期，第 135 頁。

參考文獻

（一）著作

1. 林樂知編：《萬國公報》，臺灣華文書局影印合訂本，共 40 冊，《清末民初報刊叢書》之四，1968 年。

2. 林樂知編：《教會新報》，臺灣華文書局影印合訂本。共六冊，《清末民初報刊叢書》之三，1968 年。

3. 林樂知編：《萬國公報》，上海圖書館館藏初始本。

4. 李天綱編：《萬國公報文選》，三聯書店，1998 年 6 月。

5. 梁啓超著：《西學書目表》，1902 年。

6. 王韜著：《弢園文錄外編》，中華書局，1959 年。

7. 康有爲著：《大同書》，中華書局，1959 年。

8. 湯志鈞編：《康有爲政論集》，中華書局，1981 年。

9. 梁啓超著：《飲冰室合集》，中華書局，1989 年。

10. 夏東元編：《鄭觀應集》，上海人民出版社，1982 年。

11. 蔡尚思、方行編：《譚嗣同全集》，中華書局，1981 年。

12. 胡珠生編：《宋恕集》，中華書局，1993 年。

13. 孫寶瑄著：《忘山廬日記》，上海古籍出版社，1983 年。

14. 梁元生著：《林樂知在華事業與〈萬國公報〉》，臺灣正中書局，1986 年。

15. 費正清著：《劍橋中國晚清史》，中國社會科學出版社，1993 年。

16. 顧長聲著：《傳教士與近代中國》增補本，上海人民出版社，1991 年。

17. 顧長聲著：《從馬禮遜到司徒雷登——來華新教傳教士評傳》，上海人民出版社，1985 年。

18. 朱維錚編：《基督教與近代文化》，上海人民出版社，1994 年。

19. 戈公振著：《中國報學史》，三聯書店，1986 年第 2 版。

20. 方漢奇著：《中國近代報刊史》，山西教育出版社，1991 年。

21. 方漢奇編：《中國新聞事業通史》第一卷，中國人民大學出版社，1992 年。

22. 方漢奇著：《報史與報人》新聞出版社，1991 年。

23. 馬光仁編：《上海新聞史》，復旦大學出版社，1996 年 11 月。

24. 劉家林著：《中國新聞通史》，武漢大學出版社，1994 年。

25. 楊光輝等編：《中國近代報刊發展概況》新華出版社，1986 年。

26. 谷長嶺、俞家慶：《中國新聞事業史參考資料》中國廣播電視大學出版社，1987 年。

27. 王鳳超著：《中國的報刊》人民出版社，1988 年。

29. 丁守仁編：《辛亥革命時期期刊介紹》第一卷，人民出版社，1982 年。

29. 龔書鐸著：《近代中國與文化抉擇》，北京師範大學出版社，1994 年。

30. 龔書鐸編：《中國近代文化概論》，中華書局，1997 年 9 月。

31. 焦潤明著：《中國近代文化史》，遼寧大學出版社，1999 年 7 月。

32. 熊月之著：《西學東漸與晚清社會》，上海人民出版社，1995 年。

33. 張志剛著：《宗教文化論》，人民出版社，1994 年。

34. 李尚英著：《中國清代宗教史》，人民出版社，1993 年。

35. 林治平編：《基督教入華百七十年紀念集》，宇宙光出版社，1984 年。

36. 林治平編：《基督教與中國近代化論文集》，臺灣商務印書館，1970 年。

37. 黃新憲著：《基督教教育與中國社會變遷》，福建教育出版社，1996 年。

39. 王樹槐著：《外人與戊戌變法》，上海書店出版社，1998 年。

39. 姚崧齡著：《影響我國維新的幾個外國人》，臺灣傳記文學社，1971 年。

40. 賴光監著：《中國近代報人與報業》上、下，臺灣商務印書館。

41. 林慶元、郭金彬著：《中國近代科學的轉摺》，鷺江出版社，1992 年 4 月。

42. 段治文著：《中國近代科技文化史論》，浙江大學出版社，1996 年 8 月。

43. 高端泉編：《中國近代社會思潮》華東師範大學出版社，1996 年 7 月。

44. 劉善齡著：《西洋風——西洋發明在中國》，上海古籍出版社，1999 年 9 月。

45. 郭雙林著：《西潮激蕩下的晚清地理學》，北京大學出版社，2000 年 5 月。

46. 孫海英編：《科學技術概論》，南京師範大學出版社，1998 年 11 月。

47. 卿汝楫著：《美國侵華史》，三聯書店，1956 年 2 月。

49. 鄒振環著：《晚清西方地理學在中國》，上海古籍出版社，2000 年 4 月。

49. 曹增友著：《傳教士與中國科學》，宗教文化出版社，1999 年 8 月。

50. 董英哲著：《中國科學思想史》，陝西人民出版社，1990 年 12 月。

51. 丁偉志、陳菘著：《中體西用之間》，中國社會科學出版社，1995 年 5 月。

52. 顧衛民著：《基督教與近代中國社會》，上海人民出版社，1996 年 5 月。

52. 王林著：《萬國公報研究》，（未刊稿）。

53. 黃恒正譯：《世界發明發現總解說》上、下，遠流出版事業股份公司。

54. 杜石然等編著：《中國科學技術史稿》上、下，科學出版社 1982 年 8 月。

55. 沈福偉：《中西文化交流史》，上海人民出版社，1985 年。

56. 張靜廬著：《中國近代出版史料》三冊，人民出版社，1953、1954、1957 年。

57. 葉再生編：《出版史研究》第四輯，中國書籍出版社。1999 年。

59. 杜石然、林慶元、郭金彬：《洋務運動與中國科技》，遼寧教育出版社，1991 年。

59. 王玉倉：《科學技術史》，中國人民出版社，1993 年 3 月。

60. 楊沛霆：《科學技術史》，浙江教育出版社，1986 年。

61. 王鴻生：《世界科學技術史》，中國人民出版社，1996 年。

62. 單志清：《發明的開始》，山東人民出版社，1983 年 5 月。

63. 德博諾編：《發明的故事》上、下，三聯書店，1986 年。

64. 〔英〕李約瑟著：《四海之內》，三聯書店，1987 年。

65. 〔英〕李約瑟著：《中國科學技術史》，科學出版社，1975 年。

66. 〔英〕李約瑟著，陳立夫譯：《中國古代科學思想史》，江西人民出版社，1999 年。

67. 〔英〕李約瑟著：《中國科學技術史》精裝本，科學出版社，上海古籍出版社，1990 年。

69. 〔英〕沃爾夫：《十六、十七世紀科學技術和哲學史》，北京商務印書館，1985 年。

69. 〔英〕沃爾夫：《十八世紀科學技術和哲學史》上、下，商務印書館，1991 年。

70. 〔英〕梅森：《自然科學史》，上海人民出版社，1977 年。

71. 〔英〕丹皮爾：《科學史及其與哲學和宗教的關係》，商務印書館，1975 年。

72. 〔英〕懷海特：《科學與近代世界》，商務印書館，1989 年。

73. 近現代科學史研究室：《二十世紀科學技術史》科學出版社，1985 年。

74. 童鷹著：《世界近代科學技術發展史》上、下冊，上海人民出版社，1990年。

75. 錢寶琮：《中國天文史》科學出版社，1978年。

76. 王德勝：《科學史》瀋陽出版社，1992年。

77. 林德宏：《科學思想史》江蘇科學技術出版社，1985年。

79. 《自然科學大事年表》上海人民出版社，1975年7月試用本。

79. 《中國近代期刊篇目彙錄》第一卷，上海人民出版社，1980年。

80. 《近代中國社會文化變遷錄》浙江人民出版社，第一、二、三卷，2000年。

81. 中國文化通志編委會：《中國文化通志》，上海人民出版社，1998年10月。

82. Adrian A. Bennett: Research Guide to the Wan-Kuo kung-Pa（The Globe Magazine），(1874～1883)，San Francisco: Chinese Materials Center, 1975.

83. 貝奈特：《〈萬國公報〉研究指南》（1874～1883年）。

84. 王林：《西學與變法：〈萬國公報〉研究》，齊魯書社，2004年。

（二）論文方面

1. 陳絳：《林樂知與教會新報》，《歷史研究》，1986年第4期。

2. 李天綱：《簡論林樂知與〈萬國公報〉》，《史林》，1996年第3期。

3. 房德鄰：《萬國公報與戊戌變法》，《北京師範大學學報》，1986年第6期。

4. 於醒民：《康有為對〈萬國公報〉的揚和棄》《華東師範大學學報》，1985年第1期。

5. 鄭大湖：《萬國公報的主筆是林樂知嗎？》，《上海師範大學學報》，1993年2月。

6. 黃新憲：《萬國公報與中國教育的近代化》，《南京師範大學報》，1996年第1期。

7. 尤衛群：《林樂知在華傳播西教西學作用》，《歷史教學》，1989年第6期。

8. 陳靜：《論傳教士在近代西方自然科學技術傳播中的主導作用》，《蘭州大學學報》，1986年第3期。

9. 胡思庸：《西方傳教士與晚清格致學》，《近代史研究》，1986年第1期。

10. 朱琳琳：《林樂知與間接傳教》，《檔案與歷史》，1985年2月。

11. 趙璞珊：《西洋醫學在中國的傳播》，《歷史研究》，1980年3月。

12. 肖眞：《〈萬國公報〉及廣學會的譯書出版活動對晚清社會政治影響》，《文獻信息學刊》，1997年4月。

後　記

　　回首 17 年的學術生涯，這是自己 2001 年鄭重地向母校——福建師範大學遞交的碩士研究生學位論文。感謝 1998 年福建師範大學歷史系，承蒙林慶元教授、黃國盛教授等面試老師的不棄，在六個人的碩士研究生復試中，我脫穎而出，最終以第二名總分 379 分成績，有幸被招收攻讀近現代史研究方向的四位碩士之一，那份赴福州讀書的感動至今很是懷念。在長安山下，在教會大學——福建協和大學的校園中，心中雖不知將來，但充滿了對未來世界的憧憬，滿是年輕的不安和躁動，唯知努力，唯知躍進，唯知騰飛！踏上了自己的學術人生之路。

　　感謝我的碩士生導師王民教授，是他領我進入了神聖的學術殿堂。在今天研究生擴招風潮日盛之下，我非常慶幸自己成為他第二個弟子，在他引領下學知求教，走上學術人生道路。他不僅是我個人的碩士生導師，而且是我們歷史系研究生班班主任。他經常來我們的研究生宿舍暢談人生，關心指導我們學習和生活；我們常在他家促膝長談，沏茶授課，聊學界名人，談學術發展，諄諄誘導，甚至在他陽光新村家裏上完課還要蹭一頓飯，打打牙祭，改善伙食。我很感動！他在研究生班上表揚我是一個豁達的人，使我知道了自己性格的優點，也從他的為人處世中學到了淡泊名利的人生態度和原則；我很感動！他教給我資料搜集整理的方法，耐心細緻地幫我修改論文處女作《林紓》，大到框架結構，小至標點符號，使我在一次次的文章修改中摸到了治學的門道，使一個在學術上不夠自信的自己逐漸能夠自主地在學術海洋中馳騁邀遊，他修改過的手稿我至今珍藏。我很感謝他！他分析我性格優點，有耐心，坐得住，鼓勵我在圖書館坐冷板凳，靜下心閱讀整理閱讀 40 卷《萬

國公報》，幫助我確定了《萬國公報》碩士論文選題，使我不時與他交流分享我閱讀《萬國公報》的感受，最終明確了《萬國公報》傳播科技文化的研究對象。在閱讀和研究《萬國公報》過程中，我自己製作了《教會新報》目錄，抄錄了幾百頁《萬國公報》科技內容，複印了高達一米多高的《萬國公報》資料。每當遇到研究困難，他都鼓勵我堅持並幫助我重新找到研究的信心和熱情。他甚至委託在香港中文大學攻讀博士學位的朱峰師兄複印了有關《萬國公報》研究書籍，讓我信心倍增，研究得以順利進展。當我的論文初步完成，交給他審讀，他對結構、行文、標點做了大量的修改，目前他用紅筆修改過的 100 餘頁的論文初稿，我不厭其重帶著它跟我走南闖北，從福州到北京再到廣州。它承載著自己年輕時期的學術追求，飽含著厚重的師恩深情。我很感謝他！我完成《〈萬國公報〉傳播近代科技文化之研究》初稿回家過 2000年春節時，他給我打電話，說推薦我畢業後去福建中醫學院社科部任教，問我願不願意？我立即欣然答應。他問我這麼回答得這麼爽快，不要多想一想，我在電話裏說，不用多想，我願意去大學裏任教，他說你不嫌棄工作不好，我說總比我讀研究生前在農村初中任教好！我當時也不明白為什麼那麼爽快，但我知道這是老師對我的厚愛和信任！我很感謝他！他在改完我初稿後，充分肯定我的論文。2001 年 3 月，福建師大第一次實施碩士研究生論文抽查盲審。我們歷史系 2001 屆 8 名畢業研究生，我和王尊旺兩人有幸「中彩」，我帶著忐忑不安的心情接受考驗。老師則不斷鼓勵我，辯證地看待被抽中盲評論文，分析利弊，要有信心接受校外專家的評判。等外校專家意見回來後，他第一時間複印評審專家意見給我看，鼓勵我說：他們給了高度的評價，很不容易，說明你的認真努力得到了認可！我很感謝他！他是我的研究學習的指導老師，更是我的人生導師！後來我在福建中醫學院工作，考取中國人民大學新聞學院攻讀博士學位，在北京大學做博士後，再到暨南大學新聞與傳播學院教書育人，無論我身處何處，都心繫導師。我任何的進步和取得的成績，我都與他分享！我一直記得，我要離開福州前往北京攻讀博士時，他特意來到福州火車站送行，意味深長地對我說，紹根，要記住，福州是你第二個故鄉，在這裏呆了七年，是你人生最寶貴的青春年華！我永遠不會忘記他對我的培養和人生的指引，銘記師恩！感謝王蘋師母和王思成弟弟！

　　感謝評閱我論文的兩名匿名評審專家，是他們對我畢業論文的充分肯定，不僅使我順利畢業，而且堅定了我走上學術道路的信心。雖然至今我不

知他們的姓名，但是我要銘記和感謝這兩位教授的恩情。一位匿名評審專家意見是：閱讀了這篇論文之後，可知作者對《萬國公報》研究的學術狀況的瞭解是比較清晰的，因而能夠在前人研究的基礎上推出自己的創見。其中對《萬國公報》在中國傳播科技文化的特點做出了概括，比較客觀、公允，有助於克服過去對《萬國公報》評價中出現的這種或那種偏執，從而使實事求是的精神得到更好的貫徹。作者對《萬國公報》有關文論和信息的量化分析，使它傳播科技文化的階段性特點更加具體、鮮明、更具有說服力。另外，論文第六章的論述也頗有新意。這篇論文體現出作者功底比較紮實，行文比較平實和求證比較翔實的治學特點。以後的《萬國公報》研究者要想取得新的占盡，就可能繞不開這篇論文，而免不了與之「對話」，其中包括對它的觀點的參考和吸納。另一位匿名評審專家意見如下：《萬國公報》是外國傳教士在華創辦的時間最久、影響最大的中文期刊，論文在前人研究的成果基礎上，以洋洋灑灑 10 萬餘字篇幅，評述了該報在華傳播西方近代科技知識的狀況及特點，分析了該報第近代科技文化進程中的作用和影響。文章選題較為新穎，論述充分，總結分析有獨到見解。該文文中國近代報學史研究和科技文化傳播史研究增添了新的內容。文章立論正確，史料詳實，條理清楚，邏輯性強，表明作者具有較紮實的專業知識基礎和較強的分析寫作能力。文章採用計量分析方法論證，增加了文章的說服力。

　　2001 年 5 月 21 日上午，我們中國近現代史方向四名研究生的碩士論文答辯會在南安樓四樓會議室舉行，感謝答辯會主席徐曉旺研究員、陳孝華教授、黃國盛教授、王民教授、高俊教授等五人組成的答辯委員會。經過緊張的答辯，答辯委會會對我的論文評定如下：《〈萬國公報〉傳播近代科技文化之研究》的選題敏銳，論文結構合理，史料運用準確，論述具體有力，梳理條文清晰。尤其在論文的主體部分第三章、第四章、第五章中產生了不少創新的見解，對《萬國公報》傳播近代科技文化的發展階段、特點等方面所做的結論令人信服，體現了論者較強的綜合分析和文字能力。完全達到了碩士研究生畢業論文水平。其論文答辯平均成績為 90.85 分。

　　感謝我的 2001 屆歷史系的七位同學，他們是林日杖、王尊旺、范正義、翁偉志、谷桂秀、朱文蓉、夏維奇，我們一級 8 人同窗三載，共同學習工作，共同在學術上成長。如今大家天隔一方，聚少離多，情誼永存！感謝我的師兄邱勇強他作為我們導師的開門弟子，給我多方面的關照！感謝摯友徐生忠

師兄，像兄長一樣給予了我諸多關懷，我們一起喝酒聊天，釋放壓力。更感謝我的當時的女友、現在的太太溫旭紅，從我考上研究生開始，一直不離不棄，無怨無悔，始終追隨，默默支撐著我完成學業，鼓勵和支持我走上了學術人生的道路。

　　畢業後，我開始在碩士論文《〈萬國公報〉傳播近代科技文化之研究》基礎上，撰寫文章《〈萬國公報〉與X射線知識的傳播》在《中國科技史料》（2001年9月《中國科技史料》季刊第22卷第3期）發表。正是做《萬國公報》這篇碩士論文的關係，自己開始關注中國報刊史研究，對中國新聞史產生了濃厚的興趣，並在閱讀中國新聞史著作中，尋覓到自己學術人生的新方向。因此，在決定報考博士時，我主動調整學習和研究方向，從歷史學轉戰新聞學，從事新聞史論研究，將歷史學訓練的史料功夫優勢在新聞學研究中得到發揮。十年來，我並沒有忘記當年做碩士論文《〈萬國公報〉傳播近代科技文化之研究》的初心，偶而在科技文化傳播領域繼續研究，陸續發表了以下文章：《諾貝爾獎在中國的早期報導》（《中國科技史料》第23卷第2期）、《中國第一臺X光診斷機的引進》（中華醫史雜誌）2002年第2期）、《萬國公報與諾貝爾獎》（《新聞愛好者》2004年第3期）、《談近代國人報刊最早報導諾貝爾獎》（《國際新聞界》2006年第2期）、《百年回眸：晚清時期的諾貝爾獎報導》（《新聞春秋》2012年第2期）、《近代報刊的諾貝爾獎報導》（《中國社會科學報》2012年11月14日第379期）、《外國在華報人中「最能幹的編輯」林樂知》（見《中國傳媒人物傳》中國書籍出版社2014年）、《勘誤補遺：晚清報刊與諾貝爾獎報導》《中國社會科學報》（2015年3月4日第709期）等，其中對諾貝爾獎報導方面進行著堅持不懈的研究，也算是自己不忘初心的學術情懷。正因如此，我將這些論文作為本書的附錄，放在書中，也將原來的畢業論文修改了錯別字，讓它見證自己學術成長的歷史，警醒自己學術人生需要有堅持創新的膽量和勇氣，更需要馬不揚鞭自奮蹄的自強不息精神！

鄧紹根
羊城暨南園
2015年4月5日